MARIE GRAßHOFF

SPRING STORM

BLÜHENDER VERRAT

PLANET!

Für meine Familie

PROLOG

02.07.2072, DIE ZERSTÖRUNG MEINER HEIMAT AN EINEM SAMSTAG

Ich war sieben Jahre alt, als ich die Dimensionen miteinander kämpfen sah. Es war an einem Samstag. Peking brannte. Unter dem Wolkenhimmel stiegen Rauchfahnen empor. Die Schneise, die die Bomber durch die Stadt gezogen hatten, war so breit, dass ich von einem Ende bis zum anderen schauen konnte. Die Gebäude waren nur noch Trümmer aus Feuer und Stein.

Und wir rannten. Wir rannten, so schnell unsere Beine uns trugen, durch das Unterholz eines Waldes, den ich nicht kannte. Dabei wusste ich nicht einmal, wohin. Ich konnte mir nicht vorstellen, dass es einen Ort gab, an den diese Zerstörung nicht gelangen konnte. Dass irgendwo die Sonne schien. Dass irgendwo alles gut war.

Trotzdem rannte ich weiter.

In diesem Wald war es viel zu dunkel. Dunkler, als normal gewesen wäre. Als herrschte zwischen den Stämmen tiefe Nacht. Und in dieser Dunkelheit war manchmal ein Leuchten zu erkennen. Wie das von Glühwürmchen. Es schien mich zu sich rufen zu wollen, doch immer, wenn ich meinen Kopf dorthin umwandte, zerrte Papa mich weiter.

Die Erwachsenen hatten Angst vor dem Wald. Schon seit ich denken konnte.

»Cora, Schätzchen, du musst aufhören zu träumen«, flüsterte er. Er lächelte, aber es sah angestrengt aus. Irgendwie gezwungen. Seinen Bart hatte er seit einigen Tagen nicht mehr rasiert, sodass es kitzelte, wenn er mich umarmte. Sein kurzes, blondes Haar war ganz zerzaust. Tränen zeichneten sich deutlich auf seinen rußigen Wangen ab. Ihn so zu sehen, machte mir mehr Angst als alles andere.

Es machte mir mehr Angst als die Schreie, die durch den Wald tönten, mehr als die Dunkelheit und mehr als die Bombeneinschläge, deren Vibrationen unter meinen Füßen bebten. Ich hatte Papa noch nie so gesehen.

Die Lichtung, auf die wir traten, war ein bisschen heller als die Bereiche zwischen den Bäumen. Obwohl es auch hier viel zu düster war, dafür, dass es mitten am Tag war. Die Luft war erfüllt von Staub, der das Atmen zusätzlich erschwerte.

Mama schaute zu mir hinüber, aber im Gegensatz zu Papa lächelte sie nicht. Ihr dunkles Haar hatte sie zu einem Zopf gebunden. Das tat sie sonst nie. Die tiefen Wunden an ihrer Wange und an ihrem Arm hatten aufgehört zu bluten, aber ihre Haut war blasser als gewöhnlich. Und immer, wenn ich fragte, ob es ihr gut ging, antwortete sie nicht.

Unsere Nachbarn, Mr und Mrs Zhou, hatten uns aus dem Haus gerettet, nachdem ein Teil davon eingestürzt war. Sie hatten in der Straße gegenüber gewohnt. Die Straße, die es jetzt nicht mehr gab. Ich hatte nicht einmal mehr meine Plüschkatze aus meinem Zimmer holen können.

Zusammen mit ihnen und einigen jüngeren Menschen, die ich nicht kannte, bewegten wir uns vorwärts.

»Ich kann nicht mehr«, keuchte ich. Papa hielt mich so fest am Handgelenk, dass es wehtat.

»Es ist nicht mehr weit, Schatz«, sagte Mama leise und strich mit ihrer Hand über meine Wange. »Hinter dem Wald ist ein Flugzeug, das uns von hier wegbringen wird.«

»Wohin?«

»An einen sicheren Ort.«

»Und wo?«

»Das weiß ich nicht, Liebling.« Die Angst in ihren Augen machte mich traurig, aber ich wusste nicht, wie ich darauf reagieren sollte. Ich wollte mir ein Lächeln abringen, doch was mir sonst leichtfiel, erschien mir jetzt so endlos schwer.

Wo war dieser Ort? Würden wir nach Hause zurückkehren, wenn wieder alles gut war? Ich musste doch die Plüschkatze holen, die Oma mir letztes Jahr geschenkt hatte.

»Ich will euch nicht hetzen«, sagte der alte Mr Zhou. »Aber jede Sekunde in diesem Wald kann tödlich sein.« Er schaute zu seinen Füßen und ich folgte dem Blick. Das Gras. Es sah aus, als würde es nach uns greifen. »Als würde es uns gleich verschlingen«, flüsterte er.

Meine Mama machte einen zischenden Laut, um ihn zum Schweigen zu bringen, und warf mir einen besorgten Blick zu. »Das wissen wir«, wisperte sie.

Ich schaute zu den Bäumen hinüber. Da war etwas. Ich bemerkte eine Bewegung, die nicht von einem Tier oder einer Pflanze stammte. »Mama«, flüsterte ich, während mein Papa mich weiterzerrte. »Da ist …«

In der nächsten Sekunde erkannte ich, was sich zuvor in den Schatten verborgen hatte. Vier Gestalten brachen aus dem dichten Unterholz auf die Lichtung und stürzten auf uns zu. Erschrocken keuchte ich und Papa stolperte einige Schritte zurück, sodass ich fast fiel.

Die Fremden. Zwei von ihnen hatten Pistolen und Gewehre. Einer war mit einem großen Stein bewaffnet. Blut klebte daran.

Meine Wangen wurden von dem Schreck ganz warm. Ich bekam kaum noch Luft.

Schützend stellte Papa sich vor mich und ich spähte vorsichtig an ihm vorbei, um die Männer zu mustern. Sie trugen schmutzige, zerrissene Kleidung. Ihre Gesichter waren wutverzerrt.

»Her mit euren Taschen!«, bellte der eine. Er hatte eine tiefe Wunde unter dem Auge und kniff es ein wenig zu.

»Wir sind nur auf der Flucht«, erwiderte Mr Zhou und hob die Hände. »Wir haben nichts von Wert dabei.«

»Ihr müsst nicht mit uns verhandeln«, keuchte ein anderer Kerl. »Her mir eurem Zeug oder wir nehmen es uns.« Er war hager und ich glaubte, ihn schon einmal gesehen zu haben. Das waren keine Männer vom Militär, oder? Die kaputte Kleidung wirkte nicht wie die, die die Soldaten getragen hatten, denen wir begegnet waren. Aber wenn sie Waffen bei sich trugen, waren es auch keine Cosmics.

»Ich bitte Sie. Alles, was wir besitzen, ist in diesen Taschen«, sagte Mama vorsichtig. »Es sind nur einige Fotos und ein wenig –«

Der hagere Kerl riss seine Pistole hoch und fuchtelte damit in ihre Richtung. Ich zuckte zusammen und Papa packte mich erneut am Handgelenk. Hatte er Angst, dass ich fortrannte?

»Na gut«, sagte er, um Ruhe bemüht. »Wir nehmen jetzt unsere Rucksäcke ab. Ganz langsam, in Ordnung?« Mama warf ihm einen erschrockenen Blick zu. Ihre Augen, sowieso schon von Tränen gerötet, wurden wieder wässrig. »Ist okay, Schatz«, flüsterte Papa. »Hauptsache, es geht uns gut, ja?«

Sie nickte tapfer und wie sie legte ich meine freie Hand an die Träger meines Rucksacks. Es war nur Essen darin. Alles, was ich vermissen könnte, war unter den Trümmern unseres Hauses begraben.

Unsere Nachbarn schienen nicht bereit zu sein, sich von ihren Besitztümern zu trennen.

»Nein!«, rief Mr Zhou. So wie heute habe ich ihn noch nie gesehen. Sonst lächelte er immer. »Alles, was ich besitze, trage ich am Leib! Das gebe ich nicht auf!«

Der Hagere richtete seine Pistole auf ihn, doch einer der

jüngeren Männer aus unserer Gruppe sprang auf ihn zu, um ihm die Waffe zu entwinden. Das brachte den Fremden kurz aus dem Konzept, doch einer seiner Begleiter packte unseren Nachbarn sofort am Kragen, holte mit dem Stein in seiner Hand aus und schlug ihm mitten ins Gesicht.

Ich kniff die Augen zusammen, um nicht zu sehen, wie er mehrere Male auf ihn einschlug. Aber das Geräusch. Dieses Knirschen und Knacken. Mir wurde übel.

Schüsse knallten durch die Luft und mein Papa zerrte mich zur Seite, um fortzulaufen. Ich riss die Augen auf und folgte ihm, ohne darüber nachzudenken, wohin wir rannten. Der Tumult hinter uns war undurchschaubar, als ich versuchte, mich zu Mama umzudrehen. Wo war sie? Folgte sie uns?

So schnell, wie wir auf den Schutz der Bäume zuliefen, und so schnell, wie die anderen Menschen sich bewegten, gelang es mir einfach nicht, einen Überblick zu gewinnen. All die Schüsse. Ich sah nicht, wohin sie überhaupt abgefeuert wurden.

Plötzlich fiel Papa nach vorn und riss mich mit sich. Ich landete auf meinem Bauch und schließlich auf dem Gesicht, stoppte mitten in Gras und Schlamm. Die feinen Halme bewegten sich sacht, als würden sie mich umarmen wollen.

»Papa?«, keuchte ich und stemmte mich auf die Unterarme.

Hinter uns war es still geworden. Ich kniete mich neben meinen Vater und legte ihm die Hände auf den Rücken. Der Rucksack, den er nur noch auf einer Schulter getragen hatte, lag neben ihm. In seiner Jacke waren mehrere Löcher zu sehen, aus denen Blut quoll.

Was … was sollte ich machen? Ich hatte vorher schon kaum atmen können, aber jetzt hatte ich das Gefühl zu ersticken. Als hätte mein Körper plötzlich vergessen, wie er funktionieren sollte. Ich konnte nicht einmal mehr blinzeln.

Ich wusste, dass ich etwas tun musste. Ich wusste nur nicht was. Papa … er atmete nicht mehr. Und er sagte nichts. Und sein Griff um meine Hand war ganz locker geworden.

Langsam wanderte mein Blick zu den Banditen hinüber. Sie waren die Einzigen, die sich noch bewegten, um die Taschen der Leute aus unserer Gruppe zu durchsuchen. Mama lag zwischen ihnen. Sobald mein Blick sie streifte, schaute ich weg, weil ich ihr blutverschmiertes Gesicht nicht sehen wollte, aber … irgendwie wusste ich, dass ich es nie wieder vergessen würde. Ihr Blick sah leer aus. Erschrocken. Wie meiner, vermutlich. Und die Tränen, von denen ich mich gefragt hatte, wo sie waren, rannen nun heiß an meinen Wangen hinab.

»Papa?«, wollte ich sagen. Aber es kam nichts über meine Lippen. Ich rüttelte an ihm, doch er bewegte sich einfach nicht.

»Hey!«

Ich zuckte zusammen.

»Die Kleine lebt ja noch!«

Ich hatte das Gefühl, mein Herz hörte auf zu schlagen, als die Plünderer sich mir zuwandten. Ich sollte aufstehen und in den Wald flüchten. Aber ich konnte nicht. Es fühlte sich nicht an, als wären meine Beine noch da.

Der schmächtige Kerl mit seiner kaputten Kleidung richtete seine Pistole auf mich. Ich zuckte zusammen, als er den Abzug betätigte. Ich erwartete, jeden Moment von einem Schuss getroffen zu werden. Aber der Knall blieb aus.

Er schüttelte die Waffe irritiert, schlug dagegen und drückte den Abzug abermals. Doch nichts geschah. Als er ihn ein weiteres Mal betätigte, sprang die Pistole in tausend Stücke. Mit einem Schrei ging der Dieb zu Boden und hielt sich die Hände vors Gesicht. Die Schmerzenslaute, die er ausstieß, fuhren mir durch Mark und Bein.

Was war passiert? Ich starrte ihn nur an, obwohl mir klar war, dass das meine Chance war. Ich musste fliehen! Ich musste einfach, aber … konnte ich meine Eltern zurücklassen? Ich musste sie doch mitnehmen!

Erst als die anderen drei Kerle auf mich zukamen, schaffte ich es endlich, mich auf meine wackeligen Beine zu hieven. Mein Herz schlug so schnell wie das einer Maus.

»Hey, Kleine!«, rief der mit dem großen Stein.

Ich wich weiter zurück. Als er einen Satz auf mich zumachen wollte, um nach mir zu greifen, stolperte er über seine eigenen Füße und fiel zu Boden.

»Was zum Teufel«, keuchte er, das Gesicht und die Hände voller Schlamm und Blut. »Scheiße!«, schrie er und griff an seinen Knöchel.

Der Einschlag einer Bombe in der nahe gelegenen Stadt erschütterte die Erde und brachte die Bäume zum Wackeln. Der Mann mit der großen Waffe richtete diese direkt auf mich … als plötzlich jemand zwischen uns auftauchte.

Es war, als wenn der Raum sich um ihn ein Stück verbog. Als würde die Luft um ihn herum anders funktionieren. Ich sah nur seinen Rücken, erkannte aber, dass es ein junger Mann war. Ein Augenblinzeln später stand er neben dem bewaffneten Kerl, nahm ihm sein Gewehr nahezu sanft aus der Hand und verbog es, bis auch dieses in tausend Teile zerbrach. Wie eingefroren stand ich da, als der Mann einen Banditen nach dem anderen packte und in den Wald schleuderte. Die, die ich noch sah, blieben regungslos im Gras liegen.

Was passierte da? Ich versuchte, dem Geschehen zu folgen, aber nicht nur, dass die Tränen meine Augen verschleierten … sie waren auch einfach nicht schnell genug.

Und als er sich wieder mir zuwandte, zitterte ich am ganzen Körper.

Der junge Mann mit den weichen Zügen und den lockigen Haaren wirkte zerzaust und trug nicht einmal Schuhe. Eine Schicht aus Asche und Staub bedeckte seine dünne Kleidung, und seine Hände und Arme hatten einige Verletzungen, die schlimm aussahen.

Aber ich starrte ihn aus einem anderen Grund an, ohne zu blinzeln: Er musste ein Cosmic sein.

Hatte er mich beschützt, oder würde er jetzt mich angreifen? Mir war klar, dass ich rennen sollte. Aber ich würde wohl nicht schnell genug sein und … es ging eine so seltsame Energie von ihm aus, als er mich ansah und lächelte. Ich erwiderte seinen Blick und alles in mir wurde still. Ein warmes Gefühl machte sich in meinem Inneren breit. Ich verstand es nicht.

In normaler Geschwindigkeit kam er auf mich zu. »Du hattest Glück«, sagte er und bückte sich, um mich anzusehen.

Ich sollte mich bedanken. Aber nichts als Fragen strömten meinen Kopf. Wie hatte er das gemacht? Warum war er so unfassbar schnell und war trotzdem zu spät gekommen? Und warum um alles in der Welt konnte ich so etwas nicht? Wenn ich wie er wäre, hätte ich meine Eltern retten können. Einfach so.

Die Tränen brannten auf meinen Wangen, aber kein Laut kam über meine zitternden Lippen.

Wie leicht es ihm gefallen war, die Banditen zu besiegen. Als hätte es ihn gar keine Anstrengung gekostet.

»Geht es dir gut?«, wollte der Fremde wissen. Ein sanftes Lächeln umspielte seine Züge, aber als ich versuchte, es zu erwidern, konnte ich nicht mehr an mich halten. Ich konnte das Schluchzen nicht unterdrücken. Ich wollte gar nicht weinen. Ich wollte, dass das alles nicht wahr war. Ich wollte einfach aus diesem Albtraum aufwachen.

Der Fremde schloss mich sacht in seine Arme. Seine Haut war warm. »Mein Name ist Jax«, sagte er leise, als er mich hochnahm und aufstand. Ein weiterer Bombeneinschlag erschütterte die Gegend. Jax legte seine Hand auf meinen Kopf und drückte mich an sich. »Ich bringe dich zu einem Evakuierungsteam«, sagte er leise. Dann ging ein Ruck durch meinen Körper und als ich wieder blinzelte, befanden wir uns außerhalb des Waldes. Hunderte Soldaten und Menschen versammelten sich hier.

Er setzte mich ab, aber ich hatte nicht die Kraft, auf eigenen Beinen zu stehen. Ich hörte gar nicht, was er sagte.

Ich war zu schwach.

Wenn ich nur so sein könnte wie er und die Cosmics.

Dann wäre alles so leicht.

KAPITEL 1

09.06.2082, DIE FAHRT EINES SOMMERMÄDCHENS ZWISCHEN SOLDATEN

»Ich wusste gar nicht, dass die Kindergartenkinder in die Quellbereiche lassen.«

Der dunkle Wald um Warna zog vor den Fenstern des schwarzen Land Rovers vorbei, in dem ich mit sechs Männern und Frauen Platz genommen hatte. Ich warf dem Kerl mir gegenüber ein desinteressiertes Lächeln zu. Er war nicht der Erste, der meinte, eine unlustige Bemerkung über mein Alter machen zu müssen, und er würde nicht der Letzte sein.

In meiner leichten Sommerkleidung – eine kurze Hose, ein dünnes Top und eine Sonnenbrille – fühlte ich mich zwischen den voll ausgerüsteten Sicherheitsleuten zwar tatsächlich etwas fehl am Platz, aber das war ein Gefühl, an das ich mich inzwischen gewöhnt hatte.

»Und wie alt bist du?«, spottete ich leise. »Fünfzig? Hast du so lange gebraucht, um dein Zertifikat zu bekommen?« Ich hatte keine Lust auf dieses Geplänkel. Ich wollte nur meinen Job machen, mein Geld einkassieren und wieder zurück nach Warna. Aber im Laufe der letzten Jahre hatte ich gelernt, dass man sich nicht vor jeder sozialen Interaktion drücken konnte.

Leider.

Der bärtige Kerl zog überrascht die Augenbrauen hoch und verschränkte die Arme vor der muskelbepackten Brust. »Schlagfertig, hm?«

»Ich bin siebzehn, falls es dich interessiert«, setzte ich etwas versöhnlicher fort, um das Gespräch zu beenden. Dabei fasste ich meine langen Haare zu einem Zopf zusammen, weil sie sonst an meiner verschwitzten Haut klebten.

»Und ich bin neununddreißig.«

»Alle alten Menschen sehen für mich gleich aus, sorry«, witzelte ich und er grinste breit.

»Und was machen so hübsche, junge Mädchen wie du in den Wäldern?«

Hübsch? Der Kommentar verwunderte mich eher, als dass er mir schmeichelte, weil ich nicht glaubte, dass mich jemals jemand so bezeichnet hatte. Dunkle Haare, karamellfarbene Augen, mittelbraune Haut, nicht besonders groß, eher weiche Gesichtszüge. Durchschnittlich, schätzte ich. Das war auch alles, was ich sein wollte.

»Geld verdienen«, antwortete ich also trocken und beschloss, den Rest seiner Bemerkung zu übergehen. Mit einem Nicken wandte er sich ab und ich zupfte an meinem hellen Blumentop, um mir ein bisschen Luft zuzufächeln. Hoffentlich kämen wir bald aus dieser fahrenden Sauna raus.

Mich nicht an den Dresscode halten zu müssen, war der einzige Vorteil, dem Team noch nicht offiziell anzugehören. Es war mir lieber, barfuß durch das Gras und locker bekleidet durch die Sonne zu spazieren, als mit zehn Kilo Ausrüstung am Leib, wie die anderen hier. Auch wenn ich im Austausch für ein Jahresgehalt darauf zu verzichten bereit wäre.

Die holprige Straße, auf der wir fuhren, war breit genug, sodass die Strahlen der Mittagssonne zwischen den Baumkronen hindurch auf den Boden fallen konnten. Die Riesen rechts und links von uns standen wie immer in voller Blüte. In diesem ewigen Frühling, in dem sich die Quellbereiche inzwischen befanden.

Ich erinnerte mich daran, wie viel Angst ich als Kind vor diesen Orten gehabt hatte. Vor ihrer Andersartigkeit, ihren Geschöpfen, ihrer Dunkelheit. Inzwischen fühlte sich jeder

Ausflug an wie nach Hause kommen. Als spürte ein Teil meines Körpers, dass ich eigentlich hierhergehörte.

Der Wald war jedes Mal ein wenig anders, wenn ich ihn betrat. Selbst wenn zwischen meinen Einsätzen meist nur wenige Tage lagen. Manchmal änderten die Blüten ihre Farben oder die Straße verschob sich oder es tauchten Wege an Stellen auf, an denen vorher keine gewesen waren. Sogar Kompasse funktionierten nicht immer.

Forschungsteams vermuteten, dass die veränderten Pflanzen versuchten, Besucher der Wälder so zu verwirren, dass sie nicht mehr hinausfanden. Aber das glaubte ich nicht. Ich nahm die Energie dieser Natur eher als verspielt wahr; selbst wenn ich Stunden allein zu Fuß unterwegs gewesen war, hatte ich stets den Weg zurückgefunden. Und ich würde mich immer daran erinnern, wie die Lichter in der Dunkelheit mir als Kind manchmal den Weg gewiesen hatten, wenn ich in Schwierigkeiten gewesen war.

Dieser Ort war weder so böse noch so gefährlich, wie alle sagten.

Manchmal fragte ich mich, warum ich mir überhaupt noch die Mühe machte, in die Stadt zurückzukehren. Meine kläglichen Versuche, ein normales Leben zu führen, waren doch sowieso zum Scheitern verurteilt.

Um mich von den deprimierenden Gedanken abzulenken, zog ich mein altmodisches Handy aus der Tasche, öffnete die Bioscanner-App und warf damit einen Blick auf die Umgebung. In den Quellbereichen, wie hier, gab sie im Grunde nur Störsignale an. Einzig die Objekte und Lebewesen, die sich noch nicht lange in den Wäldern aufhielten, wurden als gewöhnliche, weiße Punkte dargestellt.

»Könnt ihr nach der Wartung vielleicht zehn Minuten auf mich warten?«, fragte ich an die Gruppe gewandt, ohne meinen Blick zu heben.

»Hast du wieder drei Extra-Aufträge?«, wollte Sam wissen, der neben mir saß. Hätte ich gewusst, dass er bei diesem Einsatz dabei sein würde, hätte ich meine Schicht verschoben. Er strengte sich einfach zu sehr an, sich mit mir anzufreunden. Dabei waren mir Menschen lieber, wenn sie mich ignorierten. »Sag schon«, forderte er und stupste mich mit dem Ellbogen an. »Drei weitere Aufträge? Oder sind es heute mehr?«

Ich riss mich endlich von der App los und schaute zu ihm auf, warf ihm ein sarkastisches Lächeln zu. Der junge Mann mit dem blonden Haar, der braun gebrannten Haut und dem schnittigen Gesicht grinste herausfordernd. Seine Muskeln waren selbst unter der Schutzkleidung zu erkennen. Die grünen Augen funkelten belustigt.

»Nein, heute nur einen«, verteidigte ich mich. Sam war kein schlechter Kerl. Wir hatten schon einige Einsätze zusammen in den Wäldern bestritten und sie waren immer reibungslos verlaufen. Deswegen tat es mir ein wenig weh, so abweisend sein zu müssen. Aber er war mir einfach zu nett.

»Entlaufenes Haustier?«, wollte er wissen, ruckte mit dem Kinn in Richtung der Bioscanner-App und ich nickte.

So kleine Aufträge brachten zwar nicht sonderlich viele Punkte für das Zertifikat, das ich brauchte, wenn ich einmal den Berufseinheiten angehören wollte – aber es war besser als nichts. Ich war inzwischen in der ganzen Nachbarschaft dafür bekannt, dass ich so ziemlich jeden Auftrag annahm, der mir angeboten wurde. Egal wie gefährlich oder langweilig er war.

Ich konnte es nicht erwarten, bald anständig dafür bezahlt zu werden. Das war der beste Kompromiss, den ich für mein Leben hatte finden können. Wenn ich als Einsatzkraft in den Quellbereichen arbeitete, könnte ich mich hier so viel wie möglich aufhalten und trotzdem ein halbwegs funktionierendes Mitglied der Gesellschaft sein.

»Was für ein Tier?«, wollte der Bärtige mir gegenüber wissen.

»Ein Kater namens Bob«, erklärte ich, worauf Sam und die anderen schnaubten. Auch auf mein Gesicht schlich sich ein ehrliches Lächeln. »Ist doch ein super Name für eine Katze.«

Die Mitglieder und ich saßen einander in zwei Reihen gegenüber. Drei Leute auf meiner Seite und vier auf der gegenüberliegenden. Nur der Fahrer saß vorn, durch eine Glasscheibe von uns getrennt. Der Rover, der hinter uns fuhr, war ebenfalls voll besetzt.

»Aber im Ernst«, setzte ich wieder an, nachdem alle sich beruhigt hatten. »Ich brauche nur zehn Minuten. Laut der App befindet der Kater sich in der Nähe der Anlage.«

»Schon gut, schon gut«, mischte Hannah sich in lockerem Tonfall ein, richtete ihre Schutzweste und festigte den Griff um das schwere Gewehr, das sie bei sich trug. Die Leiterin des Einsatzes hatte dunkle Haut, trug einen streng zusammengebundenen Zopf aus dickem, schwarzem Haar und musterte mich aufmerksam. »Aber beeil dich, ja? Ich will niemanden unnötig in Gefahr bringen. Jede Minute hier draußen ist ein Risiko.«

»Vielen Dank. Und klar«, versicherte ich und richtete meinen Blick erneut aus der staubigen Frontscheibe. Ein Reh mit leuchtendem Geweih am Rand des Weges erregte meine Aufmerksamkeit. Sein Fell war weiß, die Augen schwarz und die Beine ganz dünn. Zerbrechlich wie Äste.

Es sah das Auto überaus aufmerksam an. Der Fahrer verlangsamte sein Tempo etwas, aber es schien kein Interesse daran zu haben, die Straße zu überqueren.

Nach einigen Sekunden verschwand es im Wald.

Ich folgte ihm mit den Blicken. Der Raum zwischen den von Blüten und Laub behangenen Bäumen war an einigen Stellen dunkler als in gewöhnlichen Wäldern. Die Finsternis zwischen ihnen war so dicht, als wäre sie eine eigene Materie, die zwischen den Riesen waberte. Sie wurde nur durchbrochen von blauen oder weißen Lichtern, die manche Tiere und Pflanzen absonderten.

Das leuchtende Geweih des Rehs war schon bald nicht mehr zu sehen.

Als der Land Rover auf die Lichtung mit der Anlage einbog, war ich gerade damit beschäftigt, meinen rechten Arm von den dicken Bandagen zu befreien. Die blauen Muster, die sich im Laufe der letzten Jahre von meiner Handinnenfläche bis zu meinem Oberarm ausgebreitet hatten, sonderten ein leichtes Leuchten ab, das im Dunkeln viel heller war. Für Menschen war dieser Anblick oft erschreckend, deswegen verdeckte ich meinen Arm in der Stadt. Aber hier in den Wäldern, umringt von Cosmics, war es in Ordnung.

»Also, Leute«, setzte Hannah an und die Männer und Frauen um mich herum regten sich, um sich bereit zum Aussteigen zu machen. »Ihr kennt den Ablauf und die Arbeitsverteilung ja. Sam, du warst die letzten Male nicht dabei. Willst du im Wartungsteam oder bei den Aufpassern sein?«

Er lachte und festigte seinen Griff um den Helm. »Ist doch wie Fahrradfahren«, säuselte er. »Ich kann gern mit an die Generatoren.«

»Schießen kann der eh nicht«, kommentierte einer seiner Kollegen und verhaltenes Gelächter setzte ein.

»Na gut«, unterbrach Hannah das Geplänkel. »Dann wie immer: raus aus dem Auto, Stellung beziehen und wieder rein. Cora.« Ihr Blick wanderte zu mir und ich lauschte. »Wenn du länger brauchst: Wir warten maximal fünfzehn Minuten auf dich. Sonst musst du mit der nächsten Eskorte zurück.«

»Geht klar.« Das war mir schon einige Male passiert und

nicht weiter schlimm. Ich würde dann nur zu spät zu meinem Job im Laden kommen.

»Heute haben wir keinen Cosmic dabei, der Angriffs- oder Verteidigungsfähigkeiten hat. Also ist zusätzliche Vorsicht geboten.«

Ich sagte nichts dazu, obwohl ich das ziemlich waghalsig fand. Mit Gewehren konnte man nicht immer gegen die veränderten Wesen ankommen, wenn es hart auf hart käme. Aber ich musste diese Entscheidungen zum Glück auch nicht treffen.

»Wie immer: Effizienz, aber keine Hast bei den Wartungsarbeiten. Wir wollen hier so schnell wie möglich wieder raus, aber wir wollen auch keine Flüchtigkeitsfehler begehen. Selbst kleine Schäden am Gebäude, die durch die Strahlung entstanden sind, können die Generatoren beeinflussen. Schäden, die bis zu unserem nächsten Besuch hier eventuell verheerende Folgen haben könnten, selbst wenn sie jetzt noch nichtig erscheinen sollten. Also meldet wie immer auch Beobachtungen und Auffälligkeiten, die auf den ersten Blick eventuell harmlos wirken.«

»Geht klar, Boss«, murmelte ich mit den anderen im Chor und blickte zur Anlage. Sie bestand aus einem behelfsmäßig errichteten Gebäude, an das zehn Bauwerke angeschlossen waren, die an die Cosmic Balance Gates über den Städten erinnerten: sichelförmige Gebilde aus glänzendem Metall. Nur dass die Cosmic Balance Gates über den Städten, die es noch gab, weit über die Wolkenkratzer hinausragten.

Diese hier waren nur etwa acht Meter hoch. Trotzdem erfüllten sie ihren Zweck: Man konnte die Veränderung der Umgebung durch die Quellstrahlung zwar nicht rückgängig machen, aber die Balance Gates neutralisierten die Strahlung und brachten die Veränderung zum Stillstand. Dieser Prozess dauerte zwar einige Jahre, aber danach konnten Menschen diese Zonen wieder bewohnen. In vielen Bereichen der Welt waren damit schon gute Erfolge erzielt worden. Die Instandhaltung dieser Anlagen konnte allerdings nur von Cosmics oder Immunen durchgeführt werden.

Cosmics waren sowieso schon verstrahlt. Das war der Grund für die seltsamen Fähigkeiten, die sie besaßen. Die Chance, dass ein Mensch den Kontakt mit der Quellstrahlung überlebte und Cosmic Powers entwickelte, lag allerdings nur bei zwanzig Prozent. Die anderen starben einfach. Das hatte mein Vater mir schon eingebläut, als ich noch ein kleines Kind gewesen war.

Was mich nie davon abgehalten hatte, in die Quellbereiche zu flüchten, wenn die Welt mir zu chaotisch, zu laut oder zu kaputt gewesen war. Ich hatte erst sehr spät realisiert, dass ich einer der wenigen Menschen war, die immun gegen die Strahlung waren.

Der Wagen hielt auf dem Gras, das sich bewegte, als befände es sich unter Wasser. Die hinteren Teammitglieder öffneten die Doppeltür und nach und nach stiegen alle aus. Die Mitglieder aus dem zweiten Rover vollführten diese Bewegungen fast synchron.

»Sieht ganz gut aus«, kommentierte Hannah und ging raschen Schrittes auf die Anlage zu. Das Hauptgebäude vor uns war für die Stromzufuhr und die Steuerung der Tore zuständig. Es sah jedes Mal ein wenig anders aus, wenn ich hier war. Als würde der Stein sich von Woche zu Woche einen Hauch bläulicher färben. Inzwischen wucherten pinke und gelbe Blumen mit Hunderten von Blüten an den tristen Wänden empor.

Offensichtliche Schäden waren allerdings nicht zu erkennen. Und ich hatte den Eindruck, dass die Gates ihre Arbeit noch ausführten, denn der Bereich rundherum sah nahezu gewöhnlich aus. Weit entfernt von der wirren Düsternis in den Tiefen der Quellbereiche, die eher an Träume als an die Wirklichkeit erinnerten.

Alle aus dem Team folgten Hannah, während ich ein paar Schritte hinter ihnen blieb, um mich im Quellbereich einzufinden. Für mich waren diese Orte eine unheimliche, magische Welt, die ich am liebsten für immer erkunden würde. Wie ein Blick auf etwas, das größer war als wir Menschen. Etwas, das wir nicht verstehen konnten, egal wie sehr wir es versuchten.

Das Zwitschern der Vögel klang schön, aber auch ein wenig verzerrt. Als sängen sie hier einige Töne zu hoch und ganz andere Lieder als ihre Brüder und Schwestern in den gereinigten Gebieten. Ihre Laute erfüllten die Ruhe, die sonst über der windstillen Lichtung lag.

»Die Gates funktionieren einwandfrei, wenn man den Daten der Zentrale glauben kann«, fuhr Hannah mit ihrem Briefing fort. »Bastian, du überprüfst die Stromversorgung im Haus. Susan und Sam messen, ob die Veränderung ins Gebäude vorgedrungen ist und an welchen Stellen sich Lecks befinden, die wir schließen müssen. Je länger wir die Strahlung draußen halten können, desto besser. Die anderen schnappen sich Leitern und untersuchen die Gates mit den bereitliegenden Scannern. Das Protokoll kennt ihr ja. In Ordnung?«

»In Ordnung«, erwiderten alle im Chor und steuerten auf die große Stahltür des Verwaltungsgebäudes zu.

Dass die Anlage weiterhin fehlerfrei funktionierte, erfüllte mich mit einem kleinen Hoffnungsschimmer. Wenn die Strahlung in diesem Bereich nicht mehr so hoch war, bestand eine Chance darauf, dass der Kater, den ich suchte, sich nicht verändert hatte. Sofern er sich die ganze Zeit in der Nähe herumgetrieben hatte. Das erhöhte die Wahrscheinlichkeit, dass ich den Auftrag erfolgreich abschließen konnte. Wenn

Bob zu einem zwei Meter großen Monster geworden war, könnte ich ihn nicht zurück in die Stadt nehmen.

»Hey Cora, nicht träumen«, sagte Sam neben mir. Irgendwas an seinem Satz löste einen kleinen Schmerz in mir aus, aber ich wusste nicht genau, warum.

»Schon klar, du Profi«, grummelte ich. Hoffentlich würde er mich nicht fragen, warum ich seine Nachrichten ignoriert hatte. Die »keine Zeit«-Ausrede würde nicht ewig funktionieren.

Hannah und einer ihrer Kollegen öffneten das schwere Tor. Es war nicht verschlossen, immerhin konnte sich kaum jemand in diesen Bereich der Welt begeben.

»Das neue Semester an der Akademie beginnt in weniger als zwei Wochen«, setzte Sam an und ich verkniff mir ein erleichtertes Aufatmen. »Die neuen Studierenden werden dann zum Üben hierher geschickt, um praktische Erfahrung zu sammeln. Wenn wir uns gut anstellen, wählt Hannah uns vielleicht als Mentoren aus.«

»Ich gehöre dem Team noch gar nicht offiziell an«, erinnerte ich ihn. Hoffentlich beeilten sich die anderen mit dem Tor, damit ich das Gespräch nicht weiterführen musste. »Und ich bin kein Cosmic«, fuhr ich fort. »Ich denke nicht, dass ich denen aus der Akademie eine Hilfe wäre.«

»Ach, ich kann auch nichts Krasses.« Wir wurden etwas langsamer, während die ersten Mitglieder den Innenbereich des Gebäudes sicherten.

»Unsichtbar sein ist doch der Wahnsinn«, sagte ich mit gerunzelter Stirn. Wie oft ich mir diese Fähigkeit wünschte … Oder irgendeine andere Cosmic Power. Egal welche.

»Das ist es echt nur am Anfang.« Sam verlangsamte sein Tempo und berührte mich sacht am Arm, um mich zum Stehenbleiben aufzufordern.

Oh nein, bitte nicht. Ich sah aus dem Augenwinkel zu

Hannah hinüber und hoffte so sehr, dass sie weitere Anweisungen geben und seinen Versuch, mit mir zu reden, unterbrechen würde. Aber sie sah uns gar nicht an.

»Sag mal … Ist alles gut bei dir?«, wollte Sam wissen und bedachte mich mit einem milden Lächeln, das ich leider nicht erwidern konnte. Ein unangenehmer Schauer überlief mich von oben bis unten. »Ich hab dir geschrieben, aber du hast nicht geantwortet.«

Verdammt, warum wollte er überhaupt darüber reden? War mein Schweigen nicht Antwort genug? Wir hatten uns erst ein paar Mal während der Einsätze gesehen und ich hatte nicht das Gefühl, dass ich ihm eine Erklärung schuldete.

Aber das konnte ich ihm ja schlecht sagen.

»Sorry, das kam falsch rüber, ich will dich auch zu nichts drängen oder so, aber …« Er legte den Kopf schief und setzte ein entwaffnendes Lächeln auf. »Ich bin den ganzen Tag auf Einsätzen, seit ich nach Warna gezogen bin. Ich hab deswegen nicht wirklich Freunde oder so.« Er deutete auf mich und ihn. »Und wir verstehen uns ganz gut, also dachte ich, wir könnten mal zusammen abhängen. Einen Filmabend machen oder …« Er zuckte mit den Schultern. »Was man eben so macht.«

Er wollte also jetzt eine Antwort von mir. Hätte ich ihm meine Nummer nie gegeben, hätte ich dieses Gespräch schon hinter mir. Aber ich hatte es damals nur aufgeschoben.

Mein Herzschlag beschleunigte sich, dabei war das hier nur eine Kleinigkeit. Ich ärgerte mich darüber, wie mein Körper auf diese unangenehme Situation reagierte.

Ich musste es noch mal mit meiner Standardausrede versuchen. »Ja, tut mir leid, ich … hab einfach nur echt viel zu tun.« Ich trat einen Schritt zurück und beobachtete jede Regung auf seinem Gesicht ganz genau. Er schien die Enttäuschung, die sich auf seinen Zügen ausbreitete, verbergen zu wollen. »Ich hab drei Jobs«, fügte ich daher an. »Manchmal vier. Da ist nicht viel mit Freizeit.«

Das war zumindest nicht gelogen. Und wenn er sich damit zufriedengäbe, müsste ich gar nicht an den Punkt gelangen, ihm sagen zu müssen, dass er für mich einfach zu nett war. Das war ja nicht sein Problem, sondern meins. Menschen, die freundlich zu mir waren, bereiteten mir Unbehagen. Als hätten sie Ansprüche an mich, die ich nicht erfüllen konnte.

Sam kannte mich nicht. Ihm war nicht klar, dass ich Unglück brachte. Er würde es vielleicht irgendwann herausfinden, wenn wir lange genug zusammen arbeiteten.

»Ist das ein Korb?«, fragte er vorsichtig. Sein Gesichtsausdruck war so voller Einfühlsamkeit und Verletzlichkeit, dass es mir wehtat. Was mich wiederum nervte. Wir kannten uns doch gar nicht! Ich war ihm nicht schuldig, mich schlecht zu fühlen, weil ich keine Zeit mit ihm verbringen wollte.

Warum musste immer alles so kompliziert sein?

Ich senkte meine Stimme noch weiter, weil einige der anderen sich zu uns umschauten. »Na ja, ich … hab momentan nicht wirklich Zeit für Freundschaften«, rang ich mir ab. Wenn er mich weiter so verzweifelt anblickte, würde ich einfach gehen. »Das ist 'ne generelle Sache«, tat ich es ab. »Das hat wirklich nichts mit dir zu tun.« Alles in mir schrie, so sehr wollte ich dieser Situation entfliehen.

War es jetzt endlich vorbei?

Sam hob die Augenbrauen und nickte langsam. »Oh, ähm … Klar. Sorry, ich wollte dich auch nicht drängen.«

»Ach, gar nicht schlimm«, wehrte ich abermals ab. Obwohl es schlimm war. Aber ihm das zu zeigen, würde nur offenbaren, was für ein dysfunktionaler Mensch ich war. Freundschaften waren nichts für mich. Das hatte nie gut geendet und das würde es auch nie. Damit musste ich mich abfinden, auch wenn es wehtat.

Irgendwann würde es das nicht mehr.

Ich rieb die Hände aneinander, weil ich nicht wusste, was ich mit ihnen anstellen sollte.

»Wollt ihr heute auch arbeiten, oder …?«

Ich zuckte beim Klang von Hannahs strenger Stimme zusammen und setzte mich sofort in Bewegung. Eine Welle der Erleichterung durchströmte mich.

»Ja, sorry«, entschuldigte ich mich schnell und warf Sam einen auffordernden Blick zu, den er mit einem Lächeln erwiderte.

KAPITEL 2

09.06.2082, DIE SUCHE NACH EINEM KATER ZWISCHEN BLUMEN

Die Leiter am Cosmic Balance Gate wackelte gefährlich, als ich mich auf der obersten Stufe auf die Zehenspitzen stellte, um meinen Scanner an das Gerät zu halten. Die Sonne brannte unerbittlich auf uns herab und ich war froh, meine dünne Kleidung zu tragen. Ein wenig schwindlig wurde mir von hier aus schon, wenn ich es wagte, meinen Blick zu Boden zu richten. Aber es war nicht halb so unangenehm wie Sam zu sagen, dass ich nicht mit ihm befreundet sein wollte. Ich fühlte mich hier oben vergleichsweise wohl. Den schlimmsten Teil dieses Tages hatte ich damit also hoffentlich hinter mir.

Das grüne Leuchten auf dem klobigen Scanner in meinen schwitzigen Händen bestätigte mir, dass mit dem Gate alles in Ordnung war, aber ich streckte mich trotzdem ein Stück weiter, wollte noch näher ran, um ganz sicherzugehen.

»Cora!« Sams Stimme ließ mich zusammenzucken und ich hielt mich am überraschend kühlen Metall des Gates fest, um einen festeren Stand zu gewinnen. Ich warf einen Blick nach unten.

Sam stand am Fuß der Leiter und schaute mit in die Hände gestemmten Hüften zu mir auf.

»Wenn du fällst, werden die Punkte von deinem Zertifikat abgezogen. Willst du das Risiko echt eingehen?« Er hatte ein verschmitztes Lächeln aufgesetzt, das ich dieses Mal ehrlich erwidern konnte. Offenbar hatte er sich von meinem Korb erholt.

»Sagt der Kerl, der seinen Helm nicht trägt!«, ging ich auf seine spielerische Provokation ein.

»Sagt das Mädel, das barfuß auf der kleinsten Leiter steht.« Ich verzog das Gesicht zu einer ironischen Grimasse und wollte mich wieder umdrehen. Mädel. Etwas störte mich an dem Begriff. Sam hob allerdings die Hände, um meine Aufmerksamkeit noch einmal auf sich zu ziehen. »Ich bin fertig, also lass mich das machen. Such schon mal deine Katze.«

»Keine Chance«, rief ich. »Ich brauch das Geld.«

Sam lachte tief. »Komm schon, wir schaffen das allein. Und umso schneller sind wir zu Hause.« Ich wollte widersprechen, aber er wehrte bereits ab. »Keine Sorge, ich trag dich Vollzeit ein.« Er warf den anderen einen Blick zu, die alle entspannt nickten. Sogar Hannah, die vor der metallenen Doppeltür des Verwaltungsgebäudes Stellung bezogen hatte, stimmte ihm schweigend zu.

Ein Seufzen auf den Lippen nickte ich schließlich. »Na gut.« Er hatte ja recht. Je schneller wir hier fertig waren, desto früher konnte ich meine Schicht im Laden beginnen. Es gefiel mir nur nicht, behandelt zu werden, als würde man mir helfen müssen. Aber vermutlich meinte er es gar nicht so.

Nachdem ich die wackeligen Stufen hinabgestiegen war, reichte ich Sam den Scanner und ruckte mit dem Kopf leicht in Hannahs Richtung. »Sicher, dass sie das okay findet?«

»Klar, du kennst sie doch. Sicherheit geht vor. Wenn wir unsere Effizienz steigern, geht's schneller. Und sie mag dich, also mach dir keine Gedanken.«

Hannah mochte mich? Den Eindruck hatte ich bisher nicht gehabt, aber ich war auch nicht sonderlich gut darin, so etwas zu erkennen.

Ich ließ seine Worte kurz wirken, dann nickte ich schließlich und griff in meine Hosentasche. Die Bioscanner-App lief noch auf dem Handy und ein kleiner Punkt mitten im Wald, einige Dutzend Meter entfernt, war hoffentlich der Kater, den ich suchte.

Ich entfernte mich einen Schritt und sah Sam gar nicht mehr an, als ich sagte: »Na gut. Ich bin hoffentlich gleich wieder da.«

»Willst du keinen Käfig mitnehmen?«

»Das wird schon gehen«, versicherte ich ihm, dann wandte ich ihm und der Anlage den Rücken zu und ging zum Rand der Lichtung. Bisher hatte es immer funktioniert.

Sobald ich in den Schatten trat, brannte meine Haut nicht mehr. Dieser Bereich des Waldes war nicht so dunkel wie der auf der anderen Seite der Straße. Hier brach das Licht des späten Morgens durch die Baumkronen, sodass der Waldboden übersät war mit Blumen und Blüten jedweder Farbe und Form.

Schon nach wenigen Sekunden waren die Stimmen und Rufe der Soldaten hinter mir verklungen, als schützte der Wald sich selbst vor äußeren Einflüssen. Wie durch eine unsichtbare Wand, die man durchquerte, sobald man ihn betrat. Hier zu sein fühlte sich an, als könnte mein Körper und Geist aufatmen. Ruhe nahm mich ein, sobald es still um mich geworden war. All die Sorgen, Zweifel und Ängste ließ ich hinter mir zurück. Wie nach Hause kommen. Ein Zuhause, das ich sonst nicht hatte.

Es fiel mir immer noch schwer, mich mit der App zu orientieren, weil die Störsignale hin und wieder auch den Punkt überdeckten, der mir vermutlich die Position des Katers anzeigte. Das war hoffentlich kein schlechtes Zeichen.

Neben meinem Handy richtete ich meinen Blick außerdem sorgfältig auf meine Füße, um keine Blumen niederzutreten, die sich in meinem Weg befanden. Der süße Geruch, den sie verströmten, hatte etwas zusätzlich Beruhigendes. Vielleicht, weil ich so viele Erinnerungen mit ihm verband. Mit der lauen Wärme des Frühlings, den die Wälder auf der ganzen Welt inzwischen verströmten. Selbst das Atmen schien hier leichter.

Erst als ich dem Punkt auf meinem Bildschirm sehr nahe gekommen war, hob ich meinen Blick, um die Umgebung zu betrachten. Die Blumenwiese vor mir sah aus wie aus einem Traum. Eine seltsame Schönheit ging von den verschiedenen Blüten und Farben aus, die sich außerhalb der Quellbereiche nie in solcher Dichte oder Vielfalt an einem Ort versammeln würden.

Diese Fremdartigkeit war es auch, die dem Anblick trotz seiner Schönheit etwas Bedrohliches verlieh. Nichts Böses, aber etwas … anderes. Wie der Blick in die Tiefen des Ozeans oder die Weiten des Universums. Etwas unheimlich Großes, das man nicht verstand, egal wie sehr man es versuchte.

Als Kind hatte ich genügend Zeit in den Quellbereichen verbracht, um zu wissen, dass sie unberechenbar waren. Dass sich Pflanzen manchmal als Lebewesen herausstellten, Lebewesen als Pflanzen, und dass Licht, Umgebung und Stimmung sich innerhalb von einem Wimpernschlag verändern konnten. Dieser Ort wollte, dass man ihm Respekt zollte. Verlor man sich in seiner Schönheit, konnte sie sich gegen einen richten. Daran musste ich mich immer wieder erinnern, während ich die Gegend beobachtete, bis mir plötzlich eine Bewegung auffiel.

Einige der Blumen, wenige Meter von mir entfernt, regten sich. Dann erhob sich ein Kopf daraus.

Es war eine Katze. Mit gelben Augen und schwarzem Fell. Mein Herz machte einen erleichterten Sprung und ich bückte mich, als sie mich interessiert betrachtete. Ein Lächeln auf den Lippen schob ich das Handy weg und sah Bob entgegen.

Der kurze Anflug von Euphorie wurde allerdings im Keim erstickt, als der Kater mich ansah und gemächlich auf mich zutrottete. Die filigranen Blüten und Blätter, von denen ich dachte, dass er sie gestreift hatte … sie schienen ein Teil von ihm zu sein. Sie saßen anstelle des Fells auf seinem Kopf, seinem Rücken, seinem Schwanz und an seinen Gliedern. Sie trugen Pastellfarben und die Form von Rosen, Lilien und vielen anderen Blumen, deren Namen ich nicht kannte.

Er hatte sich verändert.

Ich war zu spät gekommen.

Verdammt, ich hätte damit rechnen sollen, aber ich hatte zu viel Hoffnung gehabt. Die Dame hatte bei ihrem Auftrag in der App zwar keine Angaben dazu gemacht, ob sie ihn in diesem Zustand wiederhaben wollte oder nicht, aber aus Erfahrung sanken damit die Chancen rapide, dass ich den Auftrag erfolgreich würde abschließen können.

Ich durfte mich davon aber nicht ablenken lassen. Ich konnte nicht in die Zukunft sehen, also ermahnte ich mich, trotz meiner Sorge alles zu tun, was ich konnte, um das Tier wohlbehalten nach Hause zu bringen.

Der Kater war einige Meter von mir entfernt stehen geblieben und schnupperte angestrengt in meine Richtung, vermutlich um herauszufinden, woran er bei mir war. Bisher wirkte er freundlich, aber das konnte auch täuschen. Ich bemühte mich also, nicht nervös zu wirken und ihn so ruhig wie möglich zu betrachten.

Eine der kleinen, pinken Blüten an seinem Kopf bewegte sich. Innerhalb weniger Sekunden verwelkte sie und löste sich in Staub auf, noch bevor ihre fallenden Blätter den Boden erreichen konnten. Sofort wuchs eine neue, mit einer bläulichen Farbe an derselben Stelle nach.

Wie schön. So etwas hatte ich noch nie in meinem Leben gesehen. Dieses Tier machte einen so gelassenen Eindruck.

Ob es wohl an der Strahlung lag? Oder war Bob schon vorher so entspannt gewesen?

Erst nach einigen Momenten gelang es mir, mich aus meinen Beobachtungen zu reißen und eine erste Anstrengung zu unternehmen, mich ihm zu nähern.

»Na du, Kleiner?«, flüsterte ich und schob mich ein Stück an ihn heran. Zu meiner Überraschung machte er keine Anstalten, zurückzuweichen. »Du bist aber hübsch.«

Das war er wirklich. Ich musste vorsichtig sein, weil ich noch nicht erkennen konnte, wie die Blumen auf seinem Fell auf Berührungen reagierten. Wenn ich es schaffte, ihn einzufangen, würde ich ihn in der Schleuse untersuchen und reinigen lassen, damit er keine Strahlung mehr abgab. Dann sollte er sich hoffentlich normal in den Straßen von Warna bewegen können. Sofern die Menschen ihn in Ruhe ließen.

Ich streckte meine Hand aus, um mich vorzustellen. Das gefiel ihm offenbar, denn er kam einige Schritte näher und schnupperte neugierig daran. Dann rieb er seinen Kopf an meinen Fingern. Wie eine gewöhnliche Katze.

Die Stellen, an denen er noch Fell besaß – vor allem im Gesicht –, waren ganz warm und weich. Sein feuchtes Näschen streifte meine Haut. Schnurrte er?

»Du bist ja sehr vertrauensvoll«, flüsterte ich und berührte sacht eine der Blumen an seinem Rücken. Sie unterschied sich nicht von einem gewöhnlichen Blütenblatt und es schien ihn nicht zu stören, dass ich vorsichtig mit meiner Fingerkuppe darüberstrich.

Während Bob schnurrend an meiner freien Hand schnupperte, fuhr ich noch mal über seinen Rücken. Als würde ich mit den Fingern über eine Blumenwiese streichen. Er schnurrte allerdings umso lauter, als ich die Stelle unter seinem Kinn erreichte, an der er noch sein schwarzes Fell trug. Zufrieden rieb er abermals seinen Kopf an mir, dann betrachtete er interessiert die leuchtenden Linien auf meiner Handinnenfläche. Er roch nicht einmal daran, er schaute sie einfach nur an. Eine Gänsehaut breitete sich auf meinen Armen aus, als ich mich für einen Moment fragte, ob er wohl wusste, was es war.

Erst die Erinnerung daran, dass meine Zeit ablief, motivierte mich dazu, weiterzumachen. »Na, willst du mit mir mitkommen?«, murmelte ich. Der Kater machte keinen aggressiven Eindruck, deswegen packte ich ihn vorsichtig unter dem Bauch und hob ihn hoch.

Er versuchte nicht, sich aus meinem Griff zu befreien. Auch nicht, als ich ihn etwas lockerer auf meinem Arm absetzte, um ihn besser halten zu können, und mich dann aufrichtete. Er war gar nicht so groß, wie ich es von einem ausgewachsenen Tier erwartet hatte, also war er auch entsprechend leicht.

Irgendetwas an ihm erinnerte mich an meine Kindheit. An ein Plüschtier, das ich damals besessen hatte. Das unangenehme Ziepen ignorierend, setzte ich mich langsam in Bewegung.

Ich war gemächlich mit Bob auf dem Arm durch den Wald gegangen, bis die Lichtung und die Straße zwischen den Bäumen zu sehen waren. Mir war klar, dass ich keine Zeit verlieren durfte, doch trotz seiner ruhigen Art wollte ich lieber keine hastigen Bewegungen machen.

Und zugegebenermaßen war ich auch noch nicht ganz bereit, mich wieder in die gewöhnliche Welt zurückzubegeben. Zu den Menschen, zurück zu ihren Problemen und Gefühlen. In das Chaos. Aber mir war auch klar, dass ich nichts tun konnte, um das zu verhindern.

Gerade wollte ich mit Bob auf die Lichtung treten, als ein durchdringender Knall die Luft zerriss. Wir beide zuckten zusammen und noch bevor ich ausmachen konnte, woher er gekommen war, erklangen zwei weitere.

Das waren Schüsse! Wurden wir angegriffen? Nein, nein, nein, das war nicht gut. Ich nahm Bob fester in die Arme und blieb für einige Sekunden stehen.

Ich musste klar im Kopf bleiben, das war mir bewusst. Und trotzdem überrollte mich Panik wie fließendes Wasser. Von Kopf bis Fuß breitete sich Gänsehaut auf meinem Körper aus und mein Herz pochte so heftig in meiner Brust, dass es schmerzte.

Das Geräusch von Schüssen ließ diese Bilder vor meinem inneren Auge aufflackern. Brennende Städte. Bombenwerfer über Siedlungen. Armeen, fallende Gates, einstürzende Häuser, Tränen auf staubigen Wangen, schreiende Menschen und …

Nein! Nein, nein, nein, das durfte nicht passieren. Nicht schon wieder! Es kostete mich alles an Energie, das ich besaß, mich aus meiner Starre zu lösen und einen Schritt auf die Lichtung zuzumachen. Dabei war alles, was ich tun wollte, rennen. So wie ich es früher als Kind immer getan hatte.

Ein weiterer Schritt nach vorn, obwohl meine Knie so weich waren, dass ich nicht wusste, ob meine Beine mich noch lange tragen würden. Ich musste mich jetzt zusammenreißen. Ich musste mir einen Überblick verschaffen.

Den Rücken an einen Baum gepresst, wagte ich mich gerade weit genug aus meiner Deckung, um zu erkennen, was bei der Anlage geschah. Eine erneute Welle der Angst flutete mich. Drei Wölfe, wie ich sie noch nie gesehen hatte, hatten meine Kameraden umringt. Sie waren mindestens doppelt, wenn nicht sogar dreimal so groß wie gewöhnliche Tiere ihrer Art, und besaßen ein eigenartig schwarz-weißglitzerndes Fell, das unter der Sonneneinstrahlung holografisch glänzte. Jede ihrer Regungen löste ein Geräusch aus, das ich nicht ganz fassen konnte. Ein Klingeln?

Ein Klingeln, das das Dröhnen der Schüsse, die Schreie und das Knurren untermalte, als ich mich wieder zurücklehnte, um die Augen zu schließen und durchzuatmen.

Mein Herz pochte wie wild. Gab es etwas, das ich tun konnte, um zu helfen? Vermutlich nicht. Nein, vermutlich würde ich es nur schlimmer machen, wenn ich mich der Gruppe näherte. Immerhin hatte ich weder eine Ausrüstung noch Cosmic Powers, um diesen Wesen irgendetwas entgegenzusetzen.

Ich zwang mich, abermals meinen Kopf aus der Deckung zu strecken. Zwei der Teammitglieder standen am Eingang des Gebäudes, die Gewehre auf einen Wolf gerichtet, der mir den Rücken zugewandt hatte. Mit ihren Schüssen konnten sie ihn davon abhalten, sich ihnen zu nähern, auch wenn es nicht so aussah, als würden sie ihm Wunden zufügen.

Ein weiterer stand an einer der Leitern, auf der sich ein Mitglied des Teams befand, das sich nicht verteidigen konnte. Zwei andere versuchten wohl, das Tier davon abzuhalten, die Leiter umzuwerfen.

Der dritte Wolf stand etwas weiter von den anderen weg, fletschte die Zähne und bellte aggressiv.

Was hielt sie davon ab, die Männer und Frauen einfach zu fressen? Hatten sie Angst vor deren Waffen? Die Schüsse schienen doch keinen Effekt auf sie zu haben.

Ich zog mich erneut zurück, drückte den Kater an mich und überlegte hektisch, was ich tun konnte. Es … es musste doch etwas geben! Aber das Knurren ließ mir das Blut in den Adern gefrieren und bei jedem Schuss zuckte ich zusammen.

Hektisch ging ich meine begrenzten Möglichkeiten durch, als Bob plötzlich ein lautes Miauen ausstieß und begann, sich in meinem Arm zu winden. Ich packte ihn fester, aber es gelang ihm trotzdem, sich zu befreien und auf allen vieren zu landen.

Nein! Ich stürzte vor, um ihn zu schnappen, doch er rannte schon los. Und anstatt wegzulaufen, bewegte er sich genau auf das Chaos zu. Viel schneller, als es einer Katze möglich sein sollte.

Verdammter Mist! Einem Reflex folgend sprintete ich ihm hinterher, obwohl meine Beine sich viel zu wackelig dafür anfühlten. Ich konnte nicht zulassen, dass dieses Wesen verletzt oder gefressen wurde.

Bob lief, ohne zu zögern, auf eins der veränderten Tiere zu, das um ein Vielfaches größer war als er. Sogar größer als ein Mensch. Der Wolf, der ein Stück abseits der anderen stand, ruckte mit dem Kopf herum und fixierte den Kater.

Mir blieb keine Zeit! Ich machte einen Satz nach vorn, ließ mich fallen und schloss den Kater in meine Arme. Fest hielt ich ihn am Boden und verdammt, dieses Mal würde ich ihn nicht entkommen lassen.

Der Wolf war nur etwa drei Meter von mir entfernt. Hinter mir befanden sich drei Teammitglieder, unter anderem Sam. Sie alle hielten ihre Waffen im Anschlag, ich hatte es auf dem Weg hierher gesehen. Aber sie würden mir nicht helfen können, oder?

Das gewaltige Tier kam einen Schritt auf uns zu. Noch immer über Bob gebeugt, schaute ich von seinen riesigen Krallen über sein schillerndes Fell bis hinauf zu seinem Gesicht. Ich erkannte nicht viel, bis auf die wütenden Augen und die gebleckten Zähne, weil das Sonnenlicht mich blendete.

Das war mein Ende. Die Schüsse, die die anderen abfeuerten, ignorierte das Wesen komplett. Und während wir einander ansahen, breitete sich eine unbeschreibliche Ruhe in mir aus. Eine Ruhe wie die, die die Quellbereiche auf mich ausübten. Alles um mich herum wurde still. Das Dröhnen der

Schüsse und die aufgeregten Schreie meiner Kollegen rückten in den Hintergrund, bis sie nicht mehr als ein Rauschen am Rande meines Bewusstseins waren. Die Wärme des Sonnenlichts umfing mich und die blauen Augen des Tieres nahmen mich gefangen.

»Cora, verschwinde da!«

Sams Stimme riss mich aus meiner Trance und auf einen Schlag schien ich all meine Sinne wiederzuerlangen. Mit einer donnernden Wucht drangen die Geräusche an meine Ohren, als Sam einen Sprung auf uns zu machte und sich zwischen uns und das riesige Tier stellte.

»Nein!«, rief ich erschrocken, doch noch bevor Sam einen Schuss abgeben konnte, machte der Wolf einen Satz und biss in seinen Arm.

Die darauffolgenden Sekunden verliefen wie in Zeitlupe. Sams Schmerzensschreie drangen bis tief in mein Inneres vor. Ich drückte Bob fester an mich, während die anderen Soldaten sich sofort in Bewegung setzten. Diejenigen, die nicht mit den anderen Tieren beschäftigt waren, kamen angelaufen und griffen den Wolf an, der Sams Arm fest im Maul hielt. Ein Knacken war zu hören, das mir das Blut in den Adern gefrieren ließ.

Bob nutzte meine Starre und befreite sich aus meinem Griff, bevor ich es überhaupt bemerkte.

»Nein«, rief ich, als er auf Sam und den Wolf zusetzte. Ein kalter Schauer lief mir über den Rücken, als ich für einen Moment dachte, er wollte ebenfalls auf Sam losgehen. Der Kater hechtete auf ihn zu, sprang an ihm hinauf, hielt sich mit den Krallen an seiner Jacke fest und kämpfte sich zu seiner Schulter vor. Ich konnte nicht schnell genug aufstehen, um es zu verhindern.

Doch sobald Bob auf Sams Schulter angekommen war und Augenkontakt mit dem glitzernden Wolf aufgenommen hatte, hielt dieser inne. So langsam ich konnte, drehte ich den Kopf. Die anderen drei Tiere waren ebenfalls erstarrt, obwohl sie uns zum Teil sogar den Rücken zugewendet hatten. Dann öffnete das Wesen uns gegenüber sehr langsam das Maul, gab Sams Arm frei, neigte den Kopf ein Stück nach unten und trat zurück.

Das Gewehrfeuer erstarb. Für einige Sekunden regte sich niemand. Auch ich wagte es nicht, aus Angst, die kleinste Bewegung könnte diesen überraschenden Waffenstillstand durchbrechen.

Bob gab ein unzufriedenes Murren von sich und der Wolf trat einen weiteren Schritt zurück.

War das … war das Zufall?

Sam war der Erste, der sich rührte. Einen Schmerzenslaut auf den Lippen ließ er das Gewehr fallen und griff mit der nun freien Hand an die Wunde an seinem Unter- und Oberarm, die unkontrolliert blutete. Ich setzte auf ihn zu, um ihn zu stützen. Auf meine Berührung hin sank er in die Knie.

Der Wolf regte sich, aber Bob, noch immer auf Sams Schulter sitzend, murrte abermals und das große Tier hielt abermals still. Nach einigen Sekunden setzten sich einige der Sicherheitsleute in Bewegung. Während sie sich langsam auf uns zuschoben, ließen sie die Wölfe nicht aus den Augen, die Waffen nach wie vor auf sie gerichtet.

Aber die Tiere hielten still.

»Halt durch«, flüsterte ich Sam zu. Wie war er auf die Idee gekommen, sich vor mich zu werfen? Dieser verdammte Held!

Ich fixierte den Wolf, der uns skeptisch und mit gesenktem Kopf anschaute. Bob murrte erneut, dann schaute das Tier ihn ein letztes Mal an und kehrte sich von uns ab. Seine beiden Begleiter folgten seinem Beispiel und trotten auf den Waldrand zu.

Das Klingeln ihres Fells war noch eine ganze Weile lang zu hören. Ich konnte meine Augen nicht von ihren schillernden Rücken abwenden, weil ich nicht glauben konnte, was geschah.

Waren wir in Sicherheit? Mein Herz wollte sich nicht beruhigen und die Anspannung in meinem Körper sich einfach nicht lösen.

Die Teammitglieder erholten sich schneller von dem Schock als ich. Hannah hockte sich neben Sam und zog ihm die Jacke von den Schultern, damit der Sanitäter sich um die Wunde kümmern konnte. Ich sah weg, weil der Anblick des dickflüssigen Blutes Übelkeit in meiner Kehle hervorrief.

Mit zusammengebissenen Zähnen beobachtete ich, wie Bob von Sams Schulter sprang und zu mir trottete. Er wirkte vollkommen entspannt. Eigentlich hatte er das die ganze Zeit getan. Ungewöhnlich für eine Katze. Mit einem letzten mulmigen Blick auf Bob, murmelte ich: »Es tut mir so leid.« Ich rutschte ein Stück zur Seite, um dem Sanitäter Platz zu machen.

Mit routinierten Handgriffen schnürte er den Oberarm ab, um die Blutung zu stoppen.

»Das war nicht deine Schuld«, keuchte Sam zwischen seinen Schmerzenslauten. »Es war einfach ein Reflex.«

Hannah funkelte mich aus ihren dunklen Augen wütend an. »Ich wusste, dass du zu jung dafür bist«, grollte sie. »Was fällt dir ein, dich einzumischen? Das war ein unnötiges Risiko!«

Ihre Worte trafen mich so hart, dass mir schlecht wurde, dabei wusste ich, dass sie recht hatte. Das war unüberlegt gewesen.

»Ich …«, setzte ich an, obwohl ich nicht einmal eine richtige Verteidigung parat hatte.

Sie hob allerdings ihre Hand, um mir Einhalt zu gebieten. »Keine Widerworte. Ich muss das melden.«

Ein eiskalter Schauer überlief mich. »Was? Ich …«, stotterte ich. »Ich hatte schon Dutzende Einsätze, das war das erste Mal, dass …«

»Du wirst dich da nicht rausreden können«, ächzte Hannah, als sie sich schwerfällig aufrichtete, den Griff nach wie vor fest um ihre Waffe geklammert. »Das war absolut unprofessionell.«

Schwer atmend rappelte ich mich ebenfalls auf, Bob wieder auf meinem Arm. »Es tut mir wirklich leid«, versuchte ich es trotz ihrer Warnung weiter und folgte ihr mit einigem Abstand. »Ich wollte nur –«

»Du wolltest den Kater beschützen, schon klar. Aber damit hast du jemanden in Gefahr gebracht.«

»Aber ich wollte doch gar nicht, dass Sam –«

»Cora«, sagte sie laut und wirbelte zu mir herum. Ich blieb auf der Stelle stehen und schaute sie zitternd an. »Ich mache das nicht, um dich zu bestrafen oder um dir eine Lektion zu erteilen, ja? Ich bin nicht deine Mutter oder deine Lehrerin, ich bin deine Vorgesetzte. Ich werde das melden.« Den letzten Satz sprach sie langsam aus, als wollte sie, dass ich ihn wirklich verstand.

Zögerlich nickte ich und schluckte schwer. Dann gab es wohl wirklich nichts, was ich tun konnte, um das zu verhindern. Was für ein verdammter Mist! Ich ballte die Hände zu Fäusten, um die Tränen meiner Frustration zurückzuhalten. »Und dann?«

»Ich treffe keine Entscheidungen darüber, wie es weitergeht«, fuhr sie etwas ruhiger fort. »Das macht die Zentrale.« Sie wiegte den Kopf hin und her. »Kann aber durchaus sein, dass sie dir Punkte von deinem Zertifikat abziehen. Oder …«

»Oder?«

»Oder dass sie dich vorläufig sperren.«

Ich atmete tief ein und aus. Es fehlten mir doch nur noch ein paar Einsätze, dann könnte ich pünktlich an meinem achtzehnten Geburtstag die Bewerbung für das Einsatzteam einreichen und meinen Lebensunterhalt hiermit verdienen. Das war alles, was ich wollte. Wenn ich gesperrt wurde, müsste ich noch Monate darauf warten. Vielleicht Jahre.

»Ist echt nur halb so schlimm«, stöhnte Sam. »Wenn es nach mir geht, müssen wir das nicht melden.«

»Mit so was fangen wir gar nicht erst an«, sagte Hannah streng. Nichts anderes hatte ich von ihr erwartet. »Und dass du diesen Vorschlag überhaupt unterbreitest, Sam …« Sie sah mich an, dann verzog sie den Mund. »Darüber reden wir später.«

Und ich hatte gedacht, das Gespräch mit Sam wäre das Schlimmste, was mir heute passieren konnte …

Hannah deutete auf den Kater in meinem Arm. Ich zuckte bei ihrer plötzlichen Bewegung zusammen. »Und pass auf, dass der nicht wegrennt. Der scheint das Einzige zu sein, was diese Monster davon abgehalten hat, uns alle zu zerfetzen.«

KAPITEL 3

09.06.2082, DIE WORTE EINER ALTEN FRAU IN DER MITTAGSHITZE

Die frühe Nachmittagssonne brannte unerbittlich auf Warna und ihre staubigen Straßen hinab. Seit Wochen hatten sie keinen Regen mehr gesehen. Die hellen Steine der Barockbauten fingen das Licht ein und warfen es in die Gassen zurück. Eine warme Brise trug den salzigen Geruch des Meeres heran und zupfte an meinen Haaren. Bob, der zufrieden auf meiner Schulter saß, hielt seine Nase schnuppernd in die Luft.

Ich wischte den Schweiß von meiner Stirn und schob die Sonnenbrille weiter meine Nase hinauf, als sie wieder hinabzurutschen drohte. Meine Kleidung roch noch nach den Chemikalien der Schleuse, aber der Geruch war wenigstens irgendwie frisch. Zumindest kam er mir so vor.

Wenn ich die ruhige, warme Stimmung der Stadt nur genießen könnte. Aber trotz der Wärme auf meiner Haut fühlte ich mich kalt und gelähmt. Am liebsten hätte ich mich in mein Bett gelegt und mich unter der Decke versteckt.

Ich schaute nach oben, als ich in den Schatten trat, den das Cosmic Balance Gate über die Stadt warf. Die gewaltige Sichel ragte über alles hinweg. Es gab keinen Bereich der Stadt, aus dem man sie nicht sehen konnte. Jedes Mal, wenn ich zu der Maschine hinaufsah, ergriff mich ein Gefühl der Angst. Oder des Respekts, zumindest. Es erinnerte mich an Peking und daran, wie das Gate meiner Heimat zusammengebrochen und auf alles niedergestürzt war.

Ich lenkte meinen Blick zurück auf die Straße, bevor sich die Erinnerung zu deutlich vor meinem inneren Auge manifestierte. Damit musste ich mich jetzt nicht auch noch herumschlagen.

Die Wände der Gebäude rechts und links von mir waren mit Postern und Graffitis diverser politischer Strömungen zugekleistert. Anti-Cosmic-Parolen, übersprüht mit Anti-Human-Parolen, überklebt mit Forderungen nach einem friedlichen Zusammenleben und so weiter. Um diese Uhrzeit besuchten viele Menschen die kleinen Läden am Straßenrand. Ich wich einigen Fahrradfahrern aus, die aufgeregt klingelten, sobald ich mich zu weit in ihre Bahn bewegte.

Ein Surren in meiner Tasche riss mich aus meinen Gedanken und ich zog das Handy hervor. Mein Herz begann allein bei dieser Bewegung heftiger zu schlagen. Als wüsste es etwas, das mir noch nicht klar war, obwohl ich es schon die ganze Zeit befürchtete.

Eine Benachrichtigung der Auftragsapp. Meine Finger schwebten einige Momente darüber, während tausend Gedanken durch meinen Kopf schossen. Dabei wusste ich doch, was dort im schlimmsten Fall stehen würde.

Aber was ich wusste, schien die emotionale Seite meines Verstandes nicht zu interessieren. Es flammte die unbändige Hoffnung in mir auf, dass die Zentrale vielleicht doch noch mal ein Auge zudrückte.

Ich öffnete die App mit zitternden Fingern. Wenn ich nicht schon geschwitzt hätte, hätte ich spätestens jetzt damit begonnen.

Schon die Übersicht verriet mir, was ich mir bereits hatte denken können: Das Geld vom Einsatz im Quellbereich war mir gutgeschrieben worden. Mit einem großen, roten Vermerk über meine vorläufige Sperrung für Wartungseinsätze. Und all den Punkten, die mir abgezogen worden waren.

Das Feuer der kleinen, lodernden Hoffnung wurde mit einer Wucht ausgelöscht, die einem Tritt in den Magen glich. Da stand nicht mal, wie lange ich gesperrt sein würde.

Sollte ich deswegen gleich in der Zentrale anrufen? Vielleicht auch bei Hannah. Aber ich glaubte nicht, dass sie mein eigentliches Problem verstand. Sie hatte mir auf dem Weg zurück zur Schleuse immer wieder versichert, dass Sams Verletzung nicht meine Schuld gewesen sei. Dass er sich freiwillig in den Weg geworfen hätte und dass es ihm gut gehen würde.

Und ja, ich hatte auch Schuldgefühle, aber das war nicht das Problem.

In zwei Monaten würde ich achtzehn werden. Ich hatte ewig darauf hingearbeitet, an diesem Tag alle meine Punkte für mein Zertifikat beisammenzuhaben, um von da an beruflich in den Quellbereichen arbeiten zu können. Nur noch ein paar Aufträge wären es gewesen, dann hätte ich genügend Punkte gehabt.

Das wäre gut gewesen. Ich hätte ein festes Einkommen gehabt, eine Versicherung und vielleicht sogar Geld für eine größere Wohnung. Etwas mehr Freizeit und … einfach etwas mehr Sicherheit. Aber wenn sie mir wirklich so viele Punkte abzogen, wie dort stand …

Mir wurde schlecht und ich schob das Handy weg, blieb stehen und ballte die Hände zu Fäusten. Wenn das wirklich so war, würde ich mindestens noch ein Jahr als Aushilfe arbeiten müssen. Vielleicht sogar länger.

Wegen *eines* verdammten Fehlers.

Es kostete mich endlos viel Anstrengung, all die Gedanken von mir zu schieben und meinen Weg fortzusetzen. Und das alles nur wegen dieses Katers, der so gelassen auf meiner Schulter saß und sich seine Umgebung mit der Ruhe eines alten Mannes ansah. Er schien nicht einmal Lust zu verspüren, die Stadt auf eigene Faust zu erkunden.

Ich streckte meinen Arm aus, um ihn unter dem Kinn zu

streicheln, was er mit einem genüsslichen Schnurren hinnahm. Seine Anwesenheit brachte mir einige skeptische Blicke ein, die ich geflissentlich ignorierte. Das blau leuchtende Mal an meinem Arm hatte ich wieder mit den Bandagen überdeckt, aber der Kater mit den kunterbunten Blumen auf dem Körper erregte die Aufmerksamkeit der Menschen um mich herum.

Zumindest das war mir herzlich egal.

Jetzt kam gleich der Moment der Wahrheit. Als ich mich auf die alte Holztür mit dem abgesplitterten Lack zubewegte, hoffte ich, dass die Dame ihren Kater zurückhaben wollte, obwohl er sich verändert hatte. Das wäre dann zumindest ein Sieg an diesem furchtbaren Tag.

Ein Sieg, den ich jetzt wirklich dringend brauchen konnte.

Ich suchte nach ihrem Namen am Klingelschild und drückte den alten Metallknopf, dann trat ich einen Schritt zurück und warf einen Blick am Gebäude hinauf.

Der helle Barockbau hatte mit den filigranen Stuckarbeiten an den Fassaden bestimmt einmal prachtvoll ausgesehen. Jetzt wirkte er so heruntergekommen wie der Rest von Warna. Die Wände waren beschmiert und der Putz war großteils abgeschlagen. Neben den Postern mit den Parolen waren die einzigen Farbtupfer die Blumenkästen in den Fensterbänken.

Es verging so viel Zeit, in der ich mich, nervös von einem Fuß auf den anderen tretend, in der Gegend umsah, dass ich überlegte, ob ich noch einmal klingeln sollte. Ich hatte schon meine Hand ausgestreckt, da wurde die Metallklinke der Tür heruntergedrückt.

Die Hände vor dem Körper gefaltet, Bob noch immer geduldig auf meiner Schulter sitzend, sah ich die alte Frau an, die öffnete. Sie war gewiss schon über achtzig, was die Namenswahl ihrer Katze noch etwas witziger machte.

»Guten Tag, Frau –«

»Oh Himmel!«, keuchte sie und starrte den Kater mit weit aufgerissenen Augen an.

Ich hatte es befürchtet. Sie wirkte ganz und gar nicht begeistert.

»Ist das mein Bob?«, ächzte sie.

Mein Gehirn lief auf Hochtouren, während sie Bob mit einem so angewiderten Blick anschaute, dass das kleine bisschen Hoffnung in mir langsam zerbröckelte. Wie reagierte ich am besten darauf, wenn ich sie überzeugen wollte, dass sie ihn zurücknahm? Ich konnte diesen zweiten Auftrag nicht auch noch in den Sand setzen.

Deswegen schlug ich einen sehr vermittelnden Tonfall an. »Ja«, sagte ich ruhig. »Es geht ihm gut. Wir haben ihn unverletzt in den Quellbereichen vorgefunden.«

Die Dame verzog Mund und Nase, als würde sie Exkremente riechen. »Er hat sich verändert.«

»Das hat er«, sagte ich und sah zu dem Kater, der wiederum die Frau aufmerksam betrachtete. Er ließ sich nicht anmerken, ob er sie wiedererkannte oder nicht.

»Warum?«

Warum? »Weil … er sich in den Quellbereichen aufgehalten hat«, antwortete ich unsicher. Das sollte ich ihr eigentlich nicht sagen müssen, immerhin hatte sie in ihrem Auftrag bereits angegeben, dass er dorthin verschwunden war. »Die Veränderung von Tieren unterliegt ähnlichen Bedingungen wie die der Menschen. Offenbar wurde er der Strahlung ausgesetzt, ist aber nicht daran gestorben.« Wenigstens darüber sollte sie doch froh sein, oder?

Sie antwortete nicht, sondern sah nur von ihm zu mir und wieder zurück.

»Ich habe ihn in der Schleuse untersuchen lassen«, fuhr ich fort. »Er weist keine gefährlichen Cosmic Powers auf, also wurde beschlossen, dass er in die sicheren Bereiche zurückkehren darf. Außerdem haben wir –«

»Ich will ihn nicht!«, spuckte sie aus.

»*Was?*« Mist, das war mir aufgebrachter über die Lippen gekommen, als ich beabsichtigt hatte. Ich musste ruhig bleiben. Wenn ich zu aufdringlich wäre, würde sie mir die Tür vor der Nase zuschlagen. Aber ich hatte einfach nicht die verdammte Energie, mit ihr zu diskutieren! »Ich meine … Er ist verändert, aber er wurde gereinigt. Er gibt selbst keinerlei Strahlung ab und wurde als absolut ungefährlich eingestuft.«

»Wer weiß, was dieses Monster mit mir anstellt«, fauchte die Alte und wedelte mit der faltigen Hand in Bobs Richtung. »Vermutlich frisst es mich im Schlaf.« Sie schüttelte den Kopf und wischte sich die Hände an ihrem dünnen Sommerkleid ab. »Sie können ihn behalten, Kleines.«

Kleines? »Aber was soll ich denn …« Ich unterbrach mich selbst, als mir ihr angewiderter Blick unbestreitbar klarmachte, dass ich sie nicht mehr überzeugen konnte.

Das Bild davon, wie ich heute Abend heulend in meiner Wohnung zusammenbrechen würde, manifestierte sich immer deutlicher vor meinem geistigen Auge.

Alles, was ich jetzt noch tun konnte, war zu verhindern, dass sie mir eine schlechte Bewertung gab. »Das verstehe ich natürlich«, lenkte ich also ein, obwohl es mir gewaltig gegen den Strich ging. Wenn sie ihr Tier so nicht wiederhaben wollte, hätte sie das im Auftrag vermerken müssen. Dann hätte ich ihn im Wald gelassen und mir wäre *sehr* viel Ärger erspart geblieben. »Der Auftrag war allerdings wirklich schwierig. Mein Team und ich wurden dabei angegriffen. Ich würde mich also freuen, wenn Sie mich trotz dieser bedauernswerten Unannehmlichkeit dafür bezahlen.« Es gelang mir nur, diesen Satz so ruhig auszusprechen, weil ich mir vorstellte, dass ihr Verhalten diese bedauernswerte Unannehmlichkeit war. Wahrscheinlich war sie einer dieser Anti-Cosmics und ging auf die Demos, die eine räumliche Trennung von Menschen und Cosmics forderten.

»Verkaufen Sie ihn an einen exotischen Händler«, schlug sie mir vor und machte erneut eine wegwerfende Handbewegung. Ich biss mir auf die Innenseiten der Wangen, um nichts Freches zu erwidern. »Für so ein Ding bekommen Sie ein Vermögen. Das sollte als Bezahlung genügen.«

Was sollte ich erwidern? Das war eigentlich nicht, wie diese Sache normal ablief. Ich hatte den Auftrag ausgeführt wie beschrieben, also schuldete sie mir Geld. Aber je weiter ich sie provozierte, umso wütender würde sie werden. Und ich wollte nicht, dass sie Beschwerde über mich einreichte. Noch eine und ich konnte meinen Beruf für immer vergessen.

Was hatte diese alte Schachtel denn erwartet? Sie konnte froh sein, dass das Tier noch lebte.

»Na gut, das verstehe ich«, rang ich mir mit zusammengepressten Zähnen ab. Das Lächeln auf meinem Gesicht fühlte sich so falsch an, dass ich mich fragte, ob sie das auch erkannte. »Können Sie dann eventuell den Auftrag in der App abschließen? Sonst bekomme ich meine Punkte für das Zertifikat nicht.« Das war das Letzte, was ich noch herausschlagen konnte.

Ein skeptischer Ausdruck machte sich auf ihrem Gesicht breit. »Sind Sie ein Mensch, Kleines?«

Anti-Cosmic. Ich hatte es gewusst. Und die Art, wie sie mich *Kleines* nannte, widerte mich an.

»Ja, ich bin ein Mensch«, erwiderte ich ehrlich. Obwohl ich an den Ergebnissen der bisherigen Tests manchmal zweifelte, aber das würde ich ihr sicher nicht auf die Nase binden. »Ich bin nur immun gegen die Strahlung. Das können Sie auch auf meinem Ausweis sehen, der bei der App hinterlegt ist.«

»Dann will ich Ihnen nicht im Weg stehen und fülle die

Bewertung aus«, gestand sie mir zu. Wie überaus zuvorkommend. »Immerhin haben Sie das Tier ja gefunden.« Ihr Blick scannte mich einmal von oben bis unten. »Aber ich würde Ihnen empfehlen, eine andere Karriere anzustreben. Ich habe gehört, die Regierung sucht händeringend nach Verwaltungsmitarbeitern für die Demarchie. Das wäre sicherlich ehrvoller für eine junge Frau wie Sie.«

Ehrvoller? Aus welchem Jahrhundert stammte sie denn?! Es fiel mir so schwer, ein Lächeln auf meine Lippen zu zwingen, dass es bestimmt falsch und verzerrt aussah. »Vielen Dank. Ich denke darüber nach. Ich brauche gerade nur das Geld.«

»Gut, gut. Dann machen Sie es gut.« Bevor ich noch etwas erwidern konnte, schlug sie die Tür mit einer Geschwindigkeit zu, die ich nicht von ihr erwartet hätte.

Bob miaute leise, also streckte ich meine Hände nach ihm aus und nahm ihn vorsichtig von meiner Schulter auf den Arm. Meine Finger zitterten noch immer. Ich glaubte nicht, dass sie damit aufgehört hatten, seitdem ich im Quellbereich die ersten Schüsse vernommen hatte.

Wütend und verwirrt entfernte ich mich einige Schritte von der Eingangstür und sah den Kater an, der mich neugierig musterte. Als fragte er mich, wie es jetzt weiterginge.

Aber woher sollte ich das wissen?

Ich hatte nicht die geringste Ahnung.

KAPITEL 4

09.06.2082, DAS BEOBACHTEN EINER STUDENTIN DURCH GEWÜRZREGALE

Der kleine Gewürzladen hatte nur wenige Quadratmeter Fläche. Jeder war zugestellt mit dunklen Holzregalen, die wiederum voll mit großen Gläsern und Proben waren. Gemeinsam mit dem frischen Duft des Meeres, der mit der Brise hineinwehte, fühlte sich der Geruch nach Holz und exotischen Gewürzen hier inzwischen nach Zuhause an.

Es war diesem Ort in den letzten Stunden gelungen, mich ein wenig zu beruhigen. Diesem Ort und Boss.

»Tut mir wirklich leid, dass das so ungünstig lief«, drang seine Stimme durch die Regale hindurch bis in meine Ecke. »Aber ich bin vor allem froh, dass dir nichts passiert ist, Cora.«

»Danke«, antwortete ich und polierte mit dem feuchten Tuch sorgfältig die hinteren Winkel des ausgeräumten Regals. Heute stand nur Staubwischen an. Eine Aufgabe, der ich ganz gern nachging. Ich konnte die Gedanken schweifen lassen und mich um die unteren Bretter kümmern, an die Boss nicht herankam, ohne sich den Rücken zu verrenken.

»Und das Gute ist«, fuhr er fort, »dass du so mehr Schichten im Laden übernehmen kannst. Die Inventur steht an, zusammen bekommen wir das doppelt so schnell hin.«

»Stimmt«, pflichtete ich ihm in trockenem Tonfall bei. Es war schön, dass er das so positiv sehen konnte. Das war eine Fähigkeit, um die ich ihn beneidete, obwohl er nicht mal ein Cosmic war.

»Und der kleine Kerl, den du mitgebracht hast, ist echt süß«, schwärmte er weiter.

Ich hatte überlegt, Bob während der Schicht in meine Wohnung zu bringen, immerhin wohnte ich nur eine Seitenstraße entfernt. Aber das war mir einfach zu herzlos vorgekommen. Ich lebte in einem winzigen Appartement, das im Sommer unglaublich heiß wurde.

Und verkaufen wollte ich ihn erst recht nicht. Wer wusste, was irgendwelche Händler mit ihm anstellten.

Boss sah das zum Glück genauso.

»Danke noch mal, dass ich ihn hierlassen darf.«

»Nichts zu danken.« Boss liebte Tiere und der Kater machte nicht den Eindruck, als hätte er Interesse an den Gewürzen.

»Wir sollten ihn aber hinten verstecken, wenn Kundschaft kommt«, rief ich und zog zwei schwere Gläser aus dem untersten Regal. »Damit er niemandem Unbehagen bereitet.«

»Kommt gar nicht infrage«, lachte der ältere Mann. »Ich bin gemäßigt. Das wissen meine Stammkunden. Und die, die das nicht akzeptieren, können ihre Gewürze woanders kaufen.«

Ich erwiderte nichts, obwohl ich seine politische Überzeugung in diesem Fall gut fand. Was das anging, war Boss wie eine Schallplatte, die immer wieder denselben Song abspielte. Das störte mich nicht. Ganz im Gegenteil, ich fand es beeindruckend. Eine nicht radikale Gesinnung bedeutete, dass man sich sowohl mit den Anti-Cosmics als auch den Anti-Humans herumschlagen musste. Doch Boss trug den Button mit den Händen, die nacheinander griffen, wie einen Orden. Und ich selbst hatte eine zu vage Meinung zu alldem, als dass ich ihm zustimmen oder widersprechen konnte.

Aus dem kleinen Radio, das auf dem Tresen stand, ertönte zum zweiten Mal seit Beginn meiner Schicht der Jingle für die Nachrichten. Dieses Mal hielt ich inne, um zu hören, welches Programm zum heutigen Jubiläum anstand. Für gewöhnlich gab es Feste und Gedenkfeiern zu Ehren der Verstorbenen. Nicht, dass ich die Energie haben würde, eins von ihnen zu besuchen, aber es interessierte mich trotzdem.

»Das Quellereignis jährt sich heute zum zweiunddreißigsten Mal«, betete der Sprecher seinen Text mechanisch herunter. *»Nachdem sich im Jahr 2050 für einige Sekunden ein Wurmloch nahe dem Mond bildete, gelangte die sogenannte Quellmaterie in unser Sonnensystem. Seither kamen nicht nur Millionen in den Unruhen ums Leben, etwa achtzig Prozent aller Menschen und Tiere erliegen auch den Veränderungen, die die Strahlung in organischer und anorganischer Materie auslöst.«*

Ich schaute zu meinem Arm, der nach wie vor unter den Bandagen verborgen lag. In diesem schattigen Bereich des Ladens konnte man sehen, wie die Haut darunter schwach leuchtete.

»In den anderen zwanzig Prozent der Bevölkerung ruft die Quellstrahlung die sogenannten Cosmic Powers hervor. Ein Phänomen, das selbst nach neusten Erkenntnissen unerklärt bleibt. Der Jahrestag des Quellereignisses soll erneut Anlass bieten, den Verstorbenen zu gedenken, die an der Strahlung und in den Bürgerkriegen, die die Welt für mehr als zwei Jahrzehnte erschütterten, ums Leben kamen. Zu den Feierlichkeiten wird Jax Gastrell, der Präsident der erweiterten chinesisch-russischen Allianz, eine Rede halten.«

Wie jedes Jahr also. Ich spannte mich an, als Aufregung sich in mir ausbreitete. Der Mann, der mir vor zehn Jahren in Peking das Leben gerettet hatte, war inzwischen einer der mächtigsten Politiker der Welt. Ich verfolgte jede seiner Entscheidungen aufmerksam. Durch seine Macht und seinen gemäßigten Einfluss hatte sich die politische Lage in den letzten Jahren zum ersten Mal beruhigt. Zumindest in den ECRA-Staaten, die unter seinem Schutz standen. Ich glaubte zwar nicht, dass diese Ruhe für immer anhalten würde, aber ich bewunderte sein Durchhaltevermögen und seine Anstrengungen.

Wenn er eine Rede hielt, musste ich sie mir unbedingt anhören.

»Jax Gastrell gilt als der erste Politiker, der durch gemäßigtes Verhalten demonstrierte, dass ein Zusammenleben von Cosmics und Menschen möglich ist«, fuhr der Sprecher fort. »Außerdem bemühte er sich um inklusivere politische Systeme und führte in den ECRA-Ländern das System der aleatorischen Demokratie – auch Demarchie genannt – ein. Ein politisches Modell, bei dem …«

Ich regte mich erst wieder, als der elektrische Surrer ein Geräusch von sich gab, weil jemand den Laden betrat. Das Klingeln ertönte noch einige Male. Offenbar eine Gruppe.

Rasch schob ich das große Glas mit Zimtstangen auf seinen Platz, klopfte den Staub von meinen Schultern und richtete mich auf.

»Hier riecht es immer *so* gut«, hörte ich die Stimme einer jungen Frau. Ich schielte durch die Regale und erkannte eine Gruppe von fünf Studentinnen, die die Uniformen der nahegelegenen Academy of Cosmic Powers trugen.

Ehrfürchtig zog ich die Luft zwischen meinen Zähnen ein, während Boss die Kundinnen laut begrüßte, und einige sich bereits über Bob wunderten.

Die Uniformen sahen so cool aus. Die schwarze Bluse mit den weiten, halblangen Ärmeln hatten alle Studentinnen in die schwarzen Hosen mit den vielen Taschen gesteckt. Ein wenig, wie ich es von der Einsatzkleidung der Wartungsteams kannte. Die Gürtel, Krawatten und Hosenträger waren kariert und in einer von fünf Farben gehalten. Sam hatte mal erwähnt, dass die Farben für die Fähigkeiten-Klassen standen, denen die Cosmics zugeordnet wurden. Aber er hatte mir nicht gesagt, welche Farbe für welche Klasse stand.

Ich nahm mein Tuch, trat um das Regal herum und tat so, als konzentrierte ich mich darauf, die Flächen in der Mitte des Ladens zu wischen. Dabei wollte ich nur einen genaueren Blick auf die Mädchen werfen. Alles, was mit der Akademie zu tun hatte, löste eine unerklärliche Faszination in mir aus.

Die Studentinnen waren nicht viel älter als ich, vielleicht sogar gleich alt. Während zwei von ihnen Bob streichelten und aufgeregte Quietschlaute von sich gaben, stöberten zwei weitere durch die Regale.

Die Fünfte stand in mehreren Metern Abstand zu den anderen und beobachtete alles still. Erst nach einigen Sekunden fiel mir auf, dass sie Kopfhörer trug.

Was sie wohl hörte?

Ihr langes, blondes Haar war zu einem Zopf gebunden, aus dem ihr Strähnen locker ins Gesicht fielen. Die Brille mit dem schwarzen Rand ließ sie klug aussehen und sie fuhr sich immer wieder mit der Zunge über die vollen Lippen. Als würde sie angestrengt über etwas nachdenken. Die Farbe ihrer Hosenträger und ihres Gürtels waren in einem dunklen Grün gehalten. Und ihr Gesicht. Wie konnte das Desinteresse, das sich darauf spiegelte, so schön aussehen? Sie …

Ich erwischte mich dabei, wie ich starrte, und beeilte mich, wieder beschäftigt zu wirken.

Studierende verirrten sich selten in unseren Laden. Generell kamen sie nicht so oft in die Stadt. Einfach, weil es für Cosmics, die so deutlich an ihrer Kleidung zu erkennen waren, schnell schwierig unter Menschen werden konnte.

Vielleicht kannte eine von ihnen Boss und wusste, dass es hier sicher war.

»Kann ich euch denn bei der Suche helfen, ihr Lieben?«, wollte er freundlich wissen. Die Energie, mit der er Kunden und Kundinnen empfing, war oft ansteckend.

Die Liste, die eine rothaarige Studentin vorlegte, ging ein wenig im Chaos meiner eigenen Gedanken unter. Ich zog mich ein Stück zurück und ärgerte mich über meine Reaktion.

Mist. Ich beneidete die Cosmics schon, seit ich klein war, aber ich hatte gedacht, das hinter mir zu haben. Ich konnte es nicht ändern und fertig. Meine Bewunderung schlug ein wenig in Wut auf mich selbst um. Es brachte nichts, sie zu beneiden. Oder mich in der Vorstellung zu verlieren, wie es wohl wäre, wie sie zu sein.

Es brachte nichts.

Mit zusammengebissenen Zähnen wischte ich weiter Staub, bis die fünf den Laden wieder verließen. Ich hielt mich davon ab, ihnen hinterherzuschauen. Wahrscheinlich kam das unheimlich rüber.

Der Radiobeitrag war inzwischen vorbei. Ich würde online schauen müssen, wann die Rede von Jax stattfinden würde.

»Ach, ich freue mich immer, wenn Studierende ihren Weg hierher finden«, säuselte Boss und ich trat um die Regale herum auf den Tresen zu. Er kraulte Bobs Blumenfell, was dem Kater offenbar gefiel. Der bullige Mann schaute ebenfalls zufrieden drein. »Hast du dir eigentlich schon Gedanken über deine Bewerbung bei der Akademie gemacht? Bald beginnt das neue Semester.«

Seine Frage verwirrte mich, sodass ich für einige Sekunden darüber nachdenken musste, was er meinte. »Was?«, fragte ich schließlich wenig eloquent. »Du meinst an der Academy of Cosmic Powers?«

»Ja, na klar.«

Ein nervöses Lachen verließ meine Lippen, weil ich nicht genau wusste, ob ich an meinem oder an seinem Verstand zweifeln sollte. »Boss, ich …« Ich zog die Augenbrauen skeptisch in die Höhe. »Tut mir leid, dass ich dir das jetzt sagen muss, aber ich bin kein Cosmic.« Das wusste er eigentlich. Dass ich keine besonderen Talente hatte, war nicht nur eine Tatsache, sondern auch so was wie ein Charakterbaustein von mir.

Er lachte schallend. »Hast du es noch nicht gehört?« Als er in mein irritiertes Gesicht schaute, beruhigte er sich schnell wieder und schlug einen ernsten Tonfall an. »Sie bringen es schon den ganzen Tag in den Nachrichten. Ab dem nächsten Semester können sich auch Menschen dort bewerben.«

Ich verschluckte mich an meinem eigenen Atem. »*Was?*«, fragte ich lauter als beabsichtigt. Wie hatte ich das denn nicht mitkriegen können? Ich war so in Gedanken versunken gewesen, dass ich wohl alles andere ausgeblendet hatte.

»Ja, die Studienleiterin hat bekannt gegeben, dass in Zukunft auch Menschen an der Aufnahmeprüfung teilnehmen dürfen«, klärte Boss mich freundlicherweise auf. »Weil sie inklusiver sein wollen. Sie weist jedoch bei jeder Gelegenheit darauf hin, dass die Prüfung für Menschen nicht sicher ist.« Ein breites Grinsen trat auf seine Züge. »Aber das sollte für dich ja kein Problem sein.«

»Aber …« Ich musste das erst einmal verarbeiten. »Es ist ja gar nicht bekannt, was für eine Prüfung das ist. Ich kann sie bestimmt nicht bestehen.«

»Und wenn doch? Dann öffnen sich dir viel früher die Türen für einen festen Job in den Wartungsteams. Das wär's doch, oder?«

Boss wirkte eindeutig enthusiastischer als ich, dabei pochte mein Herz mit einem Mal so heftig, als würde es mir jeden Moment aus der Brust springen.

»Ich … ich weiß noch nicht.« Nach all den Tests, die ich bisher gemacht hatte, hatte ich mich irgendwann damit abgefunden, dass ich kein Cosmic war und keiner sein konnte. So sehr ich es auch wollte. Ich besaß keine messbare Cosmic

Power. Nicht, wenn man davon ausging, dass das Glück, das ich manchmal in brenzligen Situationen hatte, Zufall war. Und bisher war noch nichts geschehen, das mir das Gegenteil bewies.

»Ist es nicht so, dass ich jede Chance auf mein Zertifikat verspiele, wenn ich bei der Prüfung durchfalle?« Hannah hatte das einmal erwähnt, aber ich hatte nicht genau zugehört. Vor allem, weil ich davon ausgegangen war, dass eine Bewerbung bei der Akademie für mich sowieso nicht infrage kam.

Wäre es das Risiko wert, vielleicht doch an der Akademie angenommen zu werden?

»Hm«, grummelte er und stemmte die Hände in die Hüften. »Kann sein, dass ich davon mal gehört habe, ja. Soll ich für dich rumfragen?«

Ich schluckte schwer und bemühte mich, meine Gedanken zu sortieren, bevor ich antwortete. »Ich … ich werde mal Hannah anrufen.«

Boss schien meine Unentschlossenheit zu bemerken, denn er hob sofort beruhigend die Hände. »Hey, du musst dich ja nicht gleich entscheiden.«

»Nein, gar nicht schlimm«, stellte ich eilig klar. Ich hatte gar nicht bemerkt, dass ich zitterte. »Ich … muss nur darüber nachdenken.« Ich ballte die Hände zu Fäusten und entspannte sie wieder. »Danke, dass du mir das gesagt hast.«

Meine Stimme klang deutlich ruhiger, als ich mich fühlte.

Diese Akademie zu besuchen war schon immer mein Traum gewesen. Aber ich war mir so sicher gewesen, dass er niemals wahr werden konnte, dass ich jetzt nicht wusste, ob ich bereit dafür war. Bereit, das Risiko einzugehen.

KAPITEL 5

09.06.2082, DAS REDEN ÜBER REFLEXION VOR MARMOR UND KERZEN

Durch die große Glastür, die auf meinen winzigen Balkon hinausführte, wehte eine salzige Abendbrise herein. Kühl war sie nicht, aber definitiv frischer als die Luft in meiner Wohnung, also kam sie mir überaus willkommen, als ich die Tränen von meinen Wangen wischte und dem Freizeichen aus dem Handy lauschte.

Ich hatte Angst vor dem Gespräch, das ich gleich führen würde. Der Tag war so chaotisch gewesen, dass ich bezweifelte, jetzt noch auf gute Nachrichten hoffen zu können.

Ein kleiner Schock ging durch meinen Körper, als Hannahs Stimme in ihrer üblichen, harten Weise am anderen Ende der Leitung ertönte. »Cora«, grüßte sie mich. »Wie geht es dir?«

»Ich …« Die Frage traf mich unerwartet, obwohl ich damit hatte rechnen müssen. »Gut«, log ich trotz des Kloßes in meinem Hals. Von meinem Bett aus konnte ich die Sonne über dem Meer untergehen sehen. Ihr Licht spiegelte sich in den Fenstern und auf den Dächern der Stadt. Es fing sich im Staub, der durch die Luft tanzte, und traf auf die Pflanzen, die ich mir aus den Quellbereichen mitgebracht hatte. »Wie geht es Sam?«

»Er reißt schon wieder Witze. Also keine Sorge.«

Ich sollte wohl froh darüber sein, aber das Schuldgefühl, das sich mit so vielen anderen negativen Emotionen paarte, überschattete alles. »Das freut mich.«

»Warum rufst du an?«

Ich lehnte mich weiter in meine Bettwäsche zurück und sah Bob an, wie er auf dem Geländer des winzigen Balkons saß und auf die Stadt hinabstarrte. Obwohl er der Auslöser für alles gewesen war, beruhigte es mich, dass er hier war.

»Ich … habe gehört, dass Menschen sich jetzt bei der Akademie bewerben können«, konnte ich endlich meinen Punkt formulieren. Mir war klar, dass Hannah über den ganzen Prozess mehr wusste als ich, und wenn ich eine Entscheidung treffen wollte, brauchte ich weitere Informationen. Und sie war die einzige Person, die ich fragen konnte, obwohl ich es hasste, nach diesem Tag mit ihr telefonieren zu müssen. Die Enttäuschung, mit der sie mich angesehen hatte, saß mir noch immer in den Knochen. »Ich überlege, ob ich es versuchen soll. Aber ich … habe mal gehört, dass es sich negativ auf mein Zertifikat auswirken könnte, wenn ich bei der Aufnahmeprüfung scheitere.«

Kurz war Schweigen am anderen Ende. Das bedeutete nie etwas Gutes. »Du bist dir nicht sicher, ob du ein Cosmic bist, nicht wahr?«

Das hatte ich nur bei meinem Aufnahmegespräch erwähnt. Es lag schon zwei Jahre zurück. »Nein.« Das war die einfachste Art, es zusammenzufassen. Ich wusste es nicht. Bei jedem Test auf Cosmic Powers war ich bisher durchgefallen, aber … manchmal dachte ich, dass da etwas sein könnte. »Ich bin mir nicht sicher«, fasste ich meine Gedanken zusammen.

Hannah seufzte angestrengt. »Also es stimmt. Wenn du durchfällst, wird das in deinem Ausweis vermerkt.«

Das Herz sank mir ein Stück tiefer. Das waren bisher nur Gerüchte, die ich gehört hatte, aber weil für mich eh nie die Chance bestanden hatte, mich zu bewerben, hatte ich mich nie mit dieser Möglichkeit auseinandergesetzt. Warum auch? Es wäre nur dumme Träumerei gewesen.

Und wie es klang, war es das wohl nach wie vor.

»Das wird gemacht, um zu verhindern, dass Cosmics mit unbedeutenden Fähigkeiten die Testeinrichtungen strömen«, erklärte Hannah, während ich noch meine Gedanken sortierte. »Auf andere Jobs wirkt sich ein Ausscheiden beim Aufnahmetest nicht negativ aus. Aber die Zentrale findet das nicht gut. Vor allem nicht bei denjenigen, die vorher schon versucht haben, Punkte zu bekommen.« Sie sprach es nicht aus, aber das musste sie auch gar nicht: Sie meinte Personen wie mich. »Es ist im Grunde einfach«, fuhr sie fort, obwohl ich gar nichts erwiderte. Ich lag nur in meinem Bett und lauschte mit wachsender Frustration. »Die Zentrale belohnt diejenigen, die sich anstrengen und die Punkte in Nebenjobs holen. Oder eben die Cosmics nach ihrer beendeten Ausbildung an der Akademie.«

Tränen sammelten sich in meinen Augen, aber ich blinzelte rasch, um sie zu vertreiben. Nicht schon wieder. »Das bedeutet, wenn ich am Test teilnehme und durchfalle, habe ich eigentlich keine Chance mehr, jemals mein Zertifikat zu bekommen«, stellte ich fest. Das hatte ich befürchtet. Wie dumm, dass ich trotzdem noch Hoffnung gehabt hatte.

»Ich kann das nicht kategorisch ausschließen, ich treffe diese Entscheidungen nicht«, ruderte Hannah ein Stück zurück. »Aber nach Erfahrungswerten ja.« Ich hörte das Mitgefühl in ihrer Stimme. Ich konnte mir ausmalen, woher es stammte: Entweder ich wartete darauf, dass die Zentrale mich irgendwann wieder freigab – oder ich versuchte, die Abkürzung über die Akademie zu nehmen, und verbaute mir damit meine Chancen vielleicht für immer.

»Es tut mir leid«, sagte sie in einem sanften Ton, den ich noch nie von ihr gehört hatte. Er machte es nur schlimmer. »Ich kann dir die Entscheidung nicht abnehmen. Aber wenn du dir nicht sicher bist, solltest du nicht am Test teilnehmen, ja? Ich habe ihn selbst absolviert und er kann extrem gefährlich sein.«

»Ja, ich weiß. Das habe ich schon gehört.« Viele derjenigen, die durchfielen, landeten im Krankenhaus. Das war allerdings nicht das, wovor ich Angst hatte.

»Pass auf dich auf, ja?«

»Mache ich«, murmelte ich und wartete einige Momente, bis ich sicher war, dass ich keine weiteren Fragen hatte. »Danke für die Infos.«

»Klar. Wir hören uns.«

»Mach's gut.«

Ich ließ die Hand mit dem Handy sinken und starrte an die gräuliche Decke über mir. Ich hatte es befürchtet. Ich hatte es kommen sehen, aber warum traf es mich dann so?

Schon als ich noch klein gewesen war, hatte ich darüber fantasiert, einmal eine Akademie für Cosmic Powers zu besuchen. Ich hatte mir vorgestellt, wie es wäre, wenn ich eine Cosmic Power hätte und mich mit anderen Cosmics umgab. Wie ich die coolen Uniformen trug, meine Ausbildung absolvierte und danach machen konnte, wonach mir der Sinn stand.

Ich richtete mich ein Stück auf und rieb mir über das Gesicht. Nicht schon wieder dieses Gedankenchaos. Ich bemühte mich, konzentriert ein- und auszuatmen, wie der Mann aus den Wäldern es mir damals beigebracht hatte. Einatmen, bis ich das Gefühl hatte, die Luft wäre bis in all meine Gliedmaßen vorgedrungen. Bis in meine Zehen und Fingerspitzen. Dann ausatmen. Das löste meine Probleme nicht, aber es gelang mir, die Gedankenspirale zu durchbrechen.

Nach und nach drang sogar die leise Stimme des Nachrichtensprechers auf meinem Laptop wieder an meine Ohren. Ich hatte ihn ganz ausgeblendet. Ein Blick auf die Uhr zeigte mir, dass Jax' Rede gleich begann.

Die Sonne war inzwischen hinter dem Horizont versunken. Ihr verbliebener Schein malte den Himmel pink und orange. Bald würde es dunkel sein und die Pflanzen, die ich aus den Quellbereichen mitgebracht hatte, würden ihr bläuliches Licht verbreiten.

Und Bob. Bob saß nur da und starrte fortwährend gen Horizont. Blumen in jeglichen Farben schmückten ihn, verblühten und wuchsen neu. Er war so gelassen wie schon den ganzen Tag über. Gar nicht wie eine gewöhnliche Katze, sondern als wisse er etwas, das ich noch nicht ganz umfassen konnte.

Ich musste wieder und wieder daran denken, wie er heute Morgen die Wölfe davon abgehalten hatte, Sam und die anderen anzugreifen. Vielleicht hatte er mit ihnen kommuniziert oder vielleicht hatte er irgendeine Form von Autorität. Was auch immer es war: Es schien, als hätte er sich dazu entschieden, mich zu begleiten. Ich wusste nicht genau, warum mir das half, aber das tat es.

»Und nun die heute schon bereits viele Male angekündigte Rede von Jax Gastrell, dem Präsidenten der erweiterten chinesisch-russischen Allianz«, sagte der Sprecher und ich lauschte auf. Es ging los.

Das Bild eines Rednerpults vor einer beeindruckenden Kulisse erschien auf meinem Bildschirm. Ich stellte es auf Vollbild und lehnte mich in die Kissen zurück.

Der Ort musste eine Kirche sein oder eins der neuen Regierungsgebäude. Die Wände im Hintergrund waren aus Marmor oder einem anderen hellen Stein, während die Fenster kunterbunt waren. Hunderte Kerzen erleuchteten sie. Die Sonne war in Moskau bereits untergegangen.

Ein Rauschen war zu hören. Man sah niemanden, aber das Murmeln Tausender Anwesender erfüllte den Raum wie Bienensurren.

Als Jax in das Bild trat und auf das Rednerpult zusteuerte, wurde es still. Mein Blick flatterte zu der Anzeige in der oberen rechten Ecke. »LIVE-ÜBERTRAGUNG« stand dort, zusammen mit der Ortszeit. 19:59.

Dann schaute ich Jax wieder an. Diesen Mann, der mir das Leben gerettet hatte, als ich noch ein Kind gewesen war. Mir und tausend anderen, an diesem Tag. Und vielleicht Millionen Weiteren, im Laufe seines Lebens.

In meinen Augen war er noch immer ein junger Mann, gerade mal dreißig. Der Anzug, den er trug, schlackerte an seinem Körper. Das Jackett hatte er nicht zugeknöpft und auch die Krawatte saß entspannt. Der Dreitagebart, den er sich hatte stehen lassen, ließ ihn zusammen mit den Ringen unter seinen Augen müde aussehen.

Doch obwohl er für sein schludriges Auftreten in der Öffentlichkeit bekannt war, war da etwas in seinen hellen Augen, das jeder sehen konnte. Eine Entschlossenheit und ein Feuer, das unvergleichlich war.

Vor dem Quellereignis hätte man ihm eine Machtposition, wie er sie jetzt besaß, vermutlich gar nicht zugestanden. Aber die Zeiten waren andere. Mit der Krümmung des Raums verfügte Jax nicht nur über eine der mächtigsten Cosmic Powers der Welt – er wusste auch, wie man sie einsetzte. Und das sicherte ihm die Unterstützung vieler Millionen Menschen zu.

Jax hatte einige Zettel bei sich, die er umsichtig ordnete, bevor er nach vorn blickte. Sobald die Anzeige in der oberen Ecke des Bildschirms auf 20:00 umsprang, begann er zu sprechen: *»Bürger und Bürgerinnen der Neuen Welt«*, sagte er in klarem Tonfall. *»Die Quellmaterie drang vor nunmehr zweiunddreißig Jahren in unser Sonnensystem ein. Trotz Jahrzehnte der Forschung und Untersuchungen verstehen wir sie und ihren Einfluss auf uns und unsere Welt noch immer nicht. Nicht nur auf der Erde beginnt sich alles nach und nach zu ver-*

ändern – auch auf andere Planeten wirkt die Materie auf unerklärliche Weise ein.«

Eine Vorstellung, die mir jedes Mal eine Gänsehaut bereitete, wenn ich nur daran dachte.

»Unser Unverständnis für die Art der Materie und der Strahlung, die sie aussendet, lässt Forschungsteams vermuten, dass sie nicht aus unserem Universum stammt. Sondern aus einer Dimension, die sich so grundlegend von unserer unterscheidet, dass der reine Versuch, sie verstehen zu wollen, zum Scheitern verurteilt ist.

Und das ist etwas, das uns seit zweiunddreißig Jahren Angst macht. Ich verstehe das. Auch ich habe mich verändert. Als ich als kleiner Junge herausfand, dass etwas mit mir nicht stimmte, war Angst meine allererste Reaktion.

Dass nicht nur ich nicht in der Lage bin zu begreifen, was mit mir vorgeht, sondern niemand anderes auf dem Planeten, ist allerdings etwas, das mir ein Gefühl von Gemeinschaft gibt. Ein Gefühl von Verbundenheit mit dieser Erde und allem, was diesen Veränderungen ausgesetzt ist.«

Ich zog ein Kissen zu mir heran, während ich angespannt lauschte. Über Jax' Kindheit war einiges bekannt, aber man hörte ihn nur selten darüber sprechen. Warum auch, die meisten seiner Reden und Ankündigungen waren rein politischer Natur.

»Ich bin kein Wissenschaftler«, fuhr er in bedachtem Tonfall fort. *»Deswegen kenne ich auch nicht mehr als all die Theorien, die zum Quellereignis und allen darauffolgenden Geschehnissen aufgestellt werden. Ich selbst bin – wie alle anderen Menschen und Cosmics – nicht ausreichend informiert, um eine belegte und begründete Meinung zu den Ereignissen um uns herum vertreten zu können. Ob das Quellereignis Zufall war oder ob es von einer fremden Spezies erzeugt wurde, um entweder unseren Planeten zu terraformen oder uns auf*

eine neue Entwicklungsebene zu heben – ich weiß es nicht. Und ich weiß nicht, ob wir es jemals herausfinden werden.« Er fuhr sich mit der Zunge über die Lippen und wandte seinen Blick einen Moment von der Menge vor sich ab, um seine Notizen anzusehen. Eine Locke fiel ihm ins Gesicht, aber er machte sich nicht die Mühe, sie wegzustreichen.

Ich erinnerte mich daran, wie er mich als Kind in den Arm geschlossen und mich von dem Schlachtfeld vor Peking weggebracht hatte. Er war so freundlich gewesen. Wie ein letzter Hoffnungsschimmer in sonst vollkommener Dunkelheit.

Manchmal kam es mir so vor, als wäre er das auch jetzt noch.

»Vor zwei Wochen ist Jamie Boone, einer meiner engsten Freunde und Vertrauten, bei einem Gefecht in Nordamerika ums Leben gekommen«, sagte Jax.

Was? Das hatte ich nicht gewusst. Das war gar nicht in den Nachrichten gewesen! Ich hatte Jamie damals nicht gesehen, aber später erfahren, dass er ebenfalls Flüchtlingen in Peking geholfen hatte. Und an so vielen anderen Orten. Er war immer an Jax' Seite gewesen. Warum war darüber nicht berichtet worden?

Ich schluckte schwer und beobachtete Jax' Gesicht überaus genau. Er hielt sich standhaft, aber es war deutlich zu erkennen, wie aufgewühlt er war.

»In Nordamerika toben, wie in vielen anderen Bereichen der Welt, noch immer Kriege zwischen Cosmics und Menschen.« Seine Frustration und Trauer darüber waren nicht geschauspielert. *»Jamie, ich und der Rest meiner Regierung haben über Jahre hinweg versucht, Frieden zu stiften. Denn die Wahrheit ist: Alle Bewohner dieser Welt stehen vor demselben Problem.«*

Da hatte er recht. Auch wenn ich durchaus glaubte, dass es

einige schwerer hatten als andere. Aber das war vielleicht nur meiner eingeschränkten Sichtweise geschuldet.

»Ich verurteile die Handlungen der Cosmics, die ihre neugewonnenen Fähigkeiten nutzen, um ihre egoistischen Ziele zu erreichen. Gleichsam verurteile ich die Angriffe der Menschen auf friedliche Cosmics. Das alles bringt uns nicht weiter. Und das müssen wir endlich begreifen.

Am Beispiel der ECRA sehen wir, dass ein friedliches Miteinander zwischen Menschen und Cosmics funktionieren kann. Dass wir Aufgaben teilen und in Einklang leben können. Dass Cosmics gewillt sind, die Wartung der Geräte zu übernehmen, die die Menschen am Leben erhalten. Und dass Menschen gewillt sind, mit Cosmics zusammenzuarbeiten, die ein ruhiges Leben führen wollen.«

Ich verschränkte die Arme um mein Kissen und dachte darüber nach, warum diese Formulierung mich störte. Sicher, oberflächlich betrachtet war es so. Aber all die Demonstrationen, Aufstände und Debatten sagten etwas anderes als ›Frieden‹. Auch in der ECRA war das Problem nicht behoben. Hier herrschte zwar kein Krieg mehr, aber der ›Frieden‹ war zerbrechlicher als Glas.

»Die Kriege der letzten Jahrzehnte haben die Welt müde gemacht und ihr mehr Energie geraubt, als sie geben kann«, fuhr Jax fort. *»In unzähligen unsinnigen Kämpfen sind Millionen Unschuldige ums Leben gekommen. Und in vielen Bereichen der Welt hält dieser Umstand nach wie vor an.*

Deswegen möchten wir als ECRA in Zukunft mehr Wert darauf legen, den Frieden, den wir teilen, auch in andere Bereiche der Welt zu bringen. Durch gezielte Hilfen in Krisengebieten und Bereitstellung von diplomatischer Unterstützung wollen wir der Welt helfen, wieder zusammenzufinden. Meine Regierung wird hierzu in den kommenden Tagen einen detaillierten Punkteplan zu weiteren Einsätzen vorstellen, der mit-

hilfe der Vertreter aus unterschiedlichen Bevölkerungsschichten ausgearbeitet wurde.«

Zum ersten Mal setzte Applaus ein, während ich nach wie vor regungslos dasaß. Ein Plan, um der Welt zu helfen. Konnte er so etwas tun? Das würde doch nur zu weiteren Diskussionen und Aufständen innerhalb der ECRA-Staaten führen, oder?

Verdammt, ich sah das zu negativ. Ich sollte mir ein Beispiel an Boss nehmen und Versuche, etwas zum Positiven zu verändern, auch als solche wertschätzen. Aber es fiel mir wirklich schwer, die Chance auf Verbesserung zu erkennen.

»Durch die Zerstörung vieler Technologien und Forschungszentren, durch den Kollaps von Politik, Gesellschaft und Wirtschaft, befindet sich der technologische Stand unserer Welt nach wie vor auf dem vom Anfang des einundzwanzigsten Jahrhunderts«, setzte Jax erneut an, nachdem der Applaus sich gelegt hatte. *»Eine Zeit, die so viel Potenzial für Wachstum und Aufbau bot. Nach diesem Ideal sollten wir streben. Nach dem Wunsch der Weiterentwicklung, weit über Instandhaltung hinaus. Nach dem Drang, das Unbekannte zu erforschen und über uns selbst hinauszuwachsen.*

Das Auftauchen der Quellstrahlung können wir dabei als Hindernis sehen. Oder als Chance. Als Chance, als Menschheit endlich zueinanderzufinden. Gemeinsam. Wir müssen begreifen, dass wir einander unter die Arme greifen können. Dass wir Lebensbereiche wieder erschließen können, um die Felder wieder zu bebauen und die Straßenverbindungen zwischen den Metropolen wiederherzustellen. Um abermals eine vereinte Welt zu sein.«

Was für ein hoffnungsvoller Gedanke. Eine solche Welt konnte ich mir gar nicht vorstellen. Eine Welt, wie sie früher gewesen ist. In der alles miteinander verbunden war.

»Ich weiß nicht, was mit uns geschieht, aber ich weiß, dass

wir zusammenhalten müssen. Und ich hoffe, dass sich dieser Glaube bald auf den ganzen Planeten überträgt. Zum Anlass des zweiunddreißigsten Jubiläums des Quellereignisses eröffnet die East European Academy of Cosmic Powers in Warna nun auch für Menschen ihre Tore, die an der gehobenen Bildung der Cosmics teilhaben wollen.«

Mein Herz machte einen Satz. Ich war nicht darauf vorbereitet gewesen, so schnell wieder mit dem Thema konfrontiert zu werden.

»Ein Zeichen von Offenheit und Toleranz, für das ich die Direktorin Elena Yaneva beglückwünsche. Ich wünsche allen neuen Studierenden die Zeit ihres Lebens in den Hallen der Einrichtung. Ich wünschte, zu meinen Zeiten hätte es diese Möglichkeit gegeben, deswegen kann ich jeden nur dazu auffordern, sie zu nutzen. Ich wünsche den Menschen mehr Sicherheit und Geborgenheit. Ich wünsche den Cosmics mehr Toleranz und Verständnis. Und ich danke Ihnen allen wie immer für Ihr Vertrauen in meine Regierung und meine Entscheidungen.

Nutzen Sie diesen Tag zur Reflexion. Ich werde es auf jeden Fall tun. Wir hören voneinander.«

Mit diesen Worten senkte er den Kopf und stand für einige Sekunden da, um den tosenden Beifall mit einem Lächeln entgegenzunehmen. Dann nickte er mit einem milden Ausdruck auf den Zügen und verließ das Rednerpult.

Ich klappte den Laptop zu und ließ mich in die Kissen fallen. Inzwischen war es dunkel geworden und Bob saß noch immer regungslos auf dem Balkon.

So viel Hoffnung. Seine Worte hatten so viel Hoffnung in sich getragen, dass es mir wehtat. Vielleicht bewunderte ich Jax deswegen so sehr. Weil er so viel Hoffnung in sich trug, obwohl er gewiss kein einfacheres Leben geführt hatte als ich. Weil er so sehr daran glaubte, etwas verändern zu können, dass er niemals aufgab, egal, was ihm geschah. Oder den Menschen, die er liebte.

Woher nahm er diese Kraft? Diesen Glauben? Woher nahmen sie Boss und die anderen Menschen? Ich glaubte nicht, dass ein Mensch oder ein Cosmic etwas am Lauf der Welt verändern könnte. Oder daran, wie Menschen funktionierten und handelten. Man konnte es versuchen. Aber tief in mir drin wusste ich, dass diese Versuche nie mehr sein würden als das: Versuche. Anstrengungen, die am Ende zum Scheitern verurteilt wären. Irgendwann würde alles wieder zusammenbrechen. Wie immer. Es war nie anders gewesen.

KAPITEL 6

14.06.2082, DAS VERWANDELN VON WAFFEN BEVOR DER STURM EINTRIFFT

Im Gewürzladen lief wie immer das Radio und spielte die leise Klaviermusik, die Boss so liebte. Zum ersten Mal seit Wochen hatten sich Wolken über den Himmel gezogen und hüllten den Nachmittag in ein grau-bläuliches Licht, das Regen ankündigte. Hin und wieder wanderte mein Blick zu den großen Fenstern, die zur Straße hinführten, weil ich schauen wollte, ob die ersten Tropfen bereits fielen.

Wenn es so weit wäre, könnte mich nichts davon abhalten, einfach hinauszulaufen, meine Arme auszustrecken, das Gesicht in den Regen zu halten und die Abkühlung, nach der ich mich so sehnte, für einige Minuten zu genießen.

So vertieft war ich in meine Arbeit, dass ich zusammenzuckte, als der Summer an der Tür das Eintreten neuer Gäste ankündigte. Das Geräusch ertönte noch zweimal und ich drehte mich um, rechnete fast damit, dass die Studentinnen aus der Akademie wieder da waren. Es handelte sich allerdings um drei kräftige, junge Männer.

Das waren keine Stammkunden. Das war eigentlich gar nicht die Art von Menschen, die diesen Laden sonst besuchten. Ein ungutes Gefühl ergriff mich, also legte ich mein Tablet zur Seite und schob mich hinter den Regalen hervor. Das Gefühl wurde bestätigt, als ich die Holzscheite und Baseballschläger sah, die die Kerle bei sich trugen.

Verdammt! Ein kalter Schauer lief mir über den Rücken und sofort spannten sich alle meine Muskeln an. Was wollten die Typen? Hatte das etwas mit Bob zu tun?

Ich warf Boss einen Blick zu, der hoffentlich schon den Notfallknopf gedrückt hatte. Der ernste Ausdruck auf seinem Gesicht versprach Gefahr. Er hatte nicht einmal sein deeskalierendes Lächeln aufgesetzt, das er sonst so perfekt beherrschte.

Ich hörte das Blut durch meine Adern rauschen. Ich sollte mich verstecken und darauf warten, dass Boss die Situation entschärfte. Die letzten Tage hatten mir mehr als deutlich gezeigt, dass nichts Gutes dabei herauskam, wenn ich mich einmischte. Aber mein Körper bewegte sich wie von allein um die Regale herum. Wenn diese Typen wegen Bob hier waren, war das mein Kampf.

»Einen wundervollen Nachmittag«, grüßte ich überfreundlich, lächelte breit und ging auf die Kerle zu, um mich zwischen sie und Boss zu stellen. Die Waffen in ihren Händen lösten Angst, aber auch Wut in mir aus. Ich verabscheute Extremisten. Ich brauchte keine politische Meinung, um zumindest das zu wissen. »Heute haben wir Vanille im Angebot«, fuhr ich fort, als die drei mich von oben bis unten musterten.

»Wir haben gehört, dass hier ein Cosmic arbeitet, der mit einem veränderten Tier herumläuft«, sagte der mit dem Baseballschläger. Sicherlich zwanzig bis fünfundzwanzig Jahre alt, mindestens einen Kopf größer als ich und Muskeln, die darauf hindeuteten, dass er irgendwo auf dem Bau arbeitete.

Ich bemühte mich, das Lächeln auf meinen Lippen zu halten. »Wo habt ihr das denn gehört?« Ich konnte mir nicht vorstellen, dass einer unserer Stammkunden so einen Unsinn erzählte. Der Großteil von ihnen wusste sehr genau, dass ich ein Mensch war.

»Man redet eben so«, sagte der Typ mit dem Holzscheit. Er war dem anderen wie aus dem Gesicht geschnitten. Dieselbe braun gebrannte Haut, dieselbe knollige Nase und kurzrasierten Haare. Die zwei waren sicherlich Brüder.

»Ich muss euch leider enttäuschen.« Es fiel mir so schwer, mir nicht anmerken zu lassen, wie sehr mich die Kerle einschüchterten. Wie aufgeregt mein Herz pochte. »Hier gibt es keine Cosmics.«

Boss hielt sich weiter im Hintergrund. Das war nicht das erste Mal, dass das geschah, immerhin war er bekannt dafür, keine Unterschiede zwischen Menschen und Cosmics zu machen. Wenn man diese Menschen nur lange genug hinhielt, kam die Polizei meistens rechtzeitig, um ihnen Einhalt zu gebieten. Ich musste nur Zeit schinden.

»Komisch«, erwiderte der Dritte. Ein weißer, blonder Kerl mit vielen Tattoos. »Du passt nämlich ziemlich genau auf die Beschreibung, die wir bekommen haben.«

Ich schürzte die Lippen und verschränkte die Arme in gespielter Gelassenheit vor der Brust, um zu verbergen, dass meine Finger zitterten. Also ging es dieses Mal wirklich um mich. »Ich habe keine Cosmic Power und bin als Mensch registriert. Ich bin nur immun gegen die Quellstrahlung«, antwortete ich ehrlich.

»Hast du vor, das zu beweisen?«, fragte der Kleinere der Brüder.

»Willst du meinen Ausweis sehen?«

Der Kerl mit dem Baseballschläger hatte wohl keine Lust mehr auf dieses Spielchen, denn er trat einen Schritt an mich heran. »Ausweise können gefälscht sein. Ich will sehen, wie du unter Druck reagierst.«

Ich überlegte fieberhaft, wie ich sie weiter hinhalten konnte, da hob der Kerl seinen Schläger bereits mit einem Ruck.

Scheiße! Ich duckte mich unter seinem Schwung hinweg und er erwischte einige der Gläser, die in tausend Scherben zerbrachen.

Ich stolperte so schnell zurück, dass ich fast das Gleichgewicht verlor, als der Typ mir wütend nachsetzte. Er hatte den Schläger wieder gehoben, um ihn dieses Mal senkrecht auf mich niederkrachen zu lassen. Ich machte mich bereit für den Schmerz, als mir klar wurde, dass ich nicht rechtzeitig würde ausweichen können – da rutschte er mit seinen schweren Stiefeln auf den Glasscherben aus und fiel ungebremst auf sein Gesicht. Seine Hände umklammerten nach wie vor den Schläger.

Ich sah erschrocken auf ihn hinab, als er die Waffe losließ und sich auf den Unterarmen aufstützte. Der Boden war voller Glas und … sein Gesicht auch. Mit jedem Versuch, sich aufzurichten, fügte er sich nur noch mehr Schaden zu, und gab keuchende Schmerzenslaute von sich, die mir das Blut in den Adern gefrieren ließen. Ich schaute zu den anderen beiden, um zu sehen, wie sie reagierten. Würden sie ihm aufhelfen und einfach gehen, oder …

Nein. Der eine hob das lange Holzscheit, das er dabeihatte, was wohl auch den Dritten dazu ermutigte, auf mich loszugehen. Fast gleichzeitig setzten sie sich in Bewegung, achteten zwar auf ihre Schritte, ließen ihren Freund aber am Boden liegen.

Verdammt, ich konnte nicht weiter zurück. Direkt hinter mir befand sich der Tresen mit Bob und Boss. Wenn ich nach rechts oder links auswich, bestand die Chance, dass sie die beiden angreifen würden. Das durfte ich auf keinen Fall zulassen!

Der Rechte holte ruckartig mit seinem Holzscheit aus. Doch der Raum zwischen den Regalen war zu eng, also rempelte er den anderen in der Bewegung an, als dieser ebenfalls zum Schlag ansetzen wollte.

Ein Knacken war zu hören und der Linke hielt sich schreiend den Arm. Hatte er ihn sich ausgekugelt?

Wenn nicht jeder Muskel in meinem Körper bis zum Äußersten angespannt gewesen wäre, hätte ich vielleicht sogar darüber gelacht, wie tollpatschig sie sich anstellten. Der Rechte machte sich allerdings nicht einmal die Mühe, nach seinem Freund zu sehen, setzte abermals an und holte mit voller Wucht aus, als er vor mir stand.

Ich stand so unter Strom, dass ich die Bewegung seiner Waffe wie in Zeitlupe verfolgen konnte. Ich sah, dass er zu weit ausgeholt hatte. Bevor er mich treffen konnte, zerbrachen nicht nur weitere Gläser unter dem dicken Holz, sondern auch das alte, wackelige Holzkonstrukt selbst, aus dem die Regale bestanden.

Die Gewürze fielen scheppernd heraus und das Regal krachte auf die drei Kerle hinab.

Mein Atem ging schwer, als für einige Sekunden – bis auf das Stöhnen und Fluchen der Männer – alles still war. Ich glaubte, Polizeisirenen in der Ferne zu hören.

War das gerade wirklich passiert? Es war wie damals gewesen, als die Mörder meiner Eltern auf mich losgegangen waren. Oder als Reaktionäre mein Waisenheim überfallen hatten. Oder als ich mich das erste Mal auf einem Schlachtfeld befunden hatte.

Das war … das konnte doch kein Zufall sein, oder?

Das Regal bewegte sich und ich vernahm das Stöhnen von zwei verschiedenen Stimmen.

Sollte ich von oben auf das Holz drücken, um sie davon abzuhalten, sich wieder aufzurichten, bis die Polizei hier war? Das wäre vermutlich das Klügste, aber gleichzeitig machte ich mir irgendwie Sorgen, dass der Kerl mit dem Baseballschläger von dem Glas schwerere Verletzungen davontrug.

Nicht, dass ich ihm das nicht gönnte. Aber wenn jemand in diesem Laden ums Leben käme, würde das negativ auf

Boss zurückfallen. Er durfte hiermit nicht in Verbindung gebracht werden.

»Boss«, sagte ich also. »Geh mit dem Kater in den Hinterhof. Nur zur Sicherheit.« Nicht, dass die Typen doch noch irgendein Ass im Ärmel hatten. »Ich gebe euch Bescheid, wenn die Polizei hier und die Lage unter Kontrolle ist.«

»Gut«, murmelte der Mann und schob sich langsam auf die Tür zu, um dann leise ins Hinterzimmer zu verschwinden, von dem es in den geschlossenen Innenhof ging. Ich hörte das Klicken des schweren Schlosses, als sich das Regal erneut bewegte und der Kerl vor mir sich mit hochrotem Kopf anstrengte, es zu halten.

Er fixierte mich wütend und ich trat vor die Tür, durch die Boss mit dem Kater verschwunden war, falls die Typen noch immer auf Stress aus waren.

Und obwohl mir das Herz bis zum Hals schlug, war da eine Überlegung in mir, die sich in den Vordergrund drängte: Ich hatte mich nicht einen Millimeter bewegt und die Kerle hatten sich trotzdem irgendwie selbst ausgeschaltet.

Das konnte Zufall sein, aber ... wie wahrscheinlich war das?

Ich dachte darüber nach, während das Gesicht des jungen Mannes mir gegenüber immer röter wurde. »Du Miststück!«, grunzte er. »Wie hast du das gemacht?«

»Ich habe gar nichts gemacht«, kam es mir ruhig über die Lippen. Mein gelassener Tonfall überraschte mich selbst.

»Beherrschst du Telekinese oder so?« Er sah wirklich ramponiert aus.

»Ich. Habe. Nichts. Gemacht!«, spuckte ich ihm entgegen. »Kann ich etwas dafür, dass ihr so tollpatschig seid?«

Sein Gesicht wurde immer dunkler, aber er wollte das Regal auch nicht loslassen, damit es nicht auf seine Freunde fiel, die gerade auf der anderen Seite versuchten, sich zu befreien.

Er besaß also doch einen Funken Anstand. Wenn auch offenbar nur für seinesgleichen.

»Ihr seid ganz schön scheiße, wisst ihr das?«, provozierte ich ihn. Adrenalin strömte durch meine Adern und ich konnte nicht still bleiben. Ich stellte mir vor, wie weit ich wohl gehen konnte, bis er das Ding doch wieder auf seine Begleiter krachen ließ. »Einfach ein Mädchen und einen alten Mann in einem Gewürzladen angreifen.«

»Ich hoffe, du verreckst, Schlampe.«

Ich lächelte süß. Mir war selbst nicht klar, aus welcher Quelle ich die Energie dafür bezog. Aber jetzt, wo Boss und Bob in Sicherheit waren, verspürte ich keine Angst mehr. »Ich hoffe, die Schadensersatzzahlungen treiben dich in den Ruin.« Das war das Fieseste, das mir einfiel, was ihn wiederum ehrlich zu irritieren schien.

Der Kerl wandte sich um und sah, dass seine Begleiter endlich unter dem Regal hervorgekrochen waren. Die Sirenen näherten sich, aber ich wusste, wie langsam die Wagen in diesen engen Gassen fahren mussten.

Verdammt. Zwei der Randalierer waren schon an der Tür und warteten dort auf den dritten. Der sprang mit einem Satz auf mich zu, hechtete allerdings an mir vorbei und auf den Ausgang zu.

»Hey!«, rief ich, riss mich aus meiner Starre und setzte mich in Bewegung, ihm hinterher. Im Rennen warf er einige Tische hinter sich zu Boden, um mir den Weg zu versperren, aber obwohl sie mein Tempo nicht viel drosselten, war er lange vor mir am Ausgang angekommen.

»Bleib stehen!«, schrie ich, sprang über zerbrochene Gläser und herumliegende Gewürze hinweg, aber die Drei waren schon zur Tür hinausgetreten. Mist! Wenn sie entkamen, würden sie untertauchen und Boss würde auf den Kosten sitzen bleiben.

»Hey!«, rief ich und hielt verwundert inne, als die Kerle tatsächlich auf dem Gehweg stehenblieben. Langsam wichen sie zurück und kamen rückwärtsgehend durch die Tür. Was …?

Erst als sie eingetreten waren, erkannte ich, wer dafür verantwortlich war. Das war … das war diese blonde Studentin, die vor einigen Tagen hier gewesen war. Die mit der Brille und der gutsitzenden Uniform. Sie hatte sogar ihre Kopfhörer in den Ohren.

Und sie hielt einen langen, leuchtenden Stab in der Hand, an beiden Enden spitz, wie ein kristallener Speer. Die vordere Spitze richtete sie auf die drei Kerle, die, die Hände erhoben, vor ihr zurückwichen.

»Machen die hier Ärger?«, fragte die Studentin mich in rauem Tonfall, ohne ihren Blick von den Typen abzuwenden.

»J-ja«, sagte ich unsicher und blickte zu den Randalierern. Sie hatten offensichtlich Respekt vor ihr, aber ich wusste nicht, ob sie sie nicht doch noch angreifen würden.

Die Studentin griff mit ihrer freien Hand in die Umhängetasche, die sie bei sich trug, und zog zu meiner Überraschung drei Paar Handschellen hervor. Sie hielt sie in meine Richtung, ohne mich anzuschauen. »Leg die ihnen an«, befahl sie mir.

Als einer der Kerle sich regte, ging sie einen Schritt auf ihn zu. »Eine Bewegung und dir passiert was!«, fauchte sie.

Ich war wie erstarrt. Die Art dieser jungen Frau überraschte mich, obwohl ich sie gar nicht kannte. Ihr Gesicht hatte beim letzten Mal so sanft ausgesehen. Fast verletzlich. Mit ihrer Figur und dem langen, blonden Haar sah sie eher aus wie die Abschlusskönigin als jemand, der solche Typen aufmischte.

»Mach schon!«, forderte sie laut und ich riss mich endlich

von dem bizarren Anblick los. »Hände auf den Rücken«, befahl sie dem Ersten.

Angestrengt versuchte ich zu verbergen, dass meine Finger zitterten, als ich hinter ihn trat und die Handschellen fest an seinen fleischigen Handgelenken anbrachte. Bei den anderen beiden fiel es mir leichter, weil sie verwundet waren und so fertig aussahen, dass ich nicht mit Widerstand rechnete. Trotzdem brachte ich wieder einen Sicherheitsabstand zwischen sie und mich.

»Auf die Knie«, forderte die Studentin. Die Sirenen kamen immer näher. Es konnte nicht mehr lange dauern, bis die Polizei hier wäre.

Der vorderste Kerl regte sich allerdings nicht. »Denkst du echt, dass ich auf 'nen Cosmic wie dich höre?«, spuckte er aus.

»Ich denke, das hast du gerade schon getan.« Sie leisteten sich ein kurzes Blickduell und ich sah zwischen den beiden hin und her.

Als ich allerdings zu der Studentin zurückschaute, hatte sich etwas verändert. Aus dem Speer in ihrer Hand war eine Pistole geworden, die sie auf die Fremden richtete.

Ich wich einen Schritt vor ihr zurück. Bildete ich mir das ein? Wie machte sie das? War das eine Illusion, oder …?

Die junge Frau trat einen Schritt auf den vordersten zu und wiederholte ihre Forderung: »Auf. Die. Knie«, sagte sie leise, jedes Wort bedrohlich in die Länge gezogen.

Eine Sekunde lang geschah nichts. Dann folgte er ihrer Anweisung. Ich atmete auf, als er sich vor sie kniete und die anderen es ihm gleichtaten. Das blaue Licht der Polizeiwagen war endlich in der Straße zu sehen.

»Ich hasse Leute wie euch«, flüsterte die Studentin. Dann schob sie die Waffe in ihre Umhängetasche, drehte mir und den Typen den Rücken zu und verschwand rasch aus der Ladentür.

Nein! Sie konnte doch nicht gehen, ich hatte noch so viele Fragen! Wie um alles in der Welt hatte sie das gerade angestellt? Und warum hatte sie mir überhaupt geholfen?

»Hey!«, rief ich ihr hinterher und folgte ihr zur Tür. »Wie ist dein Name?«

»Ich war nie hier!«, rief sie und lief in lockerem Tempo die Straße hinunter. Und ich konnte ihr nicht folgen, wenn ich sichergehen wollte, dass es kein Entkommen für die Randalierer gab. Mist.

Rasch verließ ich den Laden und schloss die Tür hinter mir, damit sie gar nicht erst auf die Idee kamen, zu fliehen. Die Studentin war schon nicht mehr zu sehen.

Während ich, den Rücken an die Tür gelehnt, die Hände fest auf der Klinke, dort stand und die Umgebung nach ihr absuchte, fuhren endlich die schwer gepanzerten Polizeiwagen vor und die Einsatzkräfte strömten heraus.

Erleichterung machte sich in mir breit, als die Einheiten auf den Laden zustürmten und ich ihnen die Tür wortlos öffnete. Aber da war noch etwas anderes. Ein anderes Gefühl, das mich ergriff, als ich dabei zusah, wie die Sicherheitskräfte diese verdammten Typen abführten. Erst nur vorsichtig, dann immer deutlicher.

Es war Enttäuschung.

KAPITEL 7

14.06.2082, DAS TROTZEN DER LOGIK IN SCHMALEN GASSEN

King

Die Sirenen der Polizei erklangen hinter mir, als ich mich zwischen die Menschen flüchtete, die mit ihren Schirmen die Sicht auf mich schnell versperrten. Langsam begann der Regen aus den dunklen Wolken über uns zu tröpfeln, schneller und schneller, bis er die staubigen Straßen schwemmte.

Was war das denn für eine überstürzte und unüberlegte Aktion gewesen? Was war in mich gefahren? Mein Herz pochte noch immer viel zu schnell, während ich mich durch die entgegenkommenden Menschen wand. Nicht vor Angst, sondern vor Schock über meine Aktion. Ich hatte dem Laden doch nur einen Besuch abstatten wollen, weil Béla mich gebeten hatte, ihm einige Gewürze mitzubringen, da ich wegen Erledigungen in Warna gewesen war. Wie konnte das so ausarten?

Als ich die Sirenen nur noch in der Ferne hörte, verlangsamte ich mein Tempo, um von hier an keine unnötige Aufmerksamkeit auf mich zu lenken. Rasch bewegte ich mich um eine Hausecke, um in einer schmalen Seitenstraße unter einem Blechdach Unterschlupf zu finden.

Die Erde unter meinen Füßen verwandelte sich bereits zu Schlamm, der an meinen Halbstiefeln hängen blieb. Tropfen perlten von meinen Brillengläsern. Rasch hob ich die Hände an die Jacke meiner Uniform und erweiterte den Stoff zu einer Kapuze, die ich mir über den Kopf zog, während ich mich hektisch umsah. Niemand sollte sehen, wie ich meine Fähigkeit benutzte. Ich durfte kein Aufsehen erregen, wenn ich eine Chance haben wollte, mit dieser Sache nicht in Verbindung gebracht zu werden.

Als ich den Überfall sah, hatte sich mein Körper einfach verselbstständigt. Ich hatte keine Angst. Die hatte ich zu keinem Zeitpunkt. Ich … war nur überrascht von meiner eigenen Reaktion. Das passte nicht zu mir. Ich wollte in der Politik arbeiten und jetzt spielte ich mich auf wie diese Cosmics, die sich selbst für Superhelden hielten und dachten, Selbstjustiz wäre in Ordnung.

Das war es nicht.

Aber die Verkäuferin hatte so hilflos ausgesehen.

Ich schaute auf meine Hände hinab. Der Regen war inzwischen so stark geworden, dass das Wasser sogar bis unter das kleine Dach spritzte.

Wenn ich den Vorfall Béla meldete, würde ich Ärger an der Akademie bekommen. Es war nicht verboten, Cosmic Powers einzusetzen, aber sie im Kampf zu verwenden schon. Vor allem gegen gewöhnliche Menschen. Das konnte ich nicht riskieren, oder? Würde die Verkäuferin der Polizei von mir erzählen? In dem Fall wäre es sicher hilfreich, wenn ich mich vorher stellte, aber … wenn das an die Öffentlichkeit drang, würde sich die Sache zu einem politischen Thema entwickeln. Und dann bestand die Gefahr, dass ich meinen Platz an der Akademie verlor.

Das war falsch gewesen. Furchtbar falsch.

Warum fühlte es sich also so richtig an?

KAPITEL 8

14.06.2082, DAS ERKENNEN EINER CHANCE BEI REGEN

Von der überdachten Terrasse aus konnte ich sehen, wie der warme Sommerregen den Staub und die Erde aus den Straßen in kleine Flüsse aus Wasser und Schlamm verwandelte. Ebenso wie die Lichter der Stadt und des nahe gelegenen Hafens. Die Sonne war schon vor einer Weile untergegangen. Ich hielt mein Gesicht in die Brise und genoss die Frische auf der Haut. Sie war nach all den Wochen des Sommers so willkommen.

Der Holztisch zwischen Boss und mir wurde von Kerzen erleuchtet und die Stimmen der anderen Gäste bildeten zusammen mit dem Rauschen des Regens eine angenehme Geräuschkulisse. Die Nudelsuppe vor mir dampfte heiß. Ich beschäftigte mich damit, Bob zu kraulen, der auf der niedrigen Holzbank neben mir saß, bis ich mit Essen beginnen konnte.

»Danke für die Einladung«, sagte ich.

»Ich denke, das haben wir uns jetzt beide verdient.« Boss nickte zu mir herüber und setzte ein Lächeln auf. »Vor allem du, nachdem du mich und Bob so tapfer beschützt hast.«

Ein kleines Lachen entwich mir, bevor ich den Kopf schüttelte. Eine leichte Brise zupfte an meinen Haaren.

»Ich hab überhaupt nichts gemacht«, wehrte ich ab. Ich hatte ihm nicht von der Hilfe erzählt, die ich bekommen hatte, und ich würde es auch nicht. Immerhin hatte die Fremde mich darum gebeten.

Boss rollte einige Nudeln auf die Gabel und nahm den ersten Bissen.

Ich beobachtete jede seiner Bewegungen genau. »Dein Laden wurde gerade zerstört«, kam es mir tonlos über die Lippen. »Wie kannst du schon wieder so entspannt sein? Bist du gar nicht wütend?« Mit den Fingerkuppen fuhr ich sacht über die Blumen auf Bobs Rücken. Er schnurrte leise.

Boss lächelte mild und schob die Ärmel seines Hemdes hoch. »Ach, du kennst mich doch. Ich hab diese Rede von Jax Gastrell gesehen, über ein gemeinsames Miteinander und da wird mein altes Herz weich.«

Das brachte mich tatsächlich zum Schmunzeln. »Du redest, als wärst du schon hundert Jahre alt.«

»Ja, aber im Ernst. Ich finde, dass Jax recht hat. Wir müssen diesen Kreis aus hassen und gehasst werden durchbrechen. Und jemand muss eben den Anfang machen.«

Ich nahm zum ersten Mal meine Gabel in die Hand und stocherte ein wenig in meinem Essen, um nicht so zu wirken, als würde ich seine Einladung nicht wertschätzen. »Sehr nobel, dass du so denken kannst.« Ich wusste nicht, ob ich das könnte. »Diese Männer hätten mich sicherlich krankenhausreif geschlagen, wenn sie gekonnt hätten.«

»Aber sie konnten nicht«, erwiderte Boss sofort. »Weil du ein Cosmic bist.«

Um nichts darauf antworten zu müssen, schob ich mir eine erste Gabel mit Nudeln in den Mund und kaute langsam. Der Geschmack war so viel voller und abwechslungsreicher als alles, was ich in den letzten Wochen gegessen hatte. Für gewöhnlich bestand meine Ernährung aus Brot, Kartoffeln und Nahrungsergänzungsmitteln.

»Du gehörst doch eigentlich nicht zu mir.« Ich zog die Augenbrauen hoch, worauf er sofort abwehrend die Hände hob. »Ich meine damit nicht, dass ich dich nicht haben will. Aber du bist doch nicht glücklich, oder?«

Ich senkte den Blick. Eigentlich dachte ich lieber nicht so

viel darüber nach. Ich fand nicht, dass glücklich zu sein überhaupt etwas war, nach dem ich streben sollte. Das höchste meiner Ziele war es, in Ruhe gelassen zu werden. Mein Leben zu leben. Mich nicht mehr mit der Vergangenheit und den Kriegen herumschlagen zu müssen. Allein das schien mir schon viel zu viel verlangt zu sein.

»Du bist so stark«, sagte Boss schließlich. »Und mutig. Jemand wie du könnte die Welt verändern.«

Ich senkte den Kopf ein Stück tiefer. Ich wusste nicht, was mich an seinen Worten so hart traf.

»Ich denke nicht, dass man die Welt ändern kann«, murmelte ich ehrlich. »Man kann nur versuchen, sie zu überleben.«

Obwohl ich sein Gesicht nicht sah, konnte ich mir auf sein Seufzen hin seinen resignierten Gesichtsausdruck vorstellen. Ich wollte ihn nicht deprimieren. Ich … ich wusste selbst nicht, was ich wollte.

»Ich will dich auch gar nicht drängen«, sagte er ruhig. »Aber das vorhin im Laden war auf jeden Fall sehr beeindruckend. Für mich bist du ein Cosmic. Egal, ob sich das beweisen lässt oder nicht.«

Ich legte die Gabel zur Seite und wandte den Kopf ab, richtete meinen Blick auf die bunten Lichter der Stadt und die regennasse Straße unter uns.

Er hatte vielleicht recht.

»Danke«, sagte ich leise, während ich die Gedanken kreisen ließ.

»Ich will nur sichergehen, dass du weißt, dass ich an dich glaube.«

Ich wusste nicht, was es war. Aber etwas an dieser Aussage versetzte mir einen so schmerzhaften Stich, dass ich sofort ablenken musste, wenn ich nicht in Tränen ausbrechen wollte. »Aber wenn ich mitmache und bei der Prüfung verletzt werde, übernimmst du die Krankenhausrechnung«, gab ich mich betont lässig.

Er zog die Augenbrauen hoch, sah mir herausfordernd in die Augen und streckte mir eine Hand entgegen. Ich ergriff sie unschlüssig. »Deal«, sagte er und drückte zu. »Und jetzt: Essen, bevor es kalt wird. Das hat ein Vermögen gekostet.«

KAPITEL 9

17.06.2082, DAS ENDE DES REGENS BEI SONNENAUFGANG

Trotz der frühen Morgenstunden war es schon sommerlich warm, als ich meinen Hausflur verließ und auf die Straße hinaustrat. Die Sonne ging gerade auf und schlich sich langsam ihren Weg an den Spitzen der Gebäude hinauf. Es war der erste Tag, an dem es nicht mehr regnete. Das Licht spiegelte sich in den Pfützen und Wasserläufen auf dem Boden. Zum ersten Mal waren die Steine, auf denen die Wege und Straßen der Innenstadt gepflastert waren, wieder zu sehen.

Bob saß auf meiner Schulter, wie jeden Morgen. Er hielt sein Gesicht in die Sonne, sobald wir um die Ecke auf den Weg bogen, in den das Morgenlicht bereits einfiel.

Ich zupfte das lange Top zurecht, das ich über die Sportleggings gezogen hatte. Über meiner freien Schulter trug ich eine kleine Tasche mit einer Flasche Wasser, ein paar Nahrungsriegeln und einigen wenigen Kleidungsstücken darin. Das war laut der Liste online alles, was man zur Prüfung mitbringen musste.

Boss hatte den Laden bereits geöffnet. Bevor ich eintrat, atmete ich einige Male tief durch. Jetzt war der Moment gekommen. Wenn ich einen Rückzieher machen wollte, musste ich es jetzt tun.

Aber ich hatte entschieden, dass das nicht infrage kam. Ich könnte besser mit meinem Versagen leben, als ewig im Ungewissen zu bleiben. Was auch immer der Test ergab: Ich würde Sicherheit darüber haben, wer ich war. Wer ich sein konnte. Egal, ob mir dieses Ergebnis gefallen würde oder nicht.

Ich trat über einige Pfützen hinweg und durch die offen stehende Glastür, um Boss, wie üblich, hinter dem Tresen sitzen zu sehen. Er hob den Kopf und seine Augen leuchteten auf, als sein Blick zu meiner Tasche wanderte.

»Was machst du hier? Du hast doch heute frei, oder?« Dieser ironische, überspitzte Unterton in seiner Stimme. Er wusste genau, warum ich hier war.

»Ja.« Es gelang mir tatsächlich zu grinsen. »Ich wollte nur Bescheid sagen, dass du ein wenig Geld für die Krankenhausrechnung heute Abend bereitlegen solltest.«

»Geht klar.« Boss' Augen leuchteten. Er war definitiv aufgeregter als ich. »Dann mach ich mich mal bereit, eine neue Aushilfe zu suchen.« Wir lachten beide. Sein Blick wurde allerdings schnell weicher. »Ich drück dir die Daumen, Cora.«

Ich rang mir ein Lächeln ab, das mir schwerer fiel, als ich gedacht hatte. »Danke.«

»Such dir ein paar Freunde, ja?«

Grinsend schüttelte ich den Kopf. »Wow, direkt in meinen wunden Punkt«, sagte ich lachend. »Mach's gut, Boss.« Dann wandte ich mich um.

»Pass auf dich auf!«, rief er mir hinterher. »Und ruf jederzeit an, wenn etwas ist, ja?«

»Klar«, murmelte ich, obwohl ich wusste, dass ich das nicht tun würde.

KAPITEL 10

03.02.2075, DAS FALLEN VON SCHNEE AUF SPIELPLATZTRÜMMERN

Ich war zehn Jahre alt, als ich das erste Mal vom Militär beauftragt wurde.

Das Waisenhaus befand sich in einem Gebäude, das einmal eine Schule gewesen war. Die bunte Farbe an den Wänden war abgeblättert und der Holzboden so alt, dass man sich Splitter in den Füßen holte, wenn man keine Schuhe trug. Aber wir trugen meistens Schuhe. Es konnte jederzeit passieren, dass wir fliehen mussten. Das war mir zumindest schon viermal passiert.

In dieser Welt gab es so etwas wie Sicherheit nicht. Alles konnte von der einen auf die andere Sekunde wieder verschwinden. Und es gab nichts, was man dagegen tun konnte. So war es eben.

Die Erzieher hier waren alle jung und nett. Netter als die in den Waisenhäusern zuvor. Aber es war nicht so, als wären sie meine Familie. Oder als wären die Kinder meine Geschwister. Oder als würde ich den Lehrern und den anderen hier vertrauen.

Meine Erzieher sagten zwar, dass ich die Welt nicht so düster sehen sollte, aber ich hatte recht, fand ich.

Ich beobachtete die Kinder, die sich in der kleinen Halle befanden, um zu spielen oder zu lesen. Die Älteren planten an einem Tisch in der Ecke mit den Erziehern den nächsten Streifzug, um Essen zu organisieren.

Alles wie immer.

Den Heizungen und einzelnen Feuerstellen gelang es nicht

ganz, die Kälte draußen zu halten. Ich hüllte mich enger in die dicken Jacken, die man mir gegeben hatte.

Vor den schmutzigen Fenstern schneite es. Das weiße Puder lag schon meterdick auf den Wiesen und Feldern, die ich von hier aus sehen konnte. Die Geräte auf dem alten Spielplatz waren kaum mehr unter der dicken Schicht zu erkennen.

Aus der Ferne waren dröhnende Geräusche zu hören. Ich hatte sie schon vor einigen Minuten vernommen, aber langsam wurden sie lauter und das erregte die Aufmerksamkeit der anderen.

Einige Erzieher standen auf und kamen zum Fenster hinüber. Ein paar Kinder ebenfalls.

»Werden wir angegriffen?«, fragte ein älterer Junge. Er war neu und half den Erziehern manchmal bei den täglichen Aufgaben. Vermutlich, weil er auch nicht wusste, wohin er sonst sollte.

»Das ist nur das Militär«, antwortete ich, den Blick in den Himmel gerichtet. Ein schwarzer Helikopter zeichnete sich vor dem hellgrauen Himmel ab.

Wenn sie uns angreifen wollten, täten sie es nicht so offensichtlich. Dann würden sie an einer anderen Stelle landen und sich dem Haus zu Fuß nähern. Das wäre nicht schwer, am Rand dieser halb zerstörten Stadt. Es gab niemanden, der sie aufhalten konnte.

Der ältere Junge blickte mich mit einem Stirnrunzeln an und ich fand, dass er ziemlich unschuldig aussah. Vielleicht kam er aus einem Teil der Welt, in dem es etwas besser zuging als hier. Obwohl ich nach wie vor bezweifelte, dass es so einen Ort gab. Wenn es ihn gab, hatte ich ihn zumindest nie gesehen.

Wir beobachteten, wie der Helikopter auf dem Spielplatz vor der Schule landete. Die Spielgeräte darauf waren schon längst zerstört. Der Wind, den die Rotoren erzeugten, wehte den Schnee und einige Trümmer davon.

Die Männer vom Militär kamen in unregelmäßigen Abständen. Das war auch schon in den Heimen so gewesen, die ich vorher bewohnt hatte. Sie suchten nach Cosmics, um die Armeen der Menschen zu unterstützen.

Meine Erzieher sagten, dass ich Glück hatte, weil sie nichts von mir wollten. Aber ich wusste nicht, ob das Glück war. Ob ich wirklich Glück hatte, hierbleiben zu dürfen. Überall auf der Welt war es gleich schlimm.

Und die Leute vom Militär waren die Einzigen, die hin und wieder Kinder mitnahmen. Eltern oder Familien kamen nie.

Warum auch? Alle waren auf der Flucht.

Nachdem die Leute vom Militär das Heim betreten hatten, hatten sie die Unterlagen über uns Kinder eingefordert. Im Internet gab es wohl Datenbanken, mit deren Hilfe man viel über Menschen herausfinden konnte – man musste nur den Namen wissen. So konnte sich keiner von uns vor ihnen verstecken.

Sie hatten die Cosmics unter den Kindern ausgesucht und sie in anliegende Räume geführt, um dort allein mit ihnen zu reden. Ich und die normalen Kinder waren in der Haupthalle zurückgeblieben. Ich hatte mich vor den warmen Kamin gesetzt und gab mir Mühe, den Gesprächen aus den anliegenden Räumen zu lauschen. Obwohl nicht viel zu hören war. Leider.

Ich wusste nicht einmal, warum mich das so interessierte. Ich fragte mich einfach, was die anderen Kinder erfahren und entscheiden durften. Wohin sie gebracht wurden. Wie es dann mit ihnen weiterging. Ob sie an einen dieser schönen Orte kamen, wenn sie ihre Aufgaben für die Männer und

Frauen erledigt hatten, die sie mitnahmen? Ich hatte keines der Kinder je wiedergesehen.

Ich schaute auf, als eine der Erzieherinnen auf mich zukam. Ihre Jacke war viel dünner als meine eigene. Vielleicht hatten sie nichts in ihrer Größe gefunden.

Mit freundlichem Gesicht bückte sie sich zu mir herab. »Cora, Liebling«, sagte sie leise. »Willst du nicht ein bisschen spielen?« Ihr Lächeln war sicher ansteckend gewesen, als alles noch normal gewesen war. Ich hätte es erwidert, wenn ich die Energie dazu gefunden hätte. Stattdessen schüttelte ich nur den Kopf. Ich wollte hier sitzen und lauschen. Sie sah sich kurz in alle Richtungen um. »Weißt du deinen Spielnamen noch?« Das fragte sie mich jeden Tag, aber dieses Mal wirkte es dringlicher.

»Ja.«

»Wie war der noch mal?«

Ich wusste, dass sie mich lediglich prüfen wollte. Ich antwortete trotzdem: »Liesa Banik.«

Sie nickte zufrieden und strich mir übers Knie. »Gut. Denk immer dran, ja?«

»Ja«, sagte ich, obwohl ich nicht verstand, warum es wichtig war. Die Erzieher hier hatten es uns vom ersten Tag an beigebracht. Dass wir niemandem, der hierherkam, unseren echten Namen verraten sollten, damit die Leute uns später nicht fanden, wenn sie in den Datenbanken nach uns suchten.

Die Erzieherin stand gerade wieder auf, als ein Mann in Uniform auf mich zutrat, einige Zettel und Dokumente in der Hand. An seinen schweren Stiefeln klebten Matsch und Schnee. Seine Schritte hinterließen Spuren auf dem dunklen Boden. Sie würden ins Holz einziehen.

»Bist du das Kind, das Glück hat?«, fragte er. Ob er im Winter am Kopf fror, mit seiner Glatze? Dabei hatte er einen Bart. Es sah komisch aus.

Ich fand nicht, dass ich Glück hatte, aber ich wusste, was er meinte. »Kann schon sein«, antwortete ich deswegen.

Der Mann warf der Erzieherin einen Blick zu und sie schaute kurz von ihm zu mir, dann zog sie sich zurück und er ging an ihrer Stelle neben mir in die Hocke.

»Stimmt es, dass man dich nicht verletzen kann?« Er musterte mich interessiert, aber da war noch etwas anderes in seinem Gesicht. Etwas … Gieriges. Bei diesen Banditen im Wald hatte ich es auch gesehen.

Ich zuckte mit den Schultern. »Ist zumindest noch nie passiert.«

»Was passiert denn mit Menschen, die dich verletzen wollen?« Er wedelte mit den Blättern in seiner Hand herum. »Ich weiß, dass du kein Cosmic bist, aber es interessiert mich trotzdem. Wenn dich jemand verletzen will. Was passiert dann?«

»Nichts Gutes.«

»Führ das bitte genauer aus.«

Ich schürzte die Lippen, weil ich genau wusste, was er von mir wollte. »Sie tun sich selbst weh. Oder fallen hin. Oder etwas fällt auf sie drauf.«

»Und du warst schon mehrere Male in Krisengebieten, ja?«

Wusste er das aus dieser Datenbank? Erkannte er mich an meinem Foto?

»Ja.«

»Und es war jedes Mal so? Dass dir nie was passiert ist?«

»Ja.«

»Ich habe gehört, dass du bei vielen Überfällen und Angriffen die einzige Überlebende warst.«

Wo genau hatte er das denn gehört? Ich wusste, dass es ihm die Erzieher nicht sagen würden. »Ja«, antwortete ich wieder.

»Denkst du, das ist Zufall?«

»Ich weiß nicht.« Ich wollte lieber nicht darüber nachdenken. Oder mich daran erinnern.

Der Mann richtete sich ächzend auf. Er war bestimmt hundert Jahre alt. Die Furchen in seinem Gesicht waren tief. Ich wusste gar nicht, wie er noch kämpfen konnte.

Vielleicht war das die Lösung. Vielleicht wären irgendwann einfach alle zu alt zum Kämpfen und dann würden sie endlich damit aufhören.

»Warum gehen wir nicht an einen etwas ruhigeren Ort?« Er streckte seine Hand aus, aber ich stand auf, ohne sie zu nehmen. Ich war nicht so alt, dass ich Hilfe beim Aufstehen brauchte.

Er verließ die Halle und bog in einen der kühlen Flure ab. Ich folgte ihm langsam. Zu meiner Überraschung gingen auch zwei der Erzieher hinter uns her. Ein weiterer Mann vom Militär stand bereits an der Tür zu einem leeren Klassenraum und trat zur Seite, um uns hineinzulassen.

Hier drin war es noch kälter als im Rest des Hauses. Es wurde kein Raum beheizt, der gewöhnlich nicht genutzt wurde. An den Wänden standen viele kaputte Tische, Stühle und Tafeln, die achtlos beiseitegeschoben worden waren. In der Mitte stand ein einzelner, niedriger Tisch mit zwei Stühlen, auf die der Mann in der Uniform deutete.

Ich ging darauf zu, während ich seine Kleidung genauer betrachtete. Er sah außergewöhnlicher aus als die Männer und Frauen, die ihn begleiteten. Seine Uniform war dunkler und hatte viele goldene Plaketten und glitzernde Schultermuster.

»Wir haben einen sehr besonderen Auftrag, bei dem wir vielleicht deine Hilfe brauchen könnten«, sagte er und setzte sich auf den kleinen Stuhl mir gegenüber. Das sah lustig aus. Er war eigentlich viel zu groß dafür.

Ich zog die Augenbrauen zusammen und blinzelte einige Male. »Sie brauchen Hilfe von einem Kind?«

Die anderen Kinder fragten sie natürlich auch um ihre Hilfe, aber ich war kein Cosmic. Das hatten mir die Leute, die die Tests durchführten, immer wieder gesagt.

Der Mann blickte sich zu den Erziehern und seinem Kollegen um. Dann wandte er sich wieder mir zu. »Einige Kinder sind begabter als Erwachsene.«

»Dann fragen sie doch die Cosmics«, schlug ich vor. Es interessierte mich ja, was diese Leute mit den anderen Kindern besprachen, aber dieser Mann … Ich mochte ihn irgendwie nicht.

»Die anderen sind nicht das, was wir suchen.«

Ich schaute weg und schürzte die Lippen. Etwas, das ich konnte aber andere nicht? So etwas gab es nicht. »Was für ein Auftrag wäre das denn?«

Der Fremde setzte ein Lächeln auf, das ich mir nicht ganz erklären konnte. »Es gibt hier in der Nähe eine Stadt. Dort haben sich einige Menschen mit Cosmics zusammengeschlossen. Sie sind schwer bewaffnet und verstecken Geheiminformationen. Die brauchen wir.«

Ich sollte also etwas suchen? Oder was genau erwartete er von mir? »Was sind das denn für Informationen?«

Er hob die Schultern, warf wieder einen Blick zu den Erwachsenen, dann sagte er: »Es gibt etwas, das wir Quellfragmente nennen. Du weißt bestimmt nicht, was das ist.« Das wusste ich tatsächlich nicht, also schüttelte ich den Kopf. »Zu erfahren, was diese Personen darüber wissen, ist sehr wichtig für uns. Mit den Informationen können wir vielleicht dafür sorgen, dass wieder Frieden einkehrt.«

Frieden? Wie sollte man denn mit Informationen Frieden bringen können? Das verstand ich nicht richtig. »Und deswegen greifen sie diese Menschen und Cosmics an?«

»Ja.«

Ich runzelte die Stirn und rückte ein bisschen weiter von ihm weg. »Wäre es nicht friedvoller, sie einfach in Ruhe zu lassen?«

Der Mann lachte tief. Als amüsierte er sich darüber, was ich gesagt hatte, dabei war es eine ehrliche Frage gewesen. Ich verstand die Erwachsenen nicht. »Manchmal muss man eben kämpfen.« Er zog die buschigen Augenbrauen in die Höhe. »Also. Möchtest du uns dabei helfen?«

Ich verzog den Mund und wiegte den Kopf hin und her, während ich darüber nachdachte. Ich hielt das nicht für klug. »Lieber nicht«, sprach ich aus. Zumal ich sowieso nicht dachte, dass ich das könnte. Und ich nicht wusste, wofür ich mich in Gefahr begeben sollte.

»Du würdest diesem Land damit sehr helfen.«

Diesem Land. Wie lustig. Ich war schon in vielen verschiedenen Heimen in vielen verschiedenen Ländern gewesen. Jedes war wie das andere. »Das ist mir egal«, sagte ich ehrlich.

»Willst du, dass wir stattdessen deine Freundinnen und Freunde mitnehmen?«

Nun sah ich wieder zu ihm auf. »Was meinen Sie?«

»Jemand muss es machen.«

»Und es muss ein Kind sein?« Hilfe suchend schaute ich mich um. Die Erwachsenen wirkten bedrückt, aber niemand schien etwas dazu sagen zu wollen. Trauten sie sich nicht? Oder waren sie derselben Meinung wie er?

»So genau kann ich dir das nicht erklären, aber ja.« Er zog die Augenbrauen hoch und setzte wieder dieses Lächeln auf. Wusste er, wie unecht es aussah? »Und wenn einer von euch mitkommen soll, wäre es doch das Beste, wenn du es bist, oder?«

»Aber … ich bin kein Cosmic.«

»Zurzeit geschehen viele Dinge, die unser Verständnis

übersteigen. Du verfügst vielleicht über die Fähigkeit, unverwundbar zu sein. Genau jemanden wie dich brauche ich.«

»Und wenn ich kein Glück habe?« Würde jemand da sein, um mich zu beschützen, falls es dieses Mal nicht funktionierte? »Wenn das nur Zufall ist?«

»Das wird es schon nicht sein.«

Ich verzog den Mund und sah auf den Holztisch zwischen uns. Ich kannte die anderen Kinder nicht gut. Die meisten waren gemein, aber das war in Ordnung. Es ging keinem von ihnen besser als mir. Es nervte mich, wenn sie mich auf die Probe stellen wollten, aber sie hatten inzwischen wohl gelernt, das nicht mehr zu versuchen.

Trotzdem konnte ich so eine Entscheidung nicht treffen. Ich wollte dem Militär nicht helfen. Nicht für dieses komische Land, nicht gegen die Cosmics, nicht gegen die Menschen und nicht für irgendeine Armee, die vermutlich nur eine weitere Stadt zerstören wollte.

Aber ich konnte auch nicht entscheiden, dass die anderen Kinder das machen mussten.

Warum wollte er, dass ich das entschied?

»Muss ich da allein hingehen?«, versuchte ich, mehr aus ihm herauszubekommen.

»Natürlich nicht«, antwortete er sofort versöhnlich. »Ich würde mitkommen und viele andere Männer und Frauen auch.«

»Und ich muss nur diese … Informationen holen?«

»Wir sagen dir vorher genau, wo sie sich befinden.«

Ich biss die Zähne zusammen. Ich wollte mich nicht entscheiden. Ich wollte einfach nicht.

Aber so, wie er mich ansah, musste ich wohl.

Wenn die anderen gingen, würden sie sicherlich verletzt werden. Und wenn ich ginge, könnte ich vielleicht herausfinden, was geschah, wenn man von diesen Einsätzen zurückkehrte. Würden sie mich wieder hierherbringen? Oder würden sie mich an einen besseren Ort führen, wenn ich es schaffte? Das machte mich schon neugierig.

»Na gut«, sagte ich nach einigen stillen Momenten der Überlegung schließlich. »Ich mache es.«

KAPITEL 11

17.06.2082, DER BLICK AUF WELTEN AUS SCHWARZEM STEIN

Die ersten Gebäude, die ich bereits aus der Ferne von der Akademie sah, waren gewaltig. Viel größer und massiver, als Fotos vermuten ließen. Das U-förmige Haupthaus war mindestens sechs Stockwerke hoch und mit schwarzem Stein verkleidet, der von vertikalen Grünflächen und dreieckigen Balkonen durchbrochen wurde. Die Balkone waren mit Blumen und kleinen Bäumen übersät, zwischen denen Tische und Stühle standen.

Ich bemerkte gar nicht, wie meine Schritte schneller und schneller wurden, während ich Bob an mich presste und mich auf den Campus und die Studierenden im Innenhof zubewegte. Wie gigantisch! Ich hatte gewusst, dass der Campus ein kleines Dorf war, der von den Aufträgen der hier lernenden und lehrenden Cosmics finanziert wurde. Aber in echt strahlte dieser Ort so eine Erhabenheit aus, die ich nie vermutet hatte. Sie ließ mich die Menschenmengen aus Demonstranten vergessen, durch die ich mich hatte hindurchkämpfen müssen, um hinter die Tore zu gelangen.

Instinktiv warf ich einen Blick zurück. Aber die Tore zum Gelände waren schon nicht mehr zu sehen. Und hinter den Bäumen, die zwischen Warna und dem Campus lagen, war selbst das Cosmic Balance Gate kaum mehr zu sehen.

Ein seltsames Gefühl der Sicherheit ergriff mich, als ich mich wieder dem Campus zuwandte. Das war sicherlich trügerisch, das war mir klar. Aber zwischen den ordentlich gepflegten Beeten und den Studierenden, die sich auf Bänken und an Tischen im Schatten sammelten, fühlte es sich friedlich an.

Neugierig beobachtete ich die jungen Menschen um mich herum. Die meisten trugen die klassische, schwarze Uniform der Akademie und die farbigen Highlights waren ebenfalls vertreten: Hellblau, Dunkelrot, Dunkelgrün, Senfgelb und Pink. Obwohl ich Pink tatsächlich am seltensten sah.

Durch halbrunde Tore rechts und links vom Hauptgebäude gelangte man wohl auf den hinteren Teil des Campus. Ich konnte einige weitere Bauten erkennen. In welchem von ihnen würde die Aufnahmeprüfung stattfinden?

Ein aufgeregtes Kribbeln breitete sich in mir aus. Ich musste mich zusammenreißen! Je aufgeregter ich war, umso größer wäre die Enttäuschung, wenn ich es nicht schaffte. Die Hände zu Fäusten geballt, schaute ich mich um.

Alle hier mussten Cosmics sein. Laut der Nachrichten war es bisher noch keinem Menschen gelungen, einen der Tests zu bestehen. Wenn ich es tatsächlich schaffen sollte, würde das sicher für Aufsehen sorgen.

Wenn hier aber alle Cosmics waren, wo befanden sich dann die anderen Bewerber und Bewerberinnen? Ich hatte eigentlich damit gerechnet, einen Strom von ihnen zu sehen, dem ich folgen könnte. Aber ich konnte niemanden ausmachen, der ähnlich verloren wirkte wie ich. Oder der aussah, als wäre er auf dem Weg zum Testzentrum.

Wo musste ich hin?

Ich hatte schon die ganze Zeit nach Schildern Ausschau gehalten, die es leider nicht gab. Und wenn ich nicht weiter ziellos auf das Hauptgebäude zulaufen wollte, musste ich wohl jemanden fragen.

Ich war stehen geblieben, als mir ein bekanntes Gesicht ins Auge fiel. Die blonde Studentin, die mir im Laden geholfen hatte!

Sie war eine der wenigen Personen, die sich nicht in einer Gruppe befand, was sie etwas weniger einschüchternd wirken ließ. Über Bücher gebeugt saß sie an einem Tisch im Schatten eines großen Baumes.

Ich atmete durch, fasste meinen Mut zusammen und steuerte auf sie zu. Dieses Mal trug sie zumindest ihre Kopfhörer nicht. »Hey«, setzte ich so klar wie möglich an. »Wie klasse, dass wir uns noch mal sehen! Danke, dass du mir letztens geholfen hast. Ohne dich wären die Typen sicher entkommen!« Hörte sie mich nicht? Sie schaute gar nicht zu mir auf. Nervös verlagerte ich mein Gewicht. »Ähm … Kannst du mir vielleicht sagen, wo es zum Testgebäude geht? Ich bin hier für den Test, aber –«

»Siehst du nicht, dass ich zu tun habe?«

Meine Wangen glühten, als sie mit gerunzelter Stirn zu mir aufschaute, Bob einen irritierten Blick zuwarf, nur um gleich wieder auf ihre Unterlagen zu sehen.

»E-entschuldigung«, stotterte ich und entfernte mich sofort einige Schritte. Als hätte der bissige Kommentar ihn ebenfalls aus der Ruhe gebracht, wand Bob sich aus meinen Armen, setzte sich neben mich und schaute erwartungsvoll zu mir auf.

Ich betrachtete ihn nachdenklich. Was war das denn gewesen? Hätte es sie so viel Energie gekostet, mit dem Finger in eine Richtung zu weisen? Vor allem, nachdem wir erst vor wenigen Tagen miteinander gekämpft hatten. Erkannte sie mich etwa nicht wieder, oder wollte sie nicht, dass man uns zusammen sah?

Ich schluckte schwer und versuchte, die Scham zu unterdrücken, die sich heiß in mir ausbreitete. Als es mir nach einigen Sekunden gelang, mich wieder in Bewegung zu setzen, zog ich mein Handy aus der Hosentasche. Bob trottete gemächlich neben mir her.

Hoffentlich verhielten sich hier nicht alle so.

»Hey! Suchst du das Testzentrum?«

Ich schaute von meinem Handy auf, auf dem ich gerade eine Karte suchte.

Vorsichtig nickte ich, als ich mich zu dem jungen Mann mit dunklem Haar, heller Haut und hellen Augen umsah. Er war ein Stück größer als ich und etwas Verspieltes lag in seinen Zügen, das sich auf einem knabenhaften Lächeln auf seinen vollen Lippen fing. Er trug ebenfalls Alltagskleidung. War er also auch neu hier?

»Ja«, entschied ich mich, seine Hilfe anzunehmen. »Irgendwie … kann ich keine Schilder finden.« Ich warf einen letzten Blick zu der Studentin, die mich so unfreundlich abgewiesen hatte, und schaute dann wieder zu ihm.

Locker setzte er sich in Bewegung und ich nahm das als Einladung, ihm zu folgen. »Tja«, sagte er und hob die Schultern. »Das wird eine Herausforderung.« Er sah aus dem Augenwinkel zu mir hinüber. »Gebäude 23 zu finden ist nämlich der eigentliche Test.«

Mein Herz machte einen Hüpfer, als er bereits zu lachen begann. Mit einem Stirnrunzeln fragte ich: »Verarschst du mich?«

»Ja, sorry. Aber es könnte genauso gut sein. Ich hatte den Test vor drei Tagen und hab auch ewig gesucht.« Demonstrativ schaute er sich um, während wir auf eine Lücke zwischen den Gebäuden zusteuerten. Ein Weg, hinter dem weitere Gebäude in Sicht kamen. »Obwohl an meinem Testtag gefühlt tausend Bewerber hier waren. Heute hab ich erst eine Handvoll gesehen.«

Na großartig. Also war ich eine der wenigen Personen, die heute teilnehmen würden? Dann würde mein Sieg oder mein Versagen also nicht einfach in der Masse untergehen.

»Warum sind heute so wenige dran?«

Der junge Mann lachte. Seine lockere Art half mir tatsächlich, mich zu entspannen. »Na ja. Die, die wirklich hier sein wollen, nutzen eigentlich die erste Chance, die sie bekommen.«

Das war verständlich. Und dem Blick nach zu urteilen, den er mir zuwarf, hatte er mit dieser Feststellung wohl auch meine Zögern bereits erraten.

»Angst?«, deutete er sie allerdings falsch.

»Vorbehalte«, bemühte ich mich, eine passendere Beschreibung zu finden.

»Was ist deine Cosmic Power?«, fragte er neugierig.

Ich entschied mich, ehrlich zu sein, obwohl das vielleicht dazu führen könnte, dass er gleich nicht mehr mit mir sprechen würde. »Ich hab keine.«

Überrascht drehte er sich zu mir um und schaute mich mit großen Augen an. »Du bist ein *Mensch?*«

Er hatte die Frage so laut gestellt, dass einige der Umstehenden sich zu uns umdrehten.

»Ja«, sagte ich leiser, um ihn zu motivieren, ebenfalls die Lautstärke zu senken. »Haben nicht viele Menschen an den Tests teilgenommen?«

Er zuckte mit den Schultern und schien die Information überraschend schnell verarbeitet zu haben. »Einige sind hier aufgetaucht, aber die meisten haben dann bei der Voranmeldung gekniffen.«

War allein die Voranmeldung so beängstigend? Wahrscheinlich wurde einem vorgelesen, welche Risiken die Prüfungen bargen, und die meisten scheuten davor zurück, tatsächlich den letzten Schritt zu gehen. Ein Gedanke, der mir vielleicht auch noch kommen würde, wenn es dann erst mal so weit wäre.

»Süße Katze«, kommentierte der junge Mann weiter und deutete auf Bob, der nach wir vor neben mir ging.

»Sein Name ist Bob.«

»Aus den Quellbereichen?«

»Ja, ich …« Ich stockte mitten im Satz. Er stellte die Fragen so schnell, dass ich kaum hinterherkam, dabei wusste ich gar nichts über ihn. Ich würde den Spieß also erst einmal umdrehen: »Was ist das für ein Test?«

Er lachte. »Das darf leider nicht verraten werden. Wir mussten da alle unvorbereitet rein.« Er reichte mir die Hand und schüttelte sie energisch. »Mein Name ist übrigens Fedir.«

»Cora.« Hatte meine Befragung damit jetzt ein Ende? Nicht, dass ich die Ablenkung nicht nett fand, aber ich glaubte nicht, dass er sie aus reiner Neugier stellte. »Empfängst du jeden hier so freundlich?«, fragte ich also skeptisch.

»Ja, er macht das die ganze Zeit!«, rief jemand hinter uns und wir wandten uns gemeinsam um.

Eine junge Frau, vermutlich in meinem Alter, schloss zu uns auf. Sie war etwas kleiner als ich und hatte helle Haut, rosige Lippen und fast schwarze Augen. Ihr dunkelbraunes Haar trug sie in einem Bob mit einem kurzen Pony. Irgendwie sah sie unschuldig aus, obwohl sie Fedir mit strengem Blick musterte.

Eine kleine Gruppe Studierender folgte ihr. Keiner von ihnen trug eine Uniform.

»Potenzielle Erstsemester anquatschen, meine ich.« Sie lächelte kopfschüttelnd in Fedirs Richtung. »Renn doch nicht einfach weg, wir waren gerade mitten im –«

Fedir deutete aufgeregt auf mich. »Sorry, *das* ist wichtiger. Sie ist ein Mensch.«

»Was?«

»Bitte hau nicht schon bei der Unterschrift ab, ja?«, fuhr Fedir fort, während seine Freunde uns folgten.

Ich antwortete nicht, während wir auf eine große Halle zuhielten. Sie war ebenfalls schwarz, aber deutlich niedriger und mit weniger Grünflächen geschmückt als die anderen Häuser. Die Fenster waren abgedunkelt und die Nummer 23 prangte groß und deutlich über den verglasten Eingangstüren.

»Das ist es?«, wollte ich wissen und Fedir nickte.

Ich atmete tief durch, als ich mit fest geballten Fäusten auf die Person am Eingang zusteuerte. Das Gebäude hatte eine unheimliche Ausstrahlung. Vor allem, weil ich mir einfach nicht ausmalen konnte, was mich dort drin wohl erwartete.

Am Eingang blieben wir stehen und ein großer Mann mit dunklem Haar musterte mich und die Gruppe.

»Bist du für den Test hier?«

Mein Herzschlag beschleunigte sich, als ich antwortete. »Ja.«

»Dein Name?«

»Cora Jenkins.«

Er zog ein Tablet aus seiner Tasche und machte eine Notiz. Dann griff er abermals hinein und reichte mir eine Karte mit einer Nummer darauf. 2034. Sie war überraschend schwer in meinen Händen.

»Die Wartezeit beträgt zurzeit etwa neunzig Minuten. Du kannst derweil im Wartesaal Platz nehmen, um dich vorzubereiten.«

»In Ordnung«, sagte ich, dabei fand ich das gar nicht. Wie sollte ich es denn aushalten, jetzt noch neunzig Minuten zu warten? Ich hatte so viel Energie in mir, die danach schrie, herausgelassen zu werden. Ich wusste nicht, ob ich so lange stillsitzen konnte.

Der Mann schaute von mir zu der Gruppe hinter mir. Es hatte sich eine kleine Traube um mich gebildet und ich redete mir ein, dass diese Leute nicht hier waren, um mich versagen zu sehen. Vielleicht schauten sie ja bei einigen Tests zu und waren nur neugierig.

»Und ihr geht wieder in den Zuschauerraum?«, wollte der Mann wissen, was meine Vermutung bestätigte. Etwas, das mich erleichterte.

»Yes, Sir«, sagte Fedir mit einem Unterton, den ich nicht ganz deuten konnte. Dann wandte er sich an mich: »Und dir viel Erfolg. Bin gespannt darauf, was du kannst.«

»Danke«, sagte ich und trat durch die Tür, zu der der Dozent wies, während die anderen auf einen Nebeneingang zusteuerten.

»Hey, Fedir«, rief ich dem jungen Mann hinterher. »Was kannst du eigentlich?«

Er wandte sich schwungvoll zu mir um und zwinkerte. »Das verrate ich dir, wenn du angenommen wirst.«

KAPITEL 12

17.06.2082, DAS ERRINGEN EINES ERFOLGS, DER KEINER IST

»Cora Jenkins?«

Der Mann, der das Wartezimmer betreten hatte, trug die Uniform der Lehrkräfte der Akademie. Ein dunkler Anzug mit dem Logo der Einrichtung auf die Brusttasche genäht. Die Weste unter seinem Jackett war in kariertem Dunkelgrün gehalten und er trug trotz der Hitze schwarze Handschuhe.

»Ja«, sagte ich rasch, nahm Bob von meinem Schoß, den ich die letzten neunzig Minuten ununterbrochen gestreichelt hatte, und stand auf. Er trottete neben mir, als ich mit weichen Knien auf den Mann zuging.

Der Dozent war groß und gut gebaut. Helle Haut, dunkelblonde Haare, blonder Bart und Iriden von einem strahlenden Blau, das trotz seines müden Eindrucks charismatisch wirkte. Dunkle Ringe zeichneten sich unter seinen Augen ab. Der düstere Blick hinter seiner Brille bedeutete wohl, dass er sich Besseres vorstellen konnte, als seine derzeitige Aufgabe. Ich ersparte mir das Mitleid. Die Bewerber, die hier jeden Tag ankamen, hatten es gewiss schwerer als er.

»Mein Name ist Doktor Béla Gedeon. Folg mir bitte.« Der Kerl klang müde und selbst der sauber sitzende Anzug konnte seine leicht gebeugte Haltung nicht verbergen.

Eilig folgte ich ihm in den anliegenden Raum. Da weder er noch der Mann am Eingang etwas zu Bob gesagt hatten, ging ich davon aus, dass es wohl in Ordnung wäre, dass der Kater uns begleitete.

Wir traten in ein simples Büro mit Blick auf einen Park.

Einige Studierende hatten sich auf der Wiese unter den Bäumen niedergelassen oder trainierten auf der Grasfläche. Auch hier war es, wie im Wartezimmer, angenehm kühl.

Der Kerl nahm an einem zugestellten Schreibtisch Platz und bedeutete mir, mich ihm gegenüberzusetzen.

»Name?«, legte er ohne Umschweife los.

»Cora Jenkins.« Ich hatte mein Handy schon in der Hand bereit, öffnete die Auftragsapp und hielt sie ihm hin. Direkt auf der Startseite war mein Ausweis zu sehen.

»Geburtsort Peking«, las er ab und schielte über seine Brillengläser zu mir hinüber. Weiter kommentierte er das allerdings nicht. »Du bist ein Mensch?«

»Ich habe bisher sechzehn ärztliche und militärische Tests absolviert und laut ihnen bin ich ein Mensch, ja.«

Der Dozent machte einige Kreuze und Notizen in seinem Dokument, dann musterte er mich abermals forschend.

»Ich habe die Gutachten über Umfang und Ergebnisse der Tests mitgebracht, falls Sie das brauchen.« Ich griff bereits zu meiner Umhängetasche.

Er schüttelte allerdings den Kopf. »Nein, alles gut. Ich finde nur die Anzahl der Tests verwunderlich.«

»Ich war in vielen Krisengebieten«, erklärte ich schwammig, weil ich eigentlich nicht geplant hatte, dieses Thema heute aufzugreifen. Sofern es nicht von dringlicher Relevanz wäre, natürlich.

»Falls du bestehen solltest, sehe ich mir die Unterlagen an.« Er machte eine weitere Notiz. »Und du bist immun gegen die Quellstrahlung, wie ich gesehen habe?«

»Ja.«

»Das ist interessant.« Er legte den Stift kurz beiseite, um mich anzuschauen. »Die meisten Immunen stellen sich im Laufe ihres Lebens als Cosmics heraus. Es gibt Cosmic Powers, die in Tests nicht messbar sind.« Er hob die Nase ein Stück, um mich zu mustern. »Du sagtest, du seist laut der Gutachten ein Mensch. Hast du denn Grund zu der Annahme, dass sie falschliegen?«

Ich fühlte mich unter seinem stechenden Blick bloßgestellt. »Ich weiß es nicht«, antwortete ich trotzdem ehrlich. »Ich und einige andere Menschen, mit denen ich bisher zu tun hatte, haben da einige Vermutungen. Aber falls ich eine Cosmic Power habe, wäre es schwer, sie eindeutig zu beweisen.«

»Welche Cosmic Power denkst du denn zu haben?«

»Na ja.« Ich wiegte den Kopf hin und her, weil ich nicht gewusst hatte, dass ich dieses Gespräch würde führen müssen. Sonst hätte ich mich besser darauf vorbereitet. Mir genauere Formulierungen überlegt. »Ich glaube, ich habe überdurchschnittlich oft Glück.«

Der Dozent blinzelte einige Male, als verstünde er nicht ganz, was ich meinte. »Glück im Spiel, meinst du?«

»Nein, eher im Überleben. Wenn mich jemand angreift, geschehen eigenartige Dinge. Ich habe mich vollkommen unverletzt durch Kriegsgebiete bewegt. Bei vielen Angriffen und Krisensituationen war ich die einzige Überlebende.« Ob man das als Glück bezeichnen konnte, hatte ich mit Boss schon mehr als einmal diskutiert.

»Und du bist sicher, dass es nicht einfach Zufall war?« Endlich hörte er damit auf, mich anzustarren. Dass er den Stift wieder in die Hand nahm, um weitere Vermerke zu machen, erleichterte mich nahezu.

»Das bin ich nicht.« Ich setzte ein mildes Lächeln auf. »Es ist eben nicht eindeutig genug, um als Cosmic zu gelten.« Und vielleicht war ich wirklich nur ein normaler Mensch mit übermäßig viel Glück. Vielleicht war das sogar die wahrscheinlichste Option.

Er nickte verstehend. »Der Test kann sehr gefährlich sein«, sagte er, den Blick nach wie vor auf das Dokument gerichtet.

»Vor allem für Menschen. Du kannst jederzeit einen Abbruch des Testszenarios fordern, indem du laut und deutlich sagst *Ich gebe auf.*«

»Okay.«

»Und du bist sicher, dass du teilnehmen willst?«

»Ja.« Es sollte endlich losgehen. Ich konnte mir nicht vorstellen, dass diese verdammte Prüfung auch nur ansatzweise so schlimm sein konnte wie die Warterei und die Tage der Überlegungen und Ängste. »Auf jeden Fall«, fügte ich an, um meine Entschlossenheit zu demonstrieren.

»Dann unterschreib bitte hier.« Er schob das Tablet zu mir herüber und reichte mir den Bedienstift. »Damit versicherst du, dass du an diesem Test in vollem Umfang auf eigene Gefahr teilnimmst.«

Ich nahm beides entgegen und warf einen flüchtigen Blick auf das Dokument.

Ja, ich war sicher. Ich hatte den Punkt erreicht, an dem ich es einfach nur hinter mich bringen wollte. Keine weiteren Überlegungen. Kein weiteres Zögern.

Keine weiteren Zweifel.

Es war so weit.

Ich setzte meine Unterschrift in das Feld und reichte ihm das Tablet zurück. Mit einem knappen Blick darauf erhob er sich und nickte mir zu. »Taschen, Handys, andere technische Geräte, Schmuck und … deine Katze … kannst du hierlassen.«

Mr Gedeon hatte mich in eine große Halle begleitet, deren Wände und Decken komplett schwarz waren. Das einzige Licht, das hier einfiel, stammte aus einigen kleinen Spots an der Decke, die fast wie Sterne aussahen. Und einem Leuchten am gegenüberliegenden Ende der Halle, das etwas wie einen Pokal erhellte, der auf einem Podest stand.

Zwischen uns und dem Gegenstand lagen schätzungsweise fünfzig Meter und mehrere Hindernisse waren zu sehen. Künstliche Bäume und Pflanzen, Holzstämme und Konstruktionen aus Drähten und Paletten, die Fallen sein könnten. Sie waren im ganzen Raum platziert, nicht nur auf dem direkten Weg zwischen mir und dem Pokal.

Und in den unbeleuchteten Bereichen zwischen den Hindernissen sah ich schattenhafte Gestalten lauern. Menschen in schwarzer Kleidung, die kaum auszumachen waren. Sie trugen Waffen, wenn ich das richtig erkannte. Würden die etwa auf mich schießen? Oder noch schlimmer: Waren es Cosmics?

Der Dozent deutete auf den Pokal. »Dein Ziel ist, den Pokal zu erreichen und mit ihm durch die Tür dahinter zu fliehen.«

»In Ordnung.« Das hatte ich mir soweit denken können.

»Unsere Leute werden alles daransetzen, dich davon abzuhalten, also mach dich auf Gegenwehr gefasst. Zum Angriff oder zur Verteidigung kannst du alles verwenden, was sich in dieser Halle befindet.«

Angriff oder Verteidigung. So etwas beherrschte ich nicht, aber wenn ich wirklich nur dort durchgehen und den Pokal holen musste, hatte ich trotzdem ganz gute Chancen, oder?

»Es werden keine tödlichen Waffen verwendet, aber du könntest trotzdem schwere Verletzungen davontragen. Deswegen stehen überall Sanitäter bereit.«

»In Ordnung.«

»Außerdem wirst du dich nicht nur den menschlichen Gegnern gegenübersehen, sondern auch einem automatischen Verteidigungssystem, das unter anderem über Wärmebildkameras verfügt. Es wird unserem Team Informationen über deine Position mitteilen, also fühl dich nicht zu sicher, selbst wenn es dir gelingt, dich zu verstecken.«

»Geht klar.«

»Auch wenn du ein Mensch bist, bin ich natürlich verpflichtet, dich darauf hinzuweisen, dass du, wenn du eine Cosmic Power hast, sie in vollem Umfang einsetzen darfst.«

»Geht klar.«

»Nur, damit das klar ist: Wir sind keine rechtsfreie Zone. Tötest du jemanden, kommst du für den Rest deines Lebens ins Gefängnis.«

Ich blinzelte einige Male. War das etwa schon vorgekommen? Wenn nicht, hätten sie keinen Grund, das so zu betonen.

Er deutete auf einen Timer, der erst in diesem Moment an der Wand über dem Pokal erschien. »Du hast zehn Minuten Zeit.«

Zehn Minuten? Wenn dieser Test mein bisheriges Leben spiegelte, würde ich deutlich schneller sein. Wenn nicht, hätte ich nicht die geringste Chance.

»Noch Fragen?«

Ich atmete einige Male ein und aus, weil ich wirklich sicher sein wollte, dass ich keine Fragen mehr hatte. Und vielleicht auch, um ein paar Sekunden Zeit zu schinden.

Schließlich nickte ich und murmelte ein »Nein. Kann losgehen«.

»Na dann, Cora. Viel Erfolg.« Er trat einige Schritte zurück. »Sobald ich die Tür geschlossen habe, startet der Timer.«

Warum war ich so verdammt aufgeregt? Entweder es funktionierte – oder eben nicht. Und wo waren eigentlich diese Zuschauerränge, von denen der Kerl am Einlass gesprochen hatte?

Ich schaute mich um und vermutete gerade, dass vermutlich alles über Bildschirme übertragen wurde, da schloss sich die Tür hinter mir mit einem lauten Klicken und der Countdown setzte ein.

Für einige Sekunden blieb alles still. Warteten sie darauf, dass ich den ersten Schritt machte? Hatten die Leute hier ein Briefing darüber bekommen, was ich konnte und was nicht, oder wurden sie ebenso wie ich ins kalte Wasser geworfen?

Ich durfte hier jedenfalls nicht rumstehen und überlegen, ich musste los. Etwas anderes blieb mir nicht übrig, ich musste jetzt einfach Vertrauen haben.

Und mit diesem Gedanken setzte ich mich in Bewegung. Ich rannte. Erst langsam und dann immer schneller, während ich Schüsse durch die Halle knallen hörte. Ich zuckte bei jedem Geräusch zusammen, aber ich hatte mich schon in genügend Krisengebieten befunden, um mich nicht davon aus der Bahn werfen zu lassen.

In der Dunkelheit sah ich einige der Kugeln in die künstlichen Bäume und Äste einschlagen. Sie durchbrachen das Holz nicht wie echte Geschosse, aber es splitterte trotzdem.

Verdammt, das würde echt wehtun, wenn ich damit getroffen wurde. Wäre ich eigentlich disqualifiziert, wenn sie mich damit erwischten? Nein, das hatte der Kerl von der Anmeldung zumindest nicht gesagt.

Eine größere Erschütterung hinter mir brachte mich aus dem Konzept. Erschrocken hob ich die Arme über den Kopf und stolperte einige Meter weiter vor, als ein Feuerball sich hinter mir aufbaute und eine Hitzewelle mich umfing. Was war das denn gewesen? Ein eiskalter Schauer überlief mich, als mir zum ersten Mal klar wurde, in was für eine Gefahr ich mich hineinbegeben hatte. Verdammt, das war wirklich gefährlich! Wenn ich ernsthaft verletzt werden würde, würde ich nicht meinen Jobs nachgehen können. Und wie sollte ich dann meine Wohnung bezahlen?

Das war eine ganz dumme Idee gewesen!

Ich setzte mich wieder in Bewegung und wandte mich

langsam um, um zu sehen, was hinter mir explodiert war. Einige Holzscheite und Blätter brannten, aber ich konnte keine Quelle ausmachen. Und die Bewegungen meiner Angreifer im Hintergrund waren nur verschwommen zu erkennen, so dunkel waren sie angezogen und so dicht waberte der Rauch zwischen uns.

Ich musste mich jetzt zusammenreißen! Wenn ich mich mehr damit beschäftigte, was hinter mir geschah, würde ich vielleicht über eine Falle stolpern.

Nicht mehr weit. Nur noch etwa zehn Meter trennten mich von den Treppenstufen, die zum Podest und der dahinterliegenden Tür führten. Wenn ich es hier durch schaffte, hatte ich wirklich verdammtes Glück. Aber die Kugeln, die rechts, links, vorn und hinten an mir vorbeischossen, bereiteten mir einen flaueren Magen, als ich mir selbst eingestehen wollte. Meine Knie wurden weich.

Nur noch wenige Schritte! Ich hatte mein Tempo wieder etwas beschleunigt, obwohl ich mich nicht sehr sicher auf meinen Beinen fühlte. Und trotzdem war da plötzlich dieser Hoffnungsschimmer, den ich bisher zu unterdrücken versucht hatte. Dieser eine Gedanke: Wenn ich es schaffte, würde ich aufgenommen werden.

Unmöglich.

Der kurze Moment der Erleichterung wurde abrupt durchbrochen, als eine der vermummten Gestalten vor mich sprang und mir den Weg zur Treppe versperrte, die Waffe zielgenau auf mich gerichtet.

Ich bremste so schnell, dass ich fast über meine eigenen Füße stolperte. Der Moment, in dem wir einander einfach gegenüberstanden und uns ansahen, fühlte sich wie eine Ewigkeit an, obwohl er nur einen Augenblick andauerte.

In der Sekunde, in der er den Abzug seiner Waffe betätigte, machte ich einen Ausfallschritt zur Seite und die Kugel sauste an meiner Wange vorbei. Ich spürte das Zischen der Luft direkt auf meiner Haut.

Ich musste es wagen. Ich durfte jetzt nicht zögern! Wenn ich stehen blieb, stiegen die Chancen nur, dass die anderen sich formierten und mich doch noch aufhielten. Mit vollem Tempo versuchte ich, an dem Kerl vorbeizukommen, aber er hatte leider nicht vor, es mir leicht zu machen. Er feuerte noch einige Male auf mich, aber als er einfach nicht traf, ließ er die Waffe fallen und sprang auf mich zu.

Die Schatten in meinem peripheren Sichtfeld lenkten meine Aufmerksamkeit von ihm ab. In letzter Sekunde wich ich einem Gegner aus, der sich mir von rechts genähert hatte und sich mit voller Wucht auf mich stürzte. Seine Hand verfehlte mich knapp und weil sein Kollege nicht schnell genug hatte bremsen können, kollidierten die beiden und gingen zu Boden.

Ich konnte mir keine Zeit nehmen, um zu sehen, was gerade geschehen war, weil ein weiterer Mann sich von links näherte. Ich zuckte zusammen, als er aus nächster Nähe seine Waffe auf mich abfeuerte und der Schuss mich wieder nur um einen Millimeter verfehlte.

Das war zu viel. Meine Lunge brannte und obwohl mir noch nichts geschehen war, machte sich eine Angst in meinem Inneren breit, die ich nicht bekämpfen konnte. Das alles hier … das erinnerte mich zu sehr an die richtigen Kämpfe, in denen ich mich schon befunden hatte. Das war nicht das Spiel, für das ich es im ersten Moment gehalten hatte. Es war viel ernster.

Ich stürzte nach vorn und biss die Zähne zusammen, um die brodelnde Angst in meinem Bauch zu bekämpfen. Es gelang mir nicht. Und ich musste abermals anhalten, als fünf Angreifer nur knapp vor mir aus dem Gebüsch sprangen, um sich zu einer Linie zu formieren.

Ich warf einen schnellen Blick zurück. Drei weitere näherten sich mir umsichtig. Keiner von ihnen sagte etwas, aber sie alle hoben gleichzeitig ihre Waffen. Ich war umzingelt. Scheiße! Es gab keine Möglichkeit, hier wieder herauszukommen, oder? Nein, nein, nein, nicht so kurz vor dem Ziel! Das hier war doch nichts Neues für mich. Wie hatte ich das vor einigen Jahren gemacht? Damals, als ich einfach in ein Meer aus bewaffneten Soldaten gelaufen war, die mich hatten töten wollen – ohne einen Kratzer davonzutragen.

Einer der Männer machte einen Satz auf mich zu und ich sprang zur Seite. Bevor er oder einer der anderen mich erreichen konnte, rutschte mein Fuß auf einem der Baumstämme aus und ich fiel. Ich hatte keine Zeit, meinen Sturz abzufangen, aber ich spürte einen Widerstand an meinem Fuß.

Er war an irgendetwas hängen geblieben!

Eine Sekunde später erschütterte eine gewaltige Explosion die Umgebung. Ich riss meine Arme über den Kopf, um mein Gesicht vor dem Licht und der Hitze zu schützen, die mich umfingen. Das war meine Chance!

Ich sah meine Gegner nicht, als ich loslief. Mein ganzes Sichtfeld bestand aus Rauch, der nicht nur die Sicht verschleierte, sondern so heiß war, dass ich glaubte, Feuer zu atmen.

Im Laufen zog ich mein Shirt über Mund und Nase. Die meisten der Angreifer waren zu Boden gegangen und konnten sich nicht schnell genug aufrichten, um mich aufzuhalten.

Keuchend erreichte ich die Stufen und lief sie, zwei Stufen auf einmal nehmend, hinauf. Mit einem unkontrollierten Schrei griff ich nach dem Pokal, riss ihn vom Podest und stürzte durch die Tür dahinter, bevor es jemandem gelang, mich zu packen. Himmel, hatte ich es geschafft? Konnte das sein?!

Bevor ich ganz in den dahinterliegenden Raum trat, wandte ich mich um, um einen letzten Blick auf das Chaos zu werfen, das sich hinter mir entfaltet hatte. Auf dem Weg von der gegenüberliegenden Tür bis zu mir waren mehrere Brände zu sehen, die sich wie eine Schneise durch den Raum zogen. Als hätte der Teufel persönlich ihn durchquert. Etliche der Angreifer lagen am Boden und es sah aus, als wären so gut wie alle Fallen ausgelöst worden. Hatte sich ... ein Stück aus der Decke gelöst? Ich erkannte es nicht genau, weil die Halle so dunkel war, aber ich war sicher, dass einige der Sternenlichter nicht mehr funkelten, und einige große Trümmer mitten im Raum lagen.

War ... ich das gewesen? Obwohl mein Atem so schwer ging, hielt ich für einige Sekunden die Luft an, als ich einfach nur dort stand und mit aufgerissenen Augen auf das Schlachtfeld unter mir starrte. Ich hatte gesehen und gehört, dass einiges um mich herum in die Brüche gegangen war, aber dass ich so eine Verwüstung hinterlassen hatte? Unmöglich ...

Die Angreifer hinter mir erhoben sich langsam, aber sie machten keine Anstalten, mich weiter zu verfolgen. Einige halfen ihren Kollegen und Kolleginnen hoch, einige saßen geschlagen am Boden, andere standen regungslos da und schauten mich an. Als wüssten sie genauso wenig wie ich, was gerade passiert war.

Ich musste mich losreißen. Ich musste mich endlich dem nächsten Schritt stellen, obwohl ich mich alles andere als bereit dafür fühlte.

Langsam drehte ich mich um und schaute zu einer Reihe von Männern und Frauen, die mich ebenso entgeistert anstarrten wie ich vermutlich sie. Die Hände an den Tablets, blinzelten die meisten von ihnen irritiert. Einige blinzelten gar nicht.

Ich schloss die Tür hinter mir und wagte es nicht, ein Wort zu sagen, während die acht Prüfer ebenfalls schwiegen. Sonnenlicht fiel durch große Fenster in die Halle und die klimatisierte Luft kühlte angenehm meine Haut. Ich gab mir Mühe, tief ein- und auszuatmen, aber es gelang mir noch nicht ganz.

Und während ich dort stand, das kühle Metall des Pokals noch immer so fest in meiner Hand, als könnte ich mich daran festhalten, konnte ich das Kribbeln, das sich nach und nach in meinem Bauch ausbreitete, kaum mehr unterdrücken.

Ich … ich hatte es geschafft. Ich hatte es geschafft! Sobald diese Erkenntnis mich erreichte, flutete ein so euphorisches Gefühl mich von oben bis unten, dass ich den Drang, aufzuspringen und jubelnd durch den Raum zu laufen, nur schwerlich unterdrücken konnte. Es verlieh mir neue Energie und ich spürte, wie sich ohne mein Zutun ein Lächeln auf meinen Zügen abzeichnete.

Das passte gar nicht zu mir, wollte ich mich im Geiste ermahnen. Aber all die Ängste und Bedenken und Zweifel der letzten Tage fielen wie eine tonnenschwere Last von meinen Schultern, während die Prüfer einfach nur schwiegen. Bis sie so lange geschwiegen hatten, dass das Hochgefühl sich langsam wieder legte und der Angst allmählich erneut Raum gab.

Unsicher drehte ich mich zur Tür um und schaute auf die Zeit, die dort festgehalten war. Eine Minute, zwei Sekunden. Es hatte sich so viel länger angefühlt. Da drin war mir jede Sekunde wie eine Ewigkeit vorgekommen. All die Erinnerungen, die mich heimgesucht hatten, saßen mir noch in den Knochen und nun, da sowohl mein Körper als auch mein Geist ein wenig zur Ruhe kamen, wurde mir erst bewusst, wie erschreckend diese Erfahrung gewesen war.

Ich wandte mich wieder um und sah den Männern und Frauen der Reihe nach ins Gesicht. Keiner von ihnen war jünger als vierzig, die meisten eher älter. Obwohl der Raum sehr groß war, befanden sich bis auf zwei Sicherheitsleute und zwei Sanitäter keine anderen Personen hier.

»Was … war das denn?«, öffnete endlich der Prüfer ganz rechts den Mund. Er trug einen Anzug, der viel zu dick für diese Temperaturen war.

»Unsere Systeme müssen eine Fehlfunktion gehabt haben«, sagte eine Frau und checkte etwas auf ihrem Tablet. Endlich begannen auch die anderen sich zu regen, was mich zwar ein wenig erleichterte, aber das, was sie sagten, tat es ganz und gar nicht.

»Eine Fehlfunktion?«, wiederholte ich perplex. Darauf wollten sie meinen Sieg wirklich schieben? War bestanden nicht bestanden? »Soll … soll ich den Test wiederholen?«, stotterte ich irritiert. Ich konnte mir nicht vorstellen, wie mein Kampf von außen gewirkt hatte, aber offenbar war es noch außergewöhnlicher gewesen, als es mir vorgekommen war.

Aber das konnte doch kein Grund dafür sein, mich abzuweisen, oder? Ich wusste nicht, ob ich das ertragen könnte. Nicht nach allem, was ich in den letzten Tagen durchgemacht hatte.

»Das war … Rekordzeit«, überging der Prüfer, der zuerst gesprochen hatte, meine Frage. »War das nicht sogar noch schneller als …«

»Ja, ich glaube nicht, dass jemand jemals so schnell gewesen war«, stimmte ihm eine Kollegin zu. Nein, nicht nur eine Kollegin. Ich hatte sie bereits auf Fotos gesehen: ein kurzer, heller Bob, der ihr lockig ins Gesicht fiel. Dunkle Haut mit Sommersprossen auf Nase und Wange. Und diese strahlend hellen Augen. Das war die Studienleiterin. Elena Yaneva.

Ich hatte nicht gewusst, dass sie hier war. Ihre Anwesenheit steigerte meine Aufregung, obwohl ich nicht gedacht hatte, dass das überhaupt möglich war.

»Es sah bei ihr gar nicht so schwer aus«, fuhr eine andere Frau fort. »Sicher, dass unsere Einsatzkräfte heute gut in Form sind?«

»Bisher liefen alle Tests normal.«

Mit einem Mal begannen fast alle von ihnen, durcheinanderzureden, sodass ich dank dem Rauschen in meinen Ohren nur noch die Hälfte von dem verstand, was gesagt wurde.

»Ich denke, dass war pures Glück. Es sah nicht danach aus, als hätte sie irgendeine Form von Anstrengung aufwenden müssen.«

»Wir sollten den Test wiederholen. Nur um ganz sicherzugehen.«

»Das haben wir noch nie gemacht und mit so etwas fangen wir auch gar nicht erst an!«

»Ist es wirklich möglich, dass der Ausfall der Ausrüstung von einer Cosmic Power herrührte?«

»Wenn es kein eindeutiges Bestanden ist, dann hat sie nicht bestanden, meine ich.«

»Aber sie hat doch den Pokal geholt.«

»Sie ist einfach nur durchgelaufen. Sie hatte Glück.«

»Ich stimme zu. Für so jemanden ist es an der Akademie zu gefährlich.«

Ich stand einfach da und konnte nichts anderes tun, als zu warten. Vollkommen verloren in diesem großen Raum. Wenn ich nur eine Cosmic Power hätte, mit der ich verschwinden könnte. Oder mich unsichtbar machen, so wie Sam. Das käme mir jetzt sehr gelegen, denn alles, was ich empfand, war überwältigende Scham.

Ein Gefühl, das sich noch einmal exponentiell steigerte,

als der ältere Prüfer sagte: »Ich kann mir vorstellen, dass hier ein Betrug vorliegt.«

Ich ballte die Hände zu Fäusten. Jetzt stellten sie nicht nur meine Fähigkeiten infrage, sondern auch meine Integrität? Was dachte der Kerl denn, wie ich betrogen haben sollte? »Ich wusste bis vor ein paar Minuten nicht mal, um was für einen Test es sich handeln würde«, mischte ich mich ein. Ich konnte nicht mehr an mich halten.

Gab es hier niemanden, der Gedanken lesen konnte, um zu bestätigen, dass ich die Wahrheit sagte? Wenn, dann ließ es sich zumindest niemand anmerken.

Die Gespräche verstummten, als die Studienleiterin die Hände hob und sich einen Moment nahm, sich zu sammeln. Dann legte sie die Hände auf ihre überschlagenen Beine und wendete sich mir zu.

Der Blick, mit dem sie mich bedachte, ließ mein Inneres gefrieren. »Es tut mir leid, Miss Jenkins«, sagte sie schließlich. Alles brach über mir zusammen. »Aber ich kann sie nicht bestehen lassen.«

KAPITEL 13

17.06.2082, DIE SCHWERE DER ABLEHNUNG ANDERER WELTEN

Mein Körper fühlte sich so schwer an wie in meinem ganzen Leben noch nicht. Ich schaffte es nicht einmal, meinen Blick auf den Campus zu richten, sah nur den sauber gepflasterten Boden an. Bob in meinen Armen schnurrte leise, als wollte er mich beruhigen und es machte mich traurig, dass es nicht half. Ich wünschte, es würde helfen.

Aber mein Traum war Geschichte.

Das Lachen und die Gespräche der Studierenden, an denen ich vorüberging, kamen mir jetzt nicht mehr ausgelassen, sondern spöttisch vor. Die Tische unter den Bäumen nicht mehr gemütlich, die Gebäude nicht mehr einladend. Das alles schien mich nun zu verhöhnen. Wie der Blick auf eine Welt, die mich kein Teil von sich sein ließ.

Es war vorbei. Ich hatte es geschafft und gleichzeitig auch nicht. Was bedeutete, dass ich nicht einmal eine Antwort auf die Frage bekommen hatte, was ich am Ende nun war: Cosmic oder Mensch.

Nur, dass ich mir mit diesem kläglichen Versuch meine Zukunft verbaut hatte. Und dass ich wieder darauf hereingefallen war. Auf dieses trügerische Gefühl der Hoffnung.

Ich presste Bob ein wenig enger an mich und beschleunigte mein Tempo. Ich würde es nicht ertragen, einen der Studierenden, die mich vorhin zur Prüfung begleitet hatten, zu treffen. Und noch weniger würde ich es ertragen, vor all diesen Fremden zu weinen, obwohl es mir so endlos schwerfiel, die Tränen zurückzuhalten.

Das einzig Gute war wohl, dass ich »Ich hab's dir ja gesagt« zu Boss sagen könnte. Und dann würde ich den Rest meines Lebens im Gewürzladen arbeiten. Oder zurück in die Quellbereiche gehen, um mit den Menschen dort zu leben.

Natürlich. Das war mein Schicksal. Wie hatte ich jemals erwarten können, dass dieses Leben etwas anderes für mich bereithielt?

Ich musste hier endlich weg, verdammt.

»Cora!«

Ich erstarrte und schloss die Augen, als ich meinen Namen über den Innenhof hallen hörte. War ich etwa auch noch so dämlich gewesen, etwas zu vergessen? Nur langsam wandte ich mich um.

Der Dozent, der mich aufgenommen hatte, trat mit forschen Schritten auf mich zu. Bei ihm war die blonde Studentin aus dem Laden! Sie hielt einige Unterlagen fest an ihren Körper gepresst und schaute mich mit ernstem Blick an. Nichts an ihr deutete darauf hin, dass sie mich auch nur im Geringsten wiedererkannte.

Aber das war jetzt auch nicht wichtig, oder?

»Ja?«, fragte ich, als die beiden eilig zu mir aufschlossen.

»Es tut mir leid, dass du von meinen Kollegen und Kolleginnen so harsch abgewiesen wurdest«, sagte der Dozent und zupfte seine Handschuhe zurecht. »Ich konnte sie davon überzeugen, dich vorläufig an der Akademie aufzunehmen.«

Meine Augen weiteten sich. »Wie bitte?«

»Ich habe den Test selbst beobachtet und finde, du hast eine Chance verdient. Deswegen habe ich mich persönlich für dich eingesetzt.«

Ich war so überwältigt, dass ich nicht wusste, was ich sagen sollte. Noch konnte ich es so wenig begreifen, dass sich nicht einmal Freude oder Erleichterung einstellten. Dieses

Schleudertrauma an Gefühlen, das ich in den letzten Stunden erlebt hatte, war einfach zu viel für mich.

»Ich … ich danke Ihnen«, sagte ich vorsichtig.

Sofort hob er die Hände zu einer abwehrenden Geste. »Dank mir nicht zu früh. Die anderen haben sich nur unter der Bedingung darauf eingelassen, dass wir dich nach einigen Wochen einer weiteren, intensiven Prüfung unterziehen. Sofern das für dich in Ordnung ist, heißen wir dich gern vorerst an der Akademie willkommen.«

Vorerst. »Also entscheidet sich erst bei der zweiten Prüfung, ob ich bleiben darf oder nicht?«

»Exakt.«

Ich hatte gar nicht bemerkt, dass ich die Luft angehalten hatte. Scheiße. Ich wusste, dass ich froh sein sollte. Verdammt dankbar sogar. Aber Erleichterung konnte ich noch nicht empfinden, sosehr ich auch wollte.

»Ich würde dein Training gern persönlich beaufsichtigen«, sagte der Dozent und trat von einem Fuß auf den anderen, als wollte er dieses Gespräch so schnell wie möglich hinter sich bringen. »Dann können wir auch genauere Beobachtungen dazu anstellen, wie sich deine eventuelle Fähigkeit verhält.«

»In Ordnung«, sagte ich.

Der Dozent warf Bob einen Blick zu, dann nickte er und sah sich um. »Also wenn du weiterhin einwilligen und auch der zweite Test unter denselben Bedingungen wie der erste für dich in Ordnung ist, freuen wir uns, dich bei uns begrüßen zu dürfen.«

Ich atmete tief ein und schaute die blonde Studentin an, die mich nach wie vor ausdruckslos musterte.

»In Ordnung«, sagte ich schließlich.

Konnte das wahr sein? Ich sollte lachen, jubeln, in die Luft springen, aber ich war zu irritiert.

»Das ist King Alvin«, sagte er und deutete auf die junge

Frau neben sich. »Sie ist derzeit die beste Studierende an unserer Akademie und arbeitet Teilzeit als meine Assistentin bei den Tests. Sie wird dich in mein Büro führen. Dort kannst du die Zeit verbringen, bis dein Zimmer vorbereitet und zugewiesen wurde.«

King also? »Krasser Name«, murmelte ich und schaute sie an.

Sie zog eine Augenbraue hoch. »Sehr innovativ. Den Kommentar hab ich noch nie gehört.«

KAPITEL 14

17.06.2082, DAS ABWÄGEN VON ANERKENNUNG NACH SIEG UND NIEDERLAGE

King

Ich führte die kleine Aushilfe mit ihrer seltsamen Blumenkatze auf dem Arm zurück in das Prüfungsgebäude und durch die klimatisierten Flure, in die das Sonnenlicht durch die großen Fensterwände fiel. Dieser Ort war im letzten Jahr zu einer Art Zuhause für mich geworden, in dem ich mich wie selbstverständlich bewegte.

Cora währenddessen schaute sich neugierig in jeder Ecke und jedem Winkel des Gebäudes um, das von nun an ein Teil ihres Alltags sein würde. Sie sah noch immer verschwitzt und blass aus. Das hielt sie allerdings nicht davon ab, mir eine Million Fragen zu stellen.

»Wie geht es jetzt weiter?«, wollte sie sichtbar eingeschüchtert wissen. »Muss ich weitere Unterlagen ausfüllen? Und komme ich gleich in der Akademie unter oder übernachte ich heute noch mal in der Stadt?«

»Ich bin nicht diejenige, die dich hier einweisen wird«, sagte ich trocken. Ich war nicht der Babysitter von Neuankömmlingen wie ihr. Ich hatte anderes zu tun.

Warum hatte Béla *mich* damit beauftragt, sie in sein Büro zu führen? Das war keine der Aufgaben, denen ich zugestimmt hatte, als ich anbot, ihm zu helfen. Sobald ich hier fertig war, würde ich ihm das klarmachen. Ich musste zu viel lernen, um meine Zeit mit diesem Schwachsinn zu verschwenden, den jeder andere Studierende auch machen konnte.

Aus dem Augenwinkel beobachtete ich ihre enttäuschte

Miene. Dass sie so schnell aufgab, hatte ich nicht erwartet. Mit der Einstellung würde sie hier nicht sehr weit kommen.

»Und du bist echt die beste unter den Studierenden?«

Ich schob meine Hände in die Hosentaschen und wich ihrem neugierigen Blick aus. »Schätze schon.« Zumindest bisher. Wenn ihr Testergebnis wirklich gewertet werden würde, wohl nicht mehr.

Den Blicken zufolge, die sie mir immer wieder zuwarf, dachte sie noch immer an den Vorfall im Gewürzladen. Mir war bewusst, dass ich ihr dafür danken sollte, dass sie mich nicht verraten hatte. Andererseits hatte ich ihr auch geholfen, also waren wir quitt. Ich hoffte, sie würde es nicht mehr ansprechen.

Sie senkte den Blick und rieb die Hände aneinander. Ich biss mir auf die Unterlippe und mahnte mich dazu, ein wenig mehr Empathie aufzubringen. Das gerade war sicher ein Schock für sie gewesen; erst durchzufallen und dann doch zu bestehen. Sie hatte wirklich sehr verloren ausgesehen, wie sie mit ihrer seltsamen Katze über den Campus geschlurft war. Ich hatte keine Ahnung, wie ich reagiert hätte, wenn ich durchgefallen wäre; wie ich meiner Familie jemals wieder unter die Augen hätte treten sollen.

Andererseits hatte ich meine Fähigkeit auch besser unter Kontrolle als sie. Denn wenn sie so stark war, warum hatte sie sich dann nicht selbst im Gewürzladen gegen diese Kerle verteidigt? Da hatte sie gar nicht den Eindruck gemacht, irgendwelche Cosmic Powers zu besitzen. Und ihr Test war pures Chaos gewesen. Selbst die üblichen Verlierer machten einen strukturierteren Eindruck als sie. Aber sie war einfach nur durch die Fallen gestolpert und … hatte nichts als Glück gehabt.

Konnte dahinter wirklich Taktik stecken? Hatte es vielleicht von außen nur so ausgesehen, als wüsste sie nicht, was sie tat? Irgendwie konnte ich es mir nicht vorstellen. Aber das müsste ich, wenn ich meine Wut im Zaum halten wollte. Dass jemand nur durch pures Glück diese Prüfung bestanden und mich in meinem Rekord hätte … Das würde mich nicht nur an dieser Einrichtung, sondern auch an meinem Platz hier zweifeln lassen. Und für solche Gedanken hatte ich keine Zeit. Andererseits: Wenn sie tatsächlich eine mächtige Fähigkeit besaß, war ihre Aufnahme hier wohl mehr als schiefgelaufen. Ich erinnerte mich daran, wie ich nach meinem Test von den Prüfern empfangen worden war. Wie sie mich gelobt hatten. Wie respektvoll sie mich behandelt hatten.

»Denkst du, dass …« Ihre Katze noch fest in den Armen, schaute Cora auf den gefliesten Boden vor uns. »Denkst du, dass ich hier eine Chance habe?«

So viel Unsicherheit. Wie nervig. Wenn sie Kontrolle über ihre Fähigkeiten hätte, würde sie sich ganz anders geben. »Woher soll ich das wissen?«, spuckte ich aus.

Was war Bélas Motiv hinter dieser ganzen Sache? So kannte ich ihn gar nicht. Welche Studierenden sich hier herumtrieben und welche nicht, war ihm für gewöhnlich absolut egal. Er nutzte die Akademie vor allem, um seine persönlichen Forschungen zu den Quellfragmenten voranzutreiben. Nebenbei auch noch unterrichten zu müssen, war für ihn eine Last. Also warum sollte er sich so für sie einsetzen? Ich würde ihn fragen, wenn ich die Kleine abgesetzt hatte.

Endlich angekommen, drückte ich die Tür zu Bélas leerem Büro auf. Durch die Fenster konnte man in den Park hinter dem Gebäude schauen, in dem sich einige Studierende tummelten.

»Wie lange werde ich hierbleiben müssen?«, fragte sie, während sie langsam eintrat.

»Keine Ahnung«, sagte ich ehrlich. »Kann schon ’ne Weile

dauern. Man holt dich dann, wenn alles bereit ist«, sagte ich, ging auf den Flur zurück und schloss die Tür hinter mir.

Was für eine Zeitverschwendung. Sobald ich Béla fand, würde ich ihn festnageln und fragen, was das hier eigentlich alles sollte.

KAPITEL 15

17.06.2082, DAS SCHEINEN VON NACHMITTAGSLICHT IN NEUEN FLUREN

Die Sekundenanzeige der digitalen Uhr an der Wand gegenüber bewegte sich zehrend langsam fort. Die Zahlen zeigten mir, dass ich mich seit etwas mehr als einer Stunde in dem kleinen Büro befand. Ich hatte ihnen auch geglaubt, wenn sie mir gesagt hätten, dass ich bereits seit Tagen in dieser klimatisierten Hölle schmorte.

Das hatte alles ganz anders laufen sollen. Die Sorgen und Bedenken der letzten Tage hätten sich nach dem Test in Luft auflösen sollen. Das schlimmste Szenario, das ich in Betracht gezogen hatte, war mein Versagen gewesen. Die Ungewissheit war schlimmer.

Um meine Hände davon abzuhalten, sich zu verkrampfen, legte ich meine Finger vorsichtig auf Bobs weiches Blumenfell. Sobald ich in den Raum eingetreten war hatte er sich auf meinem Schoß zusammengerollt und geschnurrt. Als wolle er mich beruhigen.

Als die Tür neben mir sich endlich öffnete, zuckte ich erschrocken zusammen.

»Ähm, sorry«, sagte der junge Mann und sah mich verwundert von oben bis unten an. »Geht's dir gut? Du siehst blass aus.«

Das wunderte mich nicht einmal, aber ich nickte trotzdem. »Ja, alles gut«, log ich. War er endlich derjenige, der mich einweisen würde?

Er trug die Uniform der Akademie und hatte senfgelbe Highlights an Hosenträgern, Gürtel und Krawatte. Er war vermutlich etwas älter als ich und hatte seine hellblonden Haare ordentlich zurückgekämmt. Sie passten zu seiner blassen Haut und den hellen Augen.

Ein mildes Lächeln trat auf seine Lippen, als er mich ansah und die Augenbrauen hinaufzog. »Du kannst mir jetzt gern folgen«, sagte er gedehnt. »Dein Zimmer ist bereit.«

Bob miaute und sprang von meinem Schoß, als hätte er jedes Wort verstanden. Zwischen dem jungen Mann und mir verharrte er, drehte sich zu mir um und miaute noch einmal auffordernd.

»Tut mir leid, dass es so lange gedauert hat«, entschuldigte sich der Fremde und es gelang mir endlich, mich aus meiner Starre zu befreien. Ich würde also wirklich ein Zimmer bekommen. Vorerst. »In den ersten Tagen ist hier immer alles etwas chaotisch. Die Studierenden, die schon 'ne Weile hier sind, nutzen die Semesterferien manchmal, um Zimmer zu tauschen oder neue zu beantragen. Deswegen dauert's oft …« Er legte den Kopf schief.

Erst, als abermals dieser Ausdruck der Sorge auf seine Züge trat, wurde mir klar, dass ich kaum etwas gesagt hatte.

»Ja, nein, gar kein Problem«, sagte ich rasch und versuchte mich ebenfalls an einem Lächeln. Mir war noch ein bisschen übel, aber wenigstens ging es jetzt voran. Das Warten hatte vorerst ein Ende, das … sollte reichen.

Er nahm meine Worte zum Glück als Anlass, sich in Bewegung zu setzen. Ich hob Bob auf meinen Arm und folgte dem jungen Mann in den Flur.

»Das war total krass, wie du da so entspannt durchgejoggt bist«, sagte der Student und ging raschen Schrittes voran. Aus einigen offen stehenden Türen fiel Sonnenlicht in den Gang. »Mein Name ist übrigens Artem. Ich bin im dritten Studienjahr, also werden wir uns nicht so oft über den Weg laufen, ich bin nämlich nicht mehr lange hier.«

»Danke«, murmelte ich. Er hatte mir also auch zugesehen. »Ich bin Cora.«

»Klar, ich weiß.«

Das Gebäude, in das wir getreten waren, war trotz der dunklen Fassaden lichtdurchflutet. Die Eingangshalle machte einen überaus modernen Eindruck. Von ihr aus führte eine breite Treppe zu einer Galerie nach oben. In mehrere Richtungen zweigten schmale Gänge ab.

»Hier und im gegenüberliegenden Gebäude befinden sich die Schlafzimmer«, erklärte Artem. »Die sind bunt durchgemischt, sowohl, was Semester, Studienjahre als auch Geschlechter angeht. Im Hauptgebäude dazwischen befinden sich die Vorlesungssäle. In deinem Zimmer findest du einen Plan über alle Gebäude und Zimmer. Den wirst du im ersten Semester brauchen, also steck ihn am besten immer ein.«

Artem und ich bogen in einen der Gänge ein. Türen und Flure an der einen Seite, eine große Fensterfront an der anderen. Durch sie fiel das Licht der Nachmittagssonne und verlieh allem einen warmen Schimmer.

Die Türen waren aus dunklem Holz und leicht verziert. Geschnitzte Ranken und Muster wanden sich über die Maserung. Sie sahen aufwendig aus, aber gleichzeitig nicht zu pompös, um altertümlich zu wirken. Und überall waren Pflanzen platziert. In vertikalen Gärten an den dunklen Wänden und auf kleinen Tischen. Einige wirkten verändert, aber nicht sehr. Ihre grünen Blätter trugen einen leichten Schimmer. Ob sie als Lichtquelle für die Nacht genutzt wurden?

Während ich mich umsah, ließ die Angst, die mir so tief in den Knochen gesessen hatte, ein wenig nach. Ich konnte wieder besser atmen und meine angespannten Schultern entspannten sich.

Bob regte sich leicht auf meinem Arm und ich fasste noch

mal unter ihn, um ihn sicherer zu halten. »Ist es eigentlich in Ordnung, wenn ich meinen Kater behalte?«, wollte ich wissen, worauf sich Artem zu mir umwandte und sein Tempo verlangsamte.

»Keine Ahnung, ich kenne hier niemanden mit Haustieren.« Er zuckte mit den Schultern und beobachtete Bob neugierig. »Ich würde sagen, frag lieber um Entschuldigung als um Erlaubnis. Solange niemand was sagt, wird's wohl okay sein.«

Das klang nicht nach meiner Philosophie, aber ich wollte mich auch nicht von Bob trennen. Also würde ich sie wohl befolgen.

Am Ende des Gangs führte eine Treppe hinauf, die wir nahmen.

»Also, morgen finden Orientierungsveranstaltungen statt, an denen du auf jeden Fall teilnehmen solltest«, setzte Artem seine Einführung fort. »Es haben wohl so um die dreißig Leute den Test bestanden. Also kannst du dort auch gleich deine Kommilitonen kennenlernen.«

Nur so wenige hatten bestanden? Wenn man bedachte, dass es zu jedem Semester Tausende Bewerber gab, war das eine beeindruckend niedrige Zahl. Ich konnte noch nicht ganz fassen, dass ich eine von ihnen sein sollte.

»Dieses Mal hatten wir aber auch nicht ganz so viele Bewerber wie in den vorherigen Semestern.« Er zwinkerte mir zu.

»Warum?«, fragte ich neugierig.

Er wiegte den Kopf überlegend hin und her, während wir die Treppe ein weiteres Stockwerk hinaufstiegen. »Es gab im letzten Jahr einige Angriffe von Aufständischen auf die Akademie. Hast du vielleicht in den Nachrichten mitbekommen.« Ja, ich hatte es im Laden im Radio gehört, das Boss immer laufen hatte. »Es wurde zwar niemand schwer verletzt und inzwischen sind auch die Sicherheitsstandards viel höher, aber das hat wohl trotzdem für Unsicherheit gesorgt.«

»Verständlich«, murmelte ich.

Ich erinnerte mich an die Berichterstattung zu dem Thema. Die Überfälle hatten dem Bild der Akademie ziemlich geschadet. Sogar der Studienleiter war zurückgetreten, um seiner Nachfolgerin Platz zu machen. Außerdem gab es Gerüchte, dass wegen der gefährlichen Trainingseinheiten regelmäßig Studierende ins Krankenhaus gebracht werden mussten.

Aber ich wusste nicht, ob etwas Wahres dran war. Und ich hatte auch nicht gedacht, dass sich Cosmics von so etwas beunruhigen ließen.

Das zweite Stockwerk glich dem Korridor im Erdgeschoss. Durch die Fensterwand war der Park zu erkennen.

»Essen gibt's ab morgen in der Mensa rund um die Uhr, also kannst du dich da schon ab Mitternacht rumtreiben, wenn du willst. Viele unserer Studierenden sind nachtaktiv, also sind die Chancen hoch, dass du da gute Bekanntschaften machst. Oder zumindest nicht allein bist.«

»Okay«, sagte ich. Nicht, dass ich vorhatte, sofort loszugehen und Menschen zu treffen. Ich musste mich erst mal sortieren. Vor allem meine Gedanken.

»Kennst du denn schon jemanden hier?«

Meine Gedanken schwenkten kurz zu King um, aber die konnte ich wohl nicht mitzählen. »Nein«, sagte ich also. »Noch nicht.«

»Na ja, das wird schnell gehen.« Er bog in einen der breiten Gänge ein und zog etwas aus seiner Hosentasche. »Hast du noch Fragen?«

Ich grinste unsicher. »Ich hab sicher noch tausend, aber gerade fällt mir keine ein.« Das war wohl der Klassiker.

»Keine Sorge. Du hast ein Orientierungsheft auf deinem

Zimmer liegen, einige Dinge sollten sich damit von selbst klären.« Er blieb an einer der Türen in der Mitte des Gangs stehen und hielt mir eine Karte hin, die ich entgegennahm. »Das ist dein Zimmer«, sagte er und deutete mit dem Daumen auf die Tür, an der ein schwarzes Schild mit der Nummer 23 angebracht war. Dann wies er auf einen kleinen, schwarzen Kasten daneben. »Du kannst es mit der Karte entsperren. Eine weitere liegt bereits in deinem Orientierungsheft.«

»Wie in einem alten Hotel«, flüsterte ich und er nickte. Ich fand es beeindruckend, aber auch ein wenig unheimlich. Als ich die Karte auf das schwarze Feld legte, öffnete sich die Tür mit einem Klicken. Artem trat einen Schritt zurück und verschränkte die Arme hinter dem Rücken.

»Ich lass dich jetzt erst mal allein, ja?«

»Ja.« Ich wollte mein Zimmer bereits betreten, da stockte ich und entschied mich, doch noch eine Frage zu stellen, die mich brennend interessierte. »Was ist eigentlich deine Cosmic Power?«

Das schien ihn aus irgendwelchen Gründen zu amüsieren. »Ja, das ist die Frage, die du hier am häufigsten beantworten müssen wirst, also leg dir schon mal eine Standardantwort zurecht«, sagte er schmunzelnd.

Stimmt, das sollte mich nicht überraschen. Da würde ich mir etwas sehr Gutes überlegen müssen, wenn ich mich nicht vollkommen lächerlich machen wollte. Auch wenn es eine Herausforderung werden würde.

»Ich kann das Gehör anderer Menschen beeinflussen«, erklärte er dann.

Für einige Momente sah ich ihn an und versuchte mir vorzustellen, wie das aussah.

»Den Test hab ich bestanden, indem ich die Lautstärke der Schüsse für meine Gegner so verstärkt habe, dass sie dadurch kampfunfähig geworden sind.«

Ich lächelte beeindruckt. »Das ist wirklich cool. Danke!«

»Ist praktisch«, sagte er schulterzuckend und trat einen weiteren Schritt rückwärts, als hätte er es eilig. »Ich kann Gespräche belauschen oder dafür sorgen, dass Angreifer sich untereinander nicht mehr verständigen können.«

»Und wo ist dein Limit?«

Nun grinste er breit. »Verrate ich nicht. Die Studierenden hier treten manchmal gegeneinander an, also will ich dir keinen Vorteil verschaffen, falls wir uns mal gegenüberstehen.«

Ich lächelte herausfordernd. Es war eher Muskelgedächtnis als die Folge einer wirklichen Emotion. Dafür war ich noch zu nervös. »Ich bin gespannt, wie das ausgehen würde.«

»Ich auch. Aber leb dich erst mal ein, Cora. Wir sehen uns.«

Ich schaute ihm hinterher, bis er um die Ecke verschwunden war und ich mich plötzlich endlos allein fühlte. Bevor jemand aus einem der anliegenden Zimmer treten konnte, schlüpfte ich in den Raum.

Ich schloss die Tür hinter mir und sobald das technische Schloss hörbar klickte, fühlte ich mich sicherer. Ich setzte Bob auf dem Boden ab, dann sah ich mich um.

Das Zimmer bestand nur aus einem Raum und einem kleinen, angrenzenden Badezimmer, aber das war schon mehr, als ich erwartet hatte. Der Boden war aus dunklem Holz, das eine urige, beruhigende Wirkung auf mich hatte. In der Mitte lag ein runder, beiger Teppich, der den Raum irgendwie zusammenhielt.

Die Wände waren in einem Weiß gehalten, das so rein aussah, als hätte noch nie jemand hier gewohnt. Eine Fensterwand führte auf einen der Balkone hinaus, die ich von unten gesehen hatte. Ich hatte also auch einen! Mir war klar, dass ich mich nicht zu früh über all das hier freuen konnte, dass mir jederzeit alles wieder genommen werden konnte.

Aber Himmel. Dieses Zimmer war so … modern. Und sauber.

Ein Bett mit schwarzer Bettwäsche stand frisch bezogen direkt neben den Fenstern, die vom Boden bis zur Decke reichten. Eine Schiebetür führte hinaus. Direkt neben dem Bett, vor den hohen Fenstern, stand ein hölzerner Schreibtisch. Darauf stand eine moderne Lampe, die auf die versprochene Broschüre gerichtet war. Ich trat etwas näher und sah, dass sogar mein Name auf dem Heft stand.

Ich war überwältigt von all dem hier. Ich bemerkte, wie mein Atem wieder flacher wurde, also beschloss ich, noch einen Blick ins Bad zu werfen und mich dann auszuruhen. Mich zu beruhigen.

Mich davon zu überzeugen, dass das hier kein Traum war.

KAPITEL 16

18.06.2082, DAS FRAGEN NACH EINER ZERSTÖRERISCHEN KRAFT

Mein Herz pochte so heftig in meiner Brust, dass ich glaubte, gleich entzweizuspringen. Die wenigen Stunden Schlaf hatten mir zwar ausgereicht und ich hatte ruhig in diesen Tag starten können. Aber das alles brachte nichts, als ich den Gang entlang auf den Vorlesungssaal zusteuerte, in dem mein erster Orientierungskurs stattfand. Die Hitze waberte vor den großen Fenstern an der gegenüberliegenden Seite des Ganges, obwohl es noch früh war.

Tief ein- und ausatmend presste ich Bob enger an mich. Es war beruhigend, dass zumindest er da war. Egal, was passieren würde. Das machte es leichter, auf die Gruppen an Kommilitonen zuzugehen, die bereits vor dem Saal warteten.

Sollte ich mich einfach zu einer dazustellen? Durchschnittlich sahen alle hier etwa so alt aus wie ich. Und sie alle trugen Alltagskleidung, was sie zumindest etwas weniger einschüchternd machte als die älteren Studierenden.

Aber woher wusste ich, welche von ihnen meine Anwesenheit okay finden würden und welche nicht? Es gab keinen Weg, das vorher herauszufinden.

Ich hatte mein Tempo verlangsamt, um nicht allzu unnütz herumzustehen, als ich aus dem Augenwinkel bemerkte, wie jemand auf mich zukam. Es war Fedir, der junge Mann, der mir den Weg zum Testzentrum gezeigt hatte. Leider war er in Begleitung von einigen anderen Studenten, die mich für meinen Geschmack etwas zu interessiert musterten.

»Morgen«, säuselte er. Seine schwarzen Haare hingen ihm locker in die Stirn, sahen aber etwas zu gut aus, um nicht aufwendig gestylt zu sein.

»Guten Morgen«, antwortete ich und sah von ihm zu seinen Begleitern. »Gut geschlafen?«

»Ja, die Zimmer sind der Hammer! Die Balkone und die Badezimmer, das ist der absolute Luxus!« Während Fedir sprach, begutachteten die anderen mich. »Und dein Test gestern war krass. Ich hab's gefilmt und den anderen gezeigt!«

Verdammt, das war genau das, was ich befürchtet hatte.

»Die Geschichte verbreitet sich schon wie ein Lauffeuer! Ein Mensch an der Akademie! Oder jemand mit 'ner echt krassen Cosmic Power, wer weiß. So oder so der Wahnsinn.«

Ich war erleichtert, weil er tatsächlich begeistert wirkte. Schon mal einer, der eventuell auf meiner Seite stand. Damit konnte ich arbeiten.

Seine Freunde schienen allerdings nicht seiner Meinung zu sein. Vor allem ein Typ mit kurzem blonden Haar, blasser Haut und extrem hellen Augen musterte mich abfällig. Er hatte die muskulösen Arme vor der Brust verschränkt und schob seinen kantigen Unterkiefer in einem herablassenden Ausdruck nach vorn. Er sagte allerdings nichts.

»Na ja, mal sehen, wie das wird«, murmelte ich. Ich wollte Fedirs Begleitern keine Angriffsfläche bieten, indem ich arrogant wirkte. »Die Prüfer waren unsicher, ob sie das Ergebnis gelten lassen sollen oder nicht.«

»Ach!« Er machte eine wegwerfende Handbewegung. »Die waren nur verwirrt, weil das so leicht bei dir aussah. Du warst so verdammt schnell! Fast so schnell, wie die eine aus dem zweiten Studienjahr, aber selbst die ist zwei Sekunden drunter.« Er zwinkerte und lachte dann. »Ich hoffe, dass dein Rekord noch anerkannt wird. Du bist da einfach so durchspaziert, das sollte echt belohnt werden.«

Dieser Kerl war so energiegeladen, dass es fast ansteckend war. So konnte ich mich sogar zu einem bescheidenen Lächeln durchringen.

»Und du willst echt ein Mensch sein?«, mischte sich der blonde Typ hinter ihm ein. Der skeptische Ton, in dem er zu mir sprach, ließ das bisschen Erleichterung, das sich in mir ausgebreitet hatte, wieder ersticken.

»Reiß dich zusammen, Grant«, säuselte Fedir.

»Ich weiß nicht, ob es das ist, was ich sein *will …*«, antwortete ich vorsichtig. »Aber ich hab schon viele ärztliche und militärische Tests gemacht und das ist das, was dabei herausgekommen ist.« Wenn ich ehrlich zu den Studierenden war, würden sie vielleicht nicht so abweisend auf mich reagieren.

»Dann war es wohl echt nur Glück, dass du durchgekommen bist.« Grants Worte waren nicht aggressiv, aber sein harscher Tonfall ließ alles klingen wie einen Angriff. »Oder Zufall.«

»Ja, man müsste den Test wohl wiederholen, um ganz sichergehen zu können, oder?«, fragte ein kleinerer Student neben ihm. »Vielleicht haben sie ihn für Menschen leichter gemacht.« Er kniff die Augen ein wenig zusammen, weil er mich offenbar wissen lassen wollte, dass er nichts von mir hielt.

Na toll.

»Oder es hat was mit Wahrscheinlichkeit zu tun«, überlegte Fedir laut und wandte sich zu den anderen und dann wieder zu mir um.

»Was meinst du?«, fragte der Blonde.

»Na, vielleicht kann sie Wahrscheinlichkeiten manipulieren und deswegen passieren so unwahrscheinliche Dinge.«

»Das wäre die krasseste Cosmic Power auf diesem Planeten!«, sagte der Kleine lachend.

»Was meinst du dazu?«, wollte Fedir wieder an mich gewandt wissen.

»Ich weiß nicht«, überlegte ich zögerlich. »Alles, was ich weiß, ist, dass ich nie verletzt werde.«

»Könnte Zufall sein«, sagte Grant. »Ich hatte auch noch nie 'ne schwere Verletzung. Bedeutet nicht, dass ich 'ne Cosmic Power habe.«

Das stimmte vielleicht.

»Du denkst also, niemand kann dich verletzen?«, fragte der Kleine und schaute sich amüsiert zu seinen Freunden um.

Was hatte dieser Blick zu bedeuten? Ich wollte es lieber nicht herausfinden. »Ich versuche meistens, es nicht drauf ankommen zu lassen«, lenkte ich ein, damit sie nicht auf alberne Gedanken kämen. Ich hatte schon einige Male den Fehler gemacht, diese Information den falschen Menschen anzuvertrauen. Wenn sie versuchten, meine Vermutung auf die Probe zu stellen, ging das selten gut aus. Für sie, nicht für mich.

»Aber ist doch total spannend!«, rätselte Fedir weiter. Bemerkte er nicht, wie angespannt dieses Gespräch war, oder gab er sich extra Mühe, es aufzulockern? »Ich meine, wie weit reicht dein Glück? Schützt es dich nur vor Verletzungen? Oder generell vor Gefahr? Und nur vor akuter Gefahr oder auch vor theoretischer?«

»Was meinst du mit theoretischer Gefahr?« Es wäre mir deutlich lieber, mich mit ihm allein zu unterhalten. Er machte einen ganz netten Eindruck. Oder zumindest keinen feindseligen wie seine Begleiter.

»Na ja, wenn die Gegner nicht mit Gummikugeln auf dich geschossen hätten, sondern zum Beispiel versucht hätten, dich zu berühren. Wie beim Fangen. Hätten sie sich dann auch ins Aus befördert?«

»Keine Ahnung.«

»Na, du hast als Kind doch sicher öfter mal Fangen gespielt. Wie war das da?«, wollte Fedir wissen.

»Ich hab als Kind nicht gespielt.« Zumindest nicht mehr, nachdem ich der Strahlung ausgesetzt worden war.

»Oh … ähm. Krisengebiet, was?«

»Lass uns nicht darüber reden«, flüsterte ich, woraufhin Fedir sofort nickte.

Meine Hoffnungen, dass das Thema damit gegessen war, lösten sich auf, als der Kleinere hinter ihm sagte: »Also ich bin dafür, dass wir das *jetzt* testen.«

»Was?« Ich wich einen Schritt zurück.

»Ist doch voll harmlos!«, sagte der Kleine. »Los, renn weg, ich fange dich. So einfach ist das.«

»Lass dich nicht von ihm reinlegen«, lachte Fedir. Er war wirklich bemüht, die Situation zu deeskalieren, ich bildete mir das nicht nur ein. Er deutete mit seinem Daumen hinter sich. »Seine Cosmic Power ist Schnelligkeit.« Er lachte schallend, als ihm etwas klar zu werden schien. »Aber selbst er war nicht so schnell wie du.«

Das gefiel seinem Freund überhaupt nicht, obwohl Fedir offensichtlich der Meinung war, dass es unheimlich lustig war. Ich musste mich zusammenreißen, mich nicht von seinem Lachen anstecken zu lassen.

»Ja, Überraschung«, spottete der Typ. »Weil die verdammten Kugeln mich trotzdem treffen. Los, mach schon, okay?« Er ruckte mit dem Kopf zu mir. »Renn weg!«

»Ich würde das gern auf später verschieben …« Wie kam ich hier wieder raus? Ob er zufrieden wäre, wenn ich mich nach zwei Schritten von ihm fangen ließ? Wenn ich einfach gehen würde, wären sie sicher …

»Lasst sie mal bitte in Ruhe!«

Alle traten sofort von mir weg und Erleichterung machte

sich in mir breit, obwohl ich nicht einmal wusste, wer meine Retterin war. Langsam drehte ich mich um und sah das Mädchen, das Fedir gestern schon davon abgehalten hatte, mich zu sehr in Beschlag zu nehmen.

Sie trug ein frisches Lächeln auf dem Gesicht, sah Fedir und die anderen aber trotzdem streng an.

»Himari.« Fedir lächelte. »Zu Befehl!«

Wie verwunderlich, dass die Jungs diesem zierlichen Mädchen sofort gehorchten. Sie musste eine ziemlich krasse Cosmic Power haben, wenn sie so auf sie reagierten.

»Tut mir leid«, entschuldigte sie sich und nickte mir zur Begrüßung zu. »Lass dich von denen nicht bedrängen. Die sind nur neugierig.« Der Blonde schnaubte, sagte aber nichts weiter. Sie trat einen Schritt zu mir heran und nickte zu Fedir hinüber. »Ich war schon mit Fedir in der Schule. Er ist immer so. Aber nett, also lass dich nicht stressen.«

»Danke«, sagte ich und atmete auf. Ihre Anwesenheit machte es besser. »Geht klar.«

Himari grinste, dann sah sie auf ihre Armbanduhr. »Hätte der Unterricht nicht schon vor fünf Minuten losgehen sollen? Ich dachte, ich komme zu spät.«

»Keine Ahnung«, sagte Fedir und sah sich demonstrativ um. »Sieht aber so aus, als wären wir richtig.«

Die anderen jungen Männer entfernten sich ein paar Schritte von uns. Vielleicht wollten sie nichts mit mir zu tun haben.

»Dahinten«, sagte Himari und ich folgte ihrem Blick. Erst nach einigen Momenten erkannte ich zwischen den Studierenden den Dozenten, der sich seinen Weg zur Doppeltür bahnte.

Es war der Mann, wegen dem ich hier aufgenommen worden war! Was für eine Erleichterung, ihn zu sehen.

Ich atmete durch, als er die Tür mit seiner Karte entsperrte und die ersten in den Saal eintraten.

»Sitzen wir zusammen?«, fragte ich Himari einem Impuls folgend. Sie hatte die anderen unter Kontrolle, was mir gefiel. Außerdem strahlte sie eine so positive Aura aus.

»Klar«, sagte sie aufgeregt, als wir uns in den Saal bewegten. »Ich wollte dich auch gerade fragen!« Ich bemerkte, wie ihr Blick sofort zu Bob in meinen Armen wanderte. »Kann ich ihn mal auf den Schoß nehmen?«

Das entlockte mir ein Lachen. So sehr, wie er die Aufmerksamkeit von Boss und der Kundschaft im Laden genossen hatte, würde ihm das sicher gefallen.

»Er würde es lieben«, erwiderte ich und folgte ihr.

Der Saal war nicht so groß, wie ich erwartet hatte. Mit den dreißig Leuten, die in meinem Jahrgang waren, war er etwa zur Hälfte gefüllt. Die Tische waren in kleinen Treppen halbkreisförmig um eine riesige, digitale Tafel angeordnet. Es gab einige große Fenster an der rechten Seite des Raumes, durch die natürliches Licht einfiel.

Der Geruch nach Holz erinnerte mich ein wenig an die Klassenräume der Waisenhäuser. Obwohl hier alles einen neuen und modernen Eindruck machte. Genau wie im Rest der Akademie.

Der Dozent hatte nur wenige Momente gebraucht, um seinen Laptop aus der Tasche zu holen und ihn mit der digitalen Tafel zu verbinden. Er sah noch genauso müde aus wie gestern. Vielleicht war er auch gar nicht müde. Vielleicht sah er einfach immer so aus. Sein Anzug saß allerdings gut und irgendwie wirkte er trotzdem gepflegt.

»Also, einige von euch hatten ja schon das Vergnügen, mich bei den Tests kennenzulernen«, sagte er und startete den riesigen Bildschirm hinter sich.

Bis auf den Geruch war die Einrichtung hier das genaue Gegenteil von den Schulen, die ich besucht hatte. Die hatten nicht einmal gewöhnliche Tafeln gehabt, geschweige denn digitale.

»Ihr könnt mich Béla nennen, oder Doktor Gedeon, was auch immer euch lieber ist.«

Wir konnten uns aussuchen, wie wir ihn ansprachen? Das war interessant. Ob hier alle so locker waren? Er strahlte eine chaotische Energie aus, also war das vielleicht auch etwas Persönliches. Und: Kam es mir nur so vor, oder hatte er keine große Lust zu unterrichten?

»Also … Orientierungsveranstaltung«, brummte er, betätigte eine kleine Fernbedienung und auf der Tafel hinter ihm tauchte eine Übersicht auf. »Ihr solltet ja schon einen gewissen Überblick haben, aber ich fasse euch noch mal ein bisschen was zusammen. Das Studium an der East European Academy of Cosmic Powers dauert in der Standardstudienzeit sechs Semester. Also drei Jahre. Die ersten zwei Semester dienen als Orientierungsjahr, die anderen vier dienen der jeweiligen Spezialisierung, für die ihr euch entscheidet.« Er sah über seine Brille hinweg in die Klasse, als würde er eine Reaktion erwarten. »Die Semesterferien in der vorlesungsfreien Zeit sind jeweils acht Wochen lang. Die könnt ihr nutzen, um euch auf eigene Faust ein Praktikum zu suchen, oder ihr werdet für eins der Praktika angeworben, die an der Akademie vergeben werden. Es werden auch innerhalb der Vorlesungszeit immer mal wieder Praktika geben, aber …« Er räusperte sich und klickte etwas auf seinem Laptop an. »… dazu kommen wir dann, wenn es so weit ist.« Abermals schaute er in die Runde. »Fragen?«

Ich musste mich anstrengen, ihm zu folgen, obwohl mir die Informationen schon bekannt waren. Er sprach so unglaublich schnell, dass es schwer war, sich zu konzentrieren.

Wie erwartet hatte zu diesem Teil noch niemand eine Frage, also nickte er und machte rasch weiter.

»Unsere Akademie hat eine Ausrichtung auf Sicherheitsberufe und Berufe in der Politik. Das wisst ihr aber gewiss, immerhin habt ihr euch hier beworben, also …« Er begann damit, vor der Tafel auf und ab zu gehen. »Die Chancen stehen gut, dass ihr innerhalb der ersten ein bis zwei Jahre das Zertifikat bekommt, das euch gestattet, euch den Sicherheitsteams für die Quellbereiche anzuschließen. Um euch speziell auf diese Art von Aufträgen vorzubereiten, wird es neben den Grundlagen auch intensive Trainings geben. Und ihr werdet auch viele praktische Einsätze in den Wäldern haben.«

Gleich zu Beginn genau das, was ich hören wollte. Das, weswegen ich hier war. Ohne mein Zutun spannte ich mich an und ein Lächeln breitete sich auf meinen Lippen aus.

Wir würden richtige Einsätze in den Wäldern haben! Es würde also gar nicht so lange dauern, bis ich wieder offiziell dorthin durfte. Und das, nachdem ich befürchtet hatte, womöglich nie mehr an diese Orte zurückzukehren. Außerdem war es etwas, das ich beherrschte, also würde ich mich bei diesen Aufgaben hoffentlich nicht ungeschickt anstellen.

»Für diese Art von Einsätzen werdet ihr auch von den jeweiligen Auftraggebern bezahlt. Eine schöne Art, sich Taschengeld zu verdienen. Einige Prozente davon gehen an die Akademie, weswegen wir uns all dieses schöne Zeug leisten können.« Er machte eine unbestimmte Handbewegung durch den Raum. »Wenn ihr ein Problem damit habt, wendet euch bitte an die Studienleitung, ich bin nicht für Beschwerden diesbezüglich zuständig.«

Die einstudierte Art, wie er das herüberbrachte, deutete darauf hin, dass er sich schon mehr als einmal mit solchen Beschwerden hatte herumschlagen müssen. Obwohl ein kurzer Blick zu meinen Kommilitonen zeigte, dass keiner damit ein Problem zu haben schien. Warum auch? Die Akademie vermittelte diese Aufträge. Und es waren Jobs, an die man sonst kaum herankam. Ich hatte es lange genug versucht.

»Mit dieser Erfahrung könnt ihr euch auch für Positionen bei der Polizei oder dem Militär bewerben.« Er klickte wieder und eine Übersicht über verschiedene Ausrichtungen und Fächer erschien auf der Tafel. »Wenn Sicherheitsberufe nichts für euch sind, können Studierende hier aber auch andere Gebiete wählen, auf die sie sich spezialisieren wollen. Wir sind bekannt für ein breites Angebot an Politikkursen, die zusammen mit führenden Politikern aus der ECRA gestaltet werden. Zu diesen Themen wird es in den späteren Semestern einige Besuche von Gastdozierenden geben.«

Wie spannend! Ich hatte kein Interesse daran, in die Politik einzusteigen – Himmel, ich hatte ja nicht mal eine Meinung zu dem ganzen Chaos. Aber allein die Chance, von gut informierten Dozierenden an das Thema herangeführt zu werden, löste den Wunsch in mir aus, jeden dieser Kurse zu belegen.

»Und auch der wissenschaftliche Sektor ist sehr gut ausgestattet«, sagte Béla, noch immer wild auf und ab gehend. Es wirkte, als könnte er es nicht erwarten, den Raum so schnell wie möglich wieder zu verlassen. »Er wird in Zusammenarbeit mit diversen Einrichtungen und Firmen gestaltet, was bedeutet, dass ihr schon während des Studiums Kontakte in die Wirtschaft oder Forschung knüpfen könnt. Falls es euer Wunsch ist, euch nach dem Studium eher in diesen Bereichen beruflich auszuleben.« Er schaute abermals in die Runde, als wollte er sichergehen, dass alle ihn gehört hatten. »Zusammenfassend ist also zu sagen, dass euch nach dem Studium vor allem Berufe in den Bereichen Forschung, Politik, Polizei und Militär offenstehen.«

Nachdem er geendet hatte, begannen einige meiner Kommilitonen zu flüstern. Ich dachte vor allem über all die Möglichkeiten nach, die mir mit einer erfolgreichen Ausbildung hier offenstehen würden. Eine Überlegung, die ich bisher noch gar nicht gehabt hatte. Vor allem, weil ich mir nicht zu viele Hoffnungen hatte machen wollen.

Politik, Polizei und Militär waren nichts für mich. Das waren Berufsfelder, in denen man sich jeden Tag mit den verschiedenen politischen Ausrichtungen beschäftigen musste. Und das war das Letzte, wonach mir der Sinn stand.

Aber der wissenschaftliche Bereich könnte eventuell etwas für mich sein. Alles, was ich wollte, war mein Leben zu leben und … mich hin und wieder in Ruhe in den Quellbereichen herumzutreiben. Weit weg von den Streits und der Politik und den Demonstrationen.

Dazu sollte ich mich auf jeden Fall genauer informieren.

»Hier zu studieren ist ein Privileg, das nur wenigen zuteil wird, wie ihr sicherlich wisst«, fuhr Béla nach kurzer Zeit fort. Einige Kommilitonen lachten, während Himari ihre ganze Aufmerksamkeit Bob und seinen Blumen widmete. »Das bedeutet, dass jeder der Studierenden auch eine individuelle Betreuung bekommen wird. Bedeutet wiederum, anhand eurer jeweiligen Cosmic Powers und Wünsche werdet ihr in den nächsten Tagen Studienpläne und Berufsziele ausarbeiten. Dafür bekommt ihr Mentoren zur Seite gestellt, die sich mit jedem von euch einzeln beschäftigen.«

Überrascht zog ich die Augenbrauen hoch. Und ich war nicht die Einzige, die von dieser Information überrumpelt schien. Das Raunen, das durch den Raum ging, bedeutete wohl, dass das für alle hier neu war.

Wie aufregend. Zum ersten Mal, seitdem ich hier war, pochte mein Herz nicht vor Angst oder Frustration schneller, sondern weil sich in mir eine Art positive Aufregung auf die Zukunft einstellte.

Jemand würde sich mit mir persönlich beschäftigen und

mir bei meinem neuen Alltag helfen. Das fühlte sich mehr nach Sicherheit an, als es vermutlich sollte.

Jemand in der Reihe vor mir meldete sich und Béla nickte der jungen Frau zu.

»Werden die Mentoren Lehrkräfte sein?«, wollte sie wissen.

Er schüttelte den Kopf. »Nein. Ihr alle könnt euch einen Studierenden aus einem höheren Studienjahr aussuchen, der als euer Mentor oder eure Mentorin fungieren soll. Dafür bleibt euch eine Woche Zeit. Sofern ihr niemanden findet, könnt ihr euch für die Zuteilung auch an Lehrkräfte oder den Studienrat wenden.«

Und die freudige Aufregung war schon wieder verflogen. Würde dieses Gefühlschaos jemals aufhören?

Wir sollten uns also jemanden aussuchen. Ich kannte hier niemanden und woher sollte ich überhaupt wissen, wer sich für mich eignen würde? Wer mich überhaupt akzeptieren oder mich einweisen konnte? Wenn ich die falsche Person auswählte, würden meine Chancen, an der Akademie bleiben zu können, höchstwahrscheinlich weiter sinken.

Es sei denn …

»Wir brauchen außerdem eure Maße für die Uniformen«, fuhr Béla fort, während ich noch meine Möglichkeiten im Kopf durchspielte. »Ich soll euch deswegen anweisen, heute ab 16 Uhr zu Raum 565 zu kommen. Habt ihr alles so weit verstanden?« Ohne auf Antwort zu warten, rief er eine weitere Übersicht auf und stemmte die Hände in die Hüften. »Dann werde ich jetzt auf die Kurse eingehen, die ihr im ersten Semester haben werdet. Dann reden wir über Stundenpläne.«

Béla hatte seine Orientierungsstunde so effizient durchgezogen, dass bereits vor dem Klingeln alle damit begannen, ihre

Notizen einzupacken und den Raum zu verlassen. Während ich eilig meine Blöcke in die Tasche schob, spielte Bob mit einem der Stifte auf meinem Tisch. Es tat mir fast ein wenig leid, als ich ihm sein neues Spielzeug wegnehmen musste.

»Bekommst du nachher wieder«, flüsterte ich ihm zu, strich ihm sacht über den Kopf und erhob mich.

»Treffen wir uns zum Mittag in der Mensa?«, fragte Himari neben mir. Erst nach einigen Momenten ging mir auf, dass sie mich damit meinte. »Ähm … klar«, sagte ich und rang mir ein nervöses Lächeln ab. Ich hatte eigentlich vorgehabt, etwas später dorthin zu gehen, wenn nicht mehr so viele Leute dort waren. Das minimierte das Risiko für unangenehme Begegnungen. Aber wenn ich nicht allein essen würde, wäre es wohl in Ordnung.

»Gut, dann um zwölf, ja?«, sagte sie und ich setzte mich in Bewegung, während sie sich Fedir und diesem blonden Kerl anschloss. Kurz schaute ich ihr nach, dann wandte ich mich um und zwängte mich durch die Studierenden, die aus dem Raum strömten, auf den Tisch zu, hinter dem der Dozent noch seine Sachen ordnete. Aufregung kribbelte in meinen Fingerspitzen, aber je früher ich das hinter mich brachte, umso besser.

»Béla«, sagte ich. Es fühlte sich seltsam an, ihn beim Vornamen zu nennen. Aber er hatte es uns ja angeboten, also tat ich es einfach.

»Bitte«, sagte er, ohne innezuhalten.

»Ich habe eine Frage. Es geht um die Mentoren und Mentorinnen.«

Nun schaute er auf. »Ja?«

Abermals atmete ich tief durch und rieb meine Hände aneinander. »Also ich wollte fragen, ob deine Assistentin … diese King … ob die auch daran teilnimmt.«

Seine Augenbrauen hoben sich und er musterte mich von

oben bis unten. »Ja. Alle aus den oberen Semestern müssen teilnehmen.«

»Ist … sie denn noch verfügbar?«

Er nickte langsam, aber es sah nicht sehr überzeugt aus. »Ist sie. Aber ich weiß nicht, ob sie die beste Wahl ist.«

Das wusste ich auch nicht. Aber er hatte gesagt, sie war die beste Studierende an der Akademie und offenbar hatte sie sogar persönliche Verbindungen zu den Lehrkräften. Wenn ich mich wirklich beweisen wollte – wenn ich den Cosmics hier wirklich zeigen wollte, dass ich alles dafür tat, um hierbleiben zu können –, dann wäre sie doch die beste Option, oder?

»Ich kenne sie nicht persönlich«, sagte ich. »Aber ich glaube, dass ich viel von ihr lernen könnte.« Ich hatte keine Ahnung, was ihre Cosmic Power war, aber sie wirkte strebsam.

Béla richtete sich ein Stück auf. Unter seinem forschenden Blick wurde mir etwas mulmig. »Sie hat eine Fähigkeit, die in großem Kontrast zu dem steht, was wir bisher von dir gesehen haben«, erwiderte er ruhig. Gedankenverloren fuhr er sich mit der Zunge über die Lippen. »Du hast recht, vielleicht ist sie wirklich eine gute Mentorin für dich.« Er stemmte die Hände in die Hüften. »Ich spreche mit ihr.«

Ich atmete auf und nickte dankbar. »Das wäre fantastisch!«

Er packte seine letzten Sachen ein und schob sich seine Tasche auf die Schulter. Der Raum hinter uns war inzwischen leer und ich folgte ihm hinaus. »Sie ist aber kein sehr herzlicher Mensch«, sagte er. »Nur, damit du dich darauf einstellen kannst.«

Das war bisher auch nicht der Eindruck, den ich von ihr bekommen hatte. »Muss sie auch nicht sein«, sagte ich und schaute mich zu Bob um, der uns gemächlich folgte. Wenn sie mir half, war es mir egal.

Auf dem Flur wendete er sich noch einmal zu mir um und nickte. »Ich meld mich bei dir, ja?« Er grinste. »Tut ihr vielleicht auch mal ganz gut, ein paar soziale Kontakte zu knüpfen.«

Interessant. Vielleicht war das die Gelegenheit, mehr über das geheimnisvolle Mädchen herauszufinden.

KAPITEL 17

18.06.2082, DAS AUFEINANDERTREFFEN VON MATERIE UND SCHATTEN UNTER BÄUMEN

Der Schatten unter den großen Bäumen des Innenhofs war angenehm kühl. Es war eigenartig, nun hier an einem der Tische zu sitzen, zwischen all den Cosmics, die ich gestern noch so bewundernd betrachtet hatte.

Während mein Blick über die Gruppen schweifte, die ausgelassene Gespräche führten, lachten oder lernten, wusste ich, dass ich hierbleiben wollte. Ich würde alles dafür tun. Selbst wenn das bedeutete, die Stille zwischen mir und der jungen Frau mir gegenüber ertragen zu müssen.

Ich nahm einen besonders langen Schluck von meinem Eiskaffee und streichelte mit der freien Hand Bob, der sich auf dem Tisch zwischen uns zusammengekauert hatte, und wartete darauf, dass King etwas sagte.

Noch nippte die gedankenverloren an ihrem Eistee und schaute sich ebenfalls in der Gegend um. Heute trug sie ihre Haare offen. Sie fielen ihr locker und glatt die Schultern hinab. Die sanfte Brise zupfte daran.

»Warum ich?«, begann sie zum Glück endlich, als sie zu bemerken schien, dass ich sie angestarrt hatte. Der Satz klang gleichzeitig wie eine Frage und ein Vorwurf. Als würde sie sie nicht nur mir, sondern auch dem Universum stellen.

»Du bist die Einzige, die ich hier kenne«, antwortete ich und fuhr mit meinen Fingern über das kühle Glas. Die Wassertropfen, die sich daran gesammelt hatten, perlten von meinen Fingern ab.

»Du kennst mich?«

»Na ja, aus dem Gewürzladen. Als du mir geholfen hast.« Erkannte sie mich wirklich nicht wieder?

»Da bin ich nur zufällig vorbeigekommen«, sagte sie und zuckte mit den Schultern. »Hatte nichts zu bedeuten.«

»Okay?« Sie war nicht zu knacken. »Trotzdem danke.«

»Und deswegen dachtest du, dass ich eine gute Mentorin für dich wäre?« Sie lehnte sich ein Stück vor und warf Bob einen Blick zu.

»Ich … Béla hatte nur gesagt, dass du die Beste bist.« Ich wollte nicht so klingen, als würde ich sie ausnutzen wollen. »Ich denke einfach, dass ich sehr viel Hilfe brauche, wenn ich mich hier zurechtfinden will.«

King fuhr sich mit den Fingern über die Augenlider. »Ich hab keine Zeit für so was.« Als sie mich direkt ansah, widerstand ich dem Drang, Abstand zwischen uns zu bringen.

Unter dem Blick ihrer hellen Augen kam ich mir nackt vor und jeder meiner Makel wurde mir umso deutlicher bewusst. Der Schweißfilm auf meiner Haut, die vermutlich vor Aufregung geröteten Wangen und die unordentlichen Haare. »Du musst natürlich nicht«, murmelte ich unsicher. »Ich dachte nur, es wäre keine schlechte Idee.«

Seufzend lehnte sie sich ein Stück zurück. »Béla will es so. Dagegen kann ich nicht viel machen. Ich wollte nur den Grund wissen.« Sie machte eine wegwerfende Handbewegung. »Also, warum bist du hier? Hast du eine Idee, was du in Zukunft machen willst?«

Sie musste das hier also tun? Was genau hatte Béla zu ihr gesagt? »Ich würde gern mal bei den Sicherheits- und Wartungsteams in den Quellbereichen arbeiten«, sagte ich vorsichtig. »Das habe ich auch schon einige Jahre auf Auftragsbasis gemacht.« Sollte ich ihr sagen, dass ich zurzeit gesperrt war und mich deswegen bei der Akademie beworben hatte? Nein, lieber nicht. »Also kleine Sachen, wie die Wartungsteams zu begleiten oder entlaufene Haustiere einzufangen.« Wie von allein glitt mein Blick zu Bob, der ein Auge öffnete und ein kurzes, gurrendes Geräusch von sich gab.

King presste die Lippen aufeinander und sah mich skeptisch an. »Und *das* willst du in Zukunft machen? Dafür musst du aber eigentlich nicht studieren, oder?«

Dann eben doch vollkommene Offenheit. »Ja, ich weiß«, gestand ich und senkte den Kopf. Ich sprach leiser weiter, damit uns die Leute am Nachbartisch nicht hörten. »Das hatte ich eigentlich auch gar nicht vor. Aber vor einigen Tagen ging etwas bei einem Auftrag schief und ich wurde gesperrt.«

Eine tiefe Falte bildete sich zwischen Kings Augenbrauen. »Und da hast du dich einfach spontan entschieden, dich hier zu bewerben.« Das war nicht einmal eine Frage. Sie stellte das in den Raum.

Ich hätte einfach mit »Ja« antworten und das Thema fallen lassen können. Aber es interessierte mich, was für ein Problem sie damit hatte. »Klingt so, als würdest du das nicht gut finden«, sagte ich deswegen und beobachtete ihre Reaktion aufmerksam.

Ihr Gesichtsausdruck blieb starr. »Ist dir bewusst, dass es Cosmics gibt, die sich monate- und jahrelang auf ihre Aufnahme hier vorbereiten?« Sie schüttelte den Kopf und wich meinem Blick aus. »Und dann taucht jemand wie du auf und bekommt einfach 'nen Freifahrtschein.«

Diese Aussage traf mich so unerwartet, dass ich keine Ahnung hatte, was ich erwidern sollte. Sie hatte recht. Hätte Béla sich nicht für mich eingesetzt, würde ich gar nicht hier sitzen. »Aber ich hab niemanden darum gebeten, es mir leicht zu machen.«

»Und deine Cosmic Power ist es, Glück zu haben?« Sie strich sich die Haare aus dem Gesicht.

Ich folgte ihrem Blick, während ich über die Antwort

nachdachte. Mist. Da war dieser blonde, muskulöse Kerl, der vor der Veranstaltung mit Fedir herumgehangen hatte. Grant. Schnell schaute ich weg, bevor er mich bemerkte.

»Mehr als üblich, zumindest«, konnte ich mich endlich zu einer Antwort durchringen. »Für gewöhnlich gelingt es anderen nicht, mich zu verletzen.« Bis auf ein einziges Mal. Ich ballte meine Hand, in der das leuchtende Mal unter den Bandagen verborgen lag.

Aber das spielte jetzt keine Rolle.

King legte ihre Finger aneinander und nickte verstehend. »Du hast so eine mächtige Cosmic Power und du willst nichts, als Wartungsteams beschützen? Hast du keine größeren Träume?«

»Sollte ich die haben?«

»Es gibt Menschen, die weniger haben und weniger können als du und die von weitaus Größerem träumen. Du solltest nicht so tief stapeln, meine ich.«

Der Tonfall, in dem sie das sagte, jagte einen kalten Schauer meinen Rücken hinab. »Ich denke aber, dass es mich zufrieden machen würde«, erwiderte ich trocken. Eigentlich hatte ich noch darüber sprechen wollen, dass der wissenschaftliche Teil mich auch interessierte. Aber ich gewann langsam den Eindruck, dass sie jedes meiner Worte gegen mich verwendete. Vielleicht war das hier doch keine so gute Idee gewesen.

King schürzte die Lippen mit einem eindeutig desinteressierten Ausdruck auf den Zügen. »Na gut.« Sie zuckte mit den Schultern. »Also, in den ersten beiden Semestern wirst du alle Grundkurse haben. Auch die politischen und wissenschaftlichen. Für eine Richtung entscheiden musst du dich erst vor dem dritten Semester, also hast du noch Zeit, deine Einstellung zu überdenken.«

»Klingt gut.« War das alles, was sie mir zu sagen hatte?

»Worauf hast du dich denn spezialisiert?« Vielleicht war sie leidenschaftlicher bei Themen, die sie selbst betrafen.

»Warum interessiert dich das?«

Ich atmete tief ein und aus, um mich nicht zu sehr von ihrem Verhalten einschüchtern zu lassen. »Du wirst die nächsten Semester meine Mentorin sein. Denkst du nicht, dass wir uns etwas besser kennenlernen sollten?«

Sie nickte unsicher. »Ich will meine Cosmic Power dazu nutzen, die Welt ein wenig gerechter und fairer zu machen«, begann sie. Ihr Tonfall war auf einmal viel milder. Vielleicht musste sie erst auftauen. »Deswegen werde ich eine politische Karriere einschlagen und –«

»Hey, *Menschlein*!« Wir wandten uns beide zu dem jungen Mann um, der herübergerufen hatte. Ich wusste, wer es war, bevor ich ihn sah: Grant, Fedirs muskelbepackter Freund. »Du hast mich vorhin ignoriert«, sagte er und trat, gefolgt von vier anderen Erstsemestern, auf uns zu. In seiner Hand hielt er eine Art schwarze Flamme, die anstelle von Licht Schatten in die Umgebung warf. »Das war ziemlich unhöflich.«

»Verzieh dich«, sagte King trocken.

Er beachtete sie gar nicht.

»Du hast ganz schön für Aufsehen gesorgt mit der Art und Weise, wie du dich hier reingemogelt hast«, sagte der Kerl. Ich rutschte ein Stück von ihm weg, weil ich nicht wusste, wie ich mich verhalten sollte. Mit seiner Größe und seinen Muskeln wäre er mir eindeutig körperlich überlegen. »Ich will sehen, was du kannst. Komm schon.« Er grinste böse.

»Nein danke«, sagte ich. Ich wollte keine Szene machen. Nicht an meinem verdammten ersten Tag hier. »Bitte lass mich in Ruhe, ja?«

Er lachte und trat einen Schritt an mich heran. »Komm schon«, sagte er. »Du hast den beschissenen Test so leicht bestanden, das bist du mir schuldig.«

»Verzieh dich«, wiederholte King langsamer. Sie hatte ihr Handy herausgeholt. Würde sie Hilfe rufen?

Der Kerl ignorierte sie weiterhin und ich spannte mich an. Sollte ich weglaufen? Ihn einfach nicht beachten? Mein Blick glitt über den Innenhof, aber es waren keine Lehrkräfte zu sehen.

»Ich sag's noch einmal«, knurrte er. Langsam wurde sein Blick ungehaltener. »Steh auf und zeig, was du kannst.«

Bevor er mir noch näher kommen konnte, sprang King auf. Die Bewegung war so plötzlich, dass ich zusammenzuckte, und erst, als sie sich halb zwischen diesen Typen und mich gestellt hatte, bemerkte ich den bläulichen Dolch in ihrer Hand.

»Ich sag's auch zum letzten Mal«, murmelte sie. »Verzieh dich.«

Der Kerl lachte schallend, trat aber einen Schritt zurück. »Damit willst du gegen mich antreten? Denkst du, vor dem Zahnstocher hab ich Angst?«

»Für dich reicht er aus«, sagte sie mit gefährlich leiser Stimme. »Willst du's drauf ankommen lassen?«

Die Schatten um die dunkle Flamme breiteten sich aus und zogen sich kreisend um King zusammen. Mein Körper war angespannt, jederzeit bereit, im Notfall dazwischenzuspringen. King ließ sich allerdings nicht mal anmerken, ob sie es bemerkte oder nicht. Sie stand genauso entspannt da wie vor einigen Tagen im Laden, verdammt.

»Auseinander!«

Ich atmete auf, als Bélas Stimme über den Innenhof schallte und ich sah, wie er auf uns zugelaufen kam.

Himmel! King musste ihm geschrieben haben, als die Kerle sich uns genährt hatten. Ein Glück.

»Spinnt ihr?« King ließ den Dolch sinken, als Béla sich vor dem Fremden aufbaute. »Kämpfe zwischen Studierenden sind auf dem Schulgelände nur in Trainingssituationen erlaubt!«

Fedirs Kumpel ließ seine Hand sinken und die Flamme verschwand. Alles um uns herum wurde heller. War das seine Cosmic Power? Dunkelheit?

Passte irgendwie zu seinem Charakter.

»Sorry, Doktor«, grummelte der Blonde. »Hat mir keiner gesagt.«

»Und kann ja auch keiner von dir verlangen, deinen gesunden Menschenverstand einzusetzen«, spottete Béla. Ich verkniff mir ein Lächeln. »Wenn ich das noch einmal sehe, fliegst du von der Akademie.«

»Damit Sie mehr Platz für Menschen wie die da haben?«

Béla legte den Kopf schief und zupfte seine Handschuhe zurecht. Wie konnte er die bei der Hitze überhaupt ertragen? »Wenn du damit ein Problem hast, wende dich an die Studienleitung. Oder heul dich bei deiner Mami aus. Aber lass mich und deine Mitstudierenden gefälligst in Ruhe.«

Ich hob überrascht die Augenbrauen und einige der Umstehenden lachten leise.

Der Kerl senkte den Kopf und zog sich ein Stück zurück. Allerdings nicht, ohne mir einen weiteren bösen Blick zuzuwerfen. »Geht klar«, murmelte er, ohne mich aus den Augen zu lassen.

Scheiße. Das würde ich wohl noch bereuen. Wenn er ein so massives Problem mit mir hatte, sollte ich mich vielleicht nicht so oft allein auf den Gängen aufhalten. Erst, als Béla sich zu King und mir umwandte, bemerkte ich, wie schnell mein Herz die ganze Zeit gepocht hatte.

»Alles gut bei euch?«, wollte er wissen.

King nickte und schnappte sich ihre Tasche, die sie auf der Bank neben sich abgestellt hatte. Augenscheinlich war unser Treffen schon vorbei. »Ja, alles gut«, sagte sie.

Wo war denn ihr Getränk geblieben? Hatte gerade nicht noch das Glas mit Eistee vor ihr gestanden? Mit gerunzelter Stirn erhob ich mich ebenfalls.

»Wir werden einen Plan ausarbeiten, um zu schauen, was ich für Cora tun kann«, sagte sie und schob ihre Brille zurecht. »Dazu müssen wir aber erst mal sehen, was ihre Stärken und Schwächen sind. Wird man wohl erst nach ein paar Wochen beurteilen können.«

»Gut«, sagte er und schaute mich an. »Für dich auch?«

Ich war vermutlich nicht in der Position, mich zu beschweren. Vor allem, weil ich noch immer durch den Wind war. »Klar«, sagte ich deswegen und rieb mir über den Unterarm.

Ich wusste nicht, was ich erwartet hatte, aber es war mehr gewesen. »Kann ich deine Handynummer haben?«, fragte ich King, bevor sie verschwinden könnte. »Nur, falls ich Fragen habe. Und wenn wir uns verabreden wollen, für weitere Treffen und so.«

Sie stöhnte unterdrückt, aber ich hatte mein Handy schon herausgezogen. Widerwillig nahm sie ihres zur Hand, warf mir dabei allerdings einen strengen Blick zu.

»Na gut, aber ich hab viel zu tun. Also nerv mich nicht.« Vielleicht sagte sie auch nur zu, weil Béla dabei war.

»Klar«, versicherte ich. Das hatte ich gewiss nicht vor.

Sie nannte mir ihre Nummer und ich speicherte sie ein.

»Ich meine es ernst«, sagte sie noch mal. »Ein süßes Katzenbild oder irgendwelche Videos aus dem Internet und du bist blockiert.«

»Keine Sorge«, sagte ich betont locker und speicherte ihren Kontakt ab. Béla stemmte die Hände in die Hüften und lachte.

Ohne Verabschiedung wandte King sich zum Gehen und griff nach ihren Kopfhörern.

»Danke für das Gespräch«, murmelte ich und sah ihr hinterher. Ich bezweifelte, dass sie es hörte.

B

KAPITEL 18

18.06.2082, DAS SINNIEREN ÜBER PAUSEN AN ÜBERFÜLLTEN TAGEN

King

»King!«

Ich holte tief Luft und blieb stehen, bevor ich mich Béla zuwandte, der fahrig durch den Gang auf mich zueilte. Ich hatte heute doch schon genügend Zeit verschwendet. Was war denn jetzt noch?

»Was?« Gab es nun Ärger dafür, dass ich mich mit diesem Kerl angelegt hatte? Ich verzog den Mund, als Béla vor mir stehen blieb, und bemühte mich, nicht zu genervt dreinzuschauen.

»Wie lief denn euer erstes Gespräch?«, wollte er allerdings wissen. Himmel, er machte sich ja wirklich viele Gedanken um seine neuste Lieblingsstudentin. Ich hatte noch nie erlebt, dass er sich im Geringsten für jemanden hier interessiert hatte, und es war eigenartig, dass er es jetzt tat. Natürlich beschäftigte er sich mit mir und meiner Ausbildung, aber das tat er wahrscheinlich, um vor der Studienleiterin gut dazustehen. Und um eine Ausrede zu haben, wenn sie ihn für etwas anderes einspannen wollte.

»Okay«, log ich. Ich mochte sie einfach nicht. »Aber sie hat offenbar keinerlei Ambitionen. Ich weiß nicht, was ich mit ihr anfangen soll.« Was sollte man mit so jemandem auch anfangen? »Die Akademie scheint für sie lediglich ein Ausweg zu sein, weil sie anders nicht an das Zertifikat kommt.«

Béla wog den Kopf hin und her und rückte seine Brille zurecht. »Es kann nicht jeder so hohe Ambitionen haben wie du«, sagte er in einem belehrenden Tonfall, der mich nur noch mehr aufregte.

»Das hat auch nicht jeder nötig«, grummelte ich und ballte die Hand zur Faust. »Einige haben eben Glück.«

»Ich denke nicht, dass es so einfach ist.«

»Ich denke, sie hat hier nichts zu suchen.« Ich holte tief Luft und fuhr mir mit dem Finger über den Nasenrücken, um mich zu beruhigen. Ich musste heute noch viel lernen und durfte mich nicht ablenken lassen.

»Ich finde es auf jeden Fall gut, dass du sie verteidigt hast«, fuhr er fort und überging meinen letzten Kommentar. Seinem ernsteren Blick nach zu urteilen, war dies das Thema, über das er eigentlich sprechen möchte.

»Nur, weil sie nutzlos ist, heißt das nicht, dass jemand das Recht hat, sie anzugreifen«, erklärte ich.

Béla seufzte und schüttelte den Kopf. »Wie du meinst. Aber als Vorzeigestudierende der Akademie solltest du dich eigentlich vorbildlicher verhalten. Weniger provokativ.«

Ich wusste nicht, worauf er hinauswollte. »Hätte ich zulassen sollen, dass er sie angreift? Ich habe sie nur beschützt.«

Beschützt. Schon zum zweiten Mal. Die Kleine schien ein Talent dafür zu haben, sich in Schwierigkeiten zu bringen. Was irgendwie in Kontrast zu ihrer angeblichen Fähigkeit stand.

»Hast du überhaupt versucht, diplomatisch zu sein?«

Abermals holte ich tief Luft, dann gab ich nach und schüttelte den Kopf. »Ich weiß auch nicht, was mit mir los ist«, murmelte ich dann. Dabei wusste ich es ganz genau. Der Druck war einfach zu groß. Ich wusste schon ohne das Mentoring nicht, wo mir der Kopf stand. »Ich denke nicht, dass ich ein besonders gutes Vorbild bin.«

»Das meine ich doch gar nicht«, sagte Béla, sah sich um und trat einen Schritt näher an mich heran. »Ich weiß, dass du viel erreichen willst, aber das funktioniert nicht, wenn du dich im Prozess kaputt machst.«

»Was willst du damit sagen?«

»Entspann mal«, sagte er lachend.

Ich blinzelte nur, weil das so bescheuert klang.

»Du musst dir ein oder zwei Tage in der Woche freinehmen. Dann kannst du auch wieder klarer denken.« Er deutete in einer unbestimmten Geste auf mich. »Und vielleicht auch wieder die Augen für deine Umgebung öffnen.«

Was sollte das bedeuten? »Ich bin nicht zur besten Studierenden hier geworden, weil ich Pausen so sehr liebe«, grollte ich.

Béla seufzte abermals und brachte wieder Abstand zwischen uns. »Hör einfach mal auf mich«, sagte er und wandte sich ab. Ich sah ihm mit gerunzelter Stirn hinterher, bis er in einem Nebengang verschwunden war.

»Klar«, flüsterte ich. Als wäre es so einfach.

KAPITEL 19

19.06.2082, DAS WISSEN UM FÄHIGKEITEN JENSEITS DES VERSTANDS

Als mein Wecker klingelte, war ich sofort hellwach. Ich hatte so lange geschlafen, dass nicht einmal meine Lider schwer waren, oder meine Glieder müde. Die Decken und Laken waren so weich, dass ich am liebsten noch ewig hier liegen und den Morgen genießen würde. Doch die Morgensonne, die durch die Fenster hineinfiel, weckte meine Lebensgeister und ich drehte mich zum Balkon um. Die Pflanzen reckten sich den ersten pinkfarbenen Lichtstrahlen des Tages entgegen.

Langsam setzte ich mich auf und genoss für einige Augenblicke, wie friedlich es hier war. Bob lag auf dem Fleckchen Sonne, direkt vor dem Fenster. Er sah so ruhig aus, wie er dort schlummerte, die Blumen auf seinem Körper in allen Farben schimmernd. Wäre er nicht gewesen, sähe mein Leben höchstwahrscheinlich ganz anders aus.

Und ich wusste nicht genau, wie ich das finden sollte. Aber ich wusste, dass ich froh war, dass er bei mir war.

Langsam schob ich meine Beine aus dem Bett und rollte mit den Schultern. Ausgeschlafen zu sein war ein Gefühl, das ich eigentlich gar nicht kannte. Ich beschloss also, diese Energie zu nutzen und ins Badezimmer hinüberzuschlendern, um mir die Zähne zu putzen.

Die Fliesen unter meinen nackten Füßen waren angenehm kühl, aber mein Bild im Spiegel … es gefiel mir nicht. Ich fand, dass man die Anspannung der letzten Tage in meinen Augen sah. Die enttäuschten Erwartungen und vielleicht auch die Nachwirkungen der wenig erfreulichen Konversationen.

Um all das nicht sehen zu müssen, schaute ich zu meinen Händen am Waschbecken hinab.

Heute würde ein guter Tag werden.

Ganz sicher.

Vor dem Vorlesungssaal, in dem wir gestern schon unseren Orientierungskurs absolviert hatten, standen Fedir und Himari. Einem Impuls folgend, steuerte ich rasch auf die beiden zu, weil sie allein waren. Zumindest Himari war auf meiner Seite. Fedir konnte ich noch nicht einschätzen. Aber bei ihnen fühlte ich mich zumindest sicherer als anderswo. Auf dem Weg hierher hatte ich einige böse Blicke geerntet. Es sprach sich also herum, wer oder was ich war.

»Guten Morgen«, sagte ich und hielt mich wie immer an Bob fest. Heute war er nicht so schläfrig wie gestern, also schaute er sich alles überaus interessiert an, während er auf meinem Arm klemmte. Wenn ich ihn weiter mit mir herumtrug, würde ich irgendwann richtige Armmuskeln bekommen.

»Morgen«, säuselte Himari grinsend, während Fedir schon wieder seinen verschwörerischen Gesichtsausdruck aufgesetzt hatte.

»Total krass«, sagte er und schaute sich um. »Siehst du, wie alle dich anstarren?«

Ich lachte unsicher. »Nein, das ist mir *überhaupt* nicht aufgefallen.« Wahrscheinlich hatte er einen so sarkastischen Kommentar gar nicht verdient. Andererseits war er derjenige gewesen, der meinen Test gefilmt und das Video verbreitet hatte. Also verdiente er es vielleicht doch. »Es hat sich inzwischen herumgesprochen, dass ich kein Cosmic bin, was?«, wollte ich wissen und wagte es, in die Gesichter der Menschen um mich herum zu schauen. Zumindest aus den Augenwinkeln beobachteten mich einige.

Und dieser Grant. Er stand mit seinen Freunden am Fenster und starrte zu mir herüber.

»Ist doch egal, warum«, sagte Fedir. Er schien aufgeregt zu sein. »Du bist ein Star! Willst du mit uns in der Mensa Mittag essen?«

Himari versetzte ihm einen Stoß mit dem Ellbogen in die Rippen und er lachte. »Wir wollten dich sowieso fragen«, sagte sie grinsend. »Hör nicht auf ihn.«

Ich sah Fedir forschend an, um herauszufinden, woran ich bei ihm war. Er spielte offensichtlich die Schiene, dass er mit mir befreundet sein wollte, weil ich Aufmerksamkeit bekam.

Die Ankunft von Béla unterbrach meine schwirrenden Gedanken. Wie gestern kam er einige Minuten zu spät und schloss fahrig den Vorlesungssaal auf. Müde und hektisch, wie immer. Mit was er sich wohl nachts herumschlug, dass es ihn stets so zu stressen schien, unterrichten zu müssen?

Wir folgten ihm in den Raum und ich setzte mich an denselben Platz wie gestern, direkt am Gang, neben Himari. Bereits bevor sie danach fragen konnte, reichte ich Bob zu ihr hinüber. Er begann zu schnurren, während er es sich auf ihrem Schoß bequem machte. Zum Glück hatte bisher noch keine der Lehrkräfte etwas zu ihm gesagt. Ich wusste nicht, was ich ohne ihn machen würde.

»Hey! Ich glaube, du bist an der falschen Akademie gelandet«, fuhr der Kerl hinter mir mich an. Als ich mich zu ihm umwandte, wusste ich, woher mir seine Stimme bekannt vorgekommen war. Wieder dieser blonde Idiot.

»Halt die Klappe, Grant«, fauchte Himari ihn an und er hob die Hände und lehnte sich wieder zurück.

»Schon klar, Chefin«, grollte er.

»Danke«, flüsterte ich ihr zu, worauf sie mir ein mildes Lächeln schenkte.

»Tut mir total leid, dass er so ein Arsch ist«, wisperte sie, während Béla seine Begrüßung herunterratterte, als hätte er sie schon tausendfach aufgesagt und als gäbe es nichts Uninteressanteres auf der Welt.

»In dieser Vorlesung werden wir uns mit den Grundlagen und der Theorie rund um die Cosmic Powers beschäftigen. Wenn ihr Fragen zur Geschichte habt, ist das hier nicht der richtige Kurs. Und Fragen zu den Quellbereichen klärt ihr dann bitte mit Professor Paul ab. In diesem Kurs geht es, ich betone es noch einmal für die Leute ganz hinten, *nur* um den aktuellen Wissensstand zu den Cosmic Powers. Was sie sind, wie sie sich kategorisieren lassen, ihren Einsatz in der Welt, berufliche Anwendungsbereiche. So was eben.«

Ich griff zum Notizheft in meiner Tasche. Obwohl ich schon einiges über Cosmic Powers wusste, würde es nicht schaden, mitzuschreiben.

»Also, was sind Cosmic Powers?«, fragte Béla in die Klasse und sah mit hochgezogenen Augenbrauen in die Runde. Niemand meldete sich.

»Cosmic Power ist die Kraft eines Individuums, seine Umgebung auf unnatürliche Weise zu beeinflussen. Unnatürlich bezieht sich in diesem Sinne darauf, dass diese Kraft von Veränderungen der Quellstrahlung herrührt und keine Fähigkeit ist, die seit der Geburt vorhanden ist.« Er drückte etwas auf seinem Laptop und die digitale Tafel hinter ihm aktivierte sich. »Obwohl über die genaue Definition seit Jahren gestritten wird«, fügte er nuschelnd an. »Aber na ja.« Er wandte sich um und blickte auf die Liste mit fünf Punkten, die er auf der Tafel aufgerufen hatte.

PSYCHE
GESTALT
ELEMENT
MATERIE
COSMIC

»Aktuell unterteilen wir diese Kräfte in fünf Klassen. Diese Klassen haben mannigfaltige Unterkategorien, aber ihr müsst erst mal diese kennen.«

Ich hatte diese Kategorien schon einmal gesehen, aber ich hing trotzdem gespannt an seinen Lippen, als er auf das oberste Wort deutete. Vielleicht würde ich jetzt auch endlich erfahren, welche Farbe an den Uniformen zu welcher Klasse gehörte. Etwas, das ich King gefragt hätte, wenn sie nicht so schnell verschwunden wäre.

»Psyche ist die Klasse der Cosmic Powers, deren Träger das Bewusstsein und die Innenwelt eines Lebewesens beeinflussen oder darauf zugreifen können. Fähigkeiten in diesem Bereich können beispielsweise Gedankenlesen, Gedankenkontrolle, Erinnerungskontrolle, Kommunikation mit Tieren und Ähnliches sein.« Er wandte sich zur Klasse um und suchte offenbar einen bestimmten Studierenden. Sein Blick blieb zu meiner Überraschung an Fedir hängen. »Der junge Mann dort hat beim Test beispielsweise eine beeindruckende psychische Fähigkeit gezeigt. Wie nanntest du sie noch mal?«

Ich wandte mich ebenfalls zu Fedir um. Bisher hatte er mir noch keine Antwort auf die Frage nach seiner Cosmic Power gegeben, also würde das spannend werden.

»Umgekehrte Empathie, Sir«, sagte Fedir lächelnd.

Ich sah zwischen den beiden hin und her, während ich mich bemühte, mir etwas darunter vorzustellen.

»Erklär den anderen ruhig, was du kannst«, forderte Béla ihn auf.

»Also, ich kann meine eigenen Gefühle auf andere Menschen oder Menschengruppen projizieren.«

Tatsächlich lächelte Béla das erste Mal. Das sah ungewohnt auf seinem sonst so desinteressierten Gesicht aus. »Das war beim Test ganz lustig«, sagte er.

»Ja, ich hatte krasse Angst.« Fedir grinste breit. »Was gut

war. Je stärker meine eigenen Gefühle sind, umso stärker kann ich sie übertragen.«

»Wir mussten das Einsatzteam danach nach Hause schicken, damit sich alle erst mal beruhigen konnten«, sagte Béla, weiterhin diesen amüsierten Ausdruck auf den Zügen.

Auch auf meine Lippen schlich sich nun ein Lächeln. Was für eine coole Cosmic Power. Das hätte ich zu gern gesehen. Ob es von den Tests der anderen auch Aufnahmen gab? Ich versuchte, mir das Szenario vorzustellen, in dem Fedir den Angreifern solche Angst machte, dass sie Fehler begingen oder einfach wegliefen.

Das war ein kreativer Weg, um mit einer solchen Situation fertigzuwerden. Ich hatte noch einige Fragen zu dieser speziellen Kraft, aber Béla fuhr bereits fort und deutete nun auf das zweite Wort: »Cosmic Powers der Klasse Gestalt befähigen den Besitzer, lebendige Körper zu verändern. Also Menschen, Tiere und Pflanzen, aber auch Bakterien. Eine eher klassische Gestalt-Kraft wäre zum Beispiel das Verändern von Körperteilen oder des gesamten Körpers, entweder beim Träger oder bei anderen. Einer der populärsten Cosmics mit einer Gestalt-Fähigkeit ist unsere Studienleiterin Elena Yanceva. Sie kann die Zellregeneration in ihrem eigenen Körper steuern, was sie ziemlich unverwüstbar macht.«

Darüber hatte ich einmal gelesen. Auch eine sehr mächtige Cosmic Power, vor allem im Kampf. Nur schade, dass sie sie nicht bei anderen anwenden konnte. Genau wie ich.

»Unsere Studentin Himari hat eine recht extreme Gestalt-Fähigkeit, nicht wahr?«

Ich zog die Augenbrauen hoch und wandte mich zu ihr um. Wie gelegen es mir kam, dass ihre Fähigkeiten hier in der Vorlesung besprochen wurden. So konnte ich mir ersparen, sie danach fragen zu müssen.

»Ja«, sagte Himari lächelnd. »Ich kann Krankheiten in

anderen Menschen auslösen. Sowohl organisch als auch bakteriell und viral.«

Meine Augen weiteten sich, als ich sie anschaute. *Was?* Ich hatte mit irgendetwas Süßem gerechnet. Passend zu ihrem Charakter eben. Aber so etwas Krasses? Das erklärte, warum die Jungs so ehrfürchtig auf ihre Präsenz reagierten.

»Exakt«, sagte Béla. Dieses Thema machte ihm eindeutig mehr Spaß als alles andere. »Deswegen haben wir Himari auch ein Stipendium gegeben, weil wir nicht wollten, dass sie unser Einsatzteam killt.«

Die Studierenden lachten leise und ich schloss mich an, dann lehnte ich mich zu ihr hinüber und flüsterte. »So cool.«

»Danke«, murmelte sie. Ihre Wangen hatten einen rosigen Ton angenommen, aber sie schien nicht gerade froh über die Aufmerksamkeit zu sein. Mochte sie ihre Fähigkeit nicht?

»Die dritte Klasse ist die der Elemente. Relativ selbsterklärend ist die Manipulation von Feuer, Wasser, Luft und Erde. Aber auch die Manipulation von Geräuschen, Licht, Wetter und dergleichen fällt in diese Kategorie. Der junge Mann in der dritten Reihe hatte eine spannende Element-Fähigkeit, wenn ich mich richtig erinnere?«

Ich wandte mich um, nur um zu erkennen, dass er mit Grant sprach. Für ihn würde ich keine Bewunderung empfinden, egal wie cool das war, was er gleich vortragen würde.

»J-ja, Doktor«, stammelte er überrumpelt.

Wie witzig. Auf einmal war er ganz kleinlaut. Ich riss mich zusammen, mir meine diebische Freude darüber nicht anmerken zu lassen.

»Erhellst du uns?«, fragte Béla, eine Augenbraue hochgezogen.

Der blonde Kerl nickte eilig. »Ja. Also ich kann eigentlich zwei Sachen. Einerseits Schatten manipulieren. Ich kann sie vergrößern oder entweder dunkler oder heller werden lassen.

Und zusätzlich kann ich eine Art dunkle Flamme erschaffen, die mir dabei hilft, Schatten auch an sehr hellen Orten zu erzeugen.«

Ich biss mir auf die Unterlippe und verkniff mir jede Form der Reaktion. Ja, das war schon ganz cool. Aber nicht so cool wie die Cosmic Powers von Fedir und Himari. Zumindest nicht, soweit ich mir das vorstellen konnte.

»Eine Fähigkeit mit vielen Anwendungsbereichen, wenn man drüber nachdenkt«, erklärte Béla. »Um sie in Kampfsituationen einzusetzen, braucht man einiges an Kreativität, aber die hast du im Test ja bewiesen.«

Ich wünschte wirklich, es gäbe Videoaufzeichnungen dazu. Wie hatte er die Angreifer denn besiegt? Den Raum zu verdunkeln, hätte ihn selbst daran gehindert, etwas zu sehen.

»Das ist außerdem ein Einblick in Cosmics, die über mehrere Fähigkeiten verfügen. Eine Beobachtung, die man dabei machen kann, ist, dass Cosmics selten über Fähigkeiten aus unterschiedlichen Klassen verfügen. In fünfundneunzig Prozent der Fälle verfügen die mehrfach talentierten über zwei oder mehr Fähigkeiten aus derselben Klasse. Wie zum Beispiel bei … Entschuldigung, wie war dein Name?«

»Grant.«

»Wie bei Grant hier. Aber zur Mehrfachbegabung werden wir noch einige einzelne Lektionen haben.« Er deutete auf das vierte Wort. »Die letzten zwei Klassen sind ein wenig abstrakter als die vorherigen. Cosmics aus der Klasse Materie besitzen die Fähigkeit, Atome zu manipulieren. Oder Teilchen, die kleiner sind als das. Das ist selbst für Besitzer dieser Cosmic Power schwer zu beschreiben. Was ich aus erster Hand berichten kann, weil ich auch eine Kraft aus der Klasse Materie besitze.« Er legte den Kopf schief und schaute über seine Brillengläser hinweg in den Raum. »Ich hoffe, es sind keine Physiker unter Ihnen. Die sagen nämlich, dass jede

Manipulation an irgendwas eine Manipulation von Materie ist, aber na ja. Die Klassen haben sich zum Glück nicht Physiker ausgedacht, deswegen ist es einfacher für alle.« Ich lachte leise und einige andere schlossen sich an. »Unsere aktuelle Rekordhalterin beim Test ist zum Beispiel ein Cosmic der Klasse Materie. Die *offizielle* Rekordhalterin, muss ich jetzt dazu sagen.« Er warf mir einen Blick zu und ich wusste, dass einige andere es auch taten.

Ich ignorierte es, soweit ich konnte, und horchte auf. Wer war die aktuelle Rekordhalterin? Es wäre spannend, zu wissen, wem ich Konkurrenz machte.

»Sie ist eine Studentin aus dem zweiten Lehrjahr, die in der Lage ist, alles in alles zu verwandeln. Sie nennt ihre Cosmic Power *Kreation*. Sie könnte zum Beispiel einen Haufen Erde in eine blank polierte Schusswaffe umwandeln.«

Schusswaffe? Sofort erinnerte ich mich an meinen Kampf im Laden, als King diesen Speer in der Hand gehalten hatte und in der nächsten Sekunde eine Pistole. Wie sie aus dem Nichts Handschellen aus ihrer Tasche gezogen hatte.

Verdammt, wie hatte mir das nicht auffallen können? Wie ihr Eisteeglas verschwunden war und sie auf einmal diesen Dolch gehabt hatte, um Grant in seine Schranken zu weisen.

Das war King! Das war ihre Cosmic Power! Das bedeutete, sie war die Rekordhalterin? Verhielt sie sich mir gegenüber deswegen so distanziert?

Ich ballte die Hände zu Fäusten und ärgerte mich darüber, dass ich das erst jetzt erfuhr. Dass ich noch keine Gelegenheit gehabt hatte, mit ihr über diese Sache zu reden.

»Klingt krass unfair«, kommentierte jemand von weiter hinten.

Überraschend brachte das Béla zum Lachen und er wedelte mahnend mit dem Finger, als wäre das genau die Reaktion gewesen, die er hatte hören wollen. »So klingt es erst mal, ja. Bis man erfährt, dass sie dafür den exakten Aufbau einer solchen Waffe auf atomarem Level bis hin zur genauen Konstruktion der Komponenten kennen muss.«

Himari zog zischend die Luft ein, während mir erst nach und nach klar wurde, was das bedeutete. Deswegen sah ich sie immer lernen.

»Besäße sie kein Wissen über das, was sie tut, wäre ihre Fähigkeit nutzlos«, fuhr Béla fort und trat unruhig von rechts nach links. Er machte mich ganz nervös. »Aber durch Lernen und Studieren aller Elemente, die für sie wichtig sind, verwandelt sie diese sehr schwierige Cosmic Power in eine der stärksten an dieser Akademie, also …« Er nickte vor sich hin. »Nehmt euch alle ein Beispiel.« Er wandte sich schon wieder zur Tafel um, um zum letzten Punkt zu kommen, da meldete sich jemand aus der ersten Reihe. Er schien es aus dem Augenwinkel zu bemerken, bedeutete der Studentin aber, dass sie sprechen konnte. »Sprecht nur, sofern ihr mich nicht unterbrecht, sonst wird das alles so kompliziert.«

»Gut, also … Sie sagten, dass Sie auch eine Fähigkeit aus der Klasse Materie besitzen. Können Sie uns sagen, welche es ist?«

Béla setzte ein humorloses Lächeln auf. »Das spielt keine Rolle.«

Enttäuscht verzog ich den Mund, weil es mich wirklich interessierte. Warum war er so geheimniskrämerisch? Das Thema gefiel ihm doch offenbar.

»Kommen wir zur fünften und letzten Klasse«, fuhr er unbeeindruckt fort. »Sie wird als Cosmic bezeichnet, was etwas seltsam ist, weil sie ja eine Unterklasse der Cosmic Powers ist. Aber richtet eure Beschwerden diesbezüglich nicht an mich, ich hab mir das nicht ausgedacht. Die Kräfte der Klasse Cosmic werden in den Medien meistens als die stärksten dargestellt, was schwachsinnig ist, wenn man die Fähigkeiten bedenkt, die wir bisher schon behandelt haben.« Das stimmte allerdings. »Die Kräfte der Cosmic-Klasse sind die am schwersten verständlichen, weswegen man ihnen wohl auch den überirdischen Namen verliehen hat. Cosmic-Kräfte umfassen abstrakte Fähigkeiten, die auf keine der anderen Klassen zurückzuführen sind. Die bekannteste Person mit einer Cosmic-Fähigkeit ist Jax Gastrell, Gründer der ECRA. Wie ihr alle wisst, kann er sich teleportieren oder … die Raumzeit manipulieren oder … wie auch immer er das macht.« Béla warf einen Blick auf seinen Laptop, dann schaute er über die Gläser seiner Brille hinweg auf. Direkt zu mir.

Hoffentlich würde er nicht über mich sprechen, hoffentlich würde er nicht über …

»Unsere neue, angeblich menschliche Studentin«, setzte er trotz meiner Hoffnungen an und mir sank das Herz etwas tiefer, »hat meiner Einschätzung nach auch Kräfte aus dieser Klasse. Willst du allen erzählen, was du kannst, Cora?«

Mir wurde kalt und heiß gleichzeitig. Nein, ich wollte nicht. Aber das war eigentlich keine Frage gewesen, deswegen antwortete ich: »Ja, also ich … habe Glück, schätze ich.« Ich musste mir endlich eine gute Zusammenfassung für meine Cosmic Powers überlegen. Oder ihnen auch einen coolen Namen geben, so wie Fedir und King. »Zumindest dahingehend, dass man mich nicht verletzen kann. Vermutlich.« Es war zwar ein einziges Mal vorgekommen, aber das würde ich niemals jemandem sagen.

»Das ist spannend«, sagte Béla und begann wieder damit, auf und ab zu gehen. Dabei deutete er kurz auf mich. »Die Existenz dieser Fähigkeit kann nicht belegt werden, ohne Cora in akute Lebensgefahr zu bringen. Würde man versuchen, ihre Cosmic Power eindeutig zu beweisen, müsste man sie dafür in eine Situation bringen, die so gefährlich ist, dass ein Mensch ohne Cosmic Powers sie auf keinen Fall überleben würde.« Er blieb stehen und lächelte in die Klasse. »Ein moralisches Dilemma. Denn der eindeutige Beweis, dass sie ein Mensch wäre, würde in diesem Szenario zu ihrem Tod führen. Weswegen Cora bisher als Mensch registriert ist.«

Mein Herz pochte wahnsinnig schnell, aber ich glaubte zu verstehen, was er da tat. Versuchte er wirklich, die aufgeheizten Gemüter gegen mich zu beruhigen?

Ich schaute ihn an, weil ich ihm einen dankbaren Blick zuwerfen wollte, aber er schenkte mir keine Aufmerksamkeit. Mit einem Klick auf seinen Laptop erschien neben den Klassen jeweils eine Farbe.

»Oh«, entwich mir, als ich verstand. Das waren die Farben der Schuluniformen! Der Krawatten, Hosenträger, Gürtel, Westen, Mäntel und allen anderen Highlights.

»Wie ihr euch inzwischen sicher denken könnt, sind das die Farben, die die Studierenden unserer Akademie tragen, um zu symbolisieren, welcher Klasse sie angehören.« Er begann wieder, auf und ab zu gehen. »Wie ihr seht: Die Psyche-Klasse ist Hellblau, Gestalt ist Dunkelrot, Element Senfgelb, Materie Dunkelgrün.« Er deutete auf seine eigene Weste und Krawatte. »Und Cosmic ist Pink oder Lila oder welche Bezeichnung euch am besten gefällt.« Abermals blieb er stehen und schaute alle nacheinander an. »Fragen?«

Sofort schossen etliche Hände in die Höhe. Er nickte jemandem aus der vorderen Reihe zu.

»Wenn man zwei Klassen angehört, bekommt man dann beide Farben?«

Béla zog die Augenbrauen hoch, als wäre er unzufrieden mit dieser Frage. »Das kam bisher nie vor.« Er bat jemand anderen, zu sprechen.

»Gibt es auch Cosmic Powers, die keiner der Klassen zugeordnet werden können?«

»Alles, was nicht zugeordnet werden kann, landet in der Cosmic-Klasse.«

Die nächste Frage.

»Werden wir auch speziellen Unterricht anhand unserer Klassen bekommen?«

»Nein.« Er setzte sich wieder in Bewegung. Langsam verstand ich, warum er immer so erschöpft aussah, wenn er all seine Vorlesungen damit verbrachte, wie wild auf und ab zu laufen. »Denn selbst wenn sie denselben Klassen angehören, können die Cosmic Powers extrem unterschiedlich sein. Deswegen setzen wir auf den Einzelunterricht in späteren Semestern.«

Weitere Fragen wurden gestellt, aber ich bemerkte, dass meine Gedanken langsam abdrifteten. Pink also. Ich würde meine Uniform bekommen und meine Highlights würden Pink werden.

Ich war ein Cosmic, dieser Dozent sagte es. Und dieser Gedanke tat gut.

Gleichzeitig machte er mir Angst.

KAPITEL 20

19.06.2082, DAS ERINNERN AN FRAGMENTE AUS FREMDEN WELTEN

Boss konnte mich lesen wie ein Buch. Wenn ich im Laden gearbeitet hatte, hatte er mir auf den ersten Blick angesehen, wenn ich aufgewühlt oder niedergeschlagen gewesen war. Diese Fähigkeit von ihm schien auch auf Distanz zu funktionieren: Kaum war ich auf meinem Zimmer angekommen und hatte mich gegen die geschlossene Tür gelehnt, vibrierte mein Handy.

Ich zog es aus der Hosentasche, während Bob durch den Raum schlenderte und zielgerichtet auf mein Bett zusteuerte. Wie konnte er eigentlich den ganzen Tag schlafen? Von was genau war dieses Tier müde?

Mit einem Lächeln schaute ich auf die Nachricht. »Musste an dich denken«, schrieb Boss. »Wie geht's dir?«

Bevor ich antworten konnte, sendete er ein Foto, das er von sich und … Sam gemacht hatte. Die beiden grinsten in die Kamera und sofort zog sich mein Herz zusammen. Sam war also wieder aus dem Krankenhaus raus.

Ich hätte ihm häufiger schreiben sollen. Aber er sah zumindest auf dem Bild ganz glücklich aus. Und was tat er eigentlich im Laden? Ich hatte ihn dort während meiner gesamten Zeit nie gesehen.

»Hast du den geschickt, damit er auf mich aufpasst?«, fragte Boss, was wiederum ein Lächeln auf meine Lippen zauberte.

Ich hatte ihn nicht geschickt. Aber es war süß, dass er bei Boss vorbeischaute.

»Mir geht's gut«, antwortete ich. Das war nicht die ganze Wahrheit, aber ich konnte ihm auch keinen vierseitigen Aufsatz schreiben. »Grüß Sam von mir!«

Boss tippte etwas, aber in dem Moment pochte es laut an der Tür und sowohl ich als auch Bob zuckten zusammen.

»Cora!«, erklang Fedirs Stimme.

Natürlich, er hatte ja gefragt, ob wir essen gehen wollten. Irgendwie hatte ich mit unerwünschtem Besuch gerechnet.

»Hast du noch Lust, in die Mensa zu gehen?«, fragte Fedir.

»Ja, einen Moment«, antwortete ich, stellte eilig die Tasche ab und richtete meine Kleidung. »Ich mach mich nur noch mal kurz frisch!« Mist, warum war ich so aufgeregt? Ich war es einfach nicht gewohnt, mit anderen Leuten Zeit zu verbringen. Worüber sollte ich mit ihnen reden? Wahrscheinlich wollen sie nur wieder meine Cosmic Powers testen oder unangenehme Fragen zu meinem Leben stellen.

Aber da musste ich durch. Ich konnte und wollte meinen Alltag an der Akademie nicht komplett allein verbringen.

Ich bewegte mich raschen Schrittes auf das Bad zu, als ich eine weitere Stimme vor meiner Tür vernahm. »Hey, was macht ihr hier?« Mein Herz sank ein Stück tiefer. Das war eindeutig dieser Grant. »Wohnt hier etwa eure neue beste Freundin?«

»Halt die Klappe, Grant«, sagte Himari, klang aber eher belustigt als ernst. »Hast du Angst, dass sie dir den Rang abläuft?«

»Ich hab Angst, dass wir in den Vorlesungen noch mehr über sie reden müssen«, stöhnte er.

Eine unangenehme Gänsehaut überlief mich, während ich wie angewurzelt dastand. Ich sollte einfach weitergehen. Mir ein wenig Wasser ins Gesicht spritzen und nicht zuhören, was sie über mich sagten. Aber meine Beine gehorchten mir nicht.

»Total krass, dass der Doktor sogar eine Verteidigungsrede für sie gehalten hat. Als würden Menschen nicht eh schon alles zerstören. Jetzt schleichen sie sich auch noch in die Akademie ein.«

Fedir lachte. »Ich bezweifle, dass sie Unruhe stiften wird.«

Ich machte wieder einen Schritt auf die Tür zu und ballte die Hände zu Fäusten. Ich wollte das gar nicht hören, aber die Tür zog meinen Körper wie magisch an.

»Und ihr hängt echt mit der ab?«, fragte der Kerl weiter.

»Sie ist nett.« Himaris Tonfall wurde ernster, was mich gleichzeitig mit einem Hauch Freude und zusätzlicher Sorge erfüllte. »Du solltest lernen, ein bisschen weltoffener zu sein, Grant.«

»Ja, predige du nur weiter von Gleichberechtigung und dem ganzen Scheiß.« Seine Stimme entfernte sich langsam und ich trat einen weiteren Schritt auf die Tür zu, um zu hören, was er noch sagte. »Du hast keine Ahnung von der Welt da draußen, sonst würdest du das auch so sehen wie ich.«

»Bis morgen«, rief Fedir und dann stöhnte er, vermutlich, als dieser Kerl endlich außer Hörweite war. »Der wird sich nie bessern.«

Mit Schweiß auf der Stirn stand ich dort und fragte mich, wie lange ich noch warten musste, bis es natürlich wirkte, das Zimmer zu verlassen.

Mit diesen Leuten waren Fedir und Himari also befreundet? Es klang so, als würden sie sich schon länger kennen. Und ich wusste nicht einmal, warum mich das störte. Die beiden waren mir nichts schuldig. Aber ich wollte auch nicht, dass die wenigen Leute, die mich mochten, Energie darauf verschwenden mussten, mich zu verteidigen. Das würde ihnen sicherlich früher oder später auf die Nerven gehen.

Verdammt, ich konnte nicht länger rumstehen. Ich musste mich sammeln, ich wusste doch, wie das ging. Ein Mann aus den Wäldern hatte es mir vor einigen Jahren beigebracht. Ich schloss die Augen, atmete durch die Nase ein und versuchte mir vorzustellen, wie der Atem mich ganz durchströmte. Bis in meine Zehen- und Fingerspitzen hinein. Das machte ich ein paar Mal und spürte, wie mein Herzschlag sich langsam beruhigte.

Als ich bereit war, strich ich mir rasch durch die Haare, überwand die letzten Schritte zur Tür und öffnete sie schwungvoll. »Sorry, Leute, ich hab mich noch schnell frisch gemacht«, beteuerte ich mit dem fröhlichsten Ausdruck, den ich zu meistern imstande war.

»Kein Problem.« Fedir lächelte und Himari nickte aufgeregt. Die beiden wirkten nicht anders als sonst, also rechneten sie wohl nicht damit, dass ich ihren Austausch gehört hatte.

»Sicher, dass Bob sich in deiner Wohnung … wohlfühlt?«, wollte Himari wissen und warf einen Blick an mir vorbei.

Ich drehte mich zu dem Kater um, der sich bereits auf dem Bett zusammengerollt hatte. »Bob?«, sagte ich neckend. Es fiel mir schwer, die Fassade aufrechtzuhalten. »Bist du zufrieden?«

Er ließ ein unterdrücktes Murren hören, ohne die Augen zu öffnen.

Mit hochgezogenen Augenbrauen wandte ich mich zu Fedir und Himari um, die in schallendes Gelächter ausbrachen. Dann setzten sie sich in Bewegung.

»Er ist so süß«, säuselte Himari.

Ich schloss die Tür ab und folgte ihnen Richtung Mensa. »Ja, ist er«, sagte ich leise und war froh, dass sie mein Gesicht nicht sahen.

In der Mensa war es um diese Zeit brechend voll, aber Fedir hatte es trotzdem irgendwie geschafft, uns Plätze zu sichern. Am Büfett hatte ich einfach dasselbe Essen gewählt wie Himari – einen Salat mit Tomaten und überbackenem Brot.

Ich musste noch herausfinden, wie ich mich bei so einer Auswahl am besten entscheiden konnte, bevor den beiden auffiel, dass ich keinen eigenen Geschmack hatte.

Als wir an dem großen Tisch saßen, konnte ich nicht aufhören, mich immer wieder umzusehen. Ich wusste nicht, ob ich mich hier jemals wohlfühlen würde. Nicht mit all den Blicken, die mich streiften, von denen ich nicht wusste, ob sie zufällig waren oder nicht. Wer von diesen Studierenden war wie Grant? Wem von ihnen war ich ein Dorn im Auge? Wem egal?

Ich durfte mich davon nicht aus der Ruhe bringen lassen. Ich musste mich ablenken, um überhaupt etwas von meinem Essen herunterzukriegen. Deswegen richtete ich meine Aufmerksamkeit auf Fedir und Himari.

»Eure Kräfte sind so cool«, sagte ich, ignorierte mein Essen und schaute die beiden an. Es interessierte mich wirklich, mehr darüber zu erfahren.

Fedir und Himari schauten einander an, dann grinsten sie in meine Richtung. Während Himari sich noch eine Gabel von ihrem Salat in den Mund schob, begann Fedir: »Ich fand meine früher immer blöd.« Ich zog die Augenbrauen zusammen, fragte aber nicht nach, weil ich sicher war, dass er von allein weiter ausführen würde – und ich behielt recht. »In der Schule wurde ich von den anderen Jungs gemobbt, weil sie meinten, es wäre eine … schwächliche Kraft. Ums jetzt mal nett auszudrücken.«

Kinder konnten solche Arschlöcher sein. »Tut mir leid«, sagte ich, aber er wehrte mit einem milden Lächeln ab.

»Na ja, irgendwann hab ich erkannt, wie stark meine Cosmic Power wirklich ist. Weil ich all die Frustration, die Trauer und die Angst auf die anderen Schüler übertragen konnte, die mir das Leben so schwer gemacht haben.«

Ich nickte anerkennend. »Und danach haben sie aufgehört, nehme ich an?«

»Haben sie.«

»Das waren ein paar echt deprimierende Tage an der Schule«, sagte Himari und die beiden lachten leise.

»Spätestens als Himari dann von ihrer Kraft erfahren hat, haben sie uns ganz in Ruhe gelassen.«

»Ja, vor mir hatten sie einfach nur Angst«, sagte sie mit einem lieblichen Lächeln.

Ich schnaubte amüsiert. »Wie hast du herausgefunden, was du kannst?« Der fröhliche Ausdruck wich sofort aus ihrem Gesicht, also hob ich abwehrend die Hände. Wenn sie darüber nicht reden wollte, musste sie nicht. Deswegen schob ich sofort die nächste Frage nach: »Und wann habt ihr beschlossen, dass ihr auf die Akademie gehen wollt?«

»Ich will vor allem praktische und gute Anwendungsmöglichkeiten für meine Kraft finden«, sagte Himari, sichtlich erleichtert von dem Themenwechsel. »Lernen, wie ich sie für etwas Gutes einsetzen kann.«

»Ja, weil sie eigentlich die Fähigkeit eines richtigen Bösewichts hat«, ergänzte Fedir lachend. Sie schaute ihn finster an, aber ein Zucken ihrer Mundwinkel konnte sie nicht verbergen. Fedir ruckte mit dem Kopf in ihre Richtung. »Und ich mache einfach das, was sie macht.« Die Art, wie er sie anschaute, hatte etwas Liebevolles an sich. Aber ich wusste nicht, ob ich mir das nur einbildete. Wie standen die beiden eigentlich zueinander? Ich hatte erst gedacht, dass sie Freunde waren, aber so wie Fedir sie manchmal anschaute, war da vielleicht doch mehr. Zumindest von seiner Seite aus.

Die beiden widmeten sich ihrem Essen und ich nahm mir kurz Zeit, um mich noch einmal im Raum umzusehen. Jetzt fühlte es sich etwas besser an. Nicht mehr ganz so bedrohlich.

Bis ich King in einer Ecke sitzen sah und mich sofort wieder umwandte, um meinen Teller anzustarren. Verdammt, warum brachte mich ihre Anwesenheit so aus dem Konzept? Ich ballte die Hände leicht zu Fäusten und schaute von meinem unberührten Salat erneut über die Schulter zu ihr hinüber.

In ihrer so unheimlich gutsitzenden Uniform saß sie an einem der hintersten Tische der Mensa. Wie immer allein, mit Kopfhörern in den Ohren und über ein paar Bücher gebeugt. Nur hin und wieder nahm sie einen Bissen von dem Sandwich, das sie gedankenverloren in der Hand hielt. Eine Strähne ihres blonden Haares hatte sich aus dem Zopf gelöst und fiel ihr locker ins Gesicht.

Erst, als sie ihren Kopf ein Stück hob, wandte ich mich rasch um. Ich hatte gar nicht bemerkt, dass mein Herzschlag sich beschleunigt hatte. Allerdings nicht auf diese unangenehme Art, wie ich es gewohnt war.

Fedir und Himari registrierten es sofort und folgten meinem vorherigen Blick in die Menge. Mist, ich war zu durchschaubar.

»Du bist ja ganz rot«, säuselte Fedir und ich presste meine kühlen Hände auf die Wangen. Es stimmte.

»Ach was«, widersprach ich jedoch sofort.

»Wie lief denn das Treffen mit deiner Mentorin?« Er ruckte mit dem Kopf zu ihr. »Über die haben wir in der Vorlesung gesprochen, oder? Die, die alles erschaffen kann.«

»Ja«, bestätigte ich knapp und überlegte, wie ich mich aus diesem Thema wieder herauswinden konnte. »Aber wir werden uns noch aneinander gewöhnen müssen.«

»Man sieht sie immer nur mit Büchern«, sagte Himari und schaute sie fortwährend an. Ich widerstand dem Drang, dasselbe zu tun. Irgendwie befürchtete ich, dass wir versehentlich Augenkontakt herstellen würden. Was genau mir an dieser Vorstellung Sorge bereitete, wusste ich allerdings nicht.

»Sie hat gesagt, dass sie einmal Mitglied der ECRA-Regierung sein will.«

»Beeindruckend, wenn jemand so klare Ziele hat«, sagte Fedir mit einer gewissen Traurigkeit in der Stimme. Ich hörte den Schmerz darin, obwohl ich nicht genau wusste, worauf er sich bezog.

»Was wollt ihr denn nach dem Abschluss machen?«, fragte ich. King hatte offenbar eine klare Vision davon, wie ihre Zukunft aussehen sollte. Und sie hatte mich dafür verurteilt, dass ich nicht so groß träumte wie sie. War das bei allen Studierenden hier so?

»Ich hoffe, dass ich meine Cosmic Power irgendwann für die Medizin einsetzen kann«, begann Himari. Sie legte ihre Gabel zur Seite und setzte ein Lächeln auf. »Wenn ich mit jemandem zusammenarbeiten könnte, der Krankheiten heilen kann, könnte ich sicherlich gut im medizinischen Sektor arbeiten. In der Forschung, meine ich.«

Ich nickte anerkennend. Das war eine naheliegende Idee, auf die ich noch nicht gekommen war. »Das klingt total cool.« Bevor sie nach mir fragen konnte, wandte ich mich Fedir zu. »Und du?«

Er wirkte nicht so zufrieden wie seine Sitznachbarin und betrachtete seine Hände. Eine unerwartete Reaktion, wo er doch sonst so offen war und plauderte wie ein Wasserfall.

Fedir hatte gesagt, dass er alles tat, was Himari tat. Dass er wegen ihr auf die Akademie gegangen war. Wusste er nicht, was er machen sollte, weil er sich immer an ihr orientiert hatte? Oder steckte mehr dahinter?

»Ich weiß es noch nicht genau«, antwortete er schließlich, worauf Himari ihm beruhigend eine Hand auf die Schulter legte.

»Wir finden was Passendes für dich.«

Ich zog meine Augenbrauen hoch, als mir eine Idee kam,

die mich gleichzeitig faszinierte und belustigte. »Wärst du nicht perfekt als Politiker geeignet?«

»Du meinst, um die Mengen mit meinen Überzeugungen anzustecken?«

Ich grinste. »Ja. Jede Regierung wäre froh, dich an ihrer Seite zu haben.«

Er lachte leise und nickte. »Darüber hab ich auch schon nachgedacht. Aber das wäre wohl moralisch nicht so einwandfrei.«

»Ein bisschen«, sagten Himari und ich wie aus einem Mund und lachten.

Fedir zuckte mit den Schultern. »Lehrer würde ich cool finden. Dann könnte ich die Schüler für die Themen begeistern, die mich interessieren.«

»Wow, stimmt!« Und niemandem würde damit geschadet werden. »Interessierst du dich denn generell für den Job?« Ich kam mir vor wie der neugierigste Mensch der Welt, aber die beiden schien es gar nicht zu stören. Solange ich die Themen vermied, die ihnen zusetzten, wirkten sie sogar glücklich darüber, sich austauschen zu können.

»Irgendwie schon«, sagte er. »Mein älterer Bruder, Wanja, war Lehrer, bevor er von der Forschung abgeworben wurde. Er hat keine starke Cosmic Power, aber er war trotzdem immer leidenschaftlich dabei. Das wäre vielleicht schon was für mich.«

»Du musst dich ja nicht sofort entscheiden«, sagte ich und Himari nickte langsam. »Was macht dein Bruder in der Forschung?«

Das Thema schien ihm besser zu gefallen als alle anderen, denn sofort nahmen seine Augen wieder diesen ruhelosen Glanz an. Offenbar sprach er lieber über andere als über sich selbst. Was erklärte, warum ich eine so gewaltige Faszination auf ihn ausgeübt hatte, als ich aufgenommen worden war.

Fedir lehnte sich mit einem verschwörerischen Blick nach vorn und bedeutete mir, dasselbe zu tun. »Er arbeitet an einigen supergeheimen Projekten«, flüsterte er. »Er untersucht eins der Quellfragmente in Berlin.« Das Wort rief eine Erinnerung in mir wach und wie von selbst glitt mein Blick zu den Bandagen an meinem rechten Arm. »Also die Materie, die beim Quellereignis tatsächlich aus der anderen Dimension in unsere gekommen ist. Nicht nur die Strahlung, sondern wirklich … Steine oder was weiß ich. Total abgefahren.«

Meine Augen weiteten sich, als ich eine Chance darauf witterte, mehr über die Fragmente zu erfahren. »Hat er darüber erzählt? Was diese Materie bewirkt, meine ich?«

Er schürzte die Lippen und lehnte sich mit einem enttäuschten Gesichtsausdruck zurück. »Nein, das ist alles top secret«, sagte er seufzend. »Eigentlich darf ich gar nicht darüber reden, aber …« Er sah sich in der Mensa um, um zu überprüfen, ob jemand lauschte. »Aber es ist einfach zu spannend, um das keinem zu erzählen.«

Ich nickte anerkennend, obwohl ich enttäuscht war, dass er nicht mehr dazu erklären konnte.

»Und bei dir, Cora?«, wollte Himari wissen und schaute von mir zu meinem Salat. »Was willst du mal werden?«

Ich sah sie kurz an, dann nahm ich meine Gabel zum ersten Mal seit einer Ewigkeit in die Hand und begann zu stochern. Nachdem King so negativ auf meine Erzählungen reagiert hatte, befürchtete ich, von den beiden eine ähnliche Rückmeldung zu bekommen.

Aber sie hatten mir ihre Gedanken und Träume ja auch anvertraut, also konnte ich es wohl nicht verschweigen.

Ich begann zu erzählen.

KAPITEL 21

21.06.2082, DIE WUT VON VORBILDERN IN VOLLEN SPORTHALLEN

King

»King! King, mach mal 'ne Pause!«

Schwer atmend hielt ich in meinen Bewegungen inne und trat einige Schritte von dem Boxsack zurück. Die Luft in der Sporthalle war zu warm, aber ich versuchte, mir nicht anmerken zu lassen, wie erschöpft ich war, als ich mich zu Béla umwandte. »Wenn du mir heute noch einmal sagst, dass ich Pause machen soll, verliere ich den Verstand«, ächzte ich. Meine Haut war heiß vor Anstrengung und meine Lungen brannten bei jedem Atemzug. Die Muskeln in meinen Armen ziepten bei jeder noch so kleinen Bewegung, als ich mir den Schweiß von der Stirn wischte.

»Ich habe nur dein Bestes im Sinn.« Béla trat gemächlich an mich heran. »Wenn du dich dermaßen verausgabst, kannst du später den Stift nicht mehr halten«, scherzte er.

Ich rang mir ein ironisches Lächeln ab und stemmte die Hände in die Hüften. Ich konnte nicht leugnen, dass es guttat, kurz durchzuatmen. Nicht, dass ich ihm das jemals zeigen würde. Dass er mich jetzt schon an meinem Rückzugsort aufsuchte, nervte ziemlich. »Was willst du?«

In seinem Anzug stach Béla zwischen all den Studierenden und Lehrkräften in ihren Sportuniformen deutlich hervor. Einige warfen ihm bereits verstohlene Blicke zu.

Rasch bückte er sich, nahm meine Wasserflasche vom Boden und reichte sie mir. »Die Studienleiterin und ich wollten uns noch mal mit dir wegen Coras Folgetest beratschlagen.«

Ich verdrehte die Augen und nahm einen Schluck Wasser. Mein Blick blieb an Cora hängen, die am anderen Ende mit ihrem Jahrgang ein klassisches Kampftraining absolvierte. Sie war noch nicht mal halb so lange wie ich in der Sporthalle, und musste sich vor Erschöpfung schon an den Rand setzen. Wie jämmerlich. »Und da konntest du mir keine Nachricht schreiben?«

Anstatt mir zu antworten, folgte Béla meinem Blick, dann nickte er, als würde er verstehen. »Verausgabst du dich deswegen so?«

Ich lachte rau, ohne die Augen von Cora abzuwenden. Sie hatte nicht mal die erste Hälfte des Anfängertrainings überstanden. »Wenn ich mich jemals so schwächlich anstelle, erschieß mich.«

»Muss ich dir sagen, dass du zu hart zu ihr bist?« Béla schob seine Brille zurecht. »Oder ist dir das bewusst?«

Ich rollte mit den Schultern und schüttelte meine Hände. Die Fingerknöchel waren ganz rot. »Ich bleibe bei meiner Einschätzung: Sie gehört hier nicht her.« Allein ihre Anwesenheit zog die Anstrengungen aller um sie herum ins Lächerliche. »Eine Person, die gewinnt, obwohl sie nichts kann …« Ich schüttelte den Kopf, weil mich das so wütend machte, dass ich keine Worte dafür fand.

»Sie strengt sich an.« Béla wandte sich wieder mir zu. »Und du bist ihre Mentorin, also sei ihr ein gutes Vorbild.«

Genervt zog ich die Augenbrauen in die Höhe. Grundlegende Dinge wie Motivation konnte man niemandem beibringen. Aber das war eine Diskussion, auf die ich jetzt keine Lust hatte.

»Treffen wir uns im Büro der Studienleiterin?«, würgte ich das Gespräch also ab.

»Ja. Sechzehn Uhr.« Béla wandte sich zum Gehen, warf mir allerdings einen letzten durchdringenden Blick zu. »Wenn du es weiter so übertreibst, werde ich da einen Riegel vorschieben müssen.«

Ich verkniff mir, dazu etwas zu sagen.

KAPITEL 22

04.02.2075, DAS SCHMERZEN DER WUNDEN VON SOLDATEN, DIE NICHT VERLETZEN WOLLEN

Ich war zehn Jahre alt, als ich das erste Mal in den Krieg zog.

Der schwarze Helikopter näherte sich gefährlich wackelnd dem Boden. Der Mann, der neben mir saß, nahm mir das große Headset ab und das Dröhnen der Rotoren überwältigte mich in seiner Lautstärke. Mit einem gewaltigen Ruck landete die Maschine und im gleichen Moment riss der Mann am Eingang die Tür zur Seite auf und alle strömten auf die verschneite Ebene hinaus.

Ich schloss mich den Fremden an, so schnell mich meine Füße trugen, aber die Personen hinter mir drängten mich trotzdem ungeduldig voran. Ich schob ihre Hände weg, als sie mich die Stufen hinabheben wollten, und sprang stattdessen einfach.

Der Schnee reichte mir fast bis zu den Knien, also ging ich in den Spuren der Männer und Frauen vor mir. Ich senkte den Kopf, weil der Wind der Rotoren mir die Haare verwirbelte.

»Hinter dem Hügel«, hörte ich einen Mann schreien, der zu mir aufschloss, »befindet sich das Lager der Feinde!« Es war der General, der mich aus dem Heim geholt hatte. Ich hatte die Nacht in einem provisorischen Unterschlupf der Truppen verbracht, aber in der kalten Halle kein Auge zutun können.

»Verhalt dich einfach wie besprochen«, schrie er über den Krach der Hubschrauber hinweg, die alle hinter uns landeten. Ich konnte seine Worte eher erahnen, als wirklich verstehen.

»Sieh dich nicht um. Schau nicht nach rechts und links. Geh einfach geradeaus auf die Kirche zu und hol die Box, die sich dort befindet. Sie ist schwarz und versiegelt. Öffne die Box nicht, bring sie einfach zu uns.«

Ich glaubte, herausgehört zu haben, dass sich Unterlagen zu den Quellfragmenten in dieser Box befanden. Vielleicht sogar ein Quellfragment selbst. Aber ich wusste gar nicht genau, was das war, also warum sollte ich es stehlen?

»Du musst nicht allein gehen«, sagte der General. Die Soldaten vor uns waren stehen geblieben und wir schoben uns an ihnen vorbei, bevor auch wir anhielten.

Noch konnte ich nicht über den Hügel sehen, der sich vor uns befand. Der Hügel, hinter dem das Dorf lag, das die Menschenarmee verteidigte.

»Du musst nicht allein gehen. Rechts und links von dir werden unsere Truppen sein, die versuchen werden, dir den Weg frei zu halten.«

»Ist das wirklich eure beste Chance?«, wollte ich wissen. Es war der erste Satz, den ich sprach, seitdem ich das Heim verlassen hatte, und er verstand ihn wegen des Krachs nicht einmal.

»Was?«, rief er.

Ich sah ihn nicht an und beantwortete seine Frage nicht. Es war nur ein Gedanke gewesen. Wie verzweifelt mussten diese Leute sein, wenn ich ihre beste Chance auf einen Sieg war?

»Lass dich nicht aufhalten«, fuhr der General fort. »Auch nicht, wenn das Team aufgehalten werden sollte. Dreh dich nicht zu den Soldaten um. Geh einfach weiter.«

Ich sah mich zwischen den Soldaten um, die sich um uns herum versammelt hatten. Ich konnte keinen vom anderen unterscheiden. Die Helme, die sie trugen, ließen keinen Blick auf ihre Gesichter zu. Ich erkannte bei den meisten nicht einmal, ob es Männer oder Frauen waren.

»Bereit machen«, sagte der General laut. Die anderen hatten Headsets oder etwas Ähnliches, sodass sie ihn wohl alle hörten. »Sie werden bereits wissen, dass wir kommen, also müssen wir schnell sein.«

»Jawohl«, hörte ich aus einigen Mündern.

Hinter uns landeten immer mehr Hubschrauber. Sie wirbelten den Schnee auf, der in dicken Flocken vom Himmel fiel. Es wäre fast schön gewesen, hätte ich nicht so gefroren. Mein Blick glitt über die Fläche, die sich vor uns ausbreitete.

Erst jetzt fiel mir etwas am Rande meines Sichtfelds auf. Dort begannen die Quellbereiche. Die Bäume, für die immer Frühling war, in voller Blüte. Der Einfluss des kleinen Cosmic Balance Gates des Dorfes schien nicht sehr weit zu reichen, sodass die veränderten Wälder direkt dort begannen. Und das vom Schnee unberührte Gras, das ihnen vorausging. Der Schnee, obwohl ich ihn fallen sah, schien diesen Ort gar nicht zu erreichen oder ihn zumindest nicht weiter zu beeinflussen. Als wäre dieser Ort durch eine unsichtbare Kuppel geschützt. Gefangen in einem endlosen Frühling.

Ob es dort warm war? Wie gern ich dorthin gehen würde.

»Los!«, bellte der General und riss mich aus meinen Gedanken. Bevor ich mich wieder gefangen hatte, legte er seine Hand auf meinen Rücken und schob mich vorwärts. Ich stolperte fast im hohen Schnee, konnte mich aber fangen und beeilte mich, voranzukommen.

Obwohl ich bis eben nur Leere in mir gespürt hatte, schlug mein Herz nun doch aufgeregt. Als hätte es erst jetzt verstanden, dass das alles hier kein Traum war. Dass ich wirklich hier war.

Das Dorf im Schnee war kleiner als gedacht. Vom Hügel aus konnte ich alle Straßen sehen, in denen der Schnee schlammig und platt getreten war. Dahinter lagen einige Berge und nur eine Straße schien hierhin zu führen. Es fühlte sich an, als hätten wir das Ende der Welt betreten.

»Weiter!«, schrie der General, als ich stehen geblieben war. Ich wollte nicht. Es wurde mir erst in diesem Moment klar: Ich wollte nicht.

Reihen von Soldaten in heller Kleidung hatten sich vor dem Dorf aufgebaut und richteten ihre Waffen auf uns. Der General hatte seine Hand von meinem Rücken genommen, um seinen Helm aufzusetzen und seine Waffe zu ziehen.

»Renn!«, wies er mich an, seine Stimme verzerrt durch seinen Helm. Ich wusste nicht, ob ich der Anweisung folgen konnte. Wir gingen weiter. Noch war kein Schuss gefallen.

Aus der gegenüberliegenden Fraktion löste sich ein Mensch, der vor die anderen Soldaten trat. Er trug eine dunklere Uniform und hatte keine Waffe.

Warum schossen sie nicht auf uns? Wollten sie verhandeln?

»Kind«, keuchte der alte General, »renn. Jetzt!« Mit diesen Worten hob er seine Waffe und schoss dem unbewaffneten Menschen direkt in den Kopf.

Ich riss die Augen auf und blieb stehen, aber als die Menschen begannen, auf uns zu schießen, bückte der General sich und stieß mich nach vorn. Ich stolperte, aber ich fiel nicht.

Ich lief. Ich musste. Wenn ich mich beeilte und diese Box aus der Kirche holte, würde ich das hier alles beenden. Dann würde die Armee sich wieder zurückziehen und die Menschen in Ruhe lassen, egal, für was sie kämpften. Wenn ich mich beeilte, könnte ich wieder zurück …

Aber wohin?

Ein schweres Gefühl legte sich auf mich, als ich auf die Menschen zuhielt, die ihre Waffen auf mich richteten, aber in einem Kugelhagel untergingen, getroffen umfielen oder sich in ihre Deckung zurückzogen. Einige von ihnen schossen auf mich, aber keiner von ihnen traf.

Ich wollte nicht. Ich wusste nicht, warum ich das tat. Es gab gar keinen Grund. Wenn ich nicht hier wäre, würde dieser Kampf dann überhaupt stattfinden?

Angestrengt richtete ich meinen Blick nach vorn, um das Blut nicht zu sehen, das sich mit dem Schnee vermengte. Eine dumme Idee. Mein Fuß blieb an etwas oder jemandem hängen und ich fiel, dieses Mal wirklich. Ich landete bäuchlings im blutgetränkten Schnee, ein Blinzeln, bevor ein großes Geschoss direkt über mich hinwegflog.

Mein Herz schlug so schnell wie das einer Maus. Ich spürte nicht einmal Schmerz in meinen Händen, als ich in den Lauf einer riesigen Waffe blickte, die jemand nur wenige Meter von mir entfernt hielt.

Ich rollte mich zur Seite und stolperte hinter eine Hausecke, aber ich konnte nicht stehen bleiben. So viele Menschen in ihren hellen Uniformen, die versuchten, mich zu töten. Ich rannte so schnell, stolperte so viel, wich so vielen Hindernissen aus, dass alles vor meinen Augen verschwamm. Die Schüsse, die in meiner Nähe abgefeuert wurden, ließen meine Ohren klingeln, bis ich nahezu nichts mehr hörte.

Die hölzerne Kirche ragte über die anderen Gebäude hinaus. Sie war mein einziger Fokuspunkt, als ich durch die schmutzigen Gassen hetzte. Es waren nur Soldaten zu sehen, überall. Dieses Dorf sah nicht aus, als lebten hier noch gewöhnliche Menschen und auch, als hätten hier schon etliche Kämpfe stattgefunden. Viele der Gebäude waren halb zerstört. Auch die Kirche schien bereits vor einiger Zeit gebrannt zu haben. Viele der Holzstreben, aus denen das Dach bestand, waren schwarz und verkohlt.

Ich stolperte abermals, konnte mich aber fangen. Ein weiteres Geschoss rauschte an mir vorbei. Die Soldaten in den dunklen Uniformen, die mich begleiteten, waren schon weit in das Dorf vorgedrungen. Sie schossen einige der Menschen nieder, die sich mir in den Weg stellten, aber es waren einfach zu viele. Ich wollte rennen, aber nicht auf den Eingang der Kirche zu, den so viele Menschen bewachten. Ich wollte wegrennen. Einfach nur weg von hier, tief in die Wälder hinein.

Aber ich konnte nicht. Ich war schon so weit gekommen. Ich lief einfach auf die Männer zu, die ihre Waffen auf mich richteten. Eine von ihnen feuerte nicht, wie es schon so oft vorher passiert war, aber die meisten Kugeln lösten sich tatsächlich und trafen den Boden vor mir oder die Gebäude hinter mir. Ich spürte den Wind auf meiner Haut, wenn sie dicht vorbeiflogen.

Einer der Soldaten wich vor mir zurück, als ich ihm näher kam. Dabei stieß er eins der Feuerfässer um, die überall aufgestellt waren. Die Scheite fielen hinaus und die Soldaten auf der Treppe stoben auseinander, als das Holz der Stufen unter ihnen sofort zu brennen begann. Keinem von ihnen gelang es, mich zu packen, als ich mich zwischen ihnen hindurchwand, mich mit voller Wucht gegen die morsche Tür warf. Ich prallte zurück, weil etwas von drinnen sie sicherte, aber ich warf mich noch einmal dagegen. Obwohl ich klein war und die Tür wirklich groß, hörte ich irgendetwas im Inneren brechen und ich fiel fast in den dunklen Raum hinein.

Hier drin befand sich nur eine einzige Person. Ein junger Mann, der vor dem Altar stand, auf dem sich die kleine Box befand. Erschrocken sah er mich an. »Bleib zurück!«, schrie er.

Ich verlangsamte mein Tempo nicht, weil ich seiner Anweisung gehorchte, sondern weil ich mich fragte, wie ich von hier aus weitermachen sollte.

Draußen herrschte Getümmel. Mit einem Blick zurück erkannte ich, dass die fremden Soldaten versuchten, durch die Flammen in die Kirche zu gelangen, aber von den anderen mit allen Mitteln davon abgehalten wurden.

Schwer atmend wendete ich mich wieder um.

Da war nur noch dieser eine Mann zwischen mir und meinem Ziel. »Bleib stehen, ja?«, sagte er laut, als ich weiter auf ihn zutrat. Meine Beine und Hände taten noch von meinem Sturz weh, aber ich durfte jetzt nicht anhalten.

»Bleib stehen!«, schrie er noch einmal. Die Waffe in seiner Hand zitterte. Seine Augen waren gerötet und Tränen hatten sich in ihnen gebildet. Hatte er Angst vor mir?

Dieser Ausdruck auf seinem Gesicht ließ mich doch stehen bleiben und ich sah ihn schweigend und schwer atmend an.

»Bist du ein Cosmic?«, wollte er wissen. Seine Wangen waren schmutzig, als hätte er sich seit Tagen nicht waschen können. Ich kannte das Gefühl.

»Ich weiß nicht«, sagte ich leise und schaute an ihm vorbei. Die Box war nur noch wenige Schritte von mir entfernt. Wenn ich nach vorn sprang und sie einfach nahm, würde er mich dann erwischen? Konnte er das überhaupt?

»Warum bist du hier?«, fragte er. Aber vermutlich kannte er die Antwort selbst, also machte ich mir nicht die Mühe, sie ihm zu geben.

Ich machte einen Schritt vor und er justierte die Waffe sofort, um sie auf meinen Kopf zu richten. Ich war zu erschöpft, um Angst zu haben. Und keiner der anderen hatte mich getroffen. Niemand hatte mich jemals getroffen.

»Wenn ich die Box nicht hole, töten sie die Kinder in meinem Heim«, sagte ich. Wenn ich ihn so ansah, dachte ich, dass ich wohl ähnlich schmutzig aussehen musste wie er.

Eine Träne rann seine Wange hinab. Er atmete schwer und ließ seine Waffe ein Stück sinken, dann streckte er die freie Hand nach mir aus. »Dann bleib bitte hier, ja? Wir können diese Menschen … besiegen. Du musst nicht zu ihnen zurückgehen.«

Ich warf einen Blick auf seine Hand, dann schaute ich zurück. Der Eingang der Kirche stand inzwischen lichterloh in Flammen und das Feuer breitete sich weiter aus. Die Menschen, die dort gekämpft hatten, waren gar nicht mehr zu sehen.

Als ich ihn wieder anschaute, hielt er seine Hand immer noch geöffnet vor mich, als wartete er darauf, dass ich sie ergriff. Wollte er wirklich, dass ich das tat? Ich kannte ihn doch gar nicht. Ich wusste nicht, welche Seite die richtige war.

Nein, eigentlich dachte ich, dass es gar keine richtige Seite gab. Dass diese Menschen genauso schlecht waren wie die, mit denen ich gekommen war. Sie waren alle gleich.

Hinter uns krachte es und der junge Mann zuckte zusammen. Als ich mich umwandte, sah ich, dass ein großer Teil des Türrahmens heruntergefallen war.

»Komm schon«, sagte der Mann und näherte sich mir vorsichtig. »Wir müssen hier raus, ja?« Er nickte nervös. »Ich kann auf dich aufpassen, in Ordnung?«

Ich sah von ihm zu seiner Hand, dann traf ich eine Entscheidung. Bevor er reagieren konnte, sprang ich nach vorn und direkt an ihm vorbei. Er stieß einen Schrei aus, als ich bereits hinter ihm war und auf den Altar zustürzte, auf dem sich die schwarze Box befand. Sie war viel kleiner, als ich erwartet hatte.

Ich streckte meine Hände nach ihr aus, so schnell ich konnte, da ertönte ein Schuss hinter mir.

Und ein alles zerstörender Schmerz durchriss mich von oben bis unten. Ohne dass ich etwas tun konnte, kam ein Schrei über meine Lippen und ich blieb stehen, um meine Hand zu umklammern. Für einige Momente konnte ich gar nichts sehen, so sehr tat es weh. Ich glaubte nicht, dass jemals etwas so geschmerzt hatte.

Ich musste mehrere Male blinzeln, aber die Tränen verschleierten trotzdem meine Sicht. Sie waren auf einmal da gewesen. Als ich wieder sah, erkannte ich, dass ein Loch in meiner Hand war. Er … er hatte mich getroffen. Die Kugel steckte nicht in meinem Fleisch, sie war einfach durchgegangen.

Wie hatte das passieren können? Das konnte gar nicht sein! Niemand hatte mich je getroffen. War das immer nur Zufall gewesen? Bei dieser Vorstellung durchflutete mich eine Angst, wie ich sie seit Ewigkeiten nicht mehr empfunden hatte. Sie durchdrang mich bis in jeden Winkel meines Körpers. Wie damals im Wald, in dem meine Eltern gestorben waren.

Mir wurde schlecht vor Schmerzen und Angst, aber ich hörte seine Schritte hinter mir und wirbelte herum; nur um zu sehen, dass er sich nicht auf mich zubewegte, sondern sich von mir entfernte. Er starrte mich an, blass wie ein Geist, ließ seine Waffe fallen und stolperte zurück.

»Entschuldigung«, ächzte er, einen Ausdruck absoluter Panik in den Zügen. Warum schaute er so? Hatte er noch immer Angst vor mir?

Der Schmerz, der sich von meiner Hand aus ausbreitete, überschattete einfach alles. Das Schlimmste, das mir bisher geschehen war, war, dass ich gestolpert und hingefallen war. Zweimal in meinem Leben bisher. Ich hatte mir dabei nicht einmal die Hände oder die Knie aufgeschürft wie andere Kinder.

Wie konnte mir dann so etwas passieren?

Der Soldat stolperte weiter zurück und entschuldigte sich immer wieder.

»Ich … ich will nicht auf Kinder schießen«, sagte er. Die Tränen auf seinen Wangen hinterließen Spuren in dem Schmutz. Er schüttelte abermals den Kopf, dann wirbelte er herum und rannte davon.

Wie angewurzelt stand ich da und starrte ihm hinterher, bis er auf der gegenüberliegenden Seite der Kirche verschwunden war. Das Feuer breitete sich weiter aus. Ich musste mich bewegen. Ich musste hier weg, ich musste mich bewegen!

Mechanisch tat ich einen Schritt, dann noch einen, auf die Box zu. Meine verletzte Hand konnte ich nicht bewegen, aber der Kasten war so klein, dass ich ihn mit der anderen greifen konnte. Ich nahm sie und steckte sie in die große Tasche meiner Jacke, dann schob ich mich in die Richtung, in die der Soldat verschwunden war. Dort musste es noch einen Ausgang geben, oder?

Mir war schlecht. Ich konnte nicht mehr, aber ich musste hier raus. Und irgendwie schaffte ich es.

Die Seitentür der Kirche stand offen und durch sie gelangte ich in eine Gasse, in der nicht viele Fußspuren zu sehen waren. Von hier aus hörte ich die Schüsse und die Schreie und das Chaos wieder viel lauter als in der Kirche.

Ich setzte mich bereits in Bewegung, um zurück zu dem General zu gehen, als ich stockte. Ich schaute an mir hinab und beobachtete, wie das Blut von meiner Hand in den Schnee tropfte.

Würden diese Menschen mir helfen? Würden sie mir ärztliche Hilfe geben? Wenn ich ihnen die Box gab, brauchten sie mich nicht mehr. Sie hatten mir niemals gesagt, dass sie mich wieder mit zurücknehmen würden, wenn ich tat, was sie sagten. Sie hatten mir niemals gesagt, was hiernach mit mir geschehen würde.

Bei diesem Gedanken trat ich einen Schritt zurück. Dann noch einen und noch einen. Ich musste hier weg. Meine verbliebene Kraft zusammennehmend, wandte ich mich um und lief los. Durch die Gasse an der Kirche vorbei, dann auf die nächste größere Straße zu. Die Menschen waren so damit beschäftigt, sich zu bekämpfen, dass sie mich gar nicht bemerkten.

Als der Erste mich zu sehen schien, ertönte ein lauter Schrei. »Die Box!«, brüllte er.

Ich beschleunigte mein Tempo. Und ich würde nicht stehen bleiben. Ich wollte nie wieder stehen bleiben. So viele Tote auf meinem Weg. So viele Menschen, die immer noch starben, nur wegen eines so kleinen Dings.

Das war alles so sinnlos.

»Ihr hinterher!«, hörte ich jemanden schreien. »Feuert, wenn nötig!«

Ein Schauer überlief mich, aber ich rannte weiter. Sie würden mich also wirklich töten, wenn ich nicht das tat, was sie wollten. Und inzwischen war ich nicht mehr so sicher, ob sie das wirklich wollten oder nicht.

Schritte hinter mir. Die Männer und Frauen der Armee und der Menschen, die hier lagerten, waren viel größer und schneller als ich. Aber ich hatte es bis hierher geschafft, ich konnte es auch rausschaffen. Ich musste einfach.

Meine Augen tränten noch immer und ich sah kaum etwas. Nur noch Weiß, als ich das letzte Haus des verschneiten Dorfs erreichte und auf die Wälder zulief, die nicht weit entfernt waren. In diesem Moment schloss ich die Augen. Ich vertraute darauf, dass meine Füße mich tragen würden. Dass sie wissen würden, wohin es ging.

Ich musste darauf vertrauen.

Alles war still. Und dunkel. Mein Atem brannte in meiner Kehle, die Tränen auf meinen Wangen waren getrocknet und meine Beine gaben nach. Ich brach einfach zusammen, nicht in der Lage, auch nur noch einen weiteren Schritt zu gehen.

Das Gras unter mir war so weich, dass es nicht einmal wehtat, als ich fiel. Auch meine Hand schmerzte nicht mehr.

Sie war nur schwer und taub. Ich tastete nach ihr, um zu sehen, ob sie überhaupt noch da war.

Ja, da war sie. Und nach ein paar Mal blinzeln konnte ich sie sogar sehen. Da waren diese Lichter überall um mich herum, die heller wurden, je länger ich sie betrachtete. In den Blumen oder in der Luft. Einige wirkten freundlich. Andere wie die Augen gespenstischer Wesen, die sich in der absolut allumfassenden Dunkelheit um mich herum verbargen.

Ich wusste nicht, wie lange ich gerannt war. Ich wusste auch nicht, wohin. Nur, dass ich so tief in die Wälder vorgedrungen war, wie niemals zuvor in meinem Leben.

Es fühlte sich nicht an, als wäre jemals jemand vor mir an diesem Ort gewesen. Die Schritte und Stimmen meiner Verfolger hatte ich vor einer Ewigkeit das letzte Mal gehört.

Hier im Wald war es warm. Wie an einem Frühlingstag oder vor einem Kamin, eingehüllt in eine Decke. Und es roch so frisch und gut. Ich wusste, dass alle Erwachsenen Angst vor diesen Orten hatten. Und ich verstand es, aber … es fühlte sich sicher an. Als wäre ich tief in die Erde hineingekrochen, damit sie mich beschützen konnte.

Etwas, das sonst niemand vermochte.

Eine ganze Weile saß ich keuchend am Boden, bis sich meine gesunde Hand wie von allein zu meiner Jackentasche bewegte. Die Box. Sie war noch da.

Vorsichtig zog ich den kleinen Kasten heraus und betrachtete ihn im schummrigen Licht. Wenn es dieses Ding nicht gäbe, hätten all diese Menschen nicht sterben müssen. Hätte ich es fallen lassen, hätten sie mich nicht verfolgt, aber … so kämpften sie wenigstens nicht mehr. Und sie mussten keine weiteren Kinder aus den Heimen holen.

Ich hatte es jetzt. Was auch immer dieses Ding war.

Angestrengt schluckte ich und gab mir Mühe, meinen schnellen Atem zu beruhigen. Ich versuchte, die Box mit meiner verletzten Hand zu halten, doch das sendete einen so stechenden Schmerz durch meinen ganzen Körper, dass ich zusammenzuckte und es sofort wieder sein ließ. Ich öffnete sie also eher schlecht als recht mit meiner unverletzten Hand. Obwohl ich so erschöpft war, dass ich nicht wusste, wie lange ich noch wach bleiben würde, musste ich wissen, was sich darin befand.

Was es war, für das so viele Menschen hatten sterben müssen.

Sobald es mir gelungen war, den Verschluss einen Spaltbreit zu öffnen, drang ein Leuchten in unterschiedlichen Farben heraus. Es war in der Finsternis so hell, dass es mich blendete.

Sobald ich die Box ganz aufgeklappt hatte, schwächte sich das Licht allerdings wie von allein ab und ich betrachtete ein … Ding, das ich nicht ganz beschreiben konnte. Es sah aus wie ein Stein, aber gleichzeitig auch nicht, weil er sich die ganze Zeit veränderte. Sowohl seine Farbe als auch seine Form. Als könne er sich einfach nicht festlegen oder als … wollte er nicht gesehen werden.

Sacht stellte ich die Box auf dem Boden ab und beobachtete, wie sich das Gras im Umkreis in seine Richtung neigte. Als wollten die einzelnen Halme nachschauen, was sich in der kleinen Kiste befand. Auch einige der schwirrenden Lichter aus der Umgebung näherten sich langsam.

Der Schmerz und die Erschöpfung in meinem Körper waren fast vergessen, als ich vorsichtig meine gesunde Hand ausstreckte, um nach dem Quellfragment zu greifen. Es hatte eine magische Anziehung auf mich, der ich nicht widerstehen konnte. Ich hatte keine Kontrolle mehr über meine Bewegungen.

Es ließ sich zu meiner Überraschung anfassen. Das Material war irgendwie heiß und kalt gleichzeitig, aber ohne dass es wehtat. Sobald es meine Haut berührte, nahm das Fragment eine hellblaue Farbe an, als erkannte es die Berührung. Vorsichtig hielt ich es näher an mein Gesicht, vollkommen gefangen von seinen Bewegungen. Wie es sich um sich selbst zu drehen schien, nicht wie ein Stein, sondern eher wie ein riesiger Schwarm aus vielen kleinen Steinen.

Ich beobachtete, wie das Licht, das das Fragment ausstrahlte, wieder etwas heller wurde und auf meine Hand tropfte wie Wasser. Einer der Tropfen aus Licht löste sich aus meiner Handinnenfläche und schwebte zu meiner rechten Hand hinüber, direkt auf die Wunde darin zu. Ich widerstand dem Drang, sie wegzuziehen oder zur Faust zu ballen, sondern beobachtete, wie sich das Licht um den Rand der Schusswunde legte.

Es fühlte sich gut an. Wie der Kuss meiner Mama auf meinem Knie, wenn ich als Kind hingefallen war.

Die Augenbrauen zusammengezogen, führte ich das Fragment näher an meine verwundete Hand heran. Mehr Licht löste sich daraus und bereitete sich auf meiner Verletzung aus, füllte sie aus, um sie zu verschließen. Die Schmerzen und das unangenehme Kribbeln verschwanden langsam und machten diesem heißen und kalten Gefühl Platz. Ich ließ das Fragment in meine rechte Hand fallen, als die Wunde sich vollständig geschlossen hatte. Es tat gar nicht mehr weh.

Und das Licht. Es lief wie Wasser über meine Handinnenfläche, dann kroch es langsam meinen Arm hinauf, bis zum Handgelenk. Ich spürte, wie meine Lungen aufhörten zu brennen, wie mein Hals, der gerade noch so trocken gewesen war, nicht mehr schmerzte. Ich spürte, wie meine brennenden Muskeln sich entspannten und sich eine wohlige Wärme um mich legte.

Das Gras unter mir kam mir plötzlich verlockend warm vor und mein ganzer Körper wurde schwer und müde. Er war es eigentlich schon die ganze Zeit gewesen, doch nun, wo die Anspannung von mir abfiel, wurde es mir erst richtig klar.

Langsam legte ich mich in das Gras und schloss, das Quellfragment noch immer in den Händen, die Augen.

KAPITEL 23

23.06.2082 – DAS RENNEN ZU BEDEUTENDEN NEUIGKEITEN

Meine Füße flogen über die leeren Flure, als es zum Unterricht läutete. Heute war der erste Tag, an dem ich meine neue Uniform trug: die schwarze Hose mit der weitärmeligen Bluse und den pinken Highlights. Sie passte mir besser als jedes Kleidungsstück, das ich je besessen hatte. Dabei war es doch erst wenige Tage her, dass ich bei Boss im Laden gestanden und King um ihre beneidet hatte.

Ich hatte sie wohl ein wenig zu lange im großen Badezimmerspiegel bewundert. Jetzt kam ich tatsächlich eine Minute zu spät zur Vorlesung.

Bob fest an mich gedrückt, öffnete ich die Tür zum Kurs so leise wie möglich. Trotz meiner Bemühungen, nicht aufzufallen, wendeten sich alle Blicke zu mir um. Eine gemurmelte Entschuldigung auf den Lippen bewegte ich mich mit gesenktem Kopf durch die Reihen und auf meinen Platz neben Himari und Fedir zu. Die beiden, genau wie alle anderen im Kurs, trugen ebenfalls ihre neuen Uniformen. Verdammt. Wenn ich nicht zu spät wäre, könnte ich mir mehr Zeit nehmen, um sie zu bewundern.

»Schön, dass Sie sich auch hierher bequemen, Miss Jenkins«, sagte die junge Dozentin, deren Namen ich vergessen hatte.

Meine Wangen wurden heiß vor Scham. »Tut mir leid.« Ich zog meine Unterlagen aus der Tasche und Bob sprang auf meinen Schoß, um sich dort zusammenzurollen.

»Ich war gerade dabei, Ihrem Kurs mitzuteilen, dass wir

zum neuen Semester die Ehre haben, Jax Gastrell persönlich an unserer Akademie empfangen zu dürfen«, wiederholte die Dozentin extra für mich.

Ich hielt in der Bewegung inne. Jax Gastrell würde hierherkommen?

Die Vorstellung versetzte mich in Aufregung, dabei gab es nicht mal einen Grund dazu. Klar, er hatte mir das Leben gerettet, aber das war schon zehn Jahre her und ich war an dem Tag nur eine von vielen gewesen. Es gab keine Chance, dass er sich noch an mich erinnerte.

»Er wird kommen, um die Erstsemester – also Sie – zu begrüßen, und Ihnen ein paar Worte mit auf den Weg zu geben«, fuhr sie fort. »Sie werden ihm auch Fragen stellen können, also überlegen Sie sich schon mal ein paar gute, damit es nicht unangenehm wird.« Sie sah auf ihre Notizen. »Er wird uns am Samstag die Ehre erweisen. Wenn Sie also am Wochenende Pläne haben sollten, sagen Sie sie ab.«

Ich hatte eigentlich mit Boss ausgemacht, ihn am Samstag im Laden zu besuchen, nachdem ich letztes Wochenende erst einmal an der Akademie geblieben war. Vielleicht könnte ich am Sonntag in die Stadt.

»Bevor wir uns den aktuellen Wissensständen der Quellmaterie und der Quellstrahlung widmen, habe ich noch eine Mitteilung für Fedir Lukov und Cora Jenkins. Sie beide werden gebeten, einem Einsatz der oberen Semester in den Quellbereichen heute Nachmittag beizuwohnen. Bitte melden Sie sich dazu nach der Stunde bei Ihrem Dozenten …« Sie schaute auf ihr Tablet hinab. »Béla Gedeon.« Sie verzog den Mund, als hätte sie ein Problem mit ihm, das sie nicht erläutern wollte.

Gemurmel brach unter meinen Mitstudierenden aus und auch in mir machte sich Verwunderung breit. Ein Einsatz in den Quellbereichen mit den oberen Semestern zusammen?

Ich hob die Hand und sie nickte mir zu, um zu bestätigen, dass ich sprechen durfte. »Darf ich fragen, warum gerade wir beide?«

»Darüber habe ich keine Informationen erhalten«, sagte sie über das Raunen der Studierenden hinweg. »Aber alle Erstsemester werden nach und nach diesen Einsätzen beiwohnen. Also sollten die anderen nicht neidisch sein.«

Ich lehnte mich ein Stück nach vorn, um Fedir anzusehen, der mir einen anerkennenden Blick zuwarf. Dann wackelte er mit den Augenbrauen. In seinem Hemd mit der hellblauen Krawatte und den gleichfarbigen Hosenträgern sah er wirklich gut aus. Genauso wie Himari mit ihren dunkelroten Highlights.

Wie eigenartig, dass gerade ich mitgehen sollte. War dieser Einsatz nur ein Vorwand, um meine Cosmic Powers auf die Probe zu stellen? Oder war die Auswahl zufällig?

»Wenn sich jetzt alle Mal beruhigen, können wir mit unserer ersten Vorlesung über Quellmaterie beginnen.« Die Dozentin unterstrich das Wort, das sie an die Tafel geschrieben hatte: Quellfragmente.

Ein unangenehmes Gefühl breitete sich in meinem Bauchraum aus und ich ballte die Hand mit dem leuchtenden Mal zur Faust. Als bemerkte Bob, dass mir das Thema zusetzte, rieb er seinen Kopf schnurrend an meinem Unterarm.

»Wir beginnen mit einer Betrachtung der Quellfragmente, die im Jahr 2050 in die Atmosphäre der Erde eindrangen und auf das Festland fielen. Laut wissenschaftlicher Erkenntnisse sind diese Quellfragmente die einzigen, die beim Quellereignis in unsere Dimension eingedrungen sind.«

Sie klickte und ein Foto von einem verschwommenen, teils leuchtenden Materiehaufen erschien auf der Tafel. Er sah genauso aus wie das Quellfragment, das ich einmal besessen hatte.

Wie von allein schweifte mein Blick zu meiner bandagierten, rechten Hand. Ich hatte mich noch nicht getraut, die Verbände abzunehmen, wenn ich mich in der Akademie befand. Ich erregte auch so schon genug Aufmerksamkeit.

»Über diese Materie ist nur wenig bekannt und aus Gründen der Sicherheit und um die Bevölkerung nicht unnötig zu beunruhigen, wird außerhalb von wissenschaftlichen Arbeiten nicht viel über sie berichtet«, erklärte die Dozentin weiter.

Ich betrachtete wieder das Foto, das umso eigenartiger wurde, je länger man es betrachtete. Es war, als verschwammen die Ecken und Ränder des Fragments. Und es sah seltsam verschwommen aus. Als hätte es nicht fotografiert werden wollen.

»Der einzige Konsens, der seit zweiunddreißig Jahren besteht, ist, dass es sich um drei Fragmente handelt. Also drei tatsächlich feste Kompositionen von Materie. Mehr lässt sich nicht festlegen. Die Materie ist so fremdartig im Bezug zu allem, was wir kennen und verstehen, dass es schwer ist, überhaupt etwas über sie zu sagen.«

Das konnte ich aus erster Hand bestätigen. Ich hatte damals nicht einmal bestimmen können, ob dieses Ding ein Stein, eine Flüssigkeit oder etwas ganz anderes war.

Die Dozentin rief eine Karte auf, auf der zwei Punkte markiert waren. »Eines der Quellfragmente befindet sich in den Händen eines Wissenschaftsteams in Berlin und wird konstanten Untersuchungen unterzogen.«

Himari und ich wandten uns gleichzeitig zu Fedir um, der uns zuzwinkerte. Seine Brust war nahezu stolzgeschwellt. Er liebte seinen Bruder wirklich.

»Dass dieses Quellfragment sich in den Händen der ECRA befindet, ist ein großer Bestandteil der Friedensverhandlungen mit anderen Staaten und Verbündeten.« Das hatte ich bisher nicht gewusst. »Vor allem, weil die Erforschung des Quellmaterials eins der größten Ziele aller Forschungsteams auf der ganzen Welt ist.« Sie deutete auf einen großen, markierten Bereich vor Indien. »Das zweite Quellfragment befindet sich in Indien. Von dem haben Sie sicherlich schon gehört. Es ist das größte Fragment mit einem vermuteten Durchmesser von dreißig Zentimetern. *Vermutete* Größe, weil das Fragment so instabil ist, dass sich in einem Umkreis von hundert Kilometern nichts nähern kann. Die Strahlung, die es aussendet, ist so stark, dass sich um das Fragment herum nicht einmal die üblichen Quellwälder bilden.«

Ich zog die Augenbrauen in die Höhe, als sie eine Luftaufnahme von dem besagten Bereich aufrief. In einem riesigen Umkreis um Chennai herum war nichts als Wüste. Sogar das Meer in diesem Bereich sah anders aus. Irgendwie blauer. Heller.

Jemand meldete sich und die Dozentin nickte dem Studenten in der vorderen Reihe zu. »Wurden bisher schon Forschungsteams dorthin gesendet?«

Sie wiegte den Kopf hin und her. »Ja. Aber keins der Teams ist jemals zurückgekehrt. Die Kommunikation zu allen Drohnen oder sonstigen Technologien bricht dort drin sofort ab, deswegen wissen wir im Grunde nichts über diesen Bereich.« Sie wies auf einige Stellen direkt außerhalb des Wüstenkreises. »Aber um den Bereich herum wurden natürlich etliche Forschungsstationen errichtet, die alles konstant überwachen und regelmäßig Versuche unternehmen, mehr herauszufinden.«

Eine Gänsehaut breitete sich auf meinen Armen aus und ich strich unangenehm berührt mit den Fingern darüber. Ich hatte schon von diesem Bereich gehört, aber allein die Vorstellung, dass es eine solch unerforschte Macht auf unserem Planeten gab, erfüllte mich mit Sorge. Ich hoffte nur, dass wir noch während meiner Lebzeit mehr darüber herausfinden würden.

»Das dritte Quellfragment wurde vor sieben Jahren das letzte Mal gesehen, als es bei einem militärischen Einsatz in Russland verloren ging«, sagte die Dozentin und ein erneuter Schauer durchfuhr mich. Dieses Mal war er anderer Art. Ich hatte das Gefühl, beobachtet zu werden, obwohl niemand wusste, dass ich es war, die für dieses … Verlorengehen verantwortlich war.

Ich sank ein Stück in meinen Stuhl zurück und bemühte mich, so unschuldig wie möglich auszusehen. Wie auch immer ich das anstellen sollte.

»Ein beteiligter Soldat hat es wohl entwendet. Seitdem ist es nie wieder aufgetaucht.«

Ein beteiligter Soldat. Dass das die offizielle Geschichte war, hatte ich erst einige Jahre später herausgefunden; als ich die Wälder wieder verlassen hatte.

Die Dozentin sprach weiter, aber ich war vollends in meinen eigenen Gedanken abgetaucht. Wenn ich mir vorstellte, dass ich der einzige Mensch war, der wusste, wo sich dieses Fragment befand, wurde mir mulmig.

Ich und die Menschen im Wald, bei denen ich es gelassen hatte. Das durfte niemals jemand herausfinden.

KAPITEL 24

23.06.2082 – DAS BETRETEN EINER EHEMALS VERTRAUTEN WELT

Ein lautes Dröhnen ertönte und die verglaste Doppeltür vor mir fuhr ruckartig zu beiden Seiten auf. Ich trat zwei Schritte auf das Gitter und blieb in der komplett weiß eingekleideten Schleuse stehen. Die Tür hinter mir schloss sich und ein Dröhnen um mich herum ertönte. Die Reinigung wurde in mehreren Schritten vollzogen, damit keine Krankheit oder Strahlung zwischen den gewöhnlichen Bereichen und den Quellbereichen übertragen wurde.

Nachdem das Dröhnen abgeklungen war, öffnete sich die Tür mit einem Zischen und ich trat auf einen der vielen Schließschränke zu. In der Kabine befanden sich einige Dutzend Menschen aus unterschiedlichen Teams. Ich ließ meinen Blick schweifen, sah aber niemanden, den ich kannte.

Das erleichterte mich. In Gedanken war ich ganz fokussiert auf den Auftrag, der mich erwarten würde. Jede weitere Ablenkung würde mich aus dem Gleichgewicht bringen.

Die Schließschränke waren schon tausendfach benutzt worden und das sah man ihnen an. An den Griffen war die gräuliche Farbe abgesplittert und die Verschlüsse waren so verbogen, dass man sie nur mit purer Gewalt öffnen konnte. Ich riss den auf, der mir zugeteilt worden war, und schob meine Uniform hinein, die ich vor dem letzten Reinigungsschritt bereits durch Einsatzkleidung getauscht hatte.

Es war eigenartig, die dunkle Schutzkleidung zu tragen. Für gewöhnlich hatten sie nur alle um mich herum an, während ich in Shorts und Top durch die Wälder tänzelte. Die

Kleidung war nicht halb so schwer, wie ich erwartet hatte. Obwohl sie nicht halb so gut passte wie die eigens für mich angefertigte Uniform.

Ich zog die Schuhe aus dem Schrank und sah, wie Fedir aus der Schleuse und direkt neben mich trat. Ich warf ihm ein vorsichtiges Lächeln zu, während sich ein breites Grinsen auf seinem Gesicht ausbreitete. Die Einsatzuniform sah überraschend schnittig an ihm aus. Sie verlieh ihm einen düstereren Look, als er gewöhnlich besaß.

»Ich fühl mich so besonders«, säuselte er, riss die Schranktür neben mir auf und verstaute seine Unikleidung eher schlecht als recht. Er sah echt cool aus.

»Ja«, sagte ich schmunzelnd und begann, die schweren Stiefel anzulegen. »Ich bin ganz schön aufgeregt«, gestand ich. Vielleicht würde es helfen, offen mit ihm darüber zu reden.

»Ein paar Wissenschaftler zu beschützen, werden wir schon schaffen«, sagte Fedir. »Wenn's supergefährlich wär, würden sie keine Erstsemester mitnehmen, die gerade mal 'ne Woche an der Akademie sind.«

Da hatte er allerdings auch wieder recht. Obwohl ich inzwischen ein wenig bereute, nicht gefragt zu haben, ob ich Bob mitnehmen könnte. Wenn wir auf veränderte Tiere träfen, könnte ich sicher mehr über seine Interaktion mit ihnen herausfinden. Auch wenn das wahrscheinlich für den Anfang zu ablenkend für mich wäre, wenn man bedachte, wie mein letzter Einsatz gelaufen war.

»Ich mach mir eher Sorgen darum, wie ich meiner Mutter beibringen soll, dass ich am Samstag nicht nach Hause kommen kann«, fuhr Fedir fort und widmete sich ebenfalls seinen Stiefeln. »Sie will kochen, weil mein Bruder ausnahmsweise aus Berlin zu Besuch kommt. Hat wohl ewig gedauert, die ganzen Zutaten zu bekommen, also ...« Er wiegte den

Kopf hin und her. »Vor ihr hab ich mehr Angst als vor den Wäldern.«

Ich lachte und er stimmte mit ein. »Vielleicht bekommst du Sonntag die Reste.«

»Ich glaub nicht, dass sie mir was übrig lassen.« Er fuhr sich mit der Zunge über die vollen Lippen. »Das Essen an der Akademie ist natürlich auch der Wahnsinn, aber das ist eher 'ne Prinzipien-Sache.«

Ich nickte, obwohl ich es nicht richtig verstand. Es war sicher aufregend, in einem so vollen Haushalt aufzuwachsen.

»Du kommst also aus Warna?«, fragte ich, weil ich es nicht wagte, mehr Fragen zu seiner Familie zu stellen. Da verbargen sich bei den meisten Menschen dunkle Geschichten, über die man zu Beginn einer Freundschaft für gewöhnlich nicht sprach.

»Ja, geboren und aufgewachsen«, sagte er. »Himari und einige aus der Klasse auch. Und du?«

Ich war mit meinen Stiefeln fertig und richtete meine Kleidung. Warum stellte ich auch solche Fragen? Andererseits würde ich es ihm eh irgendwann erzählen müssen, falls wir mehr Zeit miteinander verbringen würden. »Ich bin in Peking geboren«, antwortete ich also ehrlich.

Er blinzelte mich an. »Heißt du nicht Cora Jenkins? Dein Nachname klingt gar nicht chinesisch.«

»Meine Eltern sind vor meiner Geburt aus Amerika geflohen. Als die Bürgerkriege begannen.«

»Wie lange habt ihr denn … in Peking gelebt?«

Ich schürzte die Lippen, fast überrascht davon, dass er nicht davor zurückschreckte, die Frage zu stellen. Wenn ich darüber nachdachte, hätte es aber auch nicht zu ihm gepasst, übervorsichtig zu sein. »Bis zum Ende«, murmelte ich und schenkte meiner Uniform wohl mehr Aufmerksamkeit, als sie verdient hatte.

Fedirs schockierter Gesichtsausdruck entging mir trotzdem nicht. »Du warst da, als Peking gefallen ist?«

Ich räusperte mich. »Ja.«

»Und ihr seid da lebend rausgekommen?«

Ich riss mich zusammen, nahm die Hände von der Uniform und sah ihm ins Gesicht. »Ich ja.«

»Oh.« Fedir wand sich offensichtlich, aber ich schüttelte leicht den Kopf, um ihm zu signalisieren, dass es schon in Ordnung war. »Tut mir leid«, sagte er trotzdem sofort. »Ich hätte nicht so neugierig sein sollen.«

»Ach, ist ja was Normales zu fragen«, sagte ich mit einer wegwerfenden Handbewegung, die vielleicht etwas zu lässig rüberkam. »Konntest du ja nicht wissen.«

Er hustete verlegen, dann richtete er ebenso unsicher seine Kleidung wie ich zuvor. Wie unangenehm. Aber irgendwie auch witzig. Wir waren wohl beide keine Profis in Kommunikation, wenn Himari nicht da war, um zwischen uns zu vermitteln.

Wir tauschten noch einen langen Blick aus, dann setzten wir uns in Bewegung, um zur letzten Schleuse zu treten und darauf zu warten, dass die Doppeltür sich öffnete.

»Wo hast du denn Bob gelassen?«, lenkte Fedir auf ein angenehmeres Thema um, als wir gleichzeitig in den nächsten weißen Raum traten. Er war das Letzte, das uns vom Außenbereich trennte.

»Himari passt auf ihn auf.«

Fedirs Augen leuchteten. »Aha«, sagte er allerdings nur, als sich die Tür hinter uns schloss und das dunkle Dröhnen erklang, das bis tief in mein Inneres drang.

Ich wollte die Stimmung zwischen uns ein wenig auflockern, deswegen fragte ich: »Ihr verbringt viel Zeit miteinander, nicht wahr?«

»Ja?« Er wusste genau, worauf ich hinauswollte, ich sah es

in seinen Augen. Er gab sich auch nicht sonderlich viel Mühe, zu verschleiern, dass er Hintergedanken hatte.

»Läuft da was?«, fragte ich also frei heraus.

Fedirs blasse Wangen wurden auf einen Schlag rosa und er wendete den Blick ab. »Nein«, sagte er. Es klang wie eine Frage. »Entsteht denn der Eindruck?«

Ich konnte mir ein Lächeln nicht verkneifen. Da hatte ich offenbar genau ins Schwarze getroffen. »Ach, nur so«, murmelte ich.

»Hat sie … denn was gesagt?«

Das Dröhnen setzte aus und die Tür vor uns öffnete sich in einer ruckartigen Bewegung.

»Nein, nein, es interessiert mich nur.«

Nun sah er mich direkt an und zog die Augenbrauen hinauf, verzog den Mund spielerisch zu einem schiefen Lächeln. »Hast du etwa Interesse?«

»Ich bin einfach nur neugierig«, sagte ich lachend und wir traten in das warme Sonnenlicht des Quellbereichs hinaus. Es war die Wahrheit. Die beiden gaben sich mit mir ab, also wollte ich die Dynamik zwischen ihnen verstehen.

Ich kniff die Augen zusammen und verschaffte mir Orientierung. Einige große Wagen warteten bereits darauf, uns tiefer in die Wälder zu bringen, aber die Studierenden standen noch in lockeren Gruppen beisammen. Also waren wir wohl nicht zu spät.

Aus dem Augenwinkel nahm ich wahr, wie Béla sich näherte, was Fedir davon abhielt, noch etwas zu erwidern.

Unser Dozent war in voller Einsatzuniform. Es war eigenartig, ihn nicht im Anzug zu sehen. Obwohl er auch so nach wie vor den Anschein erweckte, als wäre er lieber an jedem anderen Ort auf der Welt als hier. Das war scheinbar einfach seine Werkseinstellung.

»Ihr beiden trödelt«, sagte er streng und musterte uns

prüfend von oben bis unten. »Das muss deutlich schneller gehen«, mahnte er und schob seine Brille den Nasenrücken hinauf.

»Klar«, sagte Fedir und ich entschuldigte mich leise. Eigentlich war ich richtig schnell in der Schleuse, aber es war einfach zu spannend gewesen, mehr über Fedir herauszufinden.

»Also, wir werden heute drei Teams bilden«, wies Béla uns ein und stemmte die Hände in die Hüften. »Fedir, du bist bei mir im Team. Wir sind direkt bei den Wissenschaftlern. Cora ist bei den anderen dabei.« Er deutete mit dem Daumen auf eine Gruppe älterer Studierender.

Meine Augen weiteten sich, als ich King zwischen ihnen erkannte. Sie sah in der Einsatzunform, die Haare zu einem strengen Zopf gebunden, ganz anders aus als in der üblichen Schulkleidung. Schnittiger und nicht so weich. Einschüchternder als sonst.

»Du hast das ja schon ein paarmal gemacht, oder?«, riss Béla mich aus meiner Beobachtung.

»Ja«, erwiderte ich abwesend. Würde ich mich überhaupt konzentrieren können, wenn King hier war? Alles an ihr verwirrte mich. Ich wollte so dringend mehr Zeit mit ihr verbringen, um sie kennenzulernen und von ihr zu lernen. Aber sie hatte deutlich klargemacht, dass sie die Vorstellung nicht sonderlich berauschend fand, also hatte ich keine Ahnung, wie ich mich ihr gegenüber verhalten sollte.

Sie hatte mich jetzt schon dreimal gerettet. Ich konnte ihr also nicht komplett egal sein. Oder war das nur Wunschdenken?

»Und deine Mentorin ist in diesem Team, also sollte das in Ordnung sein. Sie kann dich anweisen.«

Ich schüttelte den Kopf, um King endlich aus meinen Gedanken zu verbannen. »Ja, klar.«

Béla schien es mir nicht abzukaufen. Er zog die Augenbrauen hoch und nahm intensiveren Augenkontakt zu mir auf. »Ihr versteht euch doch, oder?«

Ich wich seinem Blick aus. »Ähm, ja. Natürlich.«

»Denn ihr habt beide starke Cosmic Powers, die sehr gegensätzlich sind. Ich bin der festen Überzeugung, dass ihr viel voneinander lernen könnt.«

»Ja, finde ich auch«, log ich, weil ich keine Diskussion wollte. Dann nickte ich den beiden zu und bewegte mich langsam zur anderen Gruppe.

King stand etwas abseits der Studierenden aus ihrem Semester. Es war eigenartig, sie nicht mit ihren Kopfhörern oder ihren Büchern zu sehen.

»So sieht man sich wieder«, versuchte ich mich kläglich an einem lockeren Gesprächseinstieg.

»Wir absolvieren einen Einsatz«, sagte sie, ohne mich anzusehen. Sie musste mich also schon vorher bemerkt haben. »Ich bin hier nicht deine Mentorin.«

Warum stand sie nicht bei den anderen? Ich war davon ausgegangen, dass sie viel allein war, weil sie immer lernte. Aber offenbar war sie auch sonst eigenbrötlerisch.

Nicht, dass ich das verurteilte. Ich war ebenfalls nicht der sozialste Mensch.

»Béla hat mich deinem Team zugewiesen, damit du mich einweist«, teilte ich ihr mit und beschloss, die Konversation ein wenig voranzutreiben. »Er scheint ja ein großer Fan von dir zu sein. Wir haben heute in der Vorlesung über dich geredet.«

»Was auch immer.«

Ich seufzte und gab auf, ein normales Gespräch mit ihr führen zu wollen. »Wie genau wird das denn jetzt vonstattengehen?«, wollte ich stattdessen wissen.

»Hat dir das keiner gesagt?«

Ich sah sie an und schüttelte den Kopf. »Offensichtlich nicht.«

King sah sich desinteressiert um, dann ließ sie sich endlich dazu herab, mich einzuweihen: »Wir werden ein Team von vier Wissenschaftlern beschützen, die einige Proben in den tieferen Bereichen der Wälder nehmen wollen.« So viel hatte ich zumindest mitbekommen. »Dazu bilden wir drei Teams. Eins, das direkt bei den Forschern bleibt. Eins, das vorausgeht und den Weg sichert, und eins, das die Umgebung hinter den Wissenschaftlern überprüft. Klar?«

»In welchem Team sind wir?«

»Vorn.«

Auf so einer Mission war ich noch nie gewesen. »Auf was muss ich achten?«

»Auf nichts Besonderes. Ich hab nie erlebt, dass bei so einem Einsatz etwas passiert. Manchmal tauchen veränderte Tiere auf, aber so tief im Wald sind sie meistens ruhiger. Es kommt eigentlich nie zum Kampf.«

Ich nickte verstehend. »Wir gehen also voraus und schauen, ob wir etwas Ungewöhnliches bemerken?«

Sie lachte humorlos. »Ungewöhnlich ist da drin der Normalzustand. Aber ja.« Sie schaute zu ihren Schuhen hinab. Ich fand es witzig, dass sie scheinbar glaubte, mehr über die Quellbereiche zu wissen als ich. »Aber keine Sorge«, fuhr sie fort. »Ich werde bei dir sein.«

Das erregte meine Aufmerksamkeit. Also half sie mir doch?

»Ähm … danke?«, brachte ich über die Lippen, was sie mit einem Grummeln quittierte.

»Wenn Béla das anordnet … dann ist es eben so.«

Ich folgte ihrem Blick zu dem Dozenten, der wild gestikulierend damit beschäftigt war, Fedir eine wohl deutlich ausführlichere Einweisung zu geben.

In welcher Beziehung stand King zu ihm? Etwas an der Art, wie sie ihn ansah, irritierte mich. Aber ich konnte noch nicht ganz meinen Finger darauflegen, was es war.

KAPITEL 25

23.06.2082, DAS KÄMPFEN UND VERZWEIFELN UNTER STERNENHIMMELN

Ein blaues Schimmern umgab die Bäume in allen Richtungen, in die ich schaute. Ihr Blätterdach war so dicht, dass kein Strahl Sonnenlicht bis zum Boden drang. Die einzige Lichtquelle in dieser absoluten Dunkelheit waren die weiß glitzernden Blumen, die den ganzen Waldboden bedeckten. Von ihnen stiegen hin und wieder leuchtende Schmetterlinge auf, viel größer als gewöhnliche Tiere ihrer Art.

Ich wusste, dass ich mich konzentrieren musste, aber es gelang mir noch nicht so richtig, meinen Blick sorgsam auf die Umgebung zu richten. Stattdessen haftete er fasziniert an den kleinen Details, dic sie ausmachten. Der süßliche Geruch, der auf allem lag. Die Schatten, die sich teils unabhängig von Lichtquellen bewegten.

»Warst du schon mal so tief in den Wäldern?«, fragte King leise. Sie klang nicht, als wäre sie sonderlich interessiert an meiner Antwort. Wahrscheinlich musste sie es aus Sicherheitsgründen wissen.

»Ja«, antwortete ich flüsternd. »Ich hab ein paar Jahre in ihnen gelebt.«

Sie wandte ihren Kopf zu mir um. »Du hast in den Quellbereichen *gelebt?*«

»Ja.« Damals, als der Rest der Welt mir zu laut und chaotisch gewesen war. Als ich gerannt war, bis meine Beine nachgegeben hatten.

An diesen Orten hatte ich Frieden gefunden.

Das würde ich King nicht ausführen, weil sie sicher nur

einen blöden Kommentar dazu abgeben würde. Aber ich versank ein wenig in der Erinnerung.

»Vielleicht sollte das Forschungsteam lieber dich untersuchen als die Blumen hier«, überlegte sie trocken und ich verdrehte die Augen.

Natürlich war das alles, was sie dazu zu sagen hatte. Wie hatte ich auf etwas anderes hoffen können? »Ich war aber lange nicht mehr so tief drin«, sagte ich stattdessen.

Dieser Bereich der Wälder war anders als die, in denen wir für gewöhnlich die Wartungsarbeiten durchführten. An den Orten, an denen Cosmic Balance Gates installiert worden waren, verhielt sich die Natur normaler. Berechenbarer. Hier befanden wir uns fernab der Wirkung der Generatoren.

»Ja, ich auch nicht.«

Sogar die Temperatur war seltsam unvorhersehbar. Warm zwar, aber alle paar Meter etwas wärmer oder frischer als vorher. Als würde die dicke Luft ihren eigenen Klimazonen folgen.

»Nicht stolpern.« King streckte ihren Arm plötzlich ein Stück vor mir aus, woraufhin ich meinen Blick wieder dem Boden zuwandte.

Ich weitete die Augen und sah auf ein schwarzes Loch direkt vor mir. Sofort wich ich zurück. Warum hatte ich das nicht schon vorher gesehen? »Was ist das?«

»Ich weiß nicht«, murmelte King und starrte ebenfalls hinunter.

Es war scheinbar endlos tief. Und in mir baute sich ein unerklärlicher Drang auf, nach vorn zu gehen, mich hineinfallen zu lassen und in die Dunkelheit abzutauchen.

Sicherheitshalber trat ich einen weiteren Schritt zurück.

»Deswegen sind wir ja hier, ihr Lieben«, sagte einer der Wissenschaftler hinter uns.

Mist, wir waren zurückgefallen. King setzte sich sofort in

Bewegung und steuerte um das Loch herum. Ich folgte ihr, aber ich konnte nicht umhin, mich immer wieder zu der Stelle umzuwenden.

Woher kam es?

»War das schon vor dem Quellereignis hier?«, fragte ich den Wissenschaftler, worauf King mir leicht ihren Ellenbogen in die Seite stieß, um mich zum Schweigen zu bringen. Ich sah den Mann trotzdem hoffnungsvoll an.

»Soweit wir wissen, nicht.«

Ich schluckte schwer und wandte mich um. Eine Gänsehaut hatte sich auf meinem ganzen Körper ausgebreitet. Es war so dunkel, dass wir nicht einmal gesehen hatten, wie weit das Loch in den Grund führte. Ich wusste einfach, dass es in unvorstellbare Tiefen reichte.

»Hier bleiben wir«, sagte King, nachdem wir uns einige Meter von dem Loch entfernt hatten, um das das Forschungsteam sich gerade sammelte. Dann war dieses Ding also wirklich unser Zielort.

Die anderen Mitglieder unseres Teams teilten sich halbkreisförmig auf, während die Wissenschaftler damit begannen, ihre Ausrüstung auszupacken. Ich warf King einen Blick zu, die mir bedeutete, dass ich neben ihr stehen bleiben sollte.

»Richte deinen Blick auf die Umgebung vor dir«, wies sie mich in monotonem Tonfall an. »Achte darauf, ob du unnatürliche Bewegungen siehst oder etwas anderes, das deine Aufmerksamkeit erregt.« Sie nickte mir zu. »Wenn du so viel Zeit in den Quellbereichen verbracht hast, sollte dir das ja leichtfallen, oder?«

»Ja«, bestätigte ich knapp. Aber es fiel mir so schwer, mich zu konzentrieren. Ich bemerkte selbst, wie ich mich immer und immer wieder in die Beobachtungen der schillernden Schmetterlinge und der Blumen verlor, die sanft ihre Farben wechselten.

»Wie viele solcher Missionen hast du schon gemacht?«, wollte ich von King wissen, die mir allerdings mit einem Wink zu verstehen gab, dass ich still sein sollte.

»Keine privaten Gespräche«, sagte sie und richtete ihren Blick wieder nach vorn.

Ich wusste nicht einmal, ob das die Wahrheit war oder ob sie es nur als Ausrede benutzte, um sich nicht mit mir unterhalten zu müssen. Aber ich folgte ihren Anweisungen lieber stillschweigend.

Das Problem war: Ich sollte nach Gefahren Ausschau halten. Meine Abwehr höchstwahrscheinlich auf die höchste Stufe drehen. Dieser Ort sollte sich unheimlich anfühlen, aber er vermittelte mir ein friedliches Gefühl. Als wäre ich unverletzbar. Als wäre ich … zu Hause.

Fast unterbewusst betastete ich die Bandagen an meiner Hand. Ich spürte das Mal darunter. Ein Gefühl, das mich schon einige Male ergriffen hatte, wenn ich mich so tief in den Quellbereichen befunden hatte. Aber es war gleichzeitig so subtil, dass ich mich manchmal fragte, ob ich es mir einbildete.

Ich wusste nicht, wie viel Zeit vergangen war, als ein unterdrückter Laut hinter mir mich dazu brachte, mich zu den Wissenschaftlern umzudrehen.

Angreifer!

Da waren fremde Personen in schwarzen Uniformen, die Gesichter von Masken verdeckt, die die Forscher und Mitglieder des inneren Teams festhielten!

Wann war das passiert? Und wie hatten sie das geschafft? Sie müssen vollkommen lautlos gewesen sein.

Unsere Teammitglieder bewegten sich nicht mehr. Und nun erkannte ich etwas in den Schatten: Weitere Menschen, die sich uns aus allen Richtungen näherten.

»King!«, rief ich und sie wirbelte sofort herum.

»Cosmics!«, rief King und nahm sofort eine Angriffshaltung ein.

Die Cosmics, die versucht hatten, sich uns geräuschlos zu nähern, setzten sofort zum Angriff an. Scheiße! Ich war noch so erschrocken darüber, dass ich vollkommen handlungsunfähig war, als eine Art Druckwelle über uns hinwegfegte.

Zwei Gegner näherten sich uns. Einer von ihnen ließ etwas Blitzschnelles auf uns zurasen und ich machte mich schon bereit, den Aufprall einzustecken, als mich King mit einem Ruck zur Seite riss, um mich aus der Gefahrenzone zu stoßen. In einer fließenden Bewegung bückte sie sich und zog aus den Blumen eine Art leuchtenden Speer hervor, den sie den beiden Männern entgegenhielt.

Ich wagte es, einen kurzen Blick zu dem Team in der Mitte zu werfen, um zu sehen, ob sie sich ebenfalls verteidigen konnten. Béla kniete am Boden und hielt sich die Ohren zu, während Fedir bewusstlos neben den Wissenschaftlern lag. Die Fremden setzten dazu an, sie fortzutragen!

Ich hatte keine Zeit, einzugreifen, denn unsere beiden Gegner setzten zum nächsten Schlag an. Der, der mir gegenüberstand, ließ erneut irgendetwas Schnelles auf mich zuschwingen. Es war lang wie eine Liane, aber dünner und metallisch. Waren das … Fesseln?

Ich spannte mich an und sprang erst im letzten Moment zur Seite und rollte über die Schulter ab. Geschafft! Die Schlingen trafen ins Leere.

Während ich mich rasch hochstemmte, warf ich einen Blick zu King hinüber, die ihren Gegner bereits erledigt hatte. Ich hatte doch nur ein paar Sekunden nicht hingesehen! Sie stürmte mitten in das Kampfgeschehen zu Fedir und den Wissenschaftlern, um diejenigen anzugreifen, die die Bewusstlosen fortschaffen wollten.

Mit dem Speer in der einen Hand hielt sie ihre freie Hand

in die Luft und praktisch aus dem Nichts erschuf sie eine Schusswaffe, mit der sie auf die Angreifer feuerte.

Mir stockte der Atem, wie schon das erste Mal, als ich ihre Fähigkeit im Einsatz gesehen hatte.

Aber ich hatte keine Zeit für Faszination. Die metallene Schlinge schoss bereits wieder auf mich zu, dieses Mal in schlängelnden Linien, denen ich nicht mehr würde ausweichen können. Was war das für eine Fähigkeit?!

Ich hatte keine Zeit zum Überlegen, also folgte ich meinem Instinkt und griff nach dem Metall, sobald es mich erreichte. Der Aufprall schmerzte, aber mit beiden Händen, die Zähne fest zusammengebissen, gelang es mir, das Ding festzuhalten.

Was war das? Es fühlte sich an, als bewegte sich das Material unter meinen Fingern.

Mein Gegner trug eine schwarze Maske, aber ich sah trotzdem genau, wie er von mir zu der Schlinge und wieder zurückschaute. In der nächsten Sekunde zerbrach das kühle Gebilde unter meinen Fingern zu Staub, nur um sich sofort neu zu formieren und mir innerhalb eines Augenblinzelns die Hände vor dem Körper zu fesseln.

Nein! Ich riss an den Schlingen, aber sie waren so fest um meine Handgelenke geschlungen, dass mir das Blut in den Fingern abgeschnürt wurde.

Der Fremde näherte sich mir und mit jedem Schritt verkürzte sich die Fessel wie von selbst. Was sollte ich tun? Ich hatte nicht die Möglichkeit, zurückzuschlagen.

Aber ich musste es versuchen!

Es brachte nichts, an den Fesseln zu ziehen, weil der Kerl mir eindeutig körperlich überlegen war. Aber er musste offenbar beide Hände darauf verwenden, die Schlinge mit seiner Cosmic Power zu kontrollieren, also war das vielleicht meine Chance. Überstürzt machte ich einen Satz nach vorn, um Spannung von den Fesseln zu nehmen, dann ruckte ich zur Seite, um ihn mit meinem Ellenbogen in den Bauch zu stoßen. Er keuchte auf, aber ich war immer noch nicht frei.

Als er sich vor Schmerzen nach vorn lehnte, verschränkte ich die Finger ineinander und schlug ihm auf den Kopf. Die Fesseln lockerten sich ein wenig, aber der Kerl nutzte seine gebückte Position und warf mich nach hinten.

Ich landete schmerzhaft auf dem Rücken, mit ihm halb auf mir, aber die Fesseln waren gelöst. Ich nutzte die Chance, ihm einen Schlag in die Seite zu versetzen. Ich rollte mich zur Seite und stemmte mich hoch.

»Cora!« Das war King, die schrie!

Ich warf einen Blick zu dem Kerl am Boden, der sicher nur seine Kräfte neu sammelte, rannte aber trotzdem sofort in ihre Richtung.

Zu viele! Sie musste gegen zu viele Gegner kämpfen und als ich erst die halbe Strecke zu ihr zurückgelegt hatte, ging King in die Knie, presste sich die Hände auf die Ohren und schrie. Viele andere um mich herum auch.

Warum? Was passierte hier? Ich atmete schwer, als ich mich umsah. So viele Menschen, die am Boden lagen. In der Dunkelheit war kaum zu erkennen, ob sie von unserem oder dem gegnerischen Team waren, geschweige denn, ob sie noch lebten oder nicht.

Und dann erkannte ich sie. Die Wissenschaftler. Und Fedir! Die Fremden trugen sie fort, in den Wald hinein. Nein. Ich musste ihnen nach!

»Cora«, schrie King hinter mir. Ich wendete mich noch einmal um und sie warf mir den Speer zu, den sie erschaffen hatte. Ich fing ihn mit einer Hand und war überrascht, wie glatt und schwer er war. Von Nahem sah er aus wie aus Diamant.

Ich konnte mich nicht erkenntlich zeigen, weil sie die Augen sofort zusammenkniff, wie von einem Schmerz getroffen, der sie kampfunfähig machte. Also rannte ich los. Zwei Mitglieder aus unserem Team rappelten sich auf und folgten mir in die Dunkelheit hinein. Es war so finster, dass ich die Kerle bald nicht mehr sah.

Bis etwas Weißes vor unseren Augen auftauchte. Eine leuchtende Kugel am Boden – und in einigen Metern Entfernung eine weitere. War das eine Spur oder eine Falle? Sollten wir ihr folgen oder ausweichen?

Ich bremste ab, aber einer meiner Begleiter steuerte direkt auf die Kugel zu. Als er sich ihr bis auf wenige Zentimeter genähert hatte, wurde ich von den Beinen gefegt und nach hinten geworfen. Ich landete auf dem Rücken und meine Ohren klingelten. Ich sah alles verschwommen, als ich versuchte, mich aufzurichten. Ich spürte meine Glieder nicht und als ich endlich wieder das Leuchten der Pflanzen um mich herum erkannte, schien alles ein wenig in Schräglage geraten zu sein. Da war Feuer.

Das war eine Explosion gewesen.

Hastig setzte ich mich entgegen allen Signalen meines Körpers auf und sah mich nach meinen Begleitern um. Beide regten sich, aber nur einer von ihnen konnte sich auf die Beine stemmen. Ich gab mir einen Ruck und rappelte mich ebenfalls auf, stolperte zu meinem Kommilitonen hinüber, der noch stehen konnte, und zerrte ihn mit.

»Nicht den Lichtern nach!«, sagte ich. »Das muss eine Falle sein!«

»Ist gut.« Mit mir zusammen setzte er sich in Bewegung. Orientierung, verdammt! Wo waren wir? Ich inspizierte jeden Winkel, als wir rannten. War hier in der Nähe nicht eine Lichtung gewesen?

Es war vielleicht ein Schuss ins Blaue, aber irgendwie

würden sie das Forschungsteam abtransportieren müssen. Vielleicht hatten sie es geschafft, ein Auto hier reinzufahren.

»Hier lang!«, rief ich und schlug einen leicht anderen Kurs ein. Ein weiteres Licht vor uns! »Vorsicht!«, rief ich, als ich auswich. Wie ging das? Konnte man die Position dieser Dinger steuern?

Da vorn wurde es einen Funken heller, oder? War das die Lichtung? So schnell ich konnte, trugen meine Beine mich durch Blumen und Büsche. Fast fiel ich nach hinten um, als jemand vor uns in den Weg sprang und ich abrupt stoppte.

»Das ist der, der –«, rief mein Kommilitone, als der Kerl seine Hände hob und eine Druckwelle über uns hinwegfegte. Ich hielt die Unterarme vors Gesicht, aber es war keine Explosion, eher wie ein Wind. Wie beim ersten Mal, als der Kampf losgebrochen war.

Was bedeutete das?

Mein Teamkollege warf die Arme nach vorn, um anzugreifen, nur um dann irritiert auf seine Hände zu schauen. »Ich … ich kann meine Cosmic Power nicht mehr einsetzen!«, keuchte er.

»Er muss sie unterdrücken können!«, sagte ich und wandte mich wieder zu dem Kerl uns gegenüber um, aber er war bereits verschwunden. Wir mussten richtig sein!

Ein eiskalter Schauer lief meinen Rücken hinab, aber ich hechtete trotzdem weiter. Ich durfte jetzt nicht anhalten, denn offenbar war ich die Einzige, die noch zwischen Fedir und diesen Fremden stand.

Ich setzte mich in Bewegung und rannte, so schnell ich konnte, bis auf die Lichtung, über der ein fremder Sternenhimmel prangte. Ich hatte recht! Im Gras war ein Lastwagen geparkt, zu dem die Angreifer die Wissenschaftler und Fedir brachten. Mein Kommilitone folgte mir in einigen Metern Abstand.

Und da war der Kerl wieder, der sich uns gerade schon in den Weg gestellt hatte. Seine Maske sah anders aus als die der anderen; sie war metallisch und silbern und er hielt abermals inne. Abermals blieb ich einige Meter von ihm entfernt stehen und versuchte herauszufinden, was ich als Nächstes tun sollte. Was sollte ich tun, verdammt noch mal?!

Ich hatte keine Ahnung, wie ich mit der Waffe in meiner Hand umgehen sollte, also musste ich jetzt wohl kreativ werden! Was gefährlich werden konnte, falls ich ebenfalls nicht mehr über meine Fähigkeit verfügte, aber jetzt war nicht die Zeit, um diese Überlegungen anzustellen.

Wenn ich nicht handelte, wären Fedir und die anderen fort! Ich durfte jetzt nicht zögern. Ich brauchte dieses neue Selbstvertrauen, das ich auch beim Test gehabt hatte. Als ich einfach durch alle Gegner und Fallen hindurchgelaufen war.

Diese Vorstellung im Hinterkopf setzte ich mich in Bewegung und hielt, den Speer fest in beiden Händen, auf die Angreifer zu.

Eine weitere Druckwelle fegte über mich hinweg und ich schloss die Augen vor dem Staub, der mir entgegenwirbelte. Das war ein Fehler! Als ich sie wieder öffnete, war eins dieser Lichter direkt vor mir. Ich konnte nicht mehr anhalten und die Explosion fegte mich von den Beinen.

Ich stand sofort wieder auf, obwohl es mir dieses Mal schwerer fiel. Meine Beine wackelten und alles tat weh. Der Atem brannte in meiner Lunge und mein Körper schrie danach, einfach liegen zu bleiben. Aber ich konnte nicht. Ich durfte nicht aufgeben.

So schnell mich meine Beine trugen, taumelte ich weiter. Erst langsam, dann immer schneller, als ich nach und nach meine Balance wiederfand.

Der Kerl mit der silbernen Maske hatte mir den Rücken

zugewandt. Und die anderen würden den Wagen bald erreichen!

»Hey!«, schrie ich. Wenn ich ihre Aufmerksamkeit erregte, würden sie zumindest langsamer werden.

Zwei von ihnen wandten sich zu mir um, trennten sich von der Gruppe und kamen auf mich zu. Ob sie etwas miteinander sprachen, hörte ich über das Klingeln und Rauschen in meinen Ohren nicht.

Ich nahm den Speer fester in meine Hand und wollte gerade einen Sprung nach vorn machen, um mich auf die beiden zu stürzen, als mich etwas am Knöchel packte und meine Beine nach hinten wegriss. Die Luft wurde mir aus den Lungen gedrückt, als ich mit dem Bauch auf dem Boden aufkam.

So schnell ich konnte, wandte ich mich um und sah den Kerl mit den Schlingen einige Meter von mir entfernt stehen.

Verdammt. Ich würde mich nicht gegen alle drei verteidigen können, wenn meine Füße gefesselt waren. Ich stützte mich auf, um sie zumindest mit dem Speer auf Abstand halten zu können. Doch mein Kommilitone stürzte sich von hinten auf den Kerl und warf ihn zu Boden.

Die Fesseln um meine Knöchel zerbröckelten sofort und ich sprang auf, nur um in der nächsten Sekunde einem Faustangriff auszuweichen, den einer der anderen Fremden auf mich niedergehen ließ. Sein Schlag traf stattdessen den Boden, und die Erde begann unter unseren Füßen zu beben.

Scheiße. Wenn der mich getroffen hätte, wäre ich sofort tot gewesen.

Ich hechtete nach rechts, im Versuch, an ihm vorbeizukommen, aber der andere spannte in Sekundenschnelle eine Linie aus Licht zwischen mir und der Lichtung. Das war dasselbe Licht, das vorhin die Explosionen verursacht hatte. Mist!

Abermals ging der andere Kerl auf mich los. Er musste offenbar extrem weit ausholen, um seine Kräfte zu bündeln, was seine Schläge nicht sehr präzise machte. Ich duckte mich unter ihm weg und er stolperte zwei Schritte zur Seite. Noch ein Schlag, dem ich nur knapp ausweichen konnte. Ich spürte den Luftzug an meiner Wange vorbeirauschen und abermals stolperte er. Wenn er nicht traf, riss ihn die Wucht seines Schlags immer ein Stück zur Seite.

Er setzte nach, aber ich hatte eine Idee! Er war absolut auf mich fokussiert, also beachtete er seine Umgebung vielleicht nicht so genau. Ich bewegte mich ein wenig zur Seite und hoffte, dass der Winkel stimmte, als er erneut mit seiner Faust auf meinen Kopf zielte. Als er daneben schlug, machte ich einen Sprung nach vorn und ließ mich auf den Bauch fallen, eine Sekunde, bevor der Kerl in die Explosionslinie stolperte und voll erwischt wurde.

Bingo!

Das würde ihn zwar nur kurz aufhalten, aber das war besser als nichts. Den Speer fest umklammert, sprang ich wieder auf und setzte erneut auf die Lichtung zu. Den Geräuschen in meinem Rücken zufolge rang mein Kommilitone noch immer mit dem Schlingen-Typen, also würde der mich nicht aufhalten.

Der mit den Lichtern blieb hinter mir zurück und bemühte sich, Hindernisse in meinem Weg zu platzieren, doch ich wich aus, sprang darüber oder schlitterte darunter hindurch, bis er aufgab. Und während ich rannte, fühlte ich mich für einen kleinen Moment wieder wie ein Kind. Als würde ich wieder durch Kriegsgebiete laufen und versuchen, den Soldaten auszuweichen.

»Ich kann sie nicht aufhalten!«, rief der Explosionskerl hinter mir, als ich fast bei der Gruppe angelangt war.

Einige der Fremden drehten sich zu mir herum, zwei von

ihnen griffen zu ihren Waffen, um auf mich zu schießen. Beide Gewehre schienen nicht zu funktionieren.

Ein Schock ging durch meinen Körper, bevor ich begriff, was gerade geschehen war. Also funktionierte meine Fähigkeit noch?

»Los, mach sie fertig!«, hörte ich einen von ihnen rufen.

»Ich hab's versucht!«, antwortete ein anderer. »Ihr Gehör scheint nicht beeinflussbar zu sein!«

Mein Gehör? Dann waren King und Béla deswegen zusammengebrochen? Jemand … jemand hatte mir doch von so einer Cosmic Power erzählt, oder? War das jemand, den ich kannte?

Ich durfte mit der Überlegung keine Zeit verschwenden, aber ich merkte, wie ich kurz abdriftete, weil es mich zu sehr beschäftigte, während ich noch immer auf die anderen zuhielt.

»Lasst sie los!«, rief ich den Fremden entgegen. Welche Fähigkeiten hatten diese Leute noch? Wie viele von ihnen waren Menschen?

Egal. Ich war nahe genug dran, oder? Ich musste sie irgendwie dazu bringen, Fedir und die Wissenschaftler loszulassen, aber ich durfte sie gleichzeitig nicht verletzen. Also was, wenn ich, statt sie anzugreifen …

Ich musste es versuchen, auch wenn meine Chancen schlecht standen. Noch im Laufen packte ich den Speer in meinen Händen fester und warf ihn knapp an der Gruppe vorbei auf den Fluchtwagen zu, der mit der Vorderseite zu uns stand.

Für einen endlos langen Augenblick schaute ich dabei zu, wie er flog und einige der Entführer zurückwichen. Aber verdammt, der Speer verfehlte den Motor. Dafür … ja! Er traf den vorderen Reifen. Mit einem Knall zerplatzte das Gummi und ein paar aus der nahe stehenden Gruppe stoben auseinander, weil sie offenbar nicht genau wussten, wie ihnen geschah.

Das war meine Chance! Ich überwand die letzten Meter und stürzte mich mit voller Wucht auf den Kerl, der Fedir über seine Schulter gelegt hatte.

Er ging nicht zu Boden, aber wenn er versuchen wollte, sich gegen mich zu verteidigen, musste er Fedir ablegen. Und er tat es! Ich nutzte den Moment, den er dazu brauchte, aus, um zum Wagen hinüberzuspringen und den Speer mit einem Ruck aus dem Gummi und dem Boden zu befreien.

Ich wollte ihn nicht verletzen. Ich wollte niemanden verletzen, aber wenn es das war, was ich tun musste, um meinen Freund zu retten, war ich bereit dazu!

»Lasst die Leute los!«, rief ich dem Fremden und seinen Kollegen zu. »Jetzt habt ihr noch Zeit, euch zurückzuziehen!« Sie mussten sehen, dass ich Angst hatte, aber sie wussten nicht, dass ich trotzdem standhaft bleiben würde. »Ihr werdet mich nicht besiegen können!«

»Vielleicht doch!«, hörte ich eine Stimme erschreckend nah bei mir. Der Kerl mit den harten Schlägen war wieder da. Ich musste mich nach hinten zurückfallen lassen, um auszuweichen, und riss reflexartig den Speer in die Höhe. Das Metall – oder was auch immer es war – erwischte ihn am Arm und fügte ihm eine tiefe Wunde zu. In der Dunkelheit sah das Blut, das aus seinem Oberarm quoll, schwarz aus, als er aufschrie und vor mir zurückwich. Er sah ramponiert aus. Die Explosion musste ihn deutlich härter getroffen haben als mich.

Ich war auf dem Rücken gelandet und rollte mich rasch rüber, dann sprang ich auf und ging, ohne nachzudenken auf den Kerl zu, der Fedir getragen hatte. Ich stach mit der Spitze des Speers auf ihn ein, traf ihn nicht, aber er wich trotzdem zurück.

»Ich brauch Hilfe!«, rief er den anderen zu. Erst jetzt sah ich, dass sein Waffenholster an seinem Gürtel leer war. Wenn er sich nicht verteidigen konnte, war er dann ein Mensch?

Ich machte einen weiteren Satz auf ihn zu und er schnappte nach dem Speer, erwischte ihn aber nicht. Noch ein Schritt in seine Richtung und als er zurückwich, stand ich endlich über Fedir. Ich hatte ihn. Wenn ich meine Stellung nicht verließ, würden sie ihn nicht bekommen. Und das Auto würden sie hoffentlich nicht mehr benutzen können.

Ich zuckte zusammen, als der kräftige Kerl trotz seiner Verletzung noch einmal auf mich losging, aber ich musste mich nicht bewegen, um ihm auszuweichen. Vermutlich hatte er wegen des Blutverlusts gar keine klare Sicht mehr. Er fiel nach vorn und blieb einen Meter von mir entfernt im Gras liegen.

Es waren die Menschen mit den Waffen, die sich zuerst regten. Ich zuckte zusammen, als sie ihre Abzüge betätigten, aber ihre Waffen feuerten nicht ab, wie schon die zuvor.

»Wir gehen.« Der Mann in der silbernen Maske war es, der sprach. »Wir brauchen eine neue Strategie.«

»So viele von ihnen kann ich nicht mitnehmen«, sagte ein anderer.

Mein Herz schlug so schnell, dass sie sehen mussten, wie ich zitterte.

»Dann lasst sie hier.«

Die Kerle, die die Wissenschaftler getragen hatten, legten diese langsam ab. Einer von ihnen wuchtete den Muskelprotz hoch und zerrte ihn auf die Beine. Gemeinsam wichen sie vor mir zurück.

Konnte das sein? War das eine Falle oder wollten sie sich wirklich zurückziehen? Ich wagte es nicht, mich zu bewegen. Ich würde hier bei Fedir bleiben, bis sie verschwunden wären.

Ich starrte jeden von ihnen aufmerksam an, wagte es kaum zu blinzeln, aus Angst, eine Bewegung zu verpassen. Bis ich bemerkte, dass einer der Kerle … dunkler wurde. Erst langsam, dann auf einen Schlag, als würde er in den Schatten verschwinden.

Ein Luftzug hinter mir ließ mich herumwirbeln. Da war er und er hatte ein Messer in der Hand. Ich wich aus, stolperte aber über den bewusstlosen Fedir und fiel.

Der Kerl stürzte sich auf mich, doch im letzten Moment hob ich den Speer und dank seiner Bewegung rammte er ihn sich selbst in die Schulter. Er schrie auf und verschwand sofort wieder. Ich drehte den Kopf, um zu sehen, wie er bei den anderen wieder wie aus dem Nichts auftauchte.

»Verschwindet endlich!«, schrie ich schwer atmend, um darüber hinwegzutäuschen, dass ich zu erschöpft war, um aufzustehen. Ich drehte mich auf den Bauch, dann kniete ich mich neben Fedir. Blut rann an meiner Waffe hinab.

Ich würde nicht aufgeben. Niemals!

Ein Zucken ging durch meinen Körper, als der Kerl, der mich gerade angreifen wollte, die Arme ausbreitete. In der nächsten Sekunde nahm ein Licht, so grell weiß, dass es in den Augen brannte, mein Lichtfeld ein. Ich kniff die Augen zusammen und lehnte mich schützend über Fedir, überwältigt von der Angst, dass sie ihn doch noch bekommen würden. Das Licht war so hell, dass es selbst durch meine geschlossenen Lider nahezu unverändert drang.

Doch nichts weiter geschah, bis es endlich wieder verschwand.

Zitternd öffnete ich die Augen, sah mich ruckartig um, um zu sehen, ob mich gleich jemand angreifen würde. Aber … die Fremden waren weg. Egal, wohin ich schaute, ich konnte sie nirgendwo sehen.

Sie waren fort.

Schweißüberströmt und am ganzen Körper zitternd saß ich da. Erst, als ich sicher war, dass die Angreifer wirklich fort waren, ließ ich meinen Oberkörper auf Fedirs noch immer bewusstlosen Körper sinken und begann zu weinen. Zunächst vor Angst, dann vor Erleichterung, dann vor Erschöpfung.

Und ich konnte einfach nicht mehr aufhören.

KAPITEL 26

23.06.2082, DER WUNSCH NACH ANTWORTEN AUF SOMMERWIESEN

Dass die Sonne auf dem mit Gras überwachsenen Platz vor der Schleuse schien, desorientierte mich. Obwohl unser Kampf unter dem Nachthimmel nicht mehr als wenige Minuten angedauert hatte, war diese dunkle Welt zu meiner neuen Realität geworden.

Es fühlte sich falsch an, dass es hier hell war. Mein Blick schweifte über die Teammitglieder, die von den Rettungskräften verarztet wurden, als ich versuchte, das Geschehene zu verarbeiten. Und über diejenigen, die es nicht geschafft hatten.

Dieser Anblick sollte keine Übelkeit mehr in mir auslösen, aber ich konnte einfach nichts dagegen tun. Der Kampf war längst vorbei, doch mein Atem ging stockend, als hätte mein Körper noch nicht verstanden, dass ich nicht mehr weinte.

Inzwischen war es mir peinlich, dass ich mich so hatte gehen lassen. Der Moment hatte mich überrollt. All die Angst, all die Verzweiflung und die Hilflosigkeit. Sie klangen noch in meinem Inneren nach wie ein Lied, das mir nicht aus dem Kopf gehen wollte.

Es würde eine Weile vergehen, bis ich mich wieder sicher fühlen würde. Aber niemand hatte etwas dazu gesagt, als es mir endlich gelungen war, mich zusammenzureißen. Also bemühte ich mich jetzt ebenfalls, so zu tun, als wäre nichts gewesen. Als machte mir das alles nichts aus.

Ich sollte aufstehen und damit beginnen, in die Schleuse zu treten und mich umzuziehen. Immerhin war ich im Gegensatz zu allen anderen nicht verletzt worden. Ich könnte einfach gehen.

Aber ich konnte nicht. Obwohl der Platz am Ende des Wagens zwischen den offenen Türen alles andere als bequem war, hatte ich einfach noch nicht die Kraft, aufzustehen.

Die Teammitglieder waren alle so weit wohlauf. Zumindest lebten alle, auch die, die schwerer verletzt worden waren. Die meisten waren bereits durch den ersten Angriff in die Knie gezwungen worden.

Alle berichteten, einen extrem lauten Ton gehört zu haben. Einen, den ich nicht vernommen hatte, warum auch immer. Das hatte mich gerettet. Den meisten meiner Kommilitonen war das Trommelfell geplatzt und sie waren durch die Lautstärke des Tons vollkommen orientierungslos geworden.

Ein Gedanke dazu ging mir nicht aus dem Kopf, aber ... ich wusste noch nicht genau, ob ich es wagte, ihn auszusprechen.

Aus dem Augenwinkel nahm ich wahr, wie sich mir jemand näherte, und ich wandte müde meinen Kopf um. Es war King.

Ihr ging es zum Glück auch wieder gut.

Sie stellte sich neben mich und sah mich nicht an, als sie fragte: »Alles gut?«

Ich nickte konzentriert. »Ja«, log ich. Selbst wenn ich ihr hätte sagen wollen, was ich fühlte, hätte ich es nicht zusammenfassen können. Meine Finger zitterten. »Und bei dir?«

»Ja«, sagte sie, in ebendem Ton wie ich. Sie log also auch. »Du hast uns gerettet«, fügte sie an, obwohl sie mich nach wie vor nicht anschaute. Sie blickte zu Fedir und den Wissenschaftlern hinüber, die auf Matten am Boden lagen und nach und nach wieder zu Bewusstsein kamen. Béla hockte bedrückt neben ihnen. Auch ihm schien es wieder ganz gut zu gehen.

»Danke«, murmelte King. So leise, dass ihre Stimme kaum an mein Ohr drang.

Ich zog die Augenbrauen hoch und beschloss, nichts dazu zu sagen. Es war ihr sicherlich schwer genug gefallen, das auszusprechen. Zumindest wirkte sie so, so angespannt, wie sie dort stand; die Hände zu Fäusten geballt, den Blick starr geradeaus gerichtet.

»Das war komisch«, sagte ich, vor allem, weil es mir gerade zu viel war, diese Spannung zwischen uns auszuhalten, während mein Inneres noch so aufgewühlt war. »Was wollten die von Fedir?«

»Wahrscheinlich war er einfach im Weg. Oder sie kennen unsere Fähigkeiten und wussten, dass er ein Problem für sie darstellen kann.«

»Woher sollten sie wissen, welche Cosmic Powers wir haben? Ist das nicht unter Verschluss?« Abgesehen davon, dass ich nicht glaubte, dass sie Fedir nur aus Zufall mitgenommen hatten, wenn sie es eigentlich auf das Forschungsteam abgesehen hatten. Béla und die anderen hatten sie auch nicht beachtet. Und warum sollten sie sich die Mühe machen, ihn mitzunehmen?

»Keine Ahnung«, sagte King seufzend. »Keine Ahnung, wer die waren.« Ich folgte ihrem Blick zu Béla hinüber, der sich leise mit Fedir unterhielt.

»Und nicht einmal er konnte dazwischengehen?«, wollte ich wissen. So intensiv, wie sie ihn ansah, musste sie genau wissen, wen ich meinte.

»Ihn hat es sicher auch sofort getroffen«, sagte King gedankenverloren. »Wenn sie über uns informiert waren, wussten sie, dass er die größte Gefahr darstellt.« Sie sah kurz zu mir, ich erkannte es aus dem Augenwinkel. »Aber er setzt seine Cosmic Power für gewöhnlich nicht ein.«

Das weckte meine Neugier. Und wenn sie schon mal dazu bereit war, sich mit mir zu unterhalten, sollte ich den Moment vielleicht auch nutzen. »Welche Fähigkeit hat er denn?«

King kam einen Schritt auf mich zu. Ich dachte erst, sie wollte sich neben mich setzen, aber sie blieb stehen. »Praktisch das Gegenteil von meiner«, sagte sie mit unterdrückter Stimme.

Ich musste kurz darüber nachdenken, was das bedeutete. Sie konnte alles verwandeln. Sogar eine Waffe aus Luft erschaffen, wie es ausgesehen hatte. Was war das Gegenteil davon? »Also … kann er Dinge zerstören?« Ich hoffte, dass der Gedanke nicht vollends abwegig war.

»Ja«, bestätigte sie leise. »Mit einer einfachen Berührung. Alles.«

Ich runzelte die Stirn und glaubte zu verstehen, warum er diese Kraft für gewöhnlich nicht einsetzte. War das der Grund, warum er immer Handschuhe trug?

»Er redet aber für gewöhnlich nicht darüber, also sag es niemandem.«

Ich sah zu King auf, weil ich ihr Gesicht sehen wollte, wenn ich die nächste Frage stellte. »Woher weißt du es dann?«

Sie erwiderte meinen Blick und zog die Augenbrauen in die Höhe. Die Schweißschicht, die noch darauf lag, ließ sie paradoxerweise strahlen. »Weil er mein Mentor ist.«

Eine Weile blieben unsere Blicke ineinander verhakt, während ich versuchte, das einzuordnen. Deswegen war sie also nach meinem Test bei Béla gewesen. Das erklärte die Verbindung, die die beiden zueinander zu haben schienen.

»Unsere Cosmic Powers sind gegensätzlich, aber beruhen wohl auf ähnlichen Prinzipien«, fuhr sie fort und rückte wieder ein Stück von mir ab.

Warum hatte sie mir das anvertraut, wenn es nur ein kleiner Kreis wissen sollte? Es hatte bisher nicht den Eindruck gemacht, dass sie sich als meine Mentorin dazu verpflichtet fühlte.

»Kommst du gut mit ihm klar?«

»Er ist etwas zerstreut, aber sonst schon nett. Aber sehr verschlossen.«

Das brachte mich dazu, leise zu lachen. »Verstehe«, sagte ich gedehnt. Eher scherzend, als angreifend gemeint.

Es schien King trotzdem aus ihrem versöhnlichen Modus herauszuholen. »Ist ja auch egal«, sagte sie deutlich strenger und sah einigen Leuten aus ihrem Jahrgang entgegen, die sich uns näherten. Sie wirkten überraschend gut gelaunt für das, was ihnen gerade widerfahren war.

Ich kannte keinen von ihnen, aber als die kleine Gruppe sich um uns herumgestellt hatte, richtete eine junge Frau sofort das Wort an mich: »Das war der Wahnsinn«, sagte sie und lächelte müde, aber herzlich. »Ich hab keine Ahnung, wie du das gemacht hast, aber es war krass.«

Ein überraschend wohliges Gefühl breitete sich in mir aus, als die anderen zustimmend nickten. Ich erkannte erst jetzt einen von ihnen. Das war einer der beiden, die an meiner Seite auf der Lichtung gekämpft hatten.

Ich verkniff es mir, sie darauf hinzuweisen, dass ich nur Glück gehabt hatte, sondern bedankte mich leise. »Ja, also … wenn ich über eine Cosmic Power verfüge, dann war sie das.« Ich tat gar nicht erst so, als ginge ich davon aus, dass sie nicht wussten, wer ich war. Die Videos von meinem Test hatten sich inzwischen an der kompletten Akademie verbreitet.

»Aber der Kerl hatte doch die Fähigkeit, Cosmic Powers zu unterdrücken«, mischte sich der junge Mann ein, der zumindest versucht hatte, mir zu helfen. »Wenn es eine Fähigkeit war, wie konnte das dann funktionieren?«

»Aber wenn das keine Fähigkeit war …«, überlegte die Studentin weiter und stemmte die Hände in die Hüften. »Ich meine, das *kann* doch kein Zufall gewesen sein.«

»Vielleicht waren sie verwirrt, weil Cora so mutig war«, scherzte der Student und ich lachte überrascht auf.

Er kannte sogar meinen Namen. »Klar«, sagte ich mit einem Grinsen auf den Lippen. »Ich war so cool, dass ich sie einfach aus der Fassung gebracht habe.« Jetzt lachten alle und ich schüttelte ehrlich amüsiert den Kopf.

Was für ein eigenartiges Gefühl, ehrliche Anerkennung zu bekommen. Ich musste das erst noch verarbeiten. Ich hatte wirklich jemanden gerettet. Mir war nicht klar, vor was genau ich Fedir und das Forschungsteam beschützt hatte, aber ich war nicht nutzlos gewesen.

Als die anderen aus dem Team zu plaudern begannen, tauschten King und ich noch einen Blick aus. Dann rappelte ich mich endlich auf, nickte ihr zu und schob mich durch die kleine Gruppe hindurch. Meine Beine waren noch wackelig, aber es würde schon gehen.

Béla hatte sich inzwischen aufgerichtet und der Wunsch, mit ihm zu reden, überwog inzwischen. Ich konnte nicht umhin, einen Blick auf seine schwarzen Handschuhe zu werfen, als ich mich zu ihm stellte.

»Cora«, sagte er und legte mir eine Hand auf die Schulter. Ich wusste nicht genau, was ich von dieser unerwarteten Berührung halten sollte, weil sich das zu persönlich anfühlte. Aber ich war auch zu höflich, um zurückzuweichen. »Danke noch mal für deinen Einsatz. Du hast dich gerade wirklich bewiesen.«

Er nahm seine Hand wieder weg und ich entspannte mich sofort wieder. Seine Worte taten gut. Ich hoffte, dass ich sie irgendwann würde glauben können, aber gerade fühlte es sich einfach nicht so an.

»Es war, als hätte mein Körper von allein gehandelt.«

Er nickte, ein schiefes Lächeln auf den Lippen. Als amüsierte ihn ein Gedanke, den er nicht aussprechen wollte. Ich fragte nur nicht danach, weil ich etwas Wichtigeres im Kopf hatte. »Ich wollte etwas ansprechen, aber ich weiß nicht, ob das vielleicht … falsch rüberkommt.«

Er trat von einem Fuß auf den anderen und sah sich um, dann wedelte er abwehrend mit den Händen. Dass er überraschend lange ruhig gestanden hatte, fiel mir erst jetzt auf.

»Sprich ruhig, alles kann wichtig sein.«

Ich schluckte und sah mich um, um sicherzugehen, dass uns niemand hörte. »Diese Cosmic Power mit den Tönen«, sagte ich dann leise. »Ist das nicht eine Kraft, die jemand aus der Akademie hat? Er hat mich am Prüfungstag eingewiesen.« Sein Name war Artem. Ich hatte eine ganze Weile nachdenken müssen, bis er mir wieder eingefallen war.

»Ja, ich weiß«, erwiderte Béla überraschend und richtete seinen Blick gen Boden. »Ich hab auch gleich dran gedacht. Diese Cosmic Power ist ziemlich speziell und ich habe schon gesehen, wie er sie eingesetzt hat. Es war … ähnlich. Aber das ist kein eindeutiger Beweis.« Er nickte mir zu und fuhr sich durch die verwüsteten Haare. »Aber ich kümmere mich auf jeden Fall drum.« Nun wurde sein Blick sehr ernst. »Was mich aber brennender interessiert, ist, was da mit dir passiert ist. Keiner der Angriffe hatte einen Effekt auf dich, oder?«

»Ja, das … habe ich gemerkt.« Das war das zweite Thema, das ich ansprechen wollte.

»Das war sehr leichtsinnig von dir«, fiel mir Béla allerdings ins Wort, bevor ich meine nächste Frage äußern konnte. Die, die sich seit dem Kampf immer weiter in den Vordergrund gedrängt hatte. »Dass du einfach auf die Feinde zugelaufen bist, ohne zu wissen, ob deine Cosmic Power noch funktioniert, meine ich«, erklärte er sich weiter.

Das überraschte mich und ich rieb gedankenverloren die

Hände aneinander, während ich nach einer angemessenen Antwort suchte. »Ich wusste mein Leben lang nicht, ob meine Cosmic Power funktioniert. Oder ob ich überhaupt eine habe«, sagte ich ehrlich. »Also ist das …« Ich schüttelte den Kopf. »Es war für mich nicht anders als sonst.« Béla nickte verstehend, auch wenn da noch etwas Nachdenkliches in seinem Blick war. »Deswegen wollte ich fragen, ob wir meinen zweiten Test vielleicht vorziehen könnten«, sprach ich rasch meinen Gedanken aus, bevor er mich wieder unterbrechen konnte.

Mit einem Mal stand er wieder still, lehnte den Kopf ein Stück nach vorn und sah mich über die Ränder seiner Brille hinweg an. »Du willst den Test früher machen?«

Ich presste die Lippen aufeinander, ballte die Hände zu Fäusten und nickte. Es kostete mich alles an Kraft. Ich wollte eigentlich gar nicht noch mal getestet werden. Ich wollte Sicherheit. Zumindest die, an der Akademie bleiben zu können. Ich wollte nicht wieder Angst um meine Zukunft haben müssen. Aber der Test stand sowieso noch an. Und je früher er stattfand, umso kürzer wäre die Zeit, die ich im Ungewissen verbringen musste.

»Ja«, sagte ich also. »Ich will mehr über mich herausfinden. Mehr über das, was ich kann.« Oder was ich langsam wirklich glaubte zu können. »Wenn ich tatsächlich immun gegen die Fähigkeiten einiger Cosmics bin, wäre das doch ein eindeutiger Weg zu beweisen, dass ich tatsächlich über Cosmic Powers verfüge, oder? Dass das nicht alles nur Glück oder Zufall ist.«

Ich wollte es wirklich wissen. Mehr, als ich Angst davor hatte, von der Akademie verwiesen zu werden. Dieser Kampf hatte einen Wunsch in mir geweckt, den ich so lange in mir vergraben hatte; einen Wunsch, vor dem ich mich mein Leben lang versteckt hatte. Der Wunsch danach, endlich herauszufinden, was mit mir los war. Was meine Cosmic Power war. Was ich bewerkstelligen konnte und was meine Grenzen waren.

Ich musste es einfach wissen.

Béla atmete tief ein und aus. Sein Blick war gen Boden gerichtet und er schob die Hände in seine Hosentaschen, als er offenbar nachdachte. »Ich werde das bei der Studienleitung ansprechen«, sagte er schließlich.

Erleichterung und Angst breiteten sich gleichermaßen in mir aus. Ein aufgeregtes Kribbeln in meinem Bauch setzte ein.

»Das Prüfungskomitee berät gerade sowieso darüber, von welcher Art dein nächster Test sein sollte.« Forschend schaute er zu mir auf. Unter dem Blick seiner hellen Augen fühlte ich mich eigenartig bloßgestellt. »Es würde allerdings beinhalten, dass wir ziemlich heftige Attacken auf dich anwenden.« Er ruckte mit dem Kopf in Richtung der Wälder. »Aber offenbar macht dir das nicht viel aus. Ich werde dem Komitee dazu Bericht erstatten und deinen Wunsch an sie herantragen.«

»Danke«, sagte ich leise und trat einen Schritt von ihm zurück. Ich war jetzt wohl bereit, die Einsatzkleidung endlich abzulegen und wieder in meine neue Uniform zu schlüpfen.

Je nachdem, wie diese Prüfung laufen würde, hätte ich vielleicht nicht mehr viel Zeit, sie zu tragen.

»Gut«, sagte Béla und sah sich zwischen den anderen Studierenden um. »Wenn wir an der Akademie sind, kommt ihr alle erst mal ins Krankenzimmer, zur Überwachung.« Ich wollte bereits zum Protest ansetzen, als er die Augenbrauen hob. »Du auch. Keine Widerrede.«

KAPITEL 27

23.06.2082, DAS VERSTECKEN VON TRÄNEN UNTER WASSERLÄUFEN

King

Das heiße Wasser aus dem Duschkopf rann über meinen Körper, während ich mich mit beiden Händen an der Wand abstützte. Die Fliesen in den schmalen Duschkabinen waren wie überall in der Schleuse gesplittert und schmutzig. Selbst ohne meine Brille sah ich, wie Blut aus meinen Wunden auf die alten Fliesen rann und im Abfluss fortgespült wurde. Es war nicht viel. Nichts, was das Krankenpersonal an der Akademie nicht mit ein paar Pflastern und ein wenig Wundheilsalbe versorgen könnte. Und nichts im Vergleich zu dem, was andere erlitten hatten. Wenn sie mit dem Leben davongekommen waren …

Das war es nicht, was mir die Tränen in die Augen trieb. Es war die Wut auf mich selbst, die mein Inneres zum Überkochen brachte.

Ich hatte nichts ausrichten können. *Nichts.* Ich war den Angriffen der gesichtslosen Gegner genau wie allen anderen hilflos ausgeliefert gewesen. Scheiße, ich konnte froh sein, dass ich nicht gestorben war. Und zu allem Überfluss war es Cora gewesen, die mich und die anderen gerettet hatte.

Dieser verfluchte Nichtsnutz hatte *mich* gerettet. Ich biss mir auf die Unterlippe und presste die Hand auf den Mund, um nicht laut zu weinen. Es war so jämmerlich. Dabei sollte ich froh sein, dass es ihr gelungen war, die Wissenschaftler und ihren Freund zu retten. Dass sie Schlimmeres verhindert hatte.

Aber … warum war *ich* dazu nicht in der Lage gewesen?

Ich hatte doch so viel trainiert. War all das umsonst gewesen? War ich wirklich schwächer als jemand, der nichts getan hatte, außer mit einer unglaublichen Fähigkeit geboren zu werden, während ich mit meiner bestraft wurde?

Ich ballte die Hände zu Fäusten, das Gesicht noch immer zu Boden gerichtet.

Aber vielleicht war Coras Fähigkeit auch nicht der einzige Unterschied zwischen uns. Wie mutig sie sich in den Kampf gestürzt hatte. Sie war gar nicht auf ihr eigenes Wohl bedacht gewesen, war ohne Rücksicht in den Kampf gesprungen. Sogar ohne Rücksicht auf sich selbst.

Und ich wollte die beste Studierende an der verdammten Akademie sein?! Wahrscheinlich hatte ich diesen Titel nur durch Zufall inne, wenn ein untrainierter Neuling wie sie mich dermaßen schnell ausstechen konnte.

Scheiße. Und das Schlimmste war, dass ich ehrlichen Respekt dafür empfand, was Cora getan hatte. Warum machte mich das noch wütender?

Endlich brachte ich die Kraft auf, den Wasserhahn abzudrehen und nach dem Handtuch zu greifen, das ich über die Tür gelegt hatte. Wenn ich hier noch länger herumstand, würde ich zu spät am Eingang zur Schleuse sein. Ich durfte die anderen nicht auch noch aufhalten, wenn ich schon dabei versagte, ihnen zu helfen.

Zum Glück würde nach der Dusche zumindest niemand mehr sehen, dass ich geweint hatte.

KAPITEL 28

23.06.2082, DAS FLIEHEN VOR BETTEN UND AUSEINANDERSETZUNGEN

Die Nachtbeleuchtung auf der Krankenstation war eingeschaltet worden. Ich lag wach in dem kleinen Zweierzimmer und starrte im blauen Notfalllicht aus dem Fenster. Der Sternenhimmel war zu sehen, obwohl das Licht der nahe gelegenen Stadt keinen so klaren Blick zuließ wie an vielen anderen Orten auf der Welt.

Er erinnerte mich an den Sternenhimmel im Quellbereich. Es fühlte sich an, als hätte er mich verfolgt. Das Gefühl der absoluten Hilflosigkeit, das er in mir hinterlassen hatte, war mir bis hierher gefolgt. Ich konnte es einfach nicht abschütteln.

Vor allem wegen der Ungewissheit. Wer waren diese Menschen gewesen? Hatten sie es wirklich auf Fedir abgesehen? Wenn ja, dann würden sie sich sicher nicht mit einem Angriff zufriedengeben. Dann würden sie zurückkehren, um es noch einmal zu versuchen. Und was, wenn ich dann nichts gegen sie ausrichten konnte?

Und war der Angreifer mit der Cosmic Power, das Gehör zu beeinflussen, tatsächlich Artem gewesen? Ich hoffte, dass Béla schnell etwas darüber herausfinden würde. Und dass ich bald eine Antwort bekommen würde, wann mein Test stattfinden würde.

Ich atmete tief durch und versuchte, mein schnell pochendes Herz zu beruhigen.

»Bist du noch wach?«

Kings Stimme in der Dunkelheit ließ mich zusammenfahren. Sie hatte so ruhig geatmet, dass ich davon ausgegangen war, sie schliefe schon.

»Ja«, antwortete ich leise und drehte mich um, um sie anzusehen. Meine Augen hatten sich bereits an das schummrige Licht gewöhnt, sodass ich sie nun in ihrem Bett liegen sah, den Blick starr an die Decke gerichtet.

»Ziemlich beeindruckend, wie du dich für deinen Freund eingesetzt hast«, sagte sie.

Ich musste kurz darüber nachdenken, was ich erwidern sollte. Hatte ich mich wirklich für Fedir eingesetzt? Klar, ich hatte ihm helfen wollen. Aber es war gewesen als ... hätte mein Körper von allein gehandelt. Es war dabei nicht nur um ihn gegangen, sondern um etwas Grundlegenderes. Zumindest fühlte es sich so an.

»Ich hätte es einfach nicht ertragen können, noch mal dabei zusehen zu müssen, wie meinen Freunden etwas zustößt.«

»Du bist sicher stolz auf dich«, sagte sie.

Wollte sie nur eine Reaktion von mir provozieren, um mich besser einschätzen zu können? Obwohl ich nicht genau wusste, was Kings Ziel war, antwortete ich ehrlich. »Nicht wirklich.« Was ich erreicht hatte, war das absolute Mindestmaß gewesen. Und fast wäre mir wieder alles durch die Finger geglitten, also war das ein sehr wackelig errungener Sieg.

»Sei nicht so scheiße bescheiden.«

Ich atmete entnervt aus und verschränkte die Arme vor der Brust, dann setzte ich mich auf, um zu King hinüberzusehen. »Nicht jeder Mensch ist so falsch und verlogen, wie du denkst«, sagte ich. Sie witterte hinter jedem ehrlichen Wort und jeder Äußerung nur Neid oder Gier oder Wut. Vielleicht, weil diese Gefühle in ihr selbst so stark waren. Aber im Gegensatz zu ihr war das keine Vermutung, die ich laut aussprechen würde.

Sie fuhr damit fort, die Decke anzustarren. Für einige Momente sah ich sie noch an, dann beschloss ich, dass das für heute an Konfrontation reichte. Wenn ich hierblieb, würde sie nur damit fortfahren, mich mit bissigen Kommentaren zu bedenken, und das konnte ich jetzt wirklich nicht ertragen.

Ich brauchte Ruhe, um das zu verarbeiten, was heute geschehen war. Und ich hatte große Lust zu weinen, um all die angestauten Emotionen aus mir herauszulassen. Also schob ich meine Beine aus dem Bett, schlüpfte in meine Schuhe, schnappte mir meine Sachen und ging zur Tür.

»Hey, wo willst du hin?«, fragte sie und sah mich zum ersten Mal an diesem Abend an.

»Weg«, antwortete ich ehrlich.

Das war gerade alles, was ich wollte. Nur weg.

KAPITEL 29

23.06.2082, DAS BESCHÜTZEN GELIEBTER MENSCHEN

Das Klopfen an Himaris Tür kam mir in der Stille auf den Fluren viel zu laut vor. Vielleicht schlief sie schon und ich weckte sie auf, immerhin war es mitten in der Nacht. Aber ich hatte gesehen, dass sie vor einer halben Stunde noch beim Messenger online gewesen war, also versuchte ich mein Glück.

Als ich erfahren hatte, dass ich im Krankenzimmer bleiben sollte, hatte ich sie gebeten, noch etwas länger auf Bob aufzupassen. Aber wenn ich in meinem eigenen Zimmer übernachtete, könnte ich ihn ruhig holen.

Himari öffnete überraschend schnell die Tür und bevor ich überhaupt reagieren konnte, machte sie einen Satz nach vorn und schloss mich stürmisch in die Arme. »Ich freu mich so, dass es dir gut geht«, sagte sie leise, während ich irritiert ihre Umarmung erwiderte. Das kam unerwartet.

Ich löste mich sacht von ihr und setzte ein mildes Lächeln auf, das sie hoffentlich beruhigte. »Ja, ich auch«, erwiderte ich leise. »Und auch, dass es den anderen gut geht.«

Sie nickte, aber der besorgte Ausdruck auf ihrem Gesicht hellte sich nicht auf. »Du hast sie beschützt. Fedir hat mir schon alles erzählt.«

Natürlich hatte er das. »Er war die meiste Zeit bewusstlos, also … hat er nicht gesehen, wie ungeschickt ich herumgestolpert bin«, sagte ich mit einem unangenehm berührten Gefühl.

Himari schien die Bemerkung nicht so amüsant zu finden

wie ich und nickte lediglich ernst. »Was ist denn los? Kann ich was für dich tun?«

Ich hob sofort beruhigend die Hände. »Nein, ich will nur in meinem eigenen Zimmer schlafen. Es ist mir ja nichts passiert.« Zumindest nicht körperlich. Ich überlegte, ob ich erwähnen sollte, dass ich vor allem vor King floh, aber ich ließ es lieber sein. Ich wollte sie auch nicht schlechter darstellen, als sie war. Wahrscheinlich war sie genauso durch den Wind wie ich. »Deswegen wollte ich Bob holen.«

Ich warf einen Blick an Himari vorbei in ihr Zimmer. Es hatte denselben Schnitt wie meins, aber es sah viel aufgeräumter aus. Alle persönlichen Gegenstände, die ich erkannte, waren perfekt angeordnet. Sogar Bob lag exakt in der Mitte des Raums auf dem Boden, als hätte er sich der Ordnung des Zimmers unterworfen.

Himari folgte meinem Blick, dann trat sie ein Stück zur Seite und bedeutete mir, hereinzukommen. Ich hatte eigentlich nicht vorgehabt, hierzubleiben, aber ich wollte ihre Einladung auch nicht ablehnen. Und sie sah nicht gut aus. Vielleicht half es ihr ja, wenn wir uns ein wenig unterhielten.

Ihr Zimmer überraschte mich wirklich. Warum hatte ich mit Postern, Blümchendecken und einem Haufen unsinnigem Kleinkram gerechnet? Dieser Raum, in dem sogar die Stifte auf dem Tisch farblich und nach Größe sortiert waren, gab einen intensiveren Einblick in Himaris Innenleben, als ich erwartet hatte.

Zielstrebig trat ich auf Bob zu, um ihn hinter den Ohren zu kraulen. Obwohl wir nicht lange voneinander getrennt gewesen waren, hatte ich ihn vermisst. Es fiel mir erst jetzt auf. Er war noch gar nicht so lange bei mir, aber in der kurzen Zeit schon zu einem festen Bestandteil meines Lebens geworden.

»Na, du Süßer?«, fragte ich und strich sacht über sein Blumenfell. Er schnurrte leise und ich ließ mich neben ihm auf dem runden Teppich nieder. Himari nahm ebenfalls auf dem Boden Platz und lehnte sich gegen das Bett.

Eine Weile sah sie mich und Bob an, der müde auf meinen Schoß kletterte. »Willst du darüber reden?«, wollte sie dann wissen. Sie beobachtete jeder meiner Regungen genau, während ich noch darüber nachdachte, was meine ehrliche Antwort auf diese Frage wäre.

Wollte ich darüber reden? Es ging mir so viel durch den Kopf, aber ich sprach so selten über meine Gefühle, dass ich nicht einmal wusste, ob ich sie richtig würde verbalisieren können.

Aber vielleicht half es ihr, wenn wir darüber redeten. Da Fedir und sie sich nahestanden, machte sie sich um ihn gewiss größere Sorgen als um alles andere.

»Es war wirklich … erschreckend«, entschied ich mich dann zu beginnen. »Ich werde mich erst noch davon erholen müssen. Vor allem mental.«

Himari nickte. Eine Art Verständnis schlich sich auf ihre Züge. Es wirkte, als wüsste sie genau, worüber ich sprach. Sie verhielt sich jetzt ganz anders als vor den Vorlesungen oder in den Gängen. Das war ein Bild von ihr, das ich bisher noch gar nicht gekannt hatte.

»Aber ich komm schon klar«, schob ich nach einiger Zeit nach, um sie zu beruhigen. Ich wollte ihr nicht mehr Sorgen bereiten als nötig. »Der Kampf hat mir gezeigt, dass ich unbedingt mehr über mich herausfinden will.« Ich wiegte den Kopf hin und her, als ich über meine eigene Formulierung stolperte. »Oder vielmehr hat er mich daran erinnert. Ich will genau wissen, wer ich bin und was ich kann. Ich denke, dass ich mich dann sicherer fühlen werde.«

»Das verstehe ich sehr gut«, erwiderte sie ruhig. Die Hände auf dem Schoß gefaltet, schien sie darauf zu warten, dass ich fortfuhr.

»Ich habe deswegen darum gebeten, den Test, den ich noch ablegen soll, so schnell wie möglich durchführen zu lassen.«

Sie zog die Augenbrauen zusammen und lehnte sich ein Stück nach vorn. »Sicher, dass du das machen willst?«

»Es ist unausweichlich«, sprach ich den Gedanken aus, den ich schon die ganze Zeit in mir getragen hatte. »Ich müsste ihn eh früher oder später absolvieren. So könnte ich das zumindest zu meinen eigenen Bedingungen machen.« Jetzt, wenn ich noch diesen Antrieb in mir spürte, wäre es sicher einfacher als später, wenn mich die Angst wieder kontrollierte. Zumindest redete ich mir das ein.

»Weißt du schon, wie dieser Test aussehen wird?«

»Keine Ahnung«, murmelte ich und fuhr nach wie vor gedankenverloren durch die Blüten auf Bobs Rücken. Er hatte seinen Kopf auf meinem Unterarm abgelegt und schlief offenbar. »Darüber beraten sie wohl gerade.«

»Sag, wenn du Hilfe bei irgendwas brauchst, ja?«

Ich nickte, aber ihre Freundlichkeit irritierte mich. Das war nicht die Art, wie Menschen mich für gewöhnlich behandelten. Die meisten, weil sie mich nicht besonders mochten. Die anderen, weil ich sie nicht ließ.

Es war, glaubte ich, das erste Mal, dass jemand so mit mir sprach. »Danke«, sagte ich deswegen leise. »Du machst dir wirklich Sorgen um Fedir, oder?«, schob ich nach, weil ich lieber darüber reden wollte, warum es ihr offenbar schlecht ging.

Sofort wandte sie den Blick ab und schaute auf ihre Hände. Sie saß ganz entspannt da, aber ihr Atem ging angestrengt. »Ich weiß, dass es ihm gut geht«, sagte sie. »Ich darf noch nicht zu ihm, aber wir haben ja schon geschrieben. Ich hab mich nur so erschrocken, als ich erfahren habe, was passiert ist.«

Das war mehr als verständlich, immerhin standen die beiden sich sehr nahe. Ich schämte mich fast ein wenig dafür, dass ich Fedir in der Schleuse geradezu zu seiner Beziehung zu ihr gelöchert hatte.

»Ich hab ihn eigentlich immer beschützt, als wir zusammen an der Schule waren«, fuhr sie fort. »Vor allem, weil alle Angst vor mir hatten. Oder vor meiner Fähigkeit. Aber ich frage mich, was passiert, wenn ich einmal nicht da sein kann und ihm etwas zustößt.«

Ich wollte ihr sagen, dass Fedir auch stark war und auf sich aufpassen konnte. Zumindest nach dem, was er mir in der Mensa erzählt hatte. Aber das wusste sie sicher. Das würde ihr das Gefühl, für ihn verantwortlich zu sein, nicht nehmen. »Du setzt deine Cosmic Power nie ein, oder?«, fragte ich stattdessen. Vielleicht war es unsensibel, das so offen anzusprechen, aber ich vermutete, dass ihre Fähigkeit irgendetwas damit zu tun hatte.

Immerhin hatte sie denselben Gesichtsausdruck aufgesetzt, als das Thema in der Mensa kurz zur Sprache gekommen war. Vielleicht war sie jetzt bereit, mehr darüber preiszugeben.

Himari schien zuerst irritiert von der Frage zu sein, aber schließlich nickte sie zögerlich. Sie zog die Beine an den Körper und schloss ihre Arme darum. »Einige Male unter Testbedingungen«, antwortete sie. »Und nur einmal ohne Testbedingungen.«

Dass es einen Vorfall gegeben hatte, hatte ich mir denken können. Wie sonst hätte sie herausfinden sollen, über was für Kräfte sie verfügte?

»Mein Vater«, fuhr sie fort, ohne dass ich eine weitere Frage stellen musste. »Er war ein mächtiger Cosmic. Er konnte Wasser und Feuer kontrollieren und war sehr bekannt in der Gegend. Er wurde oft für militärische Einsätze eingezogen und von vielen als Held gefeiert.« Sie schürzte die Lippen und nickte leicht. »Immer, wenn er von seinen Einsätzen nach Hause kam, hat er Mama geschlagen. Er war immer so wütend. Ich wusste nie, warum. Und Mama hat alles getan, um ihn zufriedenzustellen, aber es war nie genug. Er hat ihr immer alles zum Vorwurf gemacht.«

Das klang so furchtbar, dass es mir die Sprache verschlug. Ich sollte mein Mitgefühl ausdrücken, aber ich wollte sie nicht unterbrechen und … ich wusste auch nicht, was ich sagen sollte. Ich konnte mir nicht vorstellen, wie sie sich fühlen musste.

»Mich hat er meistens in Ruhe gelassen, aber … ich konnte es kaum ertragen, wenn er daheim war. Jedes Mal wenn er nach Hause kam, habe ich nur darauf gewartet, dass er wieder ging.« Sie legte ihr Kinn auf den Knien ab und sah den Boden vor sich an.

Ich bemerkte, wie ich mich unterbewusst immer weiter anspannte, während sie sprach. Langsam wurde mir klar, warum sie das Thema nicht einfach beim Essen hatte besprechen wollen. Oder warum sie generell nicht davon sprach.

»Eines Tages kam er nach Hause und war noch wütender als sonst«, sagte sie. »Ich dachte, er tötet Mama. Da war ich zwölf. Das war der Tag, an dem ich meine Fähigkeit entdeckte.« Sie zog die Mundwinkel nach unten, als würde die Erinnerung ihr körperliche Schmerzen bereiten. »Er war innerhalb weniger Sekunden tot.«

Eine Gänsehaut breitete sich auf meinen Armen aus und ich zog meine Jacke ein Stück herab, um es zu verbergen. Was sollte ich sagen? In dem Chaos in meinem Kopf versuchte ich, etwas zu finden, das ausdrückte, wie furchtbar ich fand, was ihr widerfahren war. Wie leid es mir tat, dass sie so etwas hatte durchmachen müssen. Aber es fielen mir nur dämliche Phrasen wie ›das tut mir leid‹ und ›das hört sich schlimm an‹ ein.

»Offiziell war es ein Schlaganfall«, fuhr sie fort. »Es konnte nicht nachgewiesen werden, dass ich ihn verursacht habe.

Und der Polizist, der den Fall untersuchte, hat sich keine besondere Mühe gegeben. Er hatte vorher schon oft zu uns kommen müssen, weil die Nachbarn die Polizei gerufen hatten. Er wusste genau, was für ein Mann mein Vater war. Und er wusste noch nichts von meiner Fähigkeit.« Sie machte eine Pause und fuhr sich mit der Zunge über die Lippen. »Aber meine Mutter wusste es. Sie hat es mir nie vergeben.«

Endlich brachte ich es zustande, etwas zu erwidern: »Sie war böse auf dich, obwohl du sie gerettet hast?«

Himari nickte. »Ja, sie hat Vater irgendwie trotzdem geliebt.« Sie zuckte mit den Schultern. »Aber das ist mir egal.« Endlich hob sie den Blick und sah mich geradeheraus an. »Manchmal muss man Menschen auch gegen ihren eigenen Willen beschützen.«

Es war unangenehm, ihren ernsten Blick zu erwidern, aber ich sah nicht weg. Wie sie das sagte, das schien mehr zu sein als ihre Meinung zu diesem konkreten Vorfall. Es war vielmehr eine generelle Betrachtung der Welt.

So sah sie das also. Ich versuchte, es zu verstehen, aber es schwirrten mir auch so viele Fragen durch den Kopf. »Weiß Fedir davon?«, sprach ich die Erste von ihnen aus.

Himari lachte leise und schien sich endlich wieder ein wenig zu entspannen. »Ja, klar. Seitdem habe ich praktisch bei ihm und seiner Familie gewohnt.«

Deswegen verbrachten sie so viel Zeit miteinander. Jetzt schämte ich mich dafür, dass ich ihn vorhin wegen falscher Vermutungen so festgenagelt hatte.

»Verstehe.«

»Also ja«, schloss sie. »Ich hab meine Fähigkeit zwar unter Kontrolle, aber es gibt nicht wirklich einen Weg für mich, sie einzusetzen. Ich will es auch nicht.« Sie breitete leicht die Hände aus. »Deswegen bin ich hier.«

Ich nickte verstehend. »Niemand hier hat eine besonders

fröhliche Origin-Story, oder?«, fragte ich in der Hoffnung, die Stimmung etwas aufzulockern. Es funktionierte. Himari lachte und wischte sich über das Gesicht, als wollte sie die Düsternis darauf vertreiben.

»Na ja. Wir sind alle Cosmics. Die meisten kommen aus schwierigen Verhältnissen der einen oder anderen Art. Sonst wären wir vermutlich nie mit der Quellstrahlung in Berührung gekommen.«

»Das ist wahr«, sagte ich leise. Himari sah mich nachdenklich an, während sich die Sorge erneut auf ihrem Gesicht ausbreitete. Aber sie sagte nichts.

Was dachte sie? Vielleicht hatte Fedir ihr erzählt, woher ich stammte, und sie hatte die Aussage gerade auch auf mich bezogen.

»Aber hier können wir hoffentlich voneinander und miteinander lernen, mit unseren Problemen umzugehen.« Sie sah sich dabei in ihrem penibel aufgeräumten Zimmer um. Hatte das etwas zu bedeuten? War das auch eins ihrer Probleme? Ich fragte lieber nicht nach. Und sie hatte recht. Gemeinsam würden wir hier hoffentlich noch einiges durchstehen. Also hätte ich sicherlich genügend Zeit, um sie richtig kennenzulernen – wenn ich den Test bestand …

»Das ist wahr«, sagte ich und rang mir ein Lächeln ab. Dieses Mal war es ehrlich, im Gegensatz zum Anfang des Gesprächs. »Danke, dass du dich mir anvertraut hast.« Das war wohl eine gute Antwort auf das alles.

Sie nickte zufrieden. »Hat gutgetan, mal drüber zu reden. Und dass du mich nicht verurteilst.«

Darüber hatte ich noch gar nicht nachgedacht. »Wir versuchen alle nur zu überleben«, erwiderte ich ehrlich. Dann nahm ich Bob vorsichtig auf den Arm und erhob mich mühsam aus meiner sitzenden Haltung. Ich war zwar nicht verletzt worden, aber ich war trotzdem erschöpft.

»Ich gehe jetzt erst mal schlafen«, sagte ich.

Himari stand ebenfalls auf und nickte verstehend. »Klar.«

»Danke noch mal fürs Aufpassen.«

Sie trat einen Schritt auf mich zu und schloss Bob und mich sacht in den Arm. »Danke, dass du Fedir gerettet hast«, flüsterte sie.

Wie seltsam. Ich fühlte ich mich wie befreit, als sie voranging, um mir und Bob ihre Zimmertür zu öffnen. War das das Gefühl, Freunde zu haben? Nach Gesprächen nicht erschöpft, sondern irgendwie … zufrieden zu sein?

Als ich auf den Gang trat und mich leise verabschiedete, dachte ich zum ersten Mal darüber nach, dass ich so ein Leben vielleicht wirklich führen konnte.

KAPITEL 30

2075, DIE SUCHE NACH NUDELN IN VERGESSENEN SUPERMÄRKTEN

Ich war zehn Jahre alt, als ich zum ersten Mal den fremden Sternenhimmel sah.

Ich wusste nicht, wie lange ich mich schon in den Quellbereichen befand, aber ich hatte inzwischen schon unzählige Male geschlafen, obwohl es ständig Nacht war, seit ich sie betreten hatte. An einigen Orten war es so dunkel gewesen, dass das Quellfragment meine einzige Lichtquelle darstellte. Sogar über den Lichtungen prangte ein ewiger Sternenhimmel.

Es war, als befände ich mich am Ende der Welt. Und am Ende der Zeit. Und egal, wie lange ich ging, ich traf nie einen anderen Menschen. So lange, dass ich begann zu glauben, ich sei die letzte Person auf Erden. Und alles um mich herum sei zerstört worden.

Nur noch ich war da.

Ich glaubte, dass Monate vergangen waren, als ich das erste Mal auf etwas traf, das nach Zivilisation aussah. Der Weg durch die Wälder war in den letzten Tagen anstrengender geworden. Ich war weit hinaufgestiegen, bis ich auf einem Felsen angelangt war, der auf ein großes Tal blicken ließ. Der Sternenhimmel über mir schien endlos und fremd, auch wenn ich nicht genau wusste, warum.

Das Licht, von denen die blumenüberwucherten Wiesen, Felsklippen und Landschaften erhellt wurden, stammte nicht vom Mond oder einem anderen Himmelskörper, sondern von den Blumen selbst und einem leuchtenden Fluss, der sich von den entfernten Bergen durch das Tal schlängelte.

Und in nicht weiter Ferne lag eine Stadt. Ich erkannte die Straßen, die zu ihr führten wie Adern in der Landschaft. Und erst auf den zweiten Blick erkannte ich die Zerstörung, die dort stattgefunden haben musste.

Die Wege waren voller Autos, die einfach zurückgelassen worden waren. Viele der Gebäude waren eingestürzt, soweit ich das erkannte. Und das große Cosmic Balance Gate war gefallen und in einen großen Teil der Stadt gekracht. Nur noch einige Metallstreben waren davon übrig.

Der Anblick bereitete mir eine unangenehme Gänsehaut. Er erinnerte mich an Peking. An den letzten Blick, den ich auf meine Heimatstadt geworfen hatte. Unter dem Wolkenhimmel waren die Rauchfahnen von Bränden emporgestiegen. Die Schneise, die die Bomber durch die Stadt gezogen hatten, war so breit gewesen, dass ich von einem Ende bis zum anderen hatte schauen können. Flugzeuge waren über den Ruinen gekreist, schwere Fahrzeuge und Panzer durch die letzten Straßen gerollt.

Mein Herz wurde immer schwerer, aber ich bemühte mich, nicht zu weinen. Selbst wenn mich niemand sah.

War hier dasselbe geschehen? Hatten an diesem magischen Ort wirklich einmal Menschen gelebt? Er war sicherlich auch schon vor der Veränderung wunderschön gewesen. So wie der Rest der Welt.

Jedes Gebäude in der Stadt war überwuchert mit kunterbunten Pflanzen, die von der Dunkelheit verschluckt wurden. Selbst die Trümmer der Gebäude auf den Straßen sahen irgendwie schön aus, weil sich Ranken und helle Läufe aus plätscherndem Wasser in ihnen sammelten. Die Autos und Panzer, die überall kreuz und quer standen, wirkten, als seien sie schon hundert Jahre alt.

Ich wusste nicht einmal, nach was ich suchte, bis ich vor

einem hohen Gebäude anlangte, an dessen Außenwand ein großes Schild hing, das ich nicht lesen konnte. Aber das Logo kam mir irgendwie bekannt vor.

Die großen Türen, die wohl einmal aus Glas gewesen waren, waren zerbrochen, also trat ich in die leere Einkaufshalle. Viele der Regale waren umgestoßen, aber die meisten Reihen sahen noch so aus wie die, an die ich mich erinnerte. Papa und Mama hatten mich an den Händen genommen, um mich durch ebensolche Hallen zu führen. Hallen voller Essen, hell erleuchtet.

Glas knirschte unter meinen Schuhen, als ich mich langsam tiefer in das Gebäude begab. Ein eigenartiges Gefühl machte sich in mir breit, als ich mir vorstellte, wie dieser Ort einmal vor Menschen gewimmelt haben musste. Ein Platz des Alltags, des Lebens. Jetzt, wo er ausgestorben war, fühlte er sich unheimlich an. Fehl am Platz. Vor allem im Gegensatz zur Natur und den Wäldern, die mir ganz normal vorgekommen waren, leer wie sie waren.

Dieser Ort war von Menschen geschaffen worden. Für Menschen. Vielleicht erschien er mir deswegen so bedrückend.

Ich blieb in einem Gang mit Dosenessen stehen und bückte mich zu Nudeln mit Tomatensoße hinunter. Die waren sicher noch gut. Meine Mama hatte mal gesagt, dass Essen in Dosen richtig lange hielt.

Und ich sollte mal wieder etwas essen, oder? Ich hatte nichts mehr gegessen, seitdem ich die Wälder betreten hatte. Aber ich hatte auch keinen Hunger gehabt oder mich schwach gefühlt.

Bevor ich nach den Dosen griff, sah ich das Quellfragment in meiner Hand an, das pulsierend leuchtete. Das Mal, das es an meinem Arm hinterlassen hatte, war Tag für Tag ein wenig weiter hinaufgekrochen, als wollte dieser Gegenstand ein

Teil von mir werden. Vielleicht lag es auch an diesem Ding, dass ich nichts essen musste. Wenn es meine Wunden verschloss, konnte es mich sicherlich auch satt machen, oder?

Nachdenklich schob ich den seltsamen Stein in meine Jackentasche und zog die Dose heraus. Es kostete mich einiges an Anstrengung, die kleine, metallene Lasche einzudrücken und hochzuziehen. Es roch gut.

»Hey.«

Ich zuckte so sehr zusammen, dass ich nach hinten umfiel und die Dose mir aus der Hand rutschte. Ein Mann stand weiter hinten im Gang. Ich konnte nur seine Umrisse sehen.

»Wie kommst du hierher?«

Ich versuchte, sein Gesicht in den Umrissen zu erkennen. Aber es wurde einfach nicht klarer.

Er ging in die Hocke und ich rutschte ein Stück von ihm fort. Wer war er? Und wie kam *er* hierher? Gab es doch Menschen hier? Oder war vielleicht eine richtige Stadt in der Nähe?

»Wie ist dein Name?«, fragte er.

Sollte ich es ihm wirklich sagen? Was, wenn er vom Militär war und mich bis hierhin verfolgt hatte?

»Wie ist *dein* Name?«, fragte ich also. Es war seltsam, meine eigene Stimme nach so langer Zeit wieder zu hören. Ich hatte beinahe vergessen, wie sie sich anhörte.

»Ich bin Harlem«, sagte er und streckte mir eine Hand entgegen. Ich glaubte, einen Bart zu sehen, aber seine Stimme klang wie die eines jungen Mannes.

»Woher kommst du?«, fragte ich, bevor er mir weitere Fragen stellen konnte.

»Ich wohne mit meinen Freunden und meiner Familie in der Nähe.«

»Im Quellbereich?«

»Ja.«

»Ich wusste nicht, dass hier Menschen leben können.«

»Können wir.«

»Ist es hier immer Nacht?« Ich mochte es, dass er meine Fragen beantwortete, also stellte ich ihm alle, die mir in der letzten Zeit durch den Kopf gegangen waren.

»Nur, wenn die Wälder es wollen.« Er sah sich um, dann zurück zu mir. »Wie alt bist du?«

»Zehn«, antwortete ich schneller, als ich hatte nachdenken können. Mist. Er hatte auch so schnell auf meine Fragen geantwortet, dass ich gar nicht darüber nachgedacht hatte. »Glaube ich«, fügte ich an. Ich wusste ja nicht, wie lange ich schon hier war oder welchen Tag wir hatten. Vielleicht war zwischendurch mein Geburtstag gewesen.

»Würdest du gern mit zu mir und meinen Freunden kommen?«

Seine Stimme klang warm, aber ich traute ihm nicht. Irgendwie hatte ich darauf gehofft, auf Menschen zu treffen, aber dabei hatte ich vielleicht vergessen, dass man Menschen nicht trauen konnte. Weder denen da draußen noch den hier drinnen.

Vielleicht wollten sie auch nur mein Quellfragment.

»Nein«, sagte ich also. »Ich bin lieber allein.«

»Woher kommst du?«

Ich wollte seine Fragen nicht beantworten, also antwortete ich nicht. Ob er einfach gehen würde, wenn ich nicht mit ihm redete?

»Willst du wieder nach Hause?«

Ich hatte kein Zuhause. Aber das würde ich ihm nicht verraten.

»Na gut.« Er hob beide Hände zu einer sanften, abwehrenden Geste. »Wenn du nicht möchtest, ist das auch okay. Ich werde dich in Ruhe lassen.«

Noch einige Momente sah er mich an, dann wandte er sich

um und ging. Ich sah ihm hinterher, bis er die Kaufhalle nahezu geräuschlos verlassen hatte, dann wandte ich mich vorsichtig zu dem Regal um und holte eine neue Dose aus dem Regal.

Aber die Angst in mir verschwand einfach nicht. Und die Verwirrung auch nicht.

Lebten hier wirklich Menschen? Hatten sie richtige Häuser und Betten und Duschen? Wussten sie, wie man hier herauskam? Nicht, dass ich unbedingt aus den Wäldern hinauswollte. Es gab keinen Ort, an den ich gehen konnte. Niemanden, den ich suchen oder dem ich vertrauen konnte.

Aber die Neugier überwältigte mich. Ich wollte wissen, wo und wie diese Menschen lebten. Also richtete ich mich rasch auf, meine Dose noch immer in der Hand, und rannte dem jungen Mann so leise wie möglich hinterher.

Mein Herz pochte hastig, als ich, hinter einem dicken Baum versteckt, all die Menschen in dem kleinen Dorf in der Nähe der gefallenen Stadt beobachtete. All die Alten, Jungen, Männer, Frauen und sogar einige Kinder. Nicht so jung wie ich, aber trotzdem Kinder.

So lange hatte ich niemanden mehr gesehen, dass es sich falsch anfühlte, mich hier aufzuhalten. Als gehörte ich nicht hierher. Oder sonst wohin, wo sich Menschen befanden.

Der junge Mann namens Harlem winkte seinen Freunden zu, als er das Dorf betrat, und freudige Rufe empfingen ihn. Ich war ihm aus der Stadt hierher gefolgt, mit so viel Abstand wie möglich, damit er meine Schritte nicht hörte. Über die Schulter hatte er sich einen großen Sack, in dem einige Dinge klimperten, geworfen.

Ich reckte meinen Hals noch ein Stück, um mehr erkennen zu können. Ich durfte keine Aufmerksamkeit erregen, aber ich wollte näher heran. Mehr sehen. Mehr von der simplen

Kleidung, die sie trugen, mehr von dem leuchtenden Fluss, neben dem ihre schlichten Häuser lagen.

Das Dorf war klein. Vielleicht fünfzehn oder zwanzig Gebäude. Ich wusste nicht, ob sie schon vor der Veränderung hier gewesen waren oder ob diese Menschen sie selbst gebaut hatten. Aber es war dunkel, also musste ich noch ein wenig näher heran. Ich hoffte, dass mich niemand sah, als ich auf die mit dickem Gras überwachsene Straße trat und mich einige Schritte näherte.

Ich bereute es sofort, als die Stimme eines Mannes erklang. Er hatte auf einer Bank vor einem der Häuser gesessen. Ich hatte ihn nicht bemerkt.

»Du hast ja jemanden mitgebracht, Harlem!«, rief er mit brüchiger Stimme.

Der junge Mann lachte und drehte sich zum ersten Mal zu mir um. »Ja, sie ist mir aus der Stadt gefolgt«, sagte er, während er mich ansah. Dann zwinkerte er mir zu und setzte seinen Weg fort.

Ertappt blieb ich stehen und starrte seinen Rücken an. Also hatte er mich die ganze Zeit bemerkt? Warum hatte er nichts gesagt?

Der ältere Mann stand sehr langsam von seiner Bank auf und kam in gebückter Haltung auf mich zu. Ich wollte zurückweichen, aber ich … ich wollte auch nicht weglaufen. Ich wusste nicht einmal, vor was oder wohin.

Er streckte seine Hand aus und ich glaubte, dass sich ein Lächeln auf seinem faltigen Gesicht ausbreitete.

»Komm ruhig näher, Kleine. Keine Angst«, sagte der Mann. »Du kannst ein Bett haben und dich waschen. Und etwas essen. Wir haben mehr als genug.«

Beim Gedanken an ein Bett wurden meine Augen feucht. Das Moos und das Gras im Wald waren weich, aber ich sehnte mich nach einer Decke. Und danach, nicht mit der Angst einzuschlafen, von veränderten Tieren angegriffen zu werden.

»Du musst auch mit niemandem reden«, sagte er lachend. »Und keine Fragen beantworten.« Er winkte mir zu. »Du kannst gehen, wann du möchtest und du kannst kommen, wann du möchtest. Hier ist immer ein Platz für dich, um dich auszuruhen, ja?«

Ich sah ihn lange an, dann machte ich einen kleinen Schritt vorwärts. Dann noch einen. Es war, als würde mein Körper sich von allein bewegen. In meiner Jackentasche umklammerte ich das Quellfragment.

Der alte Mann nickte zufrieden und wandte sich um, bedeutete mir mit seiner knorpligen Hand, ihm zu folgen.

KAPITEL 31

25.06.2082, DIE ZWEISAMKEIT AUF KALTEN BÖDEN UND SCHWEREN HERZEN

Ich saß auf dem Boden der großen Vorhalle, in der Dutzende, vielleicht sogar Hunderte Studierende und Lehrkräfte sich versammelten. Im anliegenden Saal, hinter der verzierten, hölzernen Doppeltür, würde Jax bald seine Rede halten. Ich war also offenbar nicht die Einzige gewesen, die den Plan verfolgt hatte, frühzeitig hier zu sein, um mir einen guten Platz zu sichern.

Im Saal wurden wohl noch letzte Vorbereitungen getätigt, bevor er geöffnet wurde. Ich hoffte, dass sie uns bald hereinließen, denn der Parkettboden wurde langsam ungemütlich.

Verstohlen warf ich einen Blick zu Fedir und Himari hinüber, die in einer Gruppe Studierender aus unserem Semester standen. Fedir sah bis auf ein paar Platzwunden und Kratzer ganz gut aus. Und blasser war er. Blasser als gewöhnlich. Aber sonst ging es ihm wohl gut. Und Himari wirkte ebenfalls wieder fröhlicher, obwohl ich mir nicht sicher war, ob sie nur schauspielerte oder ob es ihr wirklich besser ging.

Gern würde ich zu den beiden gehen und Himari danach fragen. Aber sie standen bei Grant und seiner Gruppe, also gesellte ich mich lieber nicht dazu. Mein Energielevel schwankte seit vorgestern und ich war sicher, dass ich noch nicht den Kopf für weitere Auseinandersetzungen hatte.

Ich wusste gar nicht, warum es mich so sehr störte, dass Fedir und Himari mit diesen Leuten Zeit verbrachten. Immerhin kannte ich die beiden erst seit zwei Wochen und hatte keinen Anspruch auf ihre Loyalität. Wahrscheinlich kannten sie diese Leute schon deutlich länger als mich.

Aber … warum tat es dann so weh?

Ich sah weg, weil ich befürchtete, dass sie mich bemerkten. Ich wollte ihre Aufmerksamkeit nicht auf mich lenken und ich wollte die beiden auch nicht in die Situation bringen, mich mal wieder vor ihren Freunden verteidigen zu müssen. Es war schon in Ordnung, alleine zu sitzen.

Wenn ich mir das lange genug einredete, würde ich es vielleicht sogar irgendwann glauben.

Béla war auch schon hier und unterhielt sich mit einigen Lehrkräften. Selbst im Gespräch mit ihnen hatte er diese hektische, ruhelose Ausstrahlung. Ich fand ihn jedes Mal ein wenig sympathischer, wenn ich ihn sah. Vielleicht lag es daran, dass er mich in der einen Vorlesung verteidigt hatte oder dass er sich für mich einsetzte, was den Test anging. Was auch immer es war, seine wirre Art erschien mir inzwischen fast schon angenehm.

Jemand näherte sich mir und riss mich aus meinen Beobachtungen. King! Sie sagte kein Wort, als sie sich neben mich setzte und ihren Blick ebenfalls in den Raum richtete.

»Hallo«, sagte ich unsicher und sah sie fortwährend an. »Alles gut?«

»Ja«, antwortete King abwesend.

Hatte sie niemanden sonst, zu dem sie sich gesellen konnte? Und … warum um alles in der Welt pochte mein Herz so schnell?

»Hab ich dich vorgestern vertrieben?«, wollte sie wissen, den Blick immer noch von mir abgewandt.

Ich schaute sie allerdings nach wie vor an. »Ich wollte einfach nur in meinem eigenen Bett schlafen«, log ich, weil ich keine Lust auf Streit hatte.

»Und deine Freunde hängen mit deinen Erzfeinden ab?«,

wollte sie wissen und nickte zu Fedir und den anderen hinüber.

»Wenn sie meine Erzfeinde wären, würde ich ihre Namen wohl kennen«, sagte ich gedankenverloren. Ich kannte nur den von Grant. Die anderen nicht und ich hatte auch kein Interesse daran, Gehirnkapazität darauf zu verschwenden, sie zu lernen. »Und die anderen …« Es fiel mir irgendwie schwer, das auszusprechen. »Die anderen habe ich erst hier kennengelernt, also sind sie mir nicht verpflichtet oder so.« Jetzt, wo sie es ansprach, war mir die Situation unangenehmer, als sie hätte sein müssen.

»Hast du deinem Kommilitonen gesagt, dass du diejenige warst, die ihn gerettet hat?«

Ich dachte eine Weile über die Frage nach, bevor ich antwortete. Ich hatte seit Donnerstag nicht mehr mit Fedir gesprochen, weil er die ganze Zeit auf der Krankenstation gewesen war. Ich hatte eigentlich darauf gehofft, ihn hier wiederzusehen.

Vielleicht war er auch sauer, weil ich ihm nicht geschrieben und mich erkundigt hatte, wie es ihm ging. Aber »gerettet« war eh übertrieben. Es hatte nur gerade so funktioniert. »Hauptsache, es geht ihm wieder gut«, sagte ich schließlich. »Wenn du meinst, er sollte Zeit mit mir verbringen, um seine Dankbarkeit auszudrücken: Da bin ich anderer Meinung.«

»Hm«, machte sie und zog die Knie an ihre Brust.

»Ist bei dir alles wieder gut?«, wollte ich wissen, um vom Thema abzulenken.

»Alles super«, fegte sie meinen Kommentar sofort vom Tisch. »Dein Test wird vorgezogen, habe ich gehört?«

War sie hier, weil sie mich ausfragen wollte?

»Ja.« Ich hatte es bisher nur Himari erzählt. »Hat sich das so schnell herumgesprochen?«

»Béla hat's mir gesagt.«

»Ach so.« Ich folgte ihrem Blick durch den Raum. Sie sah den Dozenten gedankenverloren an.

»Ihr beide steht euch sehr nahe, oder?«, wollte ich wissen. Wenn sie die Entscheidung traf, sich neben mich zu setzen, musste sie damit rechnen, dass ich ihr Fragen stellte.

»Hm«, machte sie erneut, ohne ihren Blick von ihm abzuwenden. »Keine Ahnung.«

Ich kniff die Augen ein Stück zusammen, als sie einfach nicht aufhörte, ihn anzusehen. In den Wäldern war es genauso gewesen. Was lief zwischen den beiden? »Stehst du auf ihn?«

Das riss sie tatsächlich aus ihrer Starre. King wirbelte zu mir herum und zog die Stirn in tiefe Falten. »Was? Auf keinen Fall. Der Kerl ist fast vierzig.«

Ich lachte, weil mich ihre Reaktion amüsierte. Aber auch, weil es mir endlich gelungen war, eine andere Reaktion als Gleichgültigkeit in ihr hervorzurufen.

»Außerdem steh ich gar nicht auf Männer«, sagte sie beiläufig, wandte sich wieder von mir ab und verschränkte die Arme vor der Brust, als wäre das Thema damit für sie beendet.

Mein Herz machte allerdings einen aufgeregten Hüpfer.

Was wollte das blöde Ding denn jetzt von mir?

»Du bist lesbisch?«, fragte ich sie und sie stöhnte entnervt.

»Ja. Hast du ein Problem damit?«

»N-nein«, stotterte ich und schüttelte den Kopf. »Gar nicht.«

Das war schneller unangenehm geworden als gedacht. Ich musste das Thema schnell wechseln. Die Stille zwischen uns konnte ich kaum ertragen. »Ich bin schon total aufgeregt«, plapperte ich deswegen los und versuchte, mich auf dieses Gefühl zu konzentrieren. Das sollte ich eh tun. Das hier war eigentlich so ein großer Moment, vor dem ich stand. Zum ersten Mal seit sieben Jahren würde ich den Mann, der mir das Leben gerettet hatte, persönlich treffen. Den Mann, den ich in den letzten Jahren so akribisch im Fernsehen verfolgt hatte.

»Na ja«, murrte King, schien sich aber mal wieder nicht weiter erklären zu wollen.

»Du nicht?« Man musste ihr wirklich jede Information aus der Nase ziehen. Wenn ich mir nicht so sicher wäre, dass hinter ihrer Fassade noch deutlich mehr lauerte, als sie anderen Menschen zeigte, wäre ich sicherlich genervter von ihr.

»Ich halte nicht sonderlich viel von … seiner Herangehensweise.«

Ich legte die Stirn in Falten. Stimmte ja. Ich hatte keine Ahnung von ihren Ansichten. Abgesehen davon, dass ich auch sonst nichts von ihr wusste.

»Du bist also nicht gemäßigt?«

»Nicht unbedingt.« Das sagte mir genauso wenig. »Und du?«, wollte sie wissen, ohne mir eine eindeutige Antwort gegeben zu haben.

»Es ist schwierig«, entschied ich mich, bei der Wahrheit zu bleiben. Einer von uns musste ja reden und vielleicht taute sie irgendwann auf, wenn ich mehr über mich preisgab. »Ich will einfach, dass alle aufhören zu diskutieren und zu kämpfen. Dass endlich wieder Ruhe einkehrt. Sicherheit. Frieden.«

»Aber du findest Jax trotzdem gut?«

»Ja, er …« Ich schluckte schwer. »Er hat mir mal das Leben gerettet. Da war ich sieben.«

Das schien Kings Aufmerksamkeit wieder zu erregen. »Er hat dir das Leben gerettet?«

»Ja. Da war er noch nicht Gründer der ECRA.«

»Okay?«

»Außerdem haben wir den aktuellen Frieden in der ECRA ihm zu verdanken. Deswegen schaue ich gern dabei zu, was er so treibt.«

»Frieden«, spuckte King aus, und hüllte sich dann wieder in Schweigen.

Ich seufzte.

KAPITEL 32

25.06.2082, DAS VERSPRECHEN VON FRIEDEN IN VOLLEN SÄLEN

Obwohl wir nach unserem überaus kurzen Gespräch über Politik geschwiegen hatten, war King direkt hinter mir in den Saal eingetreten und hatte sich schweigend neben mich gesetzt.

Ich fragte mich, wie sinnvoll es war, mich mit einer Person abzugeben, die mich nicht ausstehen konnte, oder ob es angenehmer wäre, allein zu sein. Allein sein kam mir schlimmer vor, aber die drückende Stille zwischen uns war ebenfalls schwer zu ertragen.

Ich sollte wohl einfach aufhören, ihre Motive zu hinterfragen. Vermutlich würde mir das einiges an Gehirnkapazität ersparen.

Der Raum war größer, als ich erwartet hatte. Bisher hatte ich ihn nur einige Male von außen gesehen und die hohen Wände mit den modernen und gleichzeitig irgendwie prunkvollen Wandverzierungen bewundert.

Der Geräuschpegel verlor sich hier drin fast, sodass die Stimmen der Studierenden zu einem fast angenehmen Hintergrundrauschen verklangen. Auf der niedrigen Bühne vor den Stuhlreihen standen bisher nur einige Lehrkräfte, die sich leise miteinander unterhielten. Jax war nirgendwo zu sehen.

Ob er wohl schon angereist war?

Gerade wollte ich meinen Blick abwenden, um mich nach Fedir und Himari umzusehen, da nahm ich einen eigenartigen Schleier wahr, der sich auf der Bühne bildete. Wie eine winzige Krümmung des Raumes.

Ich kniff die Augen ein wenig zusammen, weil der Effekt so gering war, dass ich nicht wusste, ob ich es mir einbildete. Aber gerade als ich King fragen wollte, ob sie auch etwas bemerkt hatte, tauchte Jax auf der Bühne auf. Ich hatte mich so konzentriert, dass ich bei der plötzlichen Bewegung zusammenfuhr.

Zum Glück nicht nur ich. Ein Ruck ging durch die Menge, als der Mann sich innerhalb eines Augenblinzelns am Rednerpult materialisierte und ein wenig desorientiert in die Menge schaute.

»E-entschuldigung«, sagte er in das Mikro. »Ich bin ein bisschen zu spät.« Er nickte den Lehrkräften zu, die ebenso schockiert zu sein schienen wie die Studierenden. Jax legte einige Dokumente, die er mitgebracht hatte, auf das Pult und lehnte sich noch mal ein Stück vor. »Wenn man so schnell ist wie ich, ist es einfach zu verlockend, sich Zeit zu lassen«, sagte er feixend, woraufhin leises Lachen durch den Raum brandete.

»Er ist so cool«, flüsterte ich, was King mit einem unzufriedenen Grummeln kommentierte.

Jax wechselte einige Worte mit den Dozierenden, dann nickte er uns rasch zu, ein nahezu nervöses Lächeln auf den Lippen. Er war so sympathisch. Ganz anders als andere Politiker und ihr fast militärisches Gehabe.

»Ich freue mich, hier zu sein«, sagte er und schaute sich in der Menge um. »Danke, dass Sie auf mich gewartet haben.« Einige lachten und er grinste ebenfalls. Vermutlich war ihm klar, dass uns nichts anderes übrig blieb. »Ich verspreche, dass ich nicht lange reden werde. Danach können Sie dann Ihre Fragen stellen.« Er wiegte den Kopf hin und her. »Für gewöhnlich ist das der Teil, der den Leuten am besten gefällt, also … ja.« Jax warf einen Blick auf seine Notizen hinab, dann richtete er ihn wieder in die Menge. »Ich freue mich, so viele vielversprechende junge Leute hier an der Akademie zu sehen. Meine Regierung informiert mich oft über die Fähigkeiten der neusten Bewerber an den Akademien der ECRA und die Studierenden an der Akademie sind wirklich herausragend.«

Wahrscheinlich, weil die Aufnahmetests hier aus der Hölle kamen. Für die meisten zumindest.

»Als ich noch ein junger Mann war, hätte ich mir gewünscht, an einer Einrichtung wie dieser studieren und arbeiten zu können. Hier Freunde zu finden und Menschen zu haben, die mich unterstützen, meinen Weg zu gehen und mit meinen Kräften umzugehen. Einen Platz in dieser Welt zu haben.« Ein Lächeln schlich sich auf seine Lippen. »Ich weiß, das klingt jetzt, als wäre ich achtzig Jahre alt, aber zu meiner Zeit gab es das noch nicht. Und ich bewundere die Arbeit der Lehrkräfte hier. Der Personen, die diesen Ort im Laufe der Jahre aus dem Nichts erschaffen haben, um vielversprechenden Cosmics wie Ihnen eine Orientierung zu geben.«

Ich atmete tief ein und nickte. Dieses Konzept war gut. Wenn ich nur wirklich einer der Cosmics wäre … Dann könnte ich dieses Gefühl vielleicht ganz verinnerlichen. Wenn ich nur diesen Test bestehen würde … Aber die Vorstellung, dass sich dann wirklich ein Gefühl von Sicherheit in mir einstellen würde, kam mir noch endlos weit entfernt vor.

»Ich habe natürlich gehört, dass es vorgestern erst einen Vorfall gab, bei dem einige Studierende ums Leben gekommen sind.«

Ich sog die Luft scharf durch die Zähne ein. Ich hätte mir denken können, dass er das Thema ansprechen würde, aber es traf mich trotzdem unvorbereitet. Ich musste mich auf meinen Atem konzentrieren, um die Welle aus Angst niederzukämpfen, die mich zu überrollen drohte. Ich musste mehrmals schlucken, um den Kloß in meinem Hals zu vertreiben, als die Erinnerungen an den Kampf mich fluteten.

»Ich spreche Ihnen dafür mein Beileid aus«, fuhr Jax fort. »Die mutigen Studierenden, die versucht haben, ihre Mission zu vollenden und das Forschungsteam in den Quellbereichen zu schützen, haben meinen größten Respekt und meine Anerkennung. Ich versichere Ihnen, dass meine Regierung und ich bereits alle Hebel in Bewegung gesetzt haben, um herauszufinden, um welche Gruppierung es sich bei den Angreifern gehandelt hat. In den kommenden Tagen werden einige Mitarbeiter der ECRA an der Akademie Befragungen durchführen, um diesen Prozess voranzutreiben. Wir unterstützen die Akademie ebenfalls dabei, die Sicherheitsvorkehrungen in Zukunft zu verstärken, damit dergleichen sich nicht wiederholt.«

Das war zumindest ein wenig beruhigend, auch wenn die Wunde in mir noch zu frisch war, als dass Worte oder Versprechungen sie heilen könnten. Die Geste mochte ich trotzdem.

Ich warf einen Blick zu King, die ähnlich angespannt schien wie ich. Sie hatte sogar die Hände zu Fäusten geballt, obwohl sie es offenbar zu verbergen versuchte.

Jax lachte leise und schüttelte den Kopf. »Wie Sie wissen ist in unserer Welt nicht alles gut.« Eine erhebliche Untertreibung. »Jedes Mal, wenn ich einen solchen Vortrag halte, verspüre ich den Drang, mich dafür entschuldigen zu müssen, weil es …« Er seufzte schwer und sah auf seine Notizen hinab. Ich glaubte, dass er sie nicht las, sondern einfach nur den Blick der Studierenden meiden wollte. »Weil ich denke, es sollte doch inzwischen besser sein. Obwohl wir in den ECRA-Staaten einen gewissen Frieden erreichen konnten, toben außerhalb der Grenzen nach wie vor Kämpfe, Kriege und

Unruhen. Ein Zustand, den viele Menschen aus Ihrer Generation und der Generation Ihrer Eltern am eigenen Leibe miterleben mussten.« Er nickte und sah wieder in die Menge. »Und das macht mir ein schlechtes Gewissen. Wir sollten effizienter darin sein, dem entgegenzusteuern.«

Ich hob die Augenbrauen, während ich mich langsam wieder beruhigte. Diese Form der Selbstkritik hatte er schon einige Male in der Vergangenheit anklingen lassen, aber ich erinnerte mich nicht daran, dass er es jemals so offen ausgesprochen hätte.

»Meine Regierung und ich arbeiten daran, unseren Einfluss auf die Welt weiterhin auszuweiten. Sodass sich hoffentlich irgendwann alle Menschen in einer Allianz befinden, die vielleicht nicht unbedingt Frieden ermöglicht – das wäre etwas blauäugig –, aber in der zumindest Verhandlungen, Gespräche und Kompromisse möglich sind.«

Ich verkniff mir ein Seufzen, weil allein diese Vorstellung schon zu weit weg klang, als dass ich sie mir ausmalen könnte.

»Denn ich bin der Meinung, dass wir, wenn wir mit vereinten Kräften daran arbeiten, nicht nur die Quellbereiche wieder erschließen, sondern auch viel über die Welt lernen können. Darüber, warum und wie sie sich verändert.« Abermals wiegte er den Kopf hin und her. »Dieser Prozess geht langsamer vonstatten, als ich es mir wünschen würde. Aber jeder Schritt auf diesem Weg ist wichtig.« Ein Lächeln trat auf seine Lippen. »Und jeder Cosmic an dieser Akademie hilft, diese Schritte zu gehen. Indem sie zusammenhalten und einander helfen.«

Ich verzog das Gesicht, weil das zumindest nicht auf alle hier zutraf. Wenn ich wüsste, wo Grant und seine Freunde saßen, würde ich ihnen einen mahnenden Blick zuwerfen. Leider gingen sie irgendwo in der Masse unter.

»Um unsere Pläne zu verwirklichen, brauchen meine Regierung und ich Unterstützung in so vielen Bereichen. Im politischen Sektor, im militärischen Sektor, in der Wissenschaft und in der Lehre. Aber auch in den Teams, die jeden Tag daran arbeiten, das Leben in der ECRA zu erleichtern. Den Teams, die Wartungen in den Wäldern durchführen, um die Gebiete zu erschließen. Die Forschungstrupps beschützen, um an wichtige Erkenntnisse über unsere neue Welt zu gelangen.« Er breitete seine Arme leicht aus. »Also genau in den Bereichen, in denen Sie bereits von Tag eins an tatkräftig helfen.«

Diese Worte sprachen mich auf einer anderen Ebene an als alles, was er bisher gesagt hatte, denn das war genau das, was ich tun wollte. Mich in den Wäldern aufhalten und dort meinen Teil beitragen.

Ich schaute zu King hinüber, die sich allerdings nicht anmerken ließ, was sie dachte. An ihrem ernsten Gesichtsausdruck hatte sich zumindest nichts geändert.

»Ich freue mich deswegen sehr, dass begabte, motivierte Studierende wie Sie hier vor mir sitzen.« Jax schaute zu seinen Schuhen hinab. »Ich will Sie natürlich nicht abwerben, aber Sie können sich sicher sein, dass Sie nach Ihrem beendeten Studium eine gute Chance darauf haben, sich diesen Plänen und Träumen anschließen zu können. Schreiben Sie dann einfach eine Nachricht an meine Sekretärin. Ich meine es ernst.«

Ein leises Lachen ging durch den ganzen Raum. Ich sah sogar die Lehrkräfte schmunzeln.

»Jetzt will ich Sie nicht länger mit meinem langweiligen Gerede nerven. Sie freuen sich sicher schon auf das Büfett und die Party und Sie haben vor einigen Tagen sicherlich erst meine Rede in Moskau gehört und … na ja. Es ist am Ende doch immer wieder nur dasselbe.« Abermals lachten alle.

»Wenn Sie noch Fragen haben, dann ist jetzt Ihre Zeit, sie zu äußern.«

Er schaute in die Menge. Mindestens hundert Hände hoben sich in Sekundenschnelle.

KAPITEL 33

25.06.2082, DAS ERTRAGEN DER EINSAMKEIT NACH RAUEN WORTEN

King

Cora und ich standen nebeneinander. In dem großen Saal waren bereits die Stühle fortgeräumt worden, um Platz für einen Stehempfang zu machen. Um uns herum tummelten sich Gruppen, die ausgelassen plauderten. Mir war schleierhaft, warum Cora noch bei mir stand. Ich sendete nicht die freundlichsten Signale aus, und der einzige Grund, aus dem ich mich zu ihr gesetzt hatte, war, dass sie uns im Wald gerettet hatte. Und dass ich wissen wollte, wie sie darüber dachte. Ob sie nun wirklich glaubte, mich übertroffen zu haben.

Dass *sie* sich allerdings freiwillig mit mir abgab, verstand ich nicht.

Die Fragerunde mit Jax war lang und ermüdend gewesen. Es war um die konkreten Pläne seiner Regierung gegangen, der Welt mehr Frieden zu bringen. Er hatte seine Antworten überraschend schwammig formuliert, also war nicht wirklich etwas Neues dabei herausgekommen. Im Grunde hatte ich nichts anderes von diesem Kerl erwartet. Er verwendete, wie alle Gemäßigten, so viel Energie darauf, es allen recht zu machen, dass selten etwas dabei herumkam.

Ich schaute mich im Raum um und überlegte, wie früh zu früh wäre, um mich auf mein Zimmer zu verabschieden und noch etwas zu lernen. Ich würde es nicht mehr lange ertragen, schweigend zwischen all den fröhlich plaudernden Menschen zu stehen. Das war Zeitverschwendung.

Gerade überlegte ich, wie ich mich verabschieden könnte, als mein Blick auf den Boden neben mir fiel. Ein Schleier. Eine winzige Verzerrung.

Und mit einem Mal tauchte Jax auf. Seine Ankunft war von einem leichten Luftrauschen begleitet, das meine Haare aufwirbelte und einige Blicke auf uns zog. Ich kämpfte den kurzen Schockmoment herunter und schielte zu Cora, die sich offenbar gar nicht erschreckt hatte. Hatte sie früher als ich erkannt, dass er aus dem Nichts auftauchen würde?

Ich kämpfte den Drang, aus Respekt einen Schritt zurückzutreten, herunter und musterte unser Gegenüber.

»Ah, tut mir leid«, sagte Jax und fuhr sich durch die wuscheligen Haare. »Aber wenn ich durch die Menge gehe, werde ich einfach zu oft aufgehalten.« Ich wusste nicht, warum ich Cora einen überraschten Blick zuwarf. Wahrscheinlich, weil ich im ersten Moment vermutet hatte, dass er mit ihr sprechen wollte. Aber er schaute nur mich an. »Sie sind doch King Alvin, oder?«

Ich nickte zögerlich. Natürlich wollte er mit mir sprechen. Noch galt ich als beste Studierende der Akademie. Auch wenn es sich nach dem Vorfall in den Quellwäldern nicht mehr richtig anfühlte.

»Die Lehrkräfte haben mir einiges von Ihnen erzählt. Hätten Sie Zeit, sich ein wenig mit mir zu unterhalten?«

Ich hob die Schultern. Wahrscheinlich wollte er mir nur Komplimente machen, obwohl er nicht die geringste Ahnung hatte, was meine Fähigkeit war. Ich bezweifelte, dass ein Politiker wie er die Zeit hatte, sich mit solchen Nichtigkeiten zu beschäftigen.

»Oh, dann …«, Cora trat einen Schritt zurück, »gehe ich mal.«

Was? Ich wandte mich ihr zu. »Nein, bleib doch hier«, sagte ich einem Impuls folgend. Ich wollte lieber nicht allein mit diesem Kerl reden. Obwohl mir seine gemäßigten Ansichten gegen den Strich gingen, war er Vorstehender einer Regierung, von der ich einmal Teil sein wollte. Und Cora war offenbar ein großer Fan von ihm. Vielleicht wäre die Atmosphäre etwas entspannter, wenn sie hierblieb. Ich wies auf sie und sah Jax an. »Ich bin ihre Mentorin und dafür zuständig, sie an dieser Akademie einzuweisen. Es ist doch okay, wenn sie zuhört, oder?«

Jax nickte mit einem Lächeln. Was Cora wohl dachte, während sie dem Mann gegenüberstand, der ihr das Leben gerettet hatte? Er erinnerte sich augenscheinlich nicht an sie. Wollte sie es ansprechen?

»Miss Alvin, ich habe bereits sehr viel von Ihrer Fähigkeit gehört«, sagte Jax. Also hatte er sich tatsächlich informiert und das würde nicht nur sinnloser Small Talk werden? »Sie befinden sich inzwischen im zweiten Lehrjahr, oder?«

»Ja.« Mit wem hatte er über mich gesprochen? Mit Béla? Oder der Studienleiterin?

»Da Sie sich bereits jetzt als eine der besten Studierenden abzeichnen, die das Akademiesystem jemals gesehen hat, würde ich gern die Chance nutzen und Ihnen anbieten, nach Ihrem dritten Lehrjahr einen Platz in meiner Regierung einzunehmen.«

Mein Herz machte einen Hüpfer und ich öffnete den Mund, schloss ihn jedoch wieder, weil ich im ersten Moment nicht wusste, was ich erwidern sollte. Darauf war ich nicht vorbereitet!

Ja, das war genau das, was ich mir wünschte. Aber hatte ich dafür schon genug gearbeitet? Da war noch so viel, was ich lernen und erreichen musste. Und ich war überboten worden. Er wusste es nicht, aber ich war nicht mehr die Beste an dieser Akademie.

Hatte ich das überhaupt verdient?

»Sie müssten sich nicht bewerben«, fuhr Jax fort. »Und

wenn Sie erst hineinschnuppern wollen, können Sie in den Semesterferien gern auch schon ein oder zwei Praktika bei uns absolvieren.«

Ich zog die Augenbrauen zusammen und sah Cora kurz an, dann wieder ihn. Mir war klar, dass ich langsam etwas erwidern musste. Etwas, das nicht so klang, als wäre ich fälschlicherweise bescheiden. »Was genau wäre denn meine Position?«, rang ich mir ab und mahnte mich dazu, endlich wieder etwas lockerer zu sein.

»Bei Ihrer außergewöhnlichen Fähigkeit könnte ich mir einige Bereiche sehr gut für Sie vorstellen. Wir brauchen allerdings vermehrt Menschen im Außendienst, die Kommunikation und Verhandlungen übernehmen. Gerade in diesem Bereich ist eine Fähigkeit wie Ihre Gold wert.«

»Das klingt nicht schlecht.« Mein Herz pochte viel zu schnell und ich richtete die Brille auf meinem Nasenrücken, um meinen Händen etwas zu tun zu geben. »Ich würde wirklich gern dazu beitragen, die Welt zu einem besseren Ort zu machen.« Das war die Wahrheit, aber es auszusprechen klang irgendwie eigenartig. Zu einstudiert.

Jax nickte verstehend. »Darf ich Sie denn nach Ihrer Gesinnung fragen, Miss Alvin?« Er breitete die Hand aus. »Ich meine, ob Sie sich als Pro-Human oder Pro-Cosmic ansehen.«

Warum wollte er das wissen? Sollte ihm das als Gemäßigtem nicht egal sein?

»Verstehen Sie mich nicht falsch«, fuhr er fort, bevor ich etwas sagen konnte. »Ich bin ja offiziell gemäßigt, deswegen ist jede Gesinnung willkommen.« *Offiziell* gemäßigt? Bedeutete das, seine eigentliche Gesinnung war eine andere? »Nur so erreichen wir bei Debatten Kompromisse, die für die Bevölkerung zufriedenstellend sind. Die politische Stimmung ist aktuell sehr angespannt und wir wollen das in Zusammenarbeit mit allen Fraktionen lösen.« Er lächelte mild. »Es interessiert mich nur.«

Cora musterte mich ebenfalls neugierig. Vorhin auf dem Gang hatte ich ihr keine Antwort gegeben, weil ich nicht mit ihr hatte diskutieren wollen. Wahrscheinlich hätte sie meine Ansichten infrage gestellt und ich hatte keine Lust auf eine Debatte. Jetzt würde sie sich aber doch anhören müssen, wie ich über diese Sache dachte.

Seltsamerweise überkam mich Ruhe, als ich zu sprechen begann: »Ich will mich nicht klar als Pro-Cosmic positionieren«, sagte ich ernst. »Immerhin sind alle Mitglieder meiner Familie Menschen. Aber ich bin durchaus der Meinung, dass Cosmics auf lange Sicht den Lauf der Geschichte bestimmen werden und deswegen … bevorzugte Behandlung verdient haben.«

Cora regte sich leicht und ein kurzer Blick zu ihr bestätigte mir, was ich bereits vermutet hatte: Sie sah mich mit einem abschätzigen Ausdruck um den Mund herum an.

Ein wenig schmerzte es schon, dass sie so offensichtlich schockiert von meiner Sichtweise war. Genau deswegen hatte ich zuvor nicht darüber reden wollen. Obwohl ich durchaus Gründe für meine Ansichten hatte, hingen für viele Menschen zu viele Emotionen an solchen Meinungen.

Jax allerdings schienen meine Worte zu gefallen. Ich glaubte, ein Funkeln in seinen Augen zu sehen, das zuvor noch nicht da gewesen war.

»Eine überaus spannende Perspektive«, kommentierte er. »Sie können sich auf jeden Fall gern bei mir melden, wenn Sie sich bereit fühlen.« Er griff in seine Tasche und reichte mir eine vergoldete Karte mit einigen Nummern. »Unter diesen Kontaktdaten erreichen Sie mich persönlich.«

»Danke.« Irritiert von seiner Reaktion nahm ich die Karte entgegen.

»Nicht weitergeben, ja?« Er zwinkerte schelmisch.

Was genau passierte hier gerade eigentlich? Etwas an dieser Situation kam mir nicht richtig vor, obwohl ich nicht einmal den Finger drauflegen konnte, was es war. Warum hatte er nach meiner Gesinnung gefragt? Warum hatte er gesagt, dass er *offiziell* als gemäßigt galt? Das passte irgendwie nicht.

»Werde ich nicht«, entgegnete ich trocken.

Er lächelte, dann wandte er sich so unvermittelt Cora zu, dass sie sich anspannte. »Tut mir leid, dass ich Sie so außen vor gelassen habe. Darf ich nach Ihrem Namen fragen?«

»Cora«, sagte sie rasch. Ihre Wangen wurden rot. »Cora Jenkins.«

Er nickte und sah sie so intensiv an, dass ich mich fragte, ob er sich vielleicht doch an sie erinnerte, oder ob er etwas anderes über sie herauszufinden versuchte, während seine hellen Augen sie förmlich durchleuchteten.

»Sie sind diejenige, die das Forschungsteam in den Quellbereichen gerettet hat, nicht wahr?«

Ein stechender Schmerz durchzuckte mich, aber ich bemühte mich, es mir nicht anmerken zu lassen. Zu meiner Verwunderung sah Cora aber auch nicht sonderlich zufrieden aus. Wirkte es nur so, oder musste sie sich zurückhalten, ihm zu widersprechen? Warum? War sie nicht stolz auf ihren Sieg?

»Danke für Ihren Einsatz. Über welche Fähigkeit verfügen Sie, wenn ich fragen darf?«

Das würde spannend werden.

»Das wird in einem Test noch genauer ermittelt«, entgegnete Cora allerdings nur. Das war vermutlich die beste Antwort.

»Dann wünsche ich Ihnen viel Erfolg«, erwiderte er und trat einen Schritt zurück. »Ich wünsche Ihnen beiden noch einen geselligen Abend. Und Miss Alvin, bitte melden Sie sich bei meinem Team, ja?« Mit diesen Worten wandte er sich zum Gehen, nur um sofort von einigen Umstehenden aufgehalten zu werden.

Ich starrte seinen Rücken an, während ich zu verarbeiten versuchte, was gerade geschehen war. Konnte sich jemand, der so stark positionierte Meinungen akzeptierte, wirklich als gemäßigt bezeichnen? Ich verstand noch immer den Sinn hinter seiner Frage nicht.

»Das war … interessant«, sagte ich nach einer Weile und wandte mich Cora zu, die nach wie vor ihren Blick auf Jax' Rücken geheftet hatte.

Ohne mich anzusehen, sagte sie: »Du findest also, dass Cosmics bevorzugt behandelt werden sollten?« Nun wandte sie sich zu mir um.

Ich legte die Stirn in Falten. »Ja«, erwiderte ich geradeheraus. »Ich weiß natürlich, dass nicht alle Cosmics perfekt sind. Aber der Großteil der Menschen spricht sich sogar für eine Trennung der Wohnbereiche von Cosmics und Menschen aus. Dabei sind *wir* es, die dafür sorgen, dass diese Leute überhaupt noch leben. Die scheiß Generatoren in den Quellbereichen können sie nämlich nicht selbst warten. Oder die gefallenen Städte wieder bewohnbar machen.«

Cora presste die Lippen angespannt aufeinander und schüttelte leicht den Kopf.

Ich hatte es Jax gegenüber vielleicht etwas radikal ausgedrückt, aber das war eben meine Überzeugung.

»Ich verstehe aber auch, warum viele Menschen Angst vor Cosmics haben«, äußerte sie nach einer Weile.

Nachdenklich schaute ich sie an. Ich erinnerte mich daran, dass ich als Kind auch Angst vor den Cosmics gehabt hatte. Davor, wie viel Macht ein einziger von ihnen besitzen konnte. Aber das war auch viel dem Image geschuldet, das die von Menschen gemachten Medien ihnen verliehen. »Da sind wir wohl einfach unterschiedlicher Meinung.« Ich wollte nach wie vor nicht darüber diskutieren.

Cora trat einen Schritt zurück. »Ich bin müde«, brachte sie hervor. »Ich werde ins Bett gehen.«

Ich runzelte die Stirn und schloss zu ihr auf. »Hey, tut mir echt leid, dass ich das so gesagt habe«, murmelte ich. Ich wollte jetzt nicht allein sein. Die Aufregung saß mir noch in den Knochen und so würde ich eh nichts mehr in meinen Kopf reinbekommen. Und die anderen aus meinem Jahrgang sahen deutlich zu vergnügt und entspannt aus, um mich ihnen anzuschließen. »Ich weiß, dass ich manchmal etwas direkt sein kann. Geh bitte nicht.«

Cora sah mich lange an und schien genau zu überlegen, was sie tun sollte. Ging ihr meine Art nun doch auf den Geist? Gerade jetzt, wo ich versuchte, mir meinen Respekt für sie und ihre Fähigkeit zu erkämpfen?

»Tut mir leid«, sagte sie schließlich, einen ehrlich bedauernden Ausdruck auf dem Gesicht. »Wir sehen uns die Tage, ja?« Dann wandte sie sich ab und ließ mich in der Menge zurück. Und ich wusste nicht einmal, warum mich das so traf.

Ich war ja selbst daran schuld.

Ich war selbst schuld.

KAPITEL 34

27.06.2082, DIE ENTSCHEIDUNG ÜBER CHAOS ODER ORDNUNG

Das Klingeln der Glocke befreite mich aus einer Vorlesung, der ich nicht sonderlich viel Aufmerksamkeit hatte schenken können, obwohl ich mir so viel Mühe gegeben hatte. Es ging mir einfach nicht aus dem Kopf, dass Fedir und Himari so viel Zeit mit Grant verbrachten, obwohl der Kerl mich hasste. Dass King tatsächlich Pro-Cosmic war. Und zusätzlich plagte mich auch noch das schlechte Gewissen, weil ich gestern, trotz meiner Pläne, nicht bei Boss gewesen war.

Den ganzen Sonntag hatte ich nur im Bett gelegen. Manchmal geweint. Manchmal nur die Decke angestarrt. Manchmal hatte ich auf dem Balkon gesessen und mir die Sonne ins Gesicht scheinen lassen.

Aber ich hatte mein Zimmer nicht verlassen. Den ganzen Tag nicht, aus Angst, jemandem in die Arme zu laufen, den ich gerade nicht sehen wollte. Also überhaupt jemandem.

Ich beeilte mich, in der Menge unterzutauchen, um Fedir und Himari nicht zu begegnen, die einige Schritte hinter mir waren. Ich hatte während der Vorlesung allein gesessen, weil die beiden wieder mit Grant abgehangen hatten. Himari hatte mir zwar einen Platz neben sich frei gehalten, aber ich hatte mich einfach nicht überwinden können.

Der Kampf mit diesem Typen war keiner, den ich ausfechten wollte. Ich wollte nicht mehr kämpfen oder streiten. Und wenn das bedeutete, dass ich allein bleiben musste, war das eben so.

Dabei war mir sogar selbst klar, wie bescheuert dieser Gedanke war. Ich sollte mir neue Freunde und Freundinnen aus dem Semester suchen. Aber inzwischen hatten sich die Gruppen schon gebildet, was es zusätzlich erschwerte.

Wenigstens hatte ich Bob. Ich strich durch sein Blumenfell und er schaute zu mir auf, als ich auf den Flur trat. Manchmal hatte ich das Gefühl, dass er mich mit seinen Blicken ermahnte. Als wenn er genau wüsste, dass ich mich lächerlich verhielt.

»Cora!«

Oh nein. Fedir. Und seine Stimme klang sehr dringlich.

Sollte ich einfach so tun, als hätte ich ihn nicht gehört und weitergehen? Bob miaute, als ich nicht stehen blieb und sah mich durchdringend an. Also seufzte ich resigniert und drehte mich um. In dem Strom an Studierenden, die an mir vorüber zur Mensa oder zu ihren Zimmern strömten, sah ich Fedir und Himari sofort. Ich schaute mich nach Grant und seinen Freunden um, aber sie schienen bereits gegangen zu sein. Wenigstens das gestand mir das Universum also zu.

»Hey, warum bist du nicht zu uns gekommen?«, wollte Himari wissen und schloss zu mir auf. Sorge lag in ihrem Blick, genau wie am Abend nach dem Kampf. »Bei Jax' Rede am Samstag hab ich dich auch nicht gesehen. Alles gut bei dir?«

Sie hatten mich also gar nicht bemerkt? Dann war ich unauffälliger gewesen, als ich gedacht hatte.

Bevor ich antworten konnte, nickte Fedir aufgeregt. »Ja, ich hab seit den Wäldern gar nicht mehr mit dir gesprochen. Jemand aus dem dritten Semester hat mir gesagt, dass du mich gerettet hast! Ich konnte mich noch gar nicht richtig bei dir bedanken.« Auch er wirkte besorgter als für gewöhnlich.

»J-ja, kein Problem«, murmelte ich. Bob begann zu schnurren. Es gefiel ihm also, dass wir miteinander sprachen. Ich glaubte langsam wirklich, dass er alles genau verstand, was vor sich ging.

»Ist irgendwas … vorgefallen?«, wollte Fedir wissen. »Ich hab das Gefühl, du gehst mir seitdem aus dem Weg.«

»Ja, ich … ich wollte dich am Donnerstag auch nicht überrumpeln«, flüsterte Himari. »Tut mir leid, wenn ich zu viel gesagt habe.«

Ich fühlte mich wie vor den Kopf gestoßen. Also wussten die beiden gar nicht, was mein eigentliches Problem war? Sie dachten wirklich, es lag an ihnen? Sofort überwältigte mich das schlechte Gewissen, als mir klar wurde, dass Himari ernsthaft dachte, dass ich ihre Geschichte nicht hatte hören wollen.

»Nein«, sagte ich also so nachdrücklich wie möglich. »Das hatte gar nichts mit euch zu tun.« Ich sah mich noch einmal im Flur um, der inzwischen schon recht leer geworden war. »Ich … es war nur, weil dieser Grant so oft bei euch war.« Ich zuckte mit den Schultern, weil ich nicht zeigen wollte, wie schwer es mir fiel, darüber zu sprechen. »U-und ich weiß, dass ihr schon länger mit ihm befreundet seid, aber er hat mich schon auf dem Campus angegriffen und King musste mich retten, also …« Ich schluckte angestrengt. »Also gehe ich ihm lieber aus dem Weg.«

»Was?«, sagte Fedir und trat einen Schritt an mich heran. »Er hat dich angegriffen?«

Also hatte er es ihnen gar nicht erzählt?

Aber natürlich, warum sollte er das tun? Ich hatte es ihnen ja auch nicht gesagt, weil ich keinen Ärger hatte verursachen wollen.

»Warum hast du nichts gesagt?«, fragte Himari, die ebenso schockiert aussah wie Fedir.

»Ich …« Ich sah auf den Boden, weil mir das alles so unangenehm war. »Ich weiß ja, dass ihr mit ihm zur Schule gegangen seid, und ich wollte nicht, dass ihr …« Ich hatte keine Ahnung, wie ich meine Gedanken formulieren sollte, also schüttelte ich den Kopf.

Himari legte ihre Hand auf meinen Unterarm. »Es tut mir so leid. Er verhält sich wie ein Arsch. Er hat schlechte Erfahrungen mit Menschen gemacht, in den Krisengebieten. Und außerhalb.« Sie schüttelte den Kopf. »Aber ich wusste nicht, dass er dich angegriffen hat.«

Fedir wiegte den Kopf hin und her. »Das klingt ernster, als ich dachte. Ich werde noch mal mit ihm sprechen.«

Ich wusste nicht, wie ich mich fühlen sollte. Ich war dankbar, dass sie sich so für mich einsetzen wollten und dass sie nicht mit Grant abgehangen hatten, um mir irgendeine versteckte Nachricht zu senden. Aber ich wollte wirklich keine Unannehmlichkeiten verursachen.

»Ich wollte dir nicht das Gefühl geben, dass du nicht zu uns gehörst«, sagte Himari mit zusammengezogenen Augenbrauen. »Tut mir leid, dass du das dachtest.«

Fedir fuhr sich mit den Händen über das Gesicht. »Und ich dachte, du wärst sauer auf mich, weil ich mich bei dem Einsatz so dumm angestellt hab.«

Jetzt konnte ich ein Lächeln nicht mehr unterdrücken. Würde ich Bob nicht in meinen Armen halten, würde ich Fedir wohl umarmen. Er sah so niedergeschlagen aus. Ich hatte ihn selten so ernst gesehen. »Quatsch«, sagte ich leise. »Ich hatte doch eh keine Ahnung, was ich tue.«

In der Zwischenzeit waren bereits alle gegangen. Wir waren die Einzigen, die sich noch im Korridor befanden.

»Ich würde gern noch mal mit dir über diesen Einsatz reden. Weil mir da einiges echt komisch vorgekommen ist.«

Das brachte mich tatsächlich auf andere Gedanken. »Ja, mir auch«, erwiderte ich sofort. »Aber Béla und King haben meine Überlegungen sofort vom Tisch gewischt.«

»Hm.« Fedir hob die Augenbrauen und setzte wieder seinen schelmischen Gesichtsausdruck auf. »Die stecken irgendwie unter einer Decke, oder?«

Ich schüttelte den Kopf, obwohl ich mir nicht ganz sicher war. »Da ist irgendwas Seltsames, ja. Sie verhalten sich beide komisch, wenn sie zusammen sind. Aber ich hab keine Ahnung, was da vorgeht.«

Fedir wollte noch etwas sagen, aber Himari kam ihm zuvor: »Wenn man vom Teufel spricht«, flüsterte sie und ruckte mit dem Kopf in die Richtung hinter mir.

Mein Herz machte einen Sprung, als ich für einen Moment dachte, King wäre dort. Aber als ich mich umwandte, war es nur Béla. So hektisch, wie er auf uns zueilte, spannte ich mich instinktiv an.

»Gut, dass ihr noch hier seid!«, keuchte er. Er war also mal wieder zu spät. »Cora, würdest du mir bitte zur Studienleiterin folgen?«

Ich blinzelte und mein Herz wollte mir aus der Brust springen, als mein ganzer Körper sich anspannte. »Geht es um den Test?«, fragte ich mit trockenem Hals.

»Ja«, bestätigte er sofort und ein heißer Schauer überlief mich. Jetzt würde also die Entscheidung getroffen werden. Oder … war sie schon getroffen worden?

»O-okay«, stotterte ich. Béla setzte sich in Bewegung und bedeutete mir, ihm rasch zu folgen. Fedir und Himari hielten ihre gedrückten Daumen in die Höhe und nickten mir aufmunternd zu. Ich rang mir ein gequältes Lächeln ab, dann folgte ich Béla.

Die Anwesenheit der Studienleiterin machte mich nicht so nervös, wie ich erwartet hatte. Nachdem ich sie das letzte Mal nach meiner Aufnahmeprüfung gesehen und sie mir gesagt hatte, dass ich durchgefallen sei, hatte ich eine größere Anspannung erwartet, dieser Frau gegenüberzutreten. Aber der Kampf in den Wäldern und das Gespräch mit Jax und all die Tage der Anspannung hatten mich wohl abgehärtet.

Béla und ich saßen an einem langen Tisch ihr und zwei weiteren Dozentinnen gegenüber, die ebenfalls aus dem Prüfungskomitee stammten. Hinter ihnen ließ eine hohe Fensterwand auf den Innenhof blicken, auf dem sich viele Studierende im Schatten der hohen Bäume versammelten.

Die Studienleiterin betrachtete einige Notizen auf dem Tablet vor sich. Das dunkelrote Kostüm, das sie trug, symbolisierte bestimmt ihre Fähigkeiten-Klasse, auch wenn es stark von den Uniformen der anderen Dozierenden abwich. Es saß ihr wie auf den Leib geschneidert und brachte ihre schlanke Figur zur Geltung. Der lockige helle Bob fiel ihr wie immer locker ins Gesicht, als sie von ihren Notizen endlich zu mir aufschaute.

»Miss Jenkins«, sagte sie. Ein Lächeln umspielte ihre vollen Lippen. Ich war überrascht, wie ehrlich es wirkte. »Ich freue mich, Sie wiederzusehen, nachdem unsere letzte Begegnung ja leider nicht so erfreulich war.«

Ich gab mir Mühe, ebenfalls zu lächeln, obwohl die Enttäuschung, die ich damals empfunden hatte, noch immer nicht ganz verschwunden war. »Ja, so geht es mir auch.«

Ihre Begleiterinnen, die rechts und links neben ihr saßen, betrachteten mich aufmerksam. Eine von ihnen hatte mittelbraune Haut, dunkle Haare und ein sehr jugendliches Gesicht. Ich hatte sie schon einige Male auf den Gängen gesehen. Die Frau zu ihrer rechten, mit heller Haut, blondem Haar und dunklen Augen, hatte eher scharfkantige Züge, unterstrichen von dem skeptischen Ausdruck, den sie aufgesetzt hatte.

Gemeinsam strahlten die drei eine Autorität aus, die mich einschüchterte.

»In diesem Sinne erst einmal willkommen in unserer Einrichtung«, fuhr die Studienleiterin fort.

»Danke«, sagte ich. Ich hatte die Hände gefaltet und zwischen meine Oberschenkel geschoben, um nicht mit ihnen herumzufuchteln. Bob hatte sich neben mich auf den Tisch gesetzt, aber niemand schien ihn zu beachten. Ich vermutete, dass es ihnen einfach egal war, weil er sich ruhig verhielt. Aber ein kleiner Teil von mir ließ die Theorie nicht los, dass er vielleicht die Fähigkeit besaß, die Reaktionen seiner Umgebung zu beeinflussen. Anders konnte ich mir manchmal nicht erklären, warum die Dozierenden ihm keinerlei Aufmerksamkeit schenkten.

»Doktor Gedeon hat sich nach Ihrer Prüfung sehr für Sie eingesetzt«, fuhr die Studienleiterin fort. Sie wirkte so viel freundlicher, als die Videos und Bilder, die ich von ihr kannte, hatten vermuten lassen. »Und offenbar hat sich seine Entscheidung ausgezahlt. Berichten zufolge hätten wir ein wichtiges Forschungsteam und einen Studenten unserer Akademie verloren, wenn Sie nicht gewesen wären. Ich möchte Ihnen also noch einmal persönlich für Ihren Einsatz danken.«

Ich atmete tief ein, um mich etwas zu lockern. Diese Worte hatte ich in den letzten Tagen so häufig gehört, dass ich mich eigentlich an sie hätte gewöhnen müssen. Aber es fiel mir immer noch schwer, dieses Lob, das mir so viel bedeutete, anzunehmen. Ich rechnete im Grunde jederzeit damit, dass noch ein *Aber* folgen würde.

»Gern«, erwiderte ich, als kein *Aber* kam.

»Wir hatten in Absprache mit Doktor Gedeon ein weiteres Testszenario für Sie vorgeschlagen. Das ist allerdings kein Standardverfahren an unserer Einrichtung, deswegen mussten wir uns viele Gedanken um das Vorgehen machen.«

Ich nickte verstehend.

»Ich muss Ihnen sagen, dass Ihr Einsatz in den Quellbereichen herausragend von allen Zeugen besprochen wurde. Deswegen haben meine Kolleginnen und ich uns noch einmal dazu beratschlagt, ob wir Ihnen den Test vielleicht erlassen.« Ich wagte es nicht, aufzuatmen, weil ihr Tonfall suggerierte, dass noch etwas folgte. »Allerdings schätzen wir die Zustände, in denen Sie über diese Szenarien siegen, nach wie vor als sehr chaotisch, unberechenbar und gefährlich ein.« Das musste sie mir nicht sagen. Ich empfand es genauso. »Daher haben wir uns dazu entschieden, es beim Test zu belassen und ihre Aufnahme an der Akademie vom Testergebnis abhängig zu machen.«

Ich nickte, weil es nicht überraschend für mich kam. Das war genau das, womit ich gerechnet hatte und dass sie zwischenzeitlich wohl gezögert hatten, änderte nichts.

»Aber wie wir hören, würden Sie sich auch selbst gern testen lassen?«

Es fiel mir schwer, ihrem Blick standzuhalten, aber ich tat es trotzdem. Vor einigen Tagen wäre die Antwort auf diese Frage sicherlich noch ein klares und deutliches Nein gewesen. Aber nach dem Kampf im Quellbereich hatte ich meine Entscheidung getroffen. Deswegen nickte ich entschlossen und brachte ein »Ja« über meine Lippen. Ich hatte die letzten Tage damit verbracht, mich mit diesem Gedanken anzufreunden und sogar begonnen, Energie aus der Vorstellung zu ziehen, dass ich vielleicht endlich herausfinden würde, was ich konnte. Wer ich war. Ich wollte es versuchen. »Ich habe mein Leben lang nicht genau gewusst, ob ich eine Cosmic Power besitze oder nicht«, sagte ich. »Ich würde die Chance gern nutzen und es endlich klarstellen. Selbst wenn das bedeuten würde, dass ich hier nicht länger studieren kann.« Ich nickte, wie um mir diesen Gedanken noch einmal selbst zu bestätigen. »Ich muss es endlich wissen.«

Die Studienleiterin setzte einen anerkennenden Gesichtsausdruck auf. »Wir verstehen die besondere Situation, in der Sie sich befinden.« Sie legte die Finger aneinander. »Es ist Ihnen vielleicht nicht bewusst, aber wir mussten schon einige Anfragen der Medien ablehnen, die die Lehrkräfte zu Ihrem Fall befragen wollten. Immerhin sind Sie der erste registrierte Mensch bei uns.«

Das ließ das Blut etwas schneller durch meine Adern rauschen. Bitte nicht auch noch die Medien. Der Aufruhr, den ich unter den Studierenden verursachte, war mir bereits genug.

»Deswegen können wir uns vorstellen, dass es Ihnen auch gelegen kommen sollte, wenn Sie Ihren Status als Cosmic bekommen.«

Ich nickte, weil das exakt meine Meinung war. Obwohl ein Teil von mir noch immer befürchtete, dass sie feststellen würden, ich sei nur ein gewöhnlicher Mensch mit ungewöhnlich viel Glück. Doch wenn es so war, könnte ich zumindest beginnen, mich mit diesem finalen Ergebnis abzufinden. Es wäre besser, als den Rest meines Lebens in Ungewissheit zu verbringen.

»Das ist sehr gut. Das Prüfungskomitee hat in den letzten Tagen eine Prüfung ausgearbeitet, die Ihnen hoffentlich auch zusagen wird.«

»Okay?« Mein Blick huschte zu Béla und wieder zurück in die Runde.

»Wir würden gern verschiedene Studierende mit unterschiedlichen Cosmic Powers gegen Sie antreten lassen«, fuhr die Studienleiterin fort. »Das würde zwar keinen eindeutigen Beweis Ihrer Fähigkeiten darstellen, aber es wäre ein zuverlässiger Weg, um einen Eindruck zu bekommen. Immerhin ist die Chance, dass Sie alle Cosmics mit herausragenden Fähigkeiten ohne Training schlagen, sehr gering.«

Ich nickte verstehend, auch wenn ich mit so einem Szenario nicht gerechnet hatte. Ich sollte gegen andere Studierende kämpfen? Konnte ich überhaupt gewinnen?

»Das war die beste Lösung, die uns einfiel«, fuhr Béla fort. »Immerhin besteht deine Cosmic Power, sofern du eine hast, nicht darin, etwas zu bewirken, sondern dich zu schützen.«

»Was wiederum bedeutet, dass wir Sie in gefährliche Situationen bringen müssen, wenn wir mehr darüber herausfinden wollen«, ergänzte die Studienleiterin.

»Und wenn sie herausfinden, dass du diese Fähigkeit nicht hast, tut's weh«, sagte Béla.

Dieser Umstand war mir mehr als bewusst und ich hielt mich für alles andere als für unverwundbar. Nicht, nachdem mir der Soldat in der Kirche mitten durch die Hand geschossen hatte. Irgendein Szenario gab es, in dem man mich verletzen konnte, das wusste ich. Ich wusste nur noch nicht, was es war.

»Wir würden natürlich mehrere Sanitäter vor Ort haben, ebenso wie Lehrkräfte, die dazwischengehen, falls es zu gefährlich wird.« Der intensive Blick, mit dem sie mich bedachte, ließ mir einen eiskalten Schauer den Rücken hinablaufen. »Aber wir müssen nochmals betonen, was für eine gefährliche Situation das für Sie wäre, Miss Jenkins. Wir wollen Ihnen daher anbieten, den Test freiwillig abzusagen. Damit müssten Sie auch die Akademie verlassen, aber es wäre ein sicherer Ausweg.« Bevor ich etwas sagen konnte, hob sie die Hände, um mir Einhalt zu gebieten. »Sie klingen so, als wäre die Entscheidung für Sie schon gefallen, aber ich bitte Sie, sehr genau darüber nachzudenken.«

Ich ließ mir einige Momente Zeit, aber sie hatte recht. Ich hatte meine Entscheidung bereits getroffen, und die Akademie kampflos zu verlassen, kam für mich einfach nicht infrage. Egal, wie gefährlich es werden würde. »Ich habe mich entschieden«, sagte ich schließlich. »Ich will es unbedingt.«

Eine ganze Weile sahen mich die drei Frauen an. Schließlich nickte die Studienleiterin, nahm einige Klicks auf ihrem Tablet vor und schob es zu mir hinüber. »Gut, dann unterschreiben Sie bitte hier. Damit bestätigen Sie, dass die Akademie für eventuelle Schäden, die Ihnen entstehen, nicht haftbar gemacht werden kann.«

Klar. So etwas hatte ich vor meiner ersten Prüfung schon unterschrieben. Ich nahm mir trotzdem einige Momente, um die Punkte auf der Seite zu überfliegen.

»Wir würden den Test dann für heute Nachmittag ansetzen.«

Ich schaute zu ihr auf, die Augen erschrocken geweitet. »Heute Nachmittag schon?«

Langsam nickte sie und legte den Kopf schief. »Gibt es damit ein Problem?«

Ich schluckte angestrengt, dann schüttelte ich zögerlich den Kopf. So schnell. Ich hatte keinerlei Zeit, mich darauf vorzubereiten. Andererseits … was würde das auch bringen? So hätte ich zumindest keine Zeit, vor Sorge den Verstand zu verlieren. »Nein«, sagte ich leise. Mein Mund war mit einem Mal ganz trocken. »Nein, gibt es nicht.«

KAPITEL 35

27.06.2082, DAS SIEGEN VON GEFÜHLEN ÜBER SCHLACHTFELDER

Hunderte Studierende hatten sich um das Trainingsgelände auf dem hinteren Hof des Campus versammelt, in dessen Mitte ich allein mit Béla stand. Ich fühlte mich, als wäre die Blicke auszuhalten und nicht wegzulaufen bereits die erste Prüfung, die ich bestehen musste. Die Stimmen waren zu einem unangenehmen Hintergrundrauschen geworden, als ich mich, meine Glieder vor Aufregung kribbelnd, umsah.

Gleich würde es losgehen und obwohl mir klar war, dass das hier zu einem späteren Zeitpunkt nicht leichter sein würde, wünschte ich mir, verschwinden zu können. Oder diese ganze Sache doch noch mal zu verschieben.

Béla tänzelte wie immer nervös auf der Stelle. Vielleicht sogar ein bisschen mehr als sonst, wahrscheinlich war die Situation für ihn ähnlich spannend wie für mich. Immerhin war er derjenige gewesen, der sich für meine Aufnahme eingesetzt hatte.

»Nicht vergessen«, sagte Béla. Ich wusste nicht genau, worauf er gewartet hatte, aber ich riss mich aus meinen Überlegungen und sah ihn an. »Keine tödlichen Angriffe. Wenn jemand zu weit geht, gehen wir Lehrkräfte dazwischen. Klar?«

»Klar.« Obwohl er das wohl eher den anderen sagen sollte als mir. Ich konnte nicht viel ausrichten.

»Die anderen bekommen die Info natürlich auch«, sagte er, als hätte er meine Gedanken gelesen. »Wir haben nicht vor, dich zu töten, falls du ein Mensch sein solltest, also …« Er klatschte in die Hände. »Legen wir los.« Sie hatten also nicht vor, mich zu töten. Das würde ja spannend werden. Um uns herum wurde es plötzlich totenstill. »Wir werden dich heute gegen verschiedene Fähigkeiten-Klassen antreten lassen, um zu sehen, wie du dich schlägst. Und wir beginnen mit der Psyche-Klasse.« Er winkte und ein Student, den ich noch nie gesehen hatte, löste sich aus der Menge und trat eilig auf uns zu. Dunkle Haut, dunkle Haare und ein entspannter Gesichtsausdruck. Was für eine Fähigkeit hatte er wohl? Und warum war ich so aufgeregt? Wenn ich mich nicht ein wenig lockerte, würde ich mich überhaupt nicht konzentrieren können.

»Das ist Chase«, sagte Béla und wies auf den jungen Mann. Dieser hob die Arme, als würde allein sein Name einen Applaus wert sein, und die Menge tat ihm den Gefallen. Einige Leute jubelten. »Er kann die Gedanken anderer Menschen beeinflussen und ihnen Befehle geben, wenn er ihnen in die Augen sieht.«

»Leider eine Fähigkeit, die nicht viele moralisch einwandfreie Einsatzmöglichkeiten hat«, sagte Chase und stellte sich mir gegenüber. Die Uniform saß gut an ihm. Die hellblaue Krawatte bildete einen coolen Kontrast zum Rest seines Aussehens.

»Verstehe«, murmelte ich und hatte keine Ahnung, was ich mit meinen Händen anstellen sollte.

»Wir testen erst mal drei verschiedene Psyche-Fähigkeiten an dir, damit wir schauen können, ob die bei dir wirken.« Béla grinste. »Dann feuern wir das heftige Zeug auf dich ab.«

»Klingt vielversprechend«, murmelte ich nervös. Chase warf mir einen aufmunternden Blick zu.

»Dann seht euch mal bitte in die Augen. Chase, deine Aufgabe ist es, Cora dazu zu bringen, zehn Schritte zurückzugehen.«

»Gut.«

Ich folgte der Anweisung, dem Studenten aus dem höheren Semester in die Augen zu sehen, auch wenn sich ein unangenehmes Gefühl in meiner Magengegend ausbreitete.

Zehn Schritte zurück.

Ich zuckte ein wenig zusammen, als ich seine Stimme in meinem Kopf hörte, als wäre sie einer meiner eigenen Gedanken. Nur ein wenig fremder.

Zehn Schritte zurück!

Aber selbst als sie dringlicher wurde, verspürte ich nicht den Drang, der Anweisung zu folgen.

»Ich höre ihn«, berichtete ich und Chase runzelte die Stirn.

»Warum klappt es dann nicht?«, fragte er, wies auf mich und schaute Béla an. Ich war erleichtert, als er den Augenkontakt abbrach. »Ich hab nicht mal was von ihr verlangt, was ihrer Natur widerspricht.«

Also hatte es nicht funktioniert? Hätte diese Stimme mich wirklich beeinflussen sollen? Ich war verwundert, wenn auch nicht wirklich überrascht darüber, nach dem, was in den Wäldern geschehen war.

Béla nickte gemächlich, dann bedeutete er Chase, den Platz zu verlassen. »Das hatte schon mal keinen Effekt«, sagte er laut. Chase entfernte sich mit gesenktem Kopf, hob aber abermals einen Arm, was abermals Applaus generierte, wenn auch etwas verhaltener. Ich konnte ein Lächeln nicht zurückhalten. Der Kerl schien echt beliebt zu sein.

Eine Studentin hatte sich bereits aus der Menge gelöst und kam auf uns zu, als Chase noch vom Platz trottete.

Wenn der ganze Test so verlaufen würde wie bisher, hätte ich kein Problem. Das eigentliche Problem war, dass ich wusste, dass das die Ruhe vor dem Sturm war.

Die Studentin, die vor mir Stellung bezog, hatte helle Haut, dunkle Haare und war deutlich größer als ich. Sie machte einen schüchternen Eindruck.

»Ich muss dich berühren, um meine Cosmic Power einzusetzen«, sagte sie und streckte ihre Hand aus. Ich trat näher, jedoch ohne sie anzufassen.

»Gut, dann finde doch mal für mich heraus, wann Cora das letzte Mal auf dem Klo war und wie lange.«

»Was?«, fragte ich schockiert, aber die beiden lachten.

Sie machte eine wegwerfende Handbewegung. »Ach, wenn du 'ne Weile lang Gedanken liest, wird es irgendwann normal, dass Leute dauerhaft an so was denken.«

Ich runzelte die Stirn, weil mich das nicht gerade beruhigte. Wenn sie meine Gedanken lesen konnte, wollte ich ehrlich gesagt nicht, dass sie jemandem meine Geheimnisse verriet. Trotzdem atmete ich aus und ergriff die Hand des Mädchens.

Sofort veränderte sich ihr Ausdruck und es wirkte, als würde sie in weite Ferne schauen. »Nein«, sagte sie schließlich und klang irgendwie verträumt. »Nichts.«

»Gar nichts?«, fragte Béla ungläubig. Ich fühlte mich nackt unter ihrer Berührung, aber es beruhigte mich wirklich, dass sie nichts fand.

»Nein, das … passiert nicht oft.«

»Gibt es irgendwelche Gedanken, die du sehen kannst?«

Sie blickte mich an, als müsste sie angestrengt über etwas nachdenken.

»Ja, aber nur … Unverfängliches. Das Gefühl, wenn sie ihren Kater streichelt. Bilder davon, wie sie in Vorlesungen sitzt, oder in der Mensa. Aber alles sehr verschwommen.«

»Normalerweise ist das, was du siehst, klarer, oder?«, wollte er wissen.

Sie lachte. »Eigentlich ist es widerlich detailliert.«

Endlich ließ sie mich los und ich glaubte, jetzt bereit für die Kämpfe zu sein. Diese Fähigkeiten bereiteten mir ein unangenehmes Gefühl im Magen. Ich fühlte mich ihnen komplett ausgeliefert, weil es nichts gab, wie ich sie aufhalten oder auch nur verstehen konnte.

»Danke«, sagte Béla und die namenlose Studentin verschwand in der Menge. »Das ist spannend«, sagte er und verschränkte die Arme vor der Brust. »Deine Fähigkeit bewahrt dich also davor, etwas gegen deinen Willen zu tun oder von anderen ausspioniert zu werden.« Er schürzte die Lippen. »Aber wie sieht es mit Gefühlen aus?«

Es dauerte kurz, bis ich verstand, worauf er hinauswollte. Doch dann dämmerte es mir. Und im nächsten Moment löste sich Fedir aus der Menge, kam locker auf den Platz gelaufen und blieb nur wenige Meter von mir entfernt stehen.

Er sollte gegen mich antreten? Ich wusste, dass wir nicht kämpfen mussten, aber trotzdem fühlte es sich falsch an.

Ein verschmitztes Lächeln auf den Lippen schaute er mich an. »Die Macht der Gefühle, Baby«, säuselte er und alle lachten. Ich runzelte die Stirn. Wie es sich wohl anfühlen würde, wenn er es schaffen sollte, seine chaotische Energie auf mich zu übertragen? Würden wir dann gemeinsam die Klassen-Clowns abgeben?

»Fang gern an«, sagte Béla, woraufhin Fedir allerdings nervös den Blick schweifen ließ.

»Muss ich?«

Er wollte gar nicht? Ich wollte auch nicht! Konnten wir beide ein Veto einlegen?

»Ja«, antwortete Béla und Fedir seufzte theatralisch.

Als wir Augenkontakt herstellten, überwältigte mich ein Gefühl in einer so heftigen Intensität, dass ich es erst gar nicht begreifen oder beschreiben konnte. Es nahm alles ein, was ich besaß. Mein gesamtes Denken. Es war, als würden alle schlechten Erinnerungen meines Lebens in einer Diashow vor meinem inneren Auge abgespielt werden, ohne dass ich sie aufhalten konnte. Und es war als … als wollten diese Bilder mir etwas beweisen. Etwas, von dem ich glaubte, es immer gewusst, aber nie gesehen zu haben: dass mein Leben sinnlos war. Nicht das Leben an sich, aber meins. Es gab niemanden mehr, der mich liebte, und selbst meine Freunde kannten mich nicht wirklich.

Ich fasste mir an die Brust, als Tränen meine Augen füllten und ich den Drang unterdrücken musste, auf den Boden zu sinken und mich in Fötusstellung zusammenzurollen.

Dieses Gefühl, das war … ja, das war die pure, destillierte Verzweiflung. Als würde meine Seele in tausend Stücke zerrissen werden. Und ich war gefangen und konnte nichts tun, als die Trümmer beim Fallen zu beobachten.

»Was?«, brachte ich über die Lippen. »Ich meine … *Was?* Du hast doch gesagt, dass du die Gefühle selbst fühlen musst, damit du sie übertragen kannst!«

»Das ist wahr«, sagte er und sah mich mit seinem üblichen Lächeln an.

»Und *das* fühlst du gerade?« Wie konnte er lächeln? Wie konnte er noch aufrecht stehen, während mir die Last dieser Gedanken den Atem abschnürte und meinen ganzen Körper lähmte?

»Das ist so was wie mein Werkszustand.« Ich schüttelte perplex den Kopf, als ein Schwall Überheblichkeit und Stolz sich in das Chaos mischten. Es reichte allerdings nicht aus, um die Verzweiflung zu überdecken. »Deswegen ist meine Fähigkeit so stark.« Er sagte das, als wäre es etwas, womit er angeben konnte. Und es war, als würde ich es erst jetzt hinter seinen Augen erkennen: eine Traurigkeit, die immer mitgeschwungen hatte, nur versteckt, weil ich nie danach gesucht hatte.

»Fedir«, brachte ich schockiert über die Lippen und sank in die Knie. Ich wollte das nicht mehr! Das sollte aufhören! Jetzt! Ich konnte das nicht ertragen, es sollte …

Als das Gefühl mit einem Mal wie ein Berg von meiner Seele gehoben wurde, war ich für mehrere Sekunden wie erstarrt. Etwas in mir traute dem Frieden nicht.

Das, was ich gerade gesehen und empfunden hatte … Es waren nur wenige Momente gewesen, aber ich wusste nicht, ob ich das jemals vergessen würde. Erst nach einer Weile konnte ich wieder leichter atmen.

Ich sah zu Fedir auf, der nach wie vor sein schiefes Lächeln lächelte. Er zwinkerte, dann ging er vom Feld, ohne ein weiteres Wort zu sagen. Ich wischte mir die Tränen aus den Augenwinkeln und sah ihm hinterher, plötzlich überwältigt von einem ganz anderen Gefühl. Dem unbändigen Drang, aufzustehen, ihm hinterherzulaufen und ihn zu umarmen.

War dieser lebensfrohe Idiot wirklich so deprimiert? Was hatte er durchgemacht? Ich musste ihn danach fragen, das … das konnte ich doch nicht einfach so im Raum stehen lassen.

»Alles in Ordnung?«, wollte Béla wissen, griff mir unter die Arme und hievte mich auf die Beine. Warum fühlte ich mich, als hätte ich einen physischen Kampf ausgetragen? »Brauchst du 'ne Pause?«

Ich atmete schwer. »Kurz«, keuchte ich und sah mich in der Menge um. Fedir war verschwunden.

»Gefühle, hm?«, fragte Béla und ich konnte mich endlich von ihm losmachen und auf eigenen Beinen stehen.

»Gefühle«, ächzte ich.

»Geht's wieder?«

»Klar.« Ich hatte zwei Schlucke Wasser genommen und weiter nach Fedir Ausschau gehalten, aber er war nirgends zu sehen. Und weil ich mich nicht vor dem drücken wollte, was unausweichlich war, fuhren wir direkt fort. Ich wusste nicht, ob einer meiner kommenden Gegner mir so wehtun konnte, wie er es gerade getan hatte. Die Angst verschwand trotzdem nicht aus meinem Herzen.

Béla sah mich kurz prüfend an, dann winkte er abermals. Es wirkte nahezu theatralisch, wie er die Studierenden herumkommandierte. Und wie gerufen betrat ein junger Mann den Platz. Er hatte karamellfarbenes Haar und einen muskulösen Körper, wenn auch irgendwie schmal. Wie der eines Läufers.

»Ich würde dir ja erklären, was ich kann«, sagte er und streckte seine Arme. »Aber ich denke, ich lass dir lieber die Überraschung.«

Ich zog die Augenbrauen in die Höhe und spannte mich an. Was auch immer die Überraschung wäre, es konnte nichts Positives sein.

»Das Gute ist, dass wir Chris bereits in vielen Testszenarien gesehen haben«, sagte Béla. »So erkennen wir sofort, wenn etwas ungewöhnlich ist.«

»Und ihr wisst, dass ich mich nicht zurückhalte«, sagte der Typ. Er wirkte ganz aufgeregt, wie er von einem Fuß auf den anderen hüpfte.

Béla klatschte in die Hände. »Seid ihr bereit?«

»Ja«, rief mein Gegenüber. Er sah aus, als würde er sich gleich in freudiger Ekstase auf mich stürzen wie ein Hund.

»Ja«, sagte ich, obwohl ich lieber *Nein* gesagt hätte. Aber ich hatte die Entscheidung getroffen, also musste ich da jetzt durch.

»Los«, schrie Béla und in derselben Sekunde rannte mein Gegenüber schon auf mich zu.

Ich bezog bereits Stellung, um auszuweichen, doch als er sprang, sah es plötzlich so aus, als tauchten hinter ihm in der Luft noch zwei weitere von ihm auf.

Klone! Seine Cosmic Power war, dass er sich klonen konnte!

Die beiden neuen Versionen von ihm hechteten zu meinen Seiten, während er selbst frontal angriff und einfach mit der Faust zuschlug. Ich wich mit einem Satz nach hinten aus, was dazu führte, dass er einen seiner Klone erwischte und dieser zu Boden ging.

Anstatt mir nachzusetzen, schaute er auf seine Faust hinab und dann auf. »Das ist noch nie passiert«, sagte er und half seinem Abbild hoch. »Wie hast du das gemacht?«

»Ich hab gar nichts gemacht«, murmelte ich.

»Na gut!«, rief er und setzte sofort zu einem neuen Angriff an. Ich wollte mich wieder zum Ausweichen bereit machen, als mich jemand packte und die Arme einfach von hinten um meinen Oberkörper schlang. Was zur Hölle? Wann hatte er denn einen dritten Klon erschaffen?

»Ha!«, machte Chris und setzte auf mich zu. Meine Beine waren noch frei, also versuchte ich, ihm einen Tritt zu verpassen, traf allerdings daneben. Als er mit der Faust ausholte und auf mein Gesicht zielte, nahm ich all meine Kraft zusammen und lehnte mich nach vorn.

Ich sah nicht, was geschah, aber der Griff um meinen Körper lockerte sich, sodass ich mich zwischen den beiden Versionen von ihm herauswinden konnte. Hatte er schon wieder seinen Klon getroffen?

Ich ging ein Stück zur Seite, von den vieren weg. »Du musst das echt besser zu kontrollieren lernen«, sagte ich schwer atmend.

»Ohne Witz, dass passiert sonst nie!«, erwiderte Chris fassungslos und schaute sich Hilfe suchend zu Béla um. Die Hände irritiert vor sich haltend schüttelte er den Kopf. »Du stellst echt mein Weltbild infrage. Mich schlägt sonst keiner.« Einige Buh-Rufe waren zu hören und ich grinste. »Darf ich noch mal, Chef?«, fragte er, aber Béla schüttelte den Kopf.

»Nein, ich hab genug gesehen. Ich warte ehrlich gesagt auf das heftige Zeug.«

Ich zog die Augenbrauen in die Höhe. Wie viel heftiger sollte es denn noch werden?

»Das war gut«, sagte Béla laut genug, dass sicher einige Umstehende ihn hören konnten, als er an mich herantrat und Chris sich mit gesenktem Kopf entfernte. »Aber du weißt, was dein Problem ist, oder?«

»Ja«, murmelte ich. »Ich kann mich verteidigen, aber nicht zurückschlagen.«

Gemächlich nickte er und legte die behandschuhten Hände aneinander, dann senkte er seine Stimme. »In Zukunft sollten wir also dein Training darauf konzentrieren, dir Angriffstaktiken beizubringen. Deine Verteidigung scheint makellos zu sein.« Ich fuhr mir mit der Zunge über die Lippen und Béla trat einen Schritt zurück, um den nächsten Gegner heranzuwinken. »Zumindest gegen körperliche Angriffe. Aber wie sieht es mit etwas … Krasserem aus?«

Ich folgte seinem Blick zu der muskelbepackten Studentin, die sich auf den Platz stellte. Einige Male war sie mir mit ihren schwarzen Haaren und den bernsteinfarbenen Augen schon in den Fluren aufgefallen.

»Ich bin Chloe«, sagte sie und stemmte die Hände in die Hüften. Das schwarze Tanktop, das sie anstelle ihrer Bluse trug, brachte ihre Oberarme richtig zum Vorschein.

Béla entfernte sich rückwärts aus dem Ring und einige Studierende jubelten und klatschten, als Chloe ihre Hände aneinanderrieb.

»Ihre Cosmic Power ist Feuer«, rief Béla. »Nimm dich vor ihr in Acht, sie hat ziemlich … Durchschlagskraft.«

Ich schluckte angestrengt und nickte schließlich. Wie sollte ich mich gegen Feuer verteidigen? Es gab kein Wasser auf dem Gelände, das ich für mich hätte nutzen können, und ich müsste die Geräte und Gerüste aus Holz möglichst meiden.

Das ging alles zu schnell.

»Bereit?«

»Bereit«, sagte Chloe.

»Bereit«, schloss ich mich an, obwohl ich absolut nicht bereit war.

Chloe ließ keine Zeit verstreichen, rieb ihre Hände aneinander, bis die begannen zu glühen. Sie streckte sie nach vorn aus und ich begann zu rennen. Mehrere Feuerbälle prallten in mächtigen Explosionen hinter mir in die Erde und ich schlitterte zu einer der Kletterwände. Es gab vier Stück davon, jeweils zwei standen hintereinander. Sie bestanden aus Metall und Kunststoff, also hoffte ich, dass sie eine Weile halten würden. Aber ich hatte keine Ahnung, wie heiß Chloes Feuer wurde, also konnte ich mich darauf auch nicht verlassen.

Ich musste mir *sehr* schnell etwas einfallen lassen, wenn ich hier wieder rauskommen wollte. Ein Blick zurück zeigte mir, dass der Boden an den Stellen, an den Chloes Feuer ihn getroffen hatte, glühte. Die Hitze brannte auf meinem Gesicht.

Sie machte Ernst. Das war das, was Béla als *das heftige Zeug* bezeichnet hatte.

Chloes Schritte näherten sich und ihr fröhliches Lachen ließ mir das Blut in den Adern gefrieren.

»Hast du Angst?«, rief sie und einige der Umstehenden lachten. Die sollten sich lieber nicht so aufspielen. Einige von ihnen waren mehrere Meter zurückgewichen, als sie losgelegt hatte.

Aber das musste mir jetzt egal sein. Was hier würde ich als Waffe benutzen können? Chris' Angriffe waren so schnell aufeinandergefolgt, dass ich keine Möglichkeit gehabt hatte, mit meiner Umgebung zu arbeiten, aber jetzt musste ich jede Chance nutzen.

Ein ohrenbetäubendes Krachen ertönte und ich schlug meine Arme über dem Kopf zusammen, als die Kletterwand vor meiner offenbar in tausend Stücke zerbrach. Die Trümmer flogen an mir vorbei und über den ganzen Platz.

Okay. Diese Dinger würden mir keinen Schutz bieten!

»Ich sagte, ihr sollt aufpassen!«, schrie Béla von der Seite.

»Sie sagten, ich soll ihr Feuer unterm Arsch machen, Doktor Gedeon!«, rief Chloe lachend.

»*Das* habe ich bestimmt nie –«

Ich hatte keine Zeit, ihnen bei ihrem Geplänkel zuzuhören. Also rappelte ich mich auf und hechtete zur nächsten Kletterwand. Die Flammen sollten mir helfen, mich vor ihrem Blick zu verbergen und … ja! Eine Metallstange, die aus dem Gerüst gebrochen war, erweckte meine Aufmerksamkeit und ich nahm sie. Sie war nicht so cool wie Kings Speer, aber besser als nichts, wenn ich mich irgendwie verteidigen oder sogar angreifen wollte.

Ich schlich um die breiten Gebilde herum, während Chloe vermutlich gerade an der Stelle nach mir suchte, von der ich geflohen war. Ich bewegte mich vorsichtig um beide Kletterwände herum, um an eine Stelle zu gelangen, an der sie hoffentlich nicht mit mir rechnete.

»Komm raus, Mäuschen«, säuselte sie und zerstörte mit einem gewaltigen Feuerball eine weitere Kletterwand. Einige Bruchstücke fielen herab und verfehlten mich um Haaresbreite. Aber ich bewegte mich nicht. Es würde ihr nicht gelingen, mich aus meinem Versteck zu vertreiben, bevor ich nicht zumindest versucht hatte, sie zu treffen.

Ich musste mehr über ihre Kraft herausfinden. Wie konnten diese riesigen Gebilde ihr so schnell zum Opfer fallen? Sie musste ihre Cosmic Power wirklich extrem gut unter Kontrolle haben. Aber selbst so starke Cosmics besaßen Schwächen.

Chloe kam näher. Ich hörte ihre Schritte über dem Fallen der Trümmer und dem Flammeninferno nur schwerlich, aber ich musste meinen Ohren jetzt vertrauen. Ich griff die Metallstange fest mit beiden Händen, sprang aus meiner Deckung, holte aus und ließ sie auf sie niederrasen. Obwohl sie mich nicht gesehen hatte, waren Chloes Reflexe schneller als gedacht. Mit ihrer noch immer glühenden Hand griff sie nach der Stange und hielt sie mit einem Lächeln fest.

Unsere Blicke kreuzten sich und ich sah, wie Hitze aus ihrer Hand aufstieg, als die Stange schnell heißer wurde.

Mist! Ich musste sie loslassen, bevor ich mir die Hände verbrannte. Doch bevor ich herumwirbelte, glaubte ich, etwas zu sehen. Sobald ich losgelassen hatte, hatte Chloe die Stange ebenfalls mit einem schmerzverzerrten Gesichtsausdruck fallen gelassen.

Hatte sie die Hitze auch gespürt? Konnte sie sich an ihren eigenen Flammen verbrennen?

Ich rannte auf eins der Podeste hinauf, überwand die Stufen. Ich hatte keine Ahnung, wofür dieses Ding benutzt wurde, aber es war verdammt groß. Wenn ich es auf die andere Seite schaffte, würde ich vielleicht …

Nein, ich wäre zu langsam. Chloe setzte mir bereits nach und ließ die nächste Feuerflut auf mich ab. Die massive Metallstrebe des Gerüsts war alles, was ihren Feuerball daran hinderte, mich zu treffen.

Chloe bleib auf den Stufen stehen und ballte die Fäuste. Gleich würde etwas Großes kommen! Aber der Metallbalken, der mich gerade beschützt hatte, neigte sich gefährlich und ich musste ihm zuerst ausweichen, bevor ich mir Gedanken um Chloe machen konnte. Die Wucht, mit der er auf das teils brennende Holz fiel, ließ das Podest unter meinen Füßen einbrechen und ich stürzte hinab. Es war unten drin ja hohl!

Die Landung auf meinen Knien und Händen war schmerzhaft, aber als ich mich umwandte, sah ich, dass der Sturz mich gerettet hatte. Die Feuersbrunst fegte im selben Moment über mich hinweg. Das ganze verdammte Ding fing Feuer.

Das … das war wirklich Glück gewesen.

Ich konnte mich jedoch nicht ausruhen. Ich musste schnell sein, wenn ich nicht unter dem restlichen Holz begraben werden wollte. Eins der herabfallenden Trümmerteile streifte mich und meine Bluse, und …

Moment. War die Uniform etwa feuerfest?

Unter dem Podest kniend, hielt ich meinen langen Ärmel rasch über eine der Flammen, die hier loderten. Nichts. Sie war feuerfest!

»Lebst du noch?«, rief Chloe offenbar amüsiert, als ich meine Hosenträger öffnete und meine Bluse auszog. Zum Glück trug ich noch ein Top darunter.

Der Richtung ihrer Stimme nach zu urteilen, stand sie noch immer auf der Treppe. Vielleicht konnte ich sie kurz ablenken … Ich griff nach einem der größeren Holzstücke, die noch nicht komplett in Flammen standen, und warf es zur anderen Seite des Podests, wo es krachend aufkam. Dann kroch ich so schnell ich konnte durch Feuer und Trümmer in die andere Richtung.

Hoffentlich fiel sie auf die Falle herein.

Meine Bluse in den Händen wand ich mich unter dem Podest hervor und schaute mich um. Es hatte geklappt, sie suchte auf der anderen Seite nach mir. Wo war meine verdammte Metallstange?!

Halb geduckt lief ich zu der Stelle zurück, an der ich sie damit angegriffen hatte. Solange ich leise genug war und sie sich nicht umdrehte, hatte ich eine Chance. Und sie bückte sich gerade, um unter das Podest zu schauen.

Da war die Stange! Direkt vor mir. Sie glühte noch immer. Ich hob sie mithilfe der Bluse auf und wickelte sie einige Male um das Ende, damit ich sie halten konnte. Hitzebeständig. Perfekt. Jetzt musste ich schnell sein.

Ohne weiter auf meine Deckung zu achten, näherte ich mich Chloe von hinten, die nicht damit rechnete, von dort

angegriffen zu werden. Sie musste allerdings meine Schritte gehört haben, denn im letzten Moment, als ich die Stange seitlich nach ihr schwang, duckte sie sich, um auszuweichen.

Bevor sie sich wieder fangen konnte, holte ich abermals aus, um sie dieses Mal von oben zu treffen. Sie schaltete genauso schnell wie beim letzten Mal und fing die Stange mit der Hand ab. Darauf hatte ich gehofft.

Schmerzverzerrt verzog sie das Gesicht und warf mir und meiner Konstruktion einen irritierten Blick zu, erhitzte das Material aber trotzdem, bis es weiß glühte. Die Wärme drang durch den Stoff meiner Bluse, aber ich würde nicht loslassen.

Aber sie ließ los … Und stieß einen schmerzverzerrten Laut aus. Noch während sie auf ihre verbrannte Hand hinabschaute, holte ich erneut aus und versetzte ihr einen Schlag mit der Stange. Als ich sie im Gesicht traf und Chloe zu Boden ging, empfand ich Euphorie und Schuld gleichzeitig.

Chloe war zur Seite gefallen, stemmte sich aber bereits wieder auf ihre Unterarme. Ein langer Striemen zog sich an der Stelle über ihr Gesicht, an der ich sie getroffen hatte. Erst, als mir klarwurde, dass sie nicht aufgeben würde, wich ich einen Schritt zurück.

Mist! War ihr das noch nicht genug gewesen?

Die verbrannte Hand konnte sie offenbar nicht mehr einsetzen, aber sie hob die andere und wollte aus ihrer halb liegenden Position einen weiteren Feuerball auf mich abfeuern. Ich hob die Stange reflexartig, um ihren Arm zur Seite zu schlagen, sodass ihr Angriff ins Leere lief.

Doch keine Sekunde verging und sie versuchte schon wieder, sich aufzurappeln, um sich neu zu sammeln. Was sollte ich tun? Ich wollte sie nicht schwer verletzen, obwohl es mir mit dem glühenden Metall in meinen Händen ein Leichtes wäre. Und ich …

»Genug!«

Wir hielten in unseren Bewegungen inne und sahen Béla entgegen, der gemeinsam mit einigen Rettungskräften auf das Feld gerannt kam. »Wir haben genug gesehen!«

»Ich hab noch gar nicht richtig losgelegt«, keuchte Chloe und hielt sich die rechte Hand, als eine Dozentin sie auf die Beine zerrte. Ihre Wange war geschwollen und verbrannt. Ich sah, wie sich bereits Blasen an der Stelle bildeten und Wundflüssigkeit aus den offenen Stellen drang. Ihre Hand sah noch schlimmer aus.

Béla schaute sie skeptisch an, dann wandte er sich langsam dem nach wie vor in Flammen stehenden Trainingsplatz hinter uns zu.

Ich konnte noch immer nicht glauben, dass ich das überlebt hatte. Das war haarscharf gewesen, aber … ich hatte sie geschlagen. Wäre das ein Kampf auf Leben und Tod gewesen, hätte ich gewonnen, oder?

Schweißüberströmt und schwer atmend stand ich da und versuchte zu verstehen, was gerade geschehen war. Die einzelnen Momente hatten sich wie kleine Ewigkeiten angefühlt, aber eigentlich war alles unheimlich schnell gegangen.

Ich ließ die Stange fallen und hielt lediglich meine Bluse in Händen. Mir war so verdammt heiß, dass ich mir am liebsten noch den Rest meiner Kleidung vom Leib gerissen hätte.

»Das war wirklich gut«, sagte Béla schließlich an mich gewandt.

»Wie hast du das gemacht?«, fragte Chloe, während ein Sanitäter sich ihre Wange ansah. »Hast du deine Fähigkeit überhaupt eingesetzt?«

Irgendwie traf mich die Frage, aber ich wusste, was sie meinte. »Keine Ahnung«, sagte ich. Der Sanitäter bedeutete Chloe, ihr zum Rand des Trainingsplatzes zu folgen. Sie tat wie geheißen, einen furchtlosen Gesichtsausdruck auf den Zügen, während sie furchtbare Schmerzen empfinden musste.

Béla und ich sahen ihr hinterher. »So schnell zu erkennen, was ihre Schwäche ist, und das gegen sie einzusetzen, war sehr clever«, sagte er und sah mich an.

Sein Lob baute mein Selbstbewusstsein ein wenig auf, aber ich wusste nicht, ob ich ihm zustimmte. Es hatte sich chaotisch und brenzlig angefühlt, genau wie der Kampf davor. Nur, dass ich noch erschöpfter war und mir der Schweiß von der Stirn rann.

»Cleverness ist keine Cosmic Power!«, schrie jemand von der anderen Seite des Trainingsplatzes. Ich erkannte die Stimme und drehte mich zu King um, die durch die flammenden Kletterwände und Trümmer auf uns zukam.

Trotz der Hitze um uns herum breitete sich eine Gänsehaut auf meinen Armen aus.

Das war nicht wahr, oder? Das konnte nicht sein.

King war meine Gegnerin?

KAPITEL 36

27.06.2082, DAS VERLIEREN VON MATERIE HINTER SONNEN

Béla trat von mir zurück und King blieb in der wabernden Hitze einige Meter entfernt stehen. Ihr ernster Blick schickte einen Schauer nach dem anderen meinen Rücken hinunter.

Ich wollte nicht gegen sie kämpfen. Und ich würde nicht gewinnen können. Ich wusste nicht, wo ihre Grenzen lagen. Noch weniger als bei den anderen beiden.

»Das, was du bisher getan hast, hätte jeder Mensch geschafft«, rief sie mir entgegen. »Ich will endlich mal sehen, was du wirklich kannst!«

Ich atmete ein und wappnete mich, auf was auch immer mich jetzt erwartete.

»Bereit?«, wollte King wissen und spannte sich an, noch bevor Béla den Trainingsplatz verlassen hatte.

Sobald ich sacht nickte, bückte sie sich in einer fließenden Bewegung zu Boden und zog einen leuchtenden Speer daraus hervor. Denselben, den sie auch schon im Wald gehabt hatte. Leider hatte ich sie nicht damit kämpfen sehen.

Ich würde ihr ausweichen müssen, weil ich nicht wusste, wie ich ihre Angriffe kontern konnte. Doch King stürzte sich nicht, wie erwartet, auf mich, sondern blieb am Boden hocken und führte eine seltsame, drehende Bewegung mit den Fingern auf der Erde aus.

Eine Sekunde verging, dann zerbrach der Boden unter meinen Füßen.

Ein erschrockenes Keuchen entfuhr mir.

Scheiße! Der tiefe Spalt, der sich unter mir auftat, zerbrach in so viele Einzelteile, dass ich mein Gleichgewicht kaum halten konnte, während King Zeit hatte, aufzustehen, eine Betäubungswaffe zu kreieren und auf mich zu feuern.

Sie traf mich nur nicht, weil in dieser Sekunde ein weiteres, kleineres Beben ausbrach und ich nach hinten fiel. Schnell rappelte ich mich auf, aber es war unmöglich, festen Stand zu finden. Zu versuchen, aus diesem Chaos zu fliehen, würde mich nur zu einer einfachen Zielscheibe machen. Ich musste mich irgendwie zur Wehr setzen.

Als ich mich kurz gefangen hatte, sah ich, dass sie abermals auf mich schießen wollte, aber die Pistole verhakte sich und King setzte sich mit einem frustrierten Schrei in Bewegung.

Es gelang mir gerade so, vor ihr zurückzuweichen, aber sie war viel schneller als ich und konnte sich auf dem unebenen Grund viel sicherer fortbewegen. King warf die Waffe fort, nahm den Speer in beide Hände und wollte ihn offenbar in meinen Bauch rammen. Ich sog scharf die Luft ein und machte mich bereit, zur Seite zu springen, auch wenn ich vielleicht in den Graben neben mir fallen würde. Aber das war immer noch besser, als aufgespießt zu werden.

Verdammt, wollte diese Irre mich wirklich umbringen? Ich hatte bereits angesetzt, als King mit dem Fuß an einer der Erhebungen hängen blieb und fiel.

Unvermittelt stieß sie einen erneuten Schrei aus und stand sofort wieder auf. Ich wusste nicht einmal, ob es vor Schmerz oder Wut war. Aber sie humpelte ein wenig, als sie versuchte, sich weiter auf mich zuzubewegen, also war es wohl Ersteres.

»Ich werde *nicht* gegen jemanden wie *dich* verlieren!«, brüllte sie. Eine Gänsehaut überlief mich, als ich es mit der Angst zu tun bekam. So voller Rage, wie sie mich ansah, war ich wirklich überzeugt davon, dass sie mich töten wollte. Dieser Kampf hatte eine ganz andere Qualität als die beiden zuvor. Ich hatte kaum Zeit, einen klaren Gedanken zu fassen.

King stolperte noch einmal, während ich weiter zurückwich.

»Versuch gar nicht erst, wegzulaufen«, rief sie und bückte sich, woraufhin in Sekundenschnelle dicke Glaswände um mich herum erschienen.

Was? Wie hatte sie das denn gemacht?! Mir war gar nicht bewusst gewesen, dass sie auch solche Dinge tun konnte. War sie in der Lage, wirklich alles zu kreieren, was sie kannte?

Ich atmete panischer, schneller, als ich versuchte, mich auf dem einzigen Weg zu retten, der mir noch blieb: Nach vorn, direkt auf sie zu. Aber sie war schneller als ich, sprang erneut mit dem Speer auf mich zu und verfehlte meine Taille in ihrer Wucht nur um einen Zentimeter. Sie rammte ihn in das Glas hinter mir, doch mit ihrer freien Hand hatte sie bereits ein kleines Messer geschaffen, das sie in einem Winkel auf mich hinabrasen ließ, in dem ich ihm, eingekeilt durch den Speer, nicht würde ausweichen können.

»King!«, schrie ich, um sie zum Aufhören zu bewegen, doch der Boden, auf dem ich stand, rutschte noch einmal einige Zentimeter ab und wir stolperten beide.

Ich war auf eine Weise nach vorn gefallen, die es mir erlaubte, mich an King vorbeizuschieben und rasch aus der Gefahrenzone zu stolpern. Erst langsam, dann immer sicherer, bis ich mehrere Meter zwischen uns gebracht hatte.

King folgte mir, aber eins der großen Trümmerteile des brennenden Podests brach zwischen uns herab und schnitt ihr den Weg ab.

Schnell atmend, wie ein in die Ecke gedrängtes Tier, wandte ich mich zu ihr um und sah sie durch die Hitze der lodernden Feuer zwischen uns nur verzerrt. Sie sah aus wie ein Monster. Und ich spürte eine flammende Angst vor ihr.

»Ist das deine Art zu kämpfen?«, schrie sie und breitete eine Hand vor ihrem Oberkörper aus. »Einfach nur auszuweichen und stolpern und dann zu weinen, wenn jemandem etwas geschieht? Willst du so dein Leben leben?«

Ihre Worte trafen mich, weil sie sich ganz offensichtlich auf das bezogen, was im Wald geschehen war. Wie konnte sie das gegen mich verwenden? Aber ich wusste, dass ich mich darauf konzentrieren musste, was ihr nächster Zug war. Dass ich mich nicht von dem, was sie sagte, aus dem Konzept bringen lassen durfte. Aber es war so verdammt schwer.

Ich ballte die Hände zu Fäusten.

»Ist das alles, was du kannst?« In einer ausladenden Bewegung ihrer freien Hand deutete sie auf diejenigen, die gegen mich verloren hatten. »Die anderen haben gegen dich verloren, aber sie haben sich wenigstens angestrengt. Während du nur dastehst. Das kotzt mich an!«

Ich erkannte nicht genau, was sie mit ihrer Hand tat, weil sich Tränen in meinen Augen sammelten. Warum störte es mich so sehr, was sie sagte? Das war bei Weitem nicht das erste Mal, dass ich so etwas zu hören bekam. Aber es aus ihrem Mund zu hören …

»Jeder von ihnen hat es mehr verdient, hier zu sein, als du!«, schrie King. Und als hätten ihre Worte eine Energie freigesetzt, nach der sie vorher noch gesucht hatte, begannen die Flammen der Kletterwände und des Podests zu wirbeln und auf den Punkt in ihrer Hand zuzufliegen, ebenso wie die Trümmer und die Erdbrocken. Erst nur die kleinen Teile, dann immer größere. Sie sammelten sich zu einem kleinen, konzentrierten Ball in ihrer Hand. Wie eine kleine Sonne.

Wind kam auf und riss an meinen Haaren. Aus dem Augenwinkel sah ich, wie die Studierenden sich von uns entfernten.

»King«, schrie Béla gegen den Wind an. »Hör auf!«

Immer mehr lose Gegenstände aus der Umgebung flogen auf King zu, zerstäubten sich innerhalb von Millisekunden und sammelten sich in der Kugel in ihrer Hand. Sie wurde dunkler und immer kleiner. Und plötzlich flammte ein brennender Schmerz in meinem Kopf und meinen Zähnen auf.

Paralysiert wich ich einen Schritt zurück, aber die Anziehungskraft dieses Dings wurde immer stärker. Ich konnte ihr kaum mehr entkommen. Die Studierenden, die zusahen, begannen zu fliehen.

»King!«, schrie Béla abermals. »Hör sofort auf! Der Kampf ist vorbei!«

King trat einen Schritt auf mich zu. Es sah aus, als wäre sie schwerer geworden. Als würde es sie viel mehr Anstrengung kosten, sich vorwärtszubewegen, als eben noch.

Ein weiterer Schritt. Der Boden unter ihr gab langsam nach.

»Cora!«, rief Béla. »Der Kampf ist vorbei! Renn weg!«

Ich konnte nicht! Ich musste meine Reserven darauf verwenden, mich gegen die Kraft zu stemmen, um nicht von ihr angezogen zu werden.

Bis die Anziehung auf einen Schlag verschwand und ich sah, wie die kleine Kugel ein pulsierendes weißes Licht ausstieß. Ich dachte an mein Quellfragment, als ich nach hinten fiel und King die wenigen Meter zwischen uns überwand, plötzlich wieder ganz leicht.

Ich stemmte mich auf die Hände und versuchte, ihr auszuweichen, Bélas Anweisung zu folgen und zu rennen, aber sie war viel zu schnell. Kaum war ich halb aufgestanden, stieß sie mich mit ihrer freien Hand zu Boden und kniete sich über mich. Béla schrie und ich erkannte aus dem Augenwinkel, dass sich uns einige Menschen näherten, aber King achtete gar nicht auf sie. Sie holte mit voller Wucht mit der Hand aus, über der noch immer die Kugel schwebte – und ließ sie schließlich auf mich niederrasen.

Es war vorbei. Ich würde nicht ausweichen können, also schloss ich die Augen und versuchte, sie irgendwie von mir zu schieben.

Doch alles, was ich wahrnahm, war Wind und dann … nichts.

Als ich es wagte, meine Lider zu öffnen, sah ich in Kings schockiertes Gesicht, die ihre Hand anschaute. Hatte sie freiwillig aufgehört – oder hatte es nicht funktioniert? »Nein!«, schrie sie, als Béla eine Sekunde später bei uns ankam und sie gemeinsam mit einem anderen Dozenten von mir fortzog. »Das kann nicht sein! Ich hatte es unter Kontrolle. Warum hat es sich einfach aufgelöst?«

Sie hatte den Angriff also nicht absichtlich abgebrochen. Ich lag am Boden und dachte darüber nach, dass sie mich gerade wirklich hatte töten wollen.

Warum? Sie war doch in den letzten Tagen ganz okay zu mir gewesen. Warum hasste sie mich so? Und warum tat das so verdammt weh?

Am ganzen Körper zitternd setzte ich mich auf und konnte beobachten, wie Béla seinen Schützling losließ, als sie schon einige Meter entfernt waren. Er stieß sie grob noch ein Stück von mir fort.

»Ich habe dir gesagt, dass du das *niemals* einsetzen darfst!«, schrie er sie heftig gestikulierend an.

»Wie willst du sonst herausfinden, ob überhaupt etwas gegen sie funktioniert oder nicht?!«

»Der Kampf ist *vorbei!* Du hast verloren.«

»Was?«, rief sie, aber Béla stellte sich weiter zwischen mich und sie.

»Es hat nicht funktioniert, oder?«

Sie ballte die Hände so fest zu Fäusten, dass ihre Fingerknöchel hell hervortraten. »Nein«, knurrte sie. »Es hat sich einfach aufgelöst.«

Béla wandte sich zu mir um, dann rasch wieder zu ihr. »Geh auf die Krankenstation«, wies er King an.

Ihr Gesicht wurde rot und sie rührte sich nicht von der Stelle – als wehrte sich etwas in ihr heftig dagegen, aufzugeben.

Ich saß da und starrte die beiden an.

Was genau war das gerade für ein Angriff gewesen? Was hatte sie da in ihrer Hand formiert? Ich konnte nicht die Einzige sein, die sich diese Frage stellte. Nur Béla schien eine Vorstellung davon zu haben, was das gewesen war.

Die Spannung, die zwischen ihnen lag, war kaum zu ertragen, und die anderen bemerkten es offensichtlich auch. Alle Studierenden und Lehrkräfte waren totenstill geworden. Niemand regte sich.

King, nach wie vor schwer atmend, schaute von Béla zu mir. Mein Herz machte einen Hüpfer, als unsere Blicke sich kreuzten. Ein kribbelndes Gefühl der Angst machte sich in mir breit, aber … ich wollte wirklich wissen, warum. Warum hasste sie mich?

Eine Welle der Erleichterung breitete sich in meinem Inneren aus, als sie sich schließlich abwandte, die Hände in die Hosentaschen schob und auf das Akademiegebäude zuging. Leises Murmeln aus der Menge setzte ein. Endlich.

»Das war total krass«, hörte ich einige sagen. »King ist so cool.«

Ich verstand, dass sie keine positiven – oder irgendwelche – Worte für mich übrig hatten. Das, was ich getan hatte, war alles andere als beeindruckend gewesen. King hatte recht: Ich konnte nichts als wegrennen und mich verstecken.

Béla sah ihr noch eine ganze Weile hinterher, dann kam er rasch auf mich zu. Ich strengte mich an, mich aufzurappeln, obwohl ich mich nicht bereit dazu fühlte. Aber ich wollte nicht, dass er mir aufhalf.

»Wir haben eine Gewinnerin«, rief er, ohne sich zur Menge umzudrehen. »Das Spektakel ist vorbei!« Verhaltener Applaus setzte ein. Béla musterte mich, als er an mich herangetreten war. »Keine Ahnung, wie du das gemacht hast, aber du hast irgendwie die stärksten Studierenden unserer Akademie besiegt.«

»Bis auf Fedir«, murmelte ich und Béla lachte.

»Bis auf Fedir«, stimmte er mir zu.

»Tut mir leid, dass wir King nicht bremsen konnten.«

»Schon okay.« Sie hatte im Grunde genau das Szenario kreiert, das ich mir gewünscht hatte. Nur, dass ich nicht gewusst hatte, dass es mir solche Angst einjagen würde. »Was hat sie da gemacht?«

»Extrem konzentrierte Materie geschaffen. Ähnlich einem schwarzen Loch, aber eben nicht ganz.«

»So was kann sie?«, flüsterte ich und schaute meine Hände an. Ich war schmutzig und mein Körper schmerzte von den Stürzen, aber ich hatte nicht einen Kratzer davongetragen. Nicht einen.

»Ja«, sagte Béla ruhig. »Deswegen ist sie die Beste. Und weil sie kreativ ist und weiß, wie sie diese Cosmic Power einsetzen muss.« Ich nickte, aber mit jeder weiteren Sekunde fühlte es sich an, als hätte ich versagt. »Aber du bist auch gut«, fuhr er fort, was mich tatsächlich überraschte. Ich schaute zu ihm auf. »Du hast bewiesen, dass du mitdenkst, und dein Mangel an körperlicher Kraft wird auf jeden Fall durch deine Gerissenheit wettgemacht. Dass Kings letzter Angriff bei dir nicht funktioniert hat, ist ein ziemlich guter Hinweis darauf, dass etwas an dir besonders ist. Ich denke, wir können daran arbeiten.«

Ich atmete ein und versuchte, mich zu beruhigen. Ich unterdrückte das Bedürfnis, mich zusammenzurollen und in Tränen auszubrechen.

»Aber jetzt erst mal auf die Krankenstation, ja?«

»Okay«, flüsterte ich. Dieser Moment fühlte sich nicht halb so ekstatisch an, wie er es eigentlich sein sollte.

»Ich sag dem Personal dort Bescheid, dass sie dafür sorgen sollen, dass du Kings Weg nicht kreuzt.«

KAPITEL 37

27.06.2082, DIE GEHEIMNISSE VON DUNKLEN GÄNGEN

Die Flure waren recht leer und die Sonne bereits untergegangen, als die Krankenschwester mich endlich entließ. Sie hatte mehrere Male betont, dass sie mich über Nacht noch überwachen wolle, aber auf mein Bitten und Flehen hin hatte sie mich doch gehen lassen. Vermutlich, weil sie damit rechnete, dass ich eh wieder in der Nacht verschwinden würde, wie letztes Mal.

Ich wollte in meinem eigenen Bett schlafen, solange ich es noch konnte. Immerhin hatte mir bisher niemand eine Entscheidung mitgeteilt. Niemand hatte mir auch nur eine Einschätzung dazu gegeben, wie ich beim Test abgeschnitten hatte. Er hatte sich genauso chaotisch angefühlt, wie all die anderen Kämpfe, die ich in meinem Leben geführt hatte, aber wer weiß. Vielleicht hatten die Studienleiterin und die Dozierenden ja etwas darin gesehen, das ich nicht erkannt hatte.

Ich würde abwarten müssen. Mal wieder. Und bis dahin wollte ich mein kleines Zimmer, in dem ich mich inzwischen schon seltsam heimisch fühlte, ausnutzen. Immerhin ging es mir körperlich gut. Wie immer. Nur die Brutalität, mit der King auf mich losgestürzt war, saß mir noch in den Knochen.

Dabei war es nicht das erste Mal gewesen, dass jemand mich mit voller Kraft und so aggressiv angegriffen hatte. Aber … dieses Mal hatte es sich intensiver angefühlt. So viel persönlicher.

Und dann war noch die Sache mit Fedir. Ich musste mich unbedingt mit ihm unterhalten. Er war direkt verschwunden, nachdem er gegen mich angetreten war. Nicht einmal Himari hatte gewusst, wohin er gegangen war.

Ich blieb mitten auf dem Weg zu meinem Zimmer stehen und überlegte, ob ich lieber nach ihm schauen sollte, um zu überprüfen, ob es ihm gut ging. Die Sorge um ihn zerriss mich fast. Nun, als ich gefühlt hatte, was er fühlte, während er ein Lächeln auf dem Gesicht trug … Woher sollte ich von jetzt an jemals wissen, wie es ihm wirklich ging?

Nein, ich sollte wirklich besser nach ihm sehen. Raschen Schrittes setzte ich mich in Bewegung, um nicht zu meinem, sondern zu seinem Zimmer zu gelangen. Die veränderten Pflanzen aus den Quellbereichen, deren bläuliches Licht die Korridore erfüllte, leiteten mir zuverlässig den Weg. Hin und wieder erinnerten sie mich an meine Wohnung daheim. An meine Blumen, die dasselbe Licht in die Nacht ausstrahlten.

Als ich in den Bereich einbog, in dem Fedirs Zimmer lag, vernahm ich erst Schritte und dann eine Stimme hinter mir.

»Cora!«

Ich wandte mich um, nur um genau die Person zu sehen, nach der ich suchte: Fedir. Lächelnd kam er auf mich zu und legte den Kopf schief.

Etwas an ihm erschien mir nun fundamental anders. Diese fröhliche Fassade. Ich würde ihr nie wieder glauben können.

»Suchst du nach mir?«, wollte er wissen und blieb vor mir stehen.

Ich nickte zögerlich, denn irgendwie verhielt er sich anders. Oder kam es mir nur so vor?

Er trat an mich heran, aber dieses Mal einen Schritt näher als sonst. Es war ein eigenartiges Gefühl. Seit ich einen Blick in seinen Kopf geworfen hatte, wollte ich ihn in den Arm nehmen. Diesen Idioten, der so verdammt gut darin war, seine Gefühle zu überspielen.

»Ich … wollte fragen, ob es dir gut geht«, sagte ich leise. Das war eine unüberlegte Formulierung, immerhin wusste ich inzwischen, dass es nicht so war. Aber ich wusste auch nicht, was ich anderes sagen konnte.

»Das weißt du ja jetzt«, sagte er. »Da waren … ein paar Sachen in meiner Kindheit. Meine Familie war toll, aber …« Er lächelte. »Die Welt ist chaotisch. Das weißt du ja.«

»Hast du jemanden, mit dem du darüber reden kannst?«

Das Lächeln, das er daraufhin aufsetzte, war trauriger als das davor. »Ich hab schon viel zu viel darüber geredet«, flüsterte er und kam noch ein Stück näher.

Mein Herz machte einen Sprung, aber ich hatte gar keine Zeit, all die Fragen durchzugehen, die sich in meinem Kopf stauten. Er überwand die letzten Zentimeter zwischen uns, legte seine Hände an meine Wangen, drückte mich gegen die Wand und küsste mich.

Viel leidenschaftlicher, als ich erwartet hatte.

Vollkommen überrumpelt wollte ich ihn erst von mir schieben, aber … seine Lippen waren so weich und wie er sie auf meine presste … das fühlte sich so warm an. Ein Kribbeln breitete sich in meinem Bauch aus und ich gab ein wenig nach, hob meine Hände, um sie in seinen Nacken zu legen und ihn ein Stück weiter zu mir hinabzuziehen.

Ich genoss das Gefühl, das mich gänzlich vereinnahmte, viel zu sehr, um gleich zu verstehen, dass etwas nicht stimmte. Nein, das … das war nicht richtig.

Nahezu widerwillig löste ich mich von ihm und sah ihn an. »Hey«, sagte ich leise. »Ich …« Mein Puls rauschte in meinen Ohren.

Fedir rückte ein Stück von mir ab und legte den Kopf schief. »Hm«, machte er, was mich aus meinem Strudel herausriss.

»Hm?«, äffte ich ihn nach, worauf er sich mit der Zunge über die Lippen fuhr. Er sah verdammt gut aus. Und ich mochte ihn, nach diesem Tag noch mehr als zuvor. Nicht, weil ich jetzt wusste, dass er sich schlecht fühlte, sondern weil es war, als hätte ich zum ersten Mal einen richtigen Zugang zu ihm.

Ich hatte gefühlt, was er gefühlt hatte. Das überstieg meine Verbindung zu ihm weit mehr als die zu den meisten anderen Menschen. Vielleicht sogar zu allen.

»Du stehst doch auf Himari«, sagte ich. Ich wusste es nicht genau, aber ich vermutete es.

Er schluckte schwer und wich meinem Blick aus. »Ja, aber bei ihr hab ich keine Chance.«

»Hast du mal mit ihr darüber geredet?«

Jetzt lachte er. Seine Lippen waren so voll. Ich konnte nicht aufhören, darüber nachzudenken, wie sie sich auf meinen angefühlt hatten. So gut. Aber irgendwie nicht richtig.

»Nein.«

Vermutlich hatte ich mich nur so schnell in seinen Kuss fallen lassen, weil der ganze Druck dieses Tages endlich von mir abfiel. Zum ersten Mal.

»Du solltest es tun.« Es fiel mir überraschend leicht, das auszusprechen. Ich hatte erwartet, dass es mehr wehtun würde, aber es fühlte sich richtig an. Ich streckte meine Hand nach ihm aus, um ihn am Arm zu berühren. »Ich hab dich gern«, sagte ich. Hoffentlich lud ihn das nicht dazu ein, mich noch einmal zu küssen. Aber er sah mich einfach nur aufmerksam an.

»Ich dich auch.« Er sparte sich sogar das schelmische Lächeln. »Du bist cool.«

Ich grinste unvermittelt. Wenn er wüsste, wie uncool ich war. Aber das würde er vielleicht irgendwann herausfinden.

»Tut mir leid, dass ich dich so überrumpelt habe. Ich weiß auch nicht, was ich … gedacht habe.«

»Schon okay.« War ja ganz schön gewesen. Ich sehnte mich ein wenig danach, das zu wiederholen, aber das hörte hoffentlich gleich auf. »Willst du ein bisschen reden?«

Er schürzte die Lippen und wich einen Schritt zurück. Jetzt standen wir wieder in normalem Abstand zueinander.

»Nein, lieber nicht«, murmelte er. »Irgendwann vielleicht.«

Ich nickte langsam. Ob er sich mit Himari darüber ausgetauscht hatte, was ihm passiert war? Was ihm so zusetzte? Wenn die beiden sich schon so lange kannten, kannte sie sicherlich auch seine Familie.

Wahrscheinlich wusste sie es. Vielleicht war das der Grund, warum sie ihn in der Schule beschützt hatte. Und es noch immer tat. Es wirkte zumindest so.

Ich konnte es verstehen.

Fedir hatte einen positiven Einfluss auf seine Umwelt. Ich würde ihn auch beschützen, wenn ich könnte.

»Ich gehe ins Bett«, murmelte er. Konnte ich ihn allein lassen? Ich hatte ein schlechtes Gefühl dabei, aber ich wollte mich ihm auch nicht aufdrängen.

»Okay«, sagte ich deswegen. »Schreib mir, wenn du was brauchst, ja?«

»Klar.« Er nickte mir zu und lächelte wieder leicht, aber nicht ganz so breit wie gewöhnlich. Er deutete auf mich und dann auf ihn. »Gut, dass du das beendet hast. Das wäre ein Fehler gewesen. Ich will mit dir befreundet sein.«

»Ich auch mit dir.« Ich meinte es ehrlich. Es war mir nicht einmal unangenehm, dass er das sagte. Gespräche wie dieses fühlten sich für gewöhnlich schwieriger an.

»Gute Nacht, Cora.« Mit diesen Worten setzte er sich in Bewegung. Als ich selbst ein »Gute Nacht« über meine Lippen bringen konnte, war er schon um die nächste Ecke verschwunden.

Ich lauschte seinen Schritten, bis sie nicht mehr zu hören

waren. Aber ich konnte mich einfach nicht dazu überwinden, zu gehen. Wenn ich jetzt mein Zimmer aufsuchte, würde ich vermutlich nur wach liegen und darüber nachdenken, was an diesem Tag geschehen war. Und eben gerade.

Aber was sollte ich stattdessen machen?

Eigentlich gab es nur eine Möglichkeit.

KAPITEL 38

27.06.2082, DAS ERKENNEN DER DÜSTERKEIT VON GLÜCK

Mein Klopfen an Kings Zimmertür kam mir viel zu laut vor. Als würde ich die Nachtruhe bereits stören. Oder als würde ich alle auf dem Gang darüber informieren, dass ich jetzt mit der Person sprechen würde, die versucht hatte, mich umzubringen. Oder so etwas in der Art.

Nur Bob auf meiner Schulter beruhigte mich ein wenig.

Ruckartig öffnete King die Tür, erstarrte allerdings, als sie mich erkannte. Ihr Blick war nicht einmal überrascht, sondern einfach ausdruckslos.

»Hey«, sagte ich und musterte sie. Sie erwiderte meinen Blick standhaft, aber ich konnte mir nicht ausmalen, was sie gerade dachte. Sie ließ keinen Verdacht darauf zu. Wie eine undurchdringliche Wand.

Ich schürzte die Lippen. Mein Herz schlug aufgeregter, aber Fedirs Kuss hatte etwas in mir geweckt, das mich selbst überraschte. Mut. Vielleicht, weil ich das Gefühl hatte, dass es hier Menschen gab, die sich um mich sorgten und die … irgendwie auf mich aufpassen würden, egal, was jetzt passierte.

»Willst du über heute reden?«, fragte ich deswegen. Meine Stimme war brüchig, aber wenigstens meine Atmung hatte ich einigermaßen unter Kontrolle. Keine Panik wie sonst. Keine Angst.

Diese Frau hatte versucht, mich zu töten. Obwohl ich gedacht hatte, dass wir irgendeine Art von Verbindung zueinander hätten aufbauen können. Das zum Teil schon getan hatten. Ich hatte im Grunde nichts mehr zu verlieren. Egal, was sie von mir hielt, es konnte nicht mehr weiter nach unten gehen.

»Komm rein«, sagte King schließlich, öffnete die Tür ein Stück weiter und trat zur Seite.

Der erste Blick in ihr Zimmer überraschte mich ähnlich wie der in Himaris. Was ich bei Himari gesehen hatte – Perfektion und Ordnung – hatte ich eigentlich von King erwartet. Aber ihr Zimmer wirkte überraschend chaotisch.

Auf dem Schreibtisch lagen etliche offene Bücher, teils übereinandergestapelt. An den Wänden hingen einige Fotos zwischen Dutzenden Tabellen und ausgedruckten Wissenschaftsseiten. Ich verstand nicht eine einzige der Formeln, die darauf abgebildet waren.

King schloss die Tür hinter mir, trat an mir vorbei und ließ sich schweigend auf ihrem Bett nieder. Bei jedem ihrer Schritte achtete sie penibel darauf, meinem Blick auszuweichen. Zumindest kam es mir so vor.

Ich trat langsam zu dem Schreibtischstuhl, der, wie in meinem Zimmer, direkt neben dem Bett stand. Sobald ich mich darauf niedergelassen hatte, sprang Bob von meiner Schulter, um sich auf dem Bett neben King zusammenzurollen. Sein Kopf berührte leicht ihren Oberschenkel.

Ich konnte nicht leugnen, dass ich mich ein wenig verraten fühlte. Er schien sie sehr zu mögen.

»Ich weiß nicht, was ich sagen soll«, rang King sich ab.

»Ich bin nicht hier, weil ich eine Entschuldigung von dir hören will«, brachte ich langsam über die Lippen. Es fiel mir selbst schwer, meine Worte richtig zu formulieren, weil mir wirklich etwas daran lag, sie nicht zu verletzen.

Ich kannte sie nicht. Im Grunde hatte ich keine Ahnung von ihrem Leben. Und wenn sie, warum auch immer, so schlecht von mir dachte, würde ich nicht versuchen, es ändern zu wollen. Mit vielem von dem, was sie gesagt hatte, hatte sie sogar recht, aber …

»Du sendest mir sehr gemischte Signale«, sagte ich. »Wenn du ein Problem mit mir hast, ist das okay.« Das war es nicht, aber ich wollte zumindest den Schein wahren. »Aber warum hast du dich dann vor Jax' Rede neben mich gesetzt? Oder mich gefragt, ob ich bei dir bleibe, als er mit dir sprechen wollte? Oder im Wald …« Ich wusste nicht genau, wie ich das beschreiben sollte. Sie hatte mich nicht aufgemuntert, aber es war auf jeden Fall mehr gewesen, als sie hätte tun müssen.

King wich meinem Blick weiterhin aus. Auf gewisse Weise sah sie so viel verletzlicher aus als sonst. Wenn sie sich entschuldigen wollte, bereitete ihr das echte Schwierigkeiten.

Ich lachte leise und schüttelte leicht den Kopf. Es war ein seltsames Gefühl, die Oberhand in diesem Dialog zu haben. Das war bisher nie vorgekommen und ich wusste, dass mir das nicht gefallen sollte. Aber ich spürte, dass sich dieser Machtunterschied zwischen uns aufgelöst hatte, und das war wie ein Gewicht, das von mir genommen worden war.

Ich lehnte mich ein Stück zu ihr nach vorn. »Ich weiß, dass Béla und die anderen mit dir geredet haben.« Die Sanitäterin hatte gesagt, dass King einem Verweis von der Akademie nur haarscharf entkommen war. »Und ich will keine Entschuldigung von dir.«

Das brachte sie endlich dazu, zu mir aufzuschauen. Sie wirkte vor allem irritiert. »Was willst du dann?«

Wusste sie es wirklich nicht? Ich runzelte die Stirn und lehnte mich zurück in den Stuhl, zog meine Beine hoch, um mich zu einem Schneidersitz hinzusetzen. »Ich will wissen, was dich an mir stört.«

»Warum willst du das wissen? Kann es dir nicht egal sein?«

»Wenn du mich so unerträglich findest, dass du mich töten willst, muss ich mir eine neue Mentorin suchen.«

Sie sah mich an. Der Hauch von Irritation, der über ihr Gesicht flog, ließ mich wissen, dass sie daran gar nicht gedacht hatte. War sie so gefangen in ihrem eigenen Kopf? Oder was hatte sie erwartet?

»Nein, ich … ach scheiße, keine Ahnung.« Sie fuhr sich mit den Händen übers Gesicht.

»Ich weiß, dass Béla und die anderen sicher gesagt haben, dass du dich bei mir entschuldigen sollst, aber das will ich gar nicht.« Ich wiegte den Kopf hin und her. »Nicht, wenn du das nicht willst. Ich will nur wissen, woran ich bei dir bin. Was ich von dir erwarten kann. Wenn du noch einmal versuchen willst, mich umzubringen, muss ich mich darauf vorbereiten.«

Das schien King endlich aus ihrer Starre zu befreien. Abermals schüttelte sie den Kopf, dann schob sie sich weiter auf das Bett, um sich gegen die dahinterliegende Wand zu lehnen und mich lange anzusehen. »Es tut mir ehrlich leid«, kam es dann über ihre Lippen.

Ihre Worte überraschten mich, also unterbrach ich sie nicht. Die Stille war jetzt weniger unangenehm.

»Ich wäre nie im Leben so auf dich losgegangen, wenn ich nicht fest davon überzeugt gewesen wäre, dass ich nicht in der Lage bin, dich zu verletzen. Ich wusste, dass es nicht möglich ist.«

»Da hattest du mehr Vertrauen als ich«, sagte ich. Das Lächeln auf meinen Lippen fühlte sich falsch an, obwohl es das nicht war. Mir saß nur der Schreck, den sie mir eingejagt hatte, noch in den Knochen.

»Du bist extrem stark«, sagte King. Ihr Ausdruck war so viel weicher als sonst. Fast einfühlsam. »Und ehrlich gesagt …« Sie atmete tief durch. »Ehrlich gesagt beneide ich dich.«

»Was?« Das Wort war ohne mein Zutun über meine Lippen gekommen. Sie beneidete *mich?* Sah sie nicht, wie die

Menschen mich behandelten? Sah sie nicht, was für eine Versagerin ich war? Was um alles in der Welt sah sie in mir, das sie beneidenswert fand?

King fuhr sich mit den Händen über das Gesicht und schüttelte den Kopf. Sie hielt ihn tief gesenkt, als sie leise weitersprach: »Es ist mir … manchmal alles einfach zu viel. Ich kann einfach nicht mehr und manchmal will ich auch nicht mehr.« Der Kloß in ihrem Hals war deutlich zu hören, aber sie tat offenbar alles, um dagegen anzukämpfen.

Allein sie so zu hören, brachte mich den Tränen nahe. Ich hatte das nicht gewollt. Ich hatte nicht gewollt, dass sie zusammenbricht.

»All diese Erwartungen und Verpflichtungen, die auf mir liegen«, fuhr sie mit zitternder Stimme fort und verbarg das Gesicht in den Händen. »Ich weiß, dass es von außen vielleicht toll aussieht, wie viel die Leute von mir halten, aber jedes Kompliment macht es schlimmer. Ich kann … Ich kann nie einen Tag freimachen. Oder mich ausruhen. Mit anderen entspannen oder Filme sehen oder Bücher lesen. Ich …« Ein Beben ging durch ihren Körper und ich fühlte mich unendlich hilflos, als sie leise zu Weinen begann.

Sollte ich sie in die Arme nehmen?

Aber nein, das würde ihr sicher nicht gefallen. Also saß ich nur hilflos da und versuchte, nicht auch zu weinen.

»Es ist einfach …« Sie wischte sich die Tränen von ihren Wangen und sah in ihre Handinnenflächen. »Ich wünschte, ich könnte so sein wie du und die anderen.«

Meine erste Reaktion war Verwirrung, aber nach einigen Momenten glaubte ich sogar zu wissen, was sie meinte. Béla hatte es in einer seiner Vorlesungen sogar selbst gesagt: Kings Fähigkeit war nicht nur stark, sie war auch eine Bürde. Verbrachte sie nicht ihre ganze Zeit mit Lernen, wäre ihre Cosmic Power im Grunde nutzlos.

Ich währenddessen musste nichts tun. Meine Cosmic Power, sofern ich eine hatte, beschützte mich ja sogar, wenn ich nicht mal wusste, dass ich in Gefahr war oder von wo aus sie sich näherte.

Ich verstand also ihren Gedanken. Sie wusste nur nicht, zu welchem Preis ich diese Fähigkeit mit mir herumtrug. »Ich weiß auch nicht, womit ich das verdient habe.« Sie schluckte schwer und sah zu mir auf. Der Anblick ihrer geröteten Augen ließ mich weich werden und fast kam ich von meinem Plan ab, ihr zu erzählen, was ich eigentlich dachte. Es kostete mich einiges an Überwindung, fortzufahren. »Und *verdient* meine ich sowohl positiv als auch negativ«, fügte ich an, um klarer zu sein. »Wenn ich diese Kraft nicht hätte, wäre ich gestorben, als ich sieben Jahre alt war.« Vielleicht würde ein wenig Kontext sie überdenken lassen, ob sie wirklich so sein wollte wie ich. »Da wurden meine Eltern und ich auf der Flucht aus Peking angegriffen. Alle, die bei mir waren, sind umgekommen. Außer mir.«

So offen hatte ich das noch nie jemandem gegenüber ausgesprochen. Meine Erzieher in den Heimen hatten es nicht einmal gewusst. Sie hatten nur gewusst, dass ich allein war, und sich den Rest wohl zusammengereimt.

»Jax hat mich damals gerettet. Er hat mich zu einem Evakuationsflugzeug gebracht, das mich und viele andere nach Shanghai abtransportierte.« Ich atmete bei der Erinnerung tief ein. »Als wir in Shanghai auf ein Schiff umsteigen sollten, wurde der Hafen angegriffen. Alle Helfer sind gestorben. Und alle Flüchtlinge. Außer mir.«

King sah mich aufmerksam an und schluckte schwer. Ich erkannte, dass sie sich ein wenig aus ihrer angespannten Haltung löste.

»Eine junge Frau hat mich dort gefunden und mit mir die Stadt verlassen«, fuhr ich fort. Ich wandte meinen Blick von

King ab, weil die Bilder vor meinem inneren Auge mich vereinnahmten. »Aber sie hat die Quellstrahlung nicht vertragen und hat mich in ein Waisenhaus gebracht, bevor sie gestorben ist.« Ich strengte mich an, nicht zu emotional zu werden. »In dem Heim war ich sechs Wochen, dann wurde es von Rebellen überrannt und geplündert. Die Erzieher sind umgekommen und es kam niemand, um die Kinder in Sicherheit zu bringen. Wir sind in die Wälder aufgebrochen und wurden von freiwilligen Helfern gerettet. Nur drei haben es geschafft.«

War es klug, ihr davon zu erzählen? So, wie sie bisher drauf gewesen war, gab es eine hohe Chance, dass sie es irgendwann gegen mich verwenden würde. Aber jetzt war es wohl eh schon zu spät.

»Ich war danach noch in drei Waisenhäusern in China. Alle wurden angegriffen. Oder die Betreuer sind umgekommen, weil sie nach Essen gesucht haben und dabei auf die falschen Leute getroffen sind.«

Kings Gesichtsausdruck wurde finster. Sie zog die Augenbrauen ernst zusammen, sagte allerdings nichts.

»Als ich zehn war, war ich in einem Heim in Russland. Die Leute von der Armee kamen oft, um die Kinder aus den Heimen zu holen, wenn sie Cosmic Powers besaßen, aber mich haben sie natürlich in Ruhe gelassen. Aber in diesem Heim hat ein General zum ersten Mal das Muster bemerkt. Das Muster, dass ich irgendwie unzerstörbar war. Deswegen hat er mich gezwungen, ihn auf einem der Einsätze zu begleiten.«

»Da warst du zehn? Und du wurdest in den Krieg eingezogen?«

»Ja. Viele der Kinder, die ich kannte, waren sogar noch jünger, als sie dorthin mussten.«

»Und dann?« Sie lauschte aufmerksam und hing mit sorgenvollem Ausdruck an meinen Lippen.

»Ich war auf dem Schlachtfeld, aber ich bin weggelaufen. In die Wälder hinein.« Dass ich das Quellfragment gestohlen hatte, ließ ich lieber aus.

»Deswegen hast du dort so lange gelebt«, schlussfolgerte sie.

Ich nickte langsam. »Ich hab dort zwei Jahre lang gelebt. Das Essen aus Supermärkten gegessen, die so tief in den Quellbereichen lagen, dass niemand sie je erreicht hat. Als ich wieder in eine der Städte kam, hab ich mir Geld durchs Spielen verdient und … vor allem in Bibliotheken gelebt, um mir selbst etwas Wissen beizubringen.« Ich lächelte freudlos. »Also ja. Es ist unfair. Es gibt keinen Grund dafür, warum ich lebe, während all diese Menschen gestorben sind. Ich habe mich immer gefragt, warum das so ist, aber es … gibt keine Antwort. Es ist ja nicht so, dass ich wichtiger oder bedeutender wäre als irgendeiner von ihnen. Im Gegenteil.«

Ich musste das nicht weiter ausführen, aber all die Gefühle, die mit dieser Tatsache einhergingen, überrollten mich. Ich hatte so viele Menschen sterben sehen, dass ich schon als Kind das Gefühl bekommen hatte, fundamental anders zu sein als alle anderen. Als hätten alle um mich herum diese Verbindung zueinander, die ich sehen, aber nicht verstehen konnte. Als wäre dieses normale Leben, das sie alle führten, nichts, was ich jemals erreichen konnte.

Nachdem ich geendet hatte, schwieg King für eine ganze Weile. Ich sagte ebenfalls nichts, aber auf einmal war es nicht mehr unangenehm. Ich hatte alles ausgesprochen, was ich hatte sagen wollen.

»Tut mir leid«, murmelte sie erst nach einer ganzen Weile. Ich sah ihr an, wie schwer es ihr fiel, was ihren Worten umso mehr Gewicht verlieh. »Ich … hätte nicht so vorschnell …« Sie schien nicht ganz zu wissen, wie sie den Satz beenden sollte.

»Schon okay«, log ich. Eigentlich war es nicht okay. Aber wir hatten alle unser eigenes Päckchen zu tragen und ich erwartete von niemandem, Rücksicht zu nehmen. Das war nichts, was Menschen für gewöhnlich taten. »Ich sag das auch nicht, damit du Mitleid mit mir hast.« Alles, nur nicht das. »Aber vielleicht macht's das für dich ja ein bisschen leichter. Zu wissen, dass ich es auch nicht gut finde.«

King betrachtete mich eine ganze Weile mit ernstem Blick. »Willst du damit sagen, dass du lieber gestorben wärst?«, fragte sie tonlos.

Ich sah Bob an, während ich darüber nachdachte. »Ich weiß nicht«, sagte ich schließlich. Ich wusste es wirklich nicht. »Ich versuche, nicht darüber nachzudenken.«

Abermals schwieg King. Und ich war ehrlich froh darüber, dass sie nicht versuchte, mich mit irgendwelchen Phrasen und Floskeln aufzumuntern. Auf einmal fühlte ich mich viel leichter. Als wäre eine Last von meinen Schultern genommen worden, während ich all die Dinge ausgesprochen hatte, die ich noch nie in diesem Umfang jemandem erzählt hatte.

Und das alles ohne negative Reaktion. Das war so eigenartig und schön und unheimlich zugleich.

Ich ließ King die Zeit zum Nachdenken und schaute zu den Fotos hinüber, die auf dem Schreibtisch, zwischen den Büchern und Stiften standen. Auf einem waren zwei Erwachsene zu sehen, die ihre Arme weit um acht Kinder ausgebreitet hatten. King stand in der Mitte, nicht viel jünger als jetzt und offenbar die Älteste aus der Gruppe an Kindern. So gut wie alle hatten blonde Haare und sahen ihr unglaublich ähnlich. Zwei Zwillingspaare waren unter ihnen.

»Lebt deine Familie noch?«, wollte ich wissen, ohne den Blick von dem Bild zu wenden. King hatte ein so breites Lächeln auf den Lippen. Ich konnte mir gar nicht vorstellen, dass sie das war.

»Ja.«

»Sind das alles –?«

»Ja, ich hab sieben Geschwister. Sie leben mit meinen Eltern in Berlin.«

Von dort stammte sie also.

»Ich tue das hier für sie«, sagte sie leise. »Um sie zu beschützen. Wenn ich …« Sie schluckte schwer. »Wenn ich es nur schaffe, die Welt ein kleines bisschen besser zu machen. Wenn ich mächtig genug werden kann, um etwas zu verändern. Dann können sie vielleicht behüteter groß werden.«

Das erklärte ihren Ehrgeiz. Sie hatte etwas, wofür sie kämpfte, und es war nicht nur wegen politischer Überzeugungen oder sonstigem großen Gehabe. Das veränderte meinen Blick auf sie und auf die Dinge, die sie bisher zu mir gesagt hatte. Dieses ganze Gespräch, eigentlich.

»Ich bin sicher, dass du es schaffen wirst«, sagte ich leise.

King sah mich an, als versuchte sie, an meinem Gesicht zu erkennen, ob ich die Wahrheit sagte oder nicht.

»Ich finde es gut, dass du für etwas kämpfst«, flüsterte ich.

»Ich …« Sie rieb ihre Hände an der Hose. »Ich fühl mich einfach nur dumm, dass ich so scheiße zu dir war.«

Ein mildes Lächeln schlich sich ungewollt auf meine Lippen, aber ich antwortete nicht gleich, um mir ein weiteres *Ist nicht so schlimm* oder dergleichen zu verkneifen.

»Das ist eigentlich genau das Gegenteil von dem, was ich will«, fuhr sie fort. Sie bewegte sich dabei kaum, als würden die Gefühle sie lähmen. »Aber ich … ich bin so …«

»Verbissen?«

Sie sah mich an und ich lächelte breit, was sie tatsächlich zu entspannen schien. Auch ihre Züge hellten sich ein wenig auf. »Ja. Es tut mir wirklich leid. Ich versuche, mich zusammenzureißen.« Sie senkte den Kopf abermals, um Bob anzuschauen. »Aber nach dem, was du erzählt hast, wird mir das auch nicht mehr so schwerfallen.«

»Nur kein Mitleid bitte«, sagte ich rasch. »Dann lieber wieder die harte Tour.«

Sie lachte, dieses Mal ausgelassener. »Na gut.«

Ich nickte zu den Fotos hinüber, um das Thema auf etwas umzulenken, das vielleicht für uns beide angenehmer war. »Und du hast *sieben* Geschwister?«, fragte ich noch mal, dieses Mal mit Betonung auf die Zahl. Ihre Eltern waren fleißig gewesen. Oder sehr hoffnungsvoll, je nachdem.

»Ja«, lachte sie leise. »Unsere Eltern haben einen festen Glauben an den Fortbestand der Menschheit.«

Das brachte uns beide zum Lachen. »Und wie heißen sie?«

Als King anfing, die Namen aufzuzählen, betrachtete ich sie nachdenklich. Ich hatte nicht damit gerechnet, dass dieses Gespräch so verlaufen würde.

Es fühlte sich gut an.

KAPITEL 39

2077, DAS ZURÜCKLASSEN VON SCHÄTZEN ZWISCHEN BÄUMEN UND SCHREINEN

Ich war zwölf Jahre alt, als ich einen Teil von mir im Wald versteckte.

Im Quellbereich war es vor einigen Tagen wieder hell geworden und alles glitzerte und glänzte im Licht der Sonne. Die Geräusche des Dorfes untermalten das Buch, in dem ich versunken war, wie ein angenehmes Hintergrundrauschen. Ebenso wie der Fluss, in dem ich meine Füße abkühlte. Entschieden sich die Quellwälder, dass es hell sein sollte, leuchtete er nicht mehr, sondern sah normal aus. Nur irgendwie ölig – und so fühlte sich das Wasser auch an. Aber man konnte es trinken und darin baden. Ich hatte es in den letzten Jahren oft getan.

»Guten Morgen, Cora«, hörte ich Alexanders Stimme hinter mir und wandte mich lächelnd zu ihm um. So langsam es nur möglich war, kam der alte Mann auf mich zu und setzte sich in einer überraschend flüssigen Bewegung neben mich in das Gras.

»Woher weißt du, dass es Morgen ist?«

»Na, weil ich aufgestanden bin«, erwiderte er lachend und ich stimmte ein.

Ich legte einen trockenen Grashalm zwischen die Seiten des abgegriffenen Buches und legte es neben mich. Alexander sprach nicht oft, also musste er etwas Bestimmtes wollen.

»Hast du deine Hausaufgaben schon gemacht?«

»Natürlich.« Es gab nichts anderes für mich zu tun. Die Erwachsenen ließen mich und die Kinder nicht arbeiten.

»Du lernst wirklich sehr schnell«, sagte er und blickte auf das Wasser. »Deine Lehrerin sagt, dass du schon bei den ältesten Schülern mitlernen kannst.«

»Hm«, machte ich. Es gab nichts anderes zu tun. Womit sollte ich sonst meine Zeit verbringen, wenn nicht damit, zu lesen oder zu lernen? Auf Spiele hatte ich keine Lust. Keins von ihnen machte mir Spaß.

Alexander lachte wieder leise. »Wir wissen nicht mehr, was wir dir noch beibringen sollen, Cora«, sagte er schließlich. Ich sah ihn genau an, weil ich wissen wollte, worauf er hinauswollte. »Würde es dir nicht gefallen, in eine richtige Schule zu gehen?«

Die Frage traf mich wie ein Schlag, weil ich überhaupt nicht damit gerechnet hatte. Was meinte er überhaupt mit »richtige Schule«?

»Da draußen gibt es große Schulen. Das weißt du, oder?«

»Ja.«

»Dorthin gehen Hunderte Schüler und Schülerinnen jeden Tag. Und es gibt nicht nur einen Lehrer, sondern viele. Jeden für ein anderes Fach.«

»Das klingt anstrengend«, sagte ich. Und es klang laut. Voll und überwältigend. Nichts, wonach es mich verlangte. Je mehr Menschen sich an einem Ort befanden, umso unberechenbarer wurde er. Umso unsicherer.

»Das ist es«, sagte Alexander leise. Er wandte seinen Blick einfach nicht vom gemächlich fließenden Wasser ab. »Aber dort kannst du alles erfahren, was du möchtest. Alles lernen, was du jemals wissen wolltest.«

»Auch, warum die Quellbereiche so seltsam sind?«

Abermals lachte er. »Das vielleicht nicht.« Er zuckte mit den Schultern. »Aber inzwischen ja vielleicht schon, wer weiß.«

»Wollt ihr nicht mehr, dass ich hierbleibe?«

Endlich schaute er mich an, die Augenbrauen besorgt zusammengezogen. »Nein«, sagte er so sanft, wie ich es noch nie in seiner alten Stimme gehört hatte. »Aber wir denken, dass du dort draußen viel glücklicher sein könntest.«

Da war ich mir nicht so sicher. Ich hatte mich lange genug dort draußen aufgehalten. Und es war die Hölle gewesen. Warum sollte es jetzt anders sein? Hier war es wenigstens ruhig. Langweilig, aber ruhig.

»Bist du denn gar nicht neugierig?«

Damit traf er ins Schwarze, denn neugierig war ich schon. Wenn es eine Möglichkeit gäbe, Informationen von der Welt außerhalb der Quellbereiche zu empfangen, würde ich sie sicherlich nutzen. Aber reichte Neugier aus, um mein neues Zuhause aufzugeben?

»Du musst dich ja nicht gleich entscheiden. Du kannst hierbleiben, solange du möchtest. Gern auch für immer, Cora. Aber ich denke, dass es dir in einer Stadt besser gefallen würde. Auch wenn es dir Angst macht.« Er nickte langsam. »Denk einfach mal drüber nach, ja?«

Das tat ich. Das tat ich eigentlich jeden Tag. Bevor ich ins Bett ging oder wenn ich aufwachte. Wenn ich lernte oder wenn ich las. Von all den Geschichten aus der Welt da draußen. All den Geschichten aus den Zeiten vor der Veränderung. All den Geschichten über Abenteuer und Liebe.

»Aber in die Stadt kann ich mein Quellfragment nicht mitnehmen, oder?« Ich griff in meine Tasche und berührte es vorsichtig. Es hatte in den letzten zwei Jahren keinen Ort gegeben, an den ich es mitgenommen hatte. Ich hatte nicht einmal jemandem außer Alexander davon erzählt.

»Nein«, sagte er wie erwartet. »Das wäre zu gefährlich.«

Aber ich wollte es auch nicht hierlassen. Es sollte immer bei mir bleiben.

»Ich könnte darauf aufpassen.« Das könnte er wirklich. »Aber ich will dich auch nicht überrumpeln.« Deutlich schwerfälliger, als er sich hingesetzt hatte, richtete er sich wieder auf und watschelte einige Schritte von mir fort. »Wir wollen alle nur das Beste für dich, Cora.«

Das glaubte ich sogar.

Ich wusste nur selbst nicht, was das Beste für mich war.

Die Sonne schien durch das Blätterdach des Waldes, der sonst so dunkel war, dass man seine Hand vor Augen nicht sah. Doch nun sammelten sich die Lichtstrahlen auf hellen Flecken im Gras und Moos, über das ich und Alexander liefen. So langsam, wie ich noch nie gelaufen war. Aber das störte mich nicht.

Es gab mir die Zeit, mir alles genau anzuschauen. Jede Blume, jeden Baum, jeden Farn, jedes Glitzern in den Augenwinkeln. Ich vermutete, dass Alexander eigentlich schneller laufen konnte und nur aus demselben Grund so langsam war. Weil er sich alles ansehen wollte.

Aber er hatte mir gesagt, dass er mir etwas zeigen wollte, also wuchsen die Neugier und die Unruhe in mir mit jedem Schritt.

»Sind wir bald da?«, wollte ich wissen. Ich versuchte, es nicht so dringlich klingen zu lassen, weil ich ihm nicht das Gefühl geben wollte, ungeduldig zu sein. Es gab nichts anderes, was ich zu tun hatte. All die Bücher, die Harlem aus der Bibliothek für mich mitgebracht hatte, waren bereits ausgelesen. Ich wollte nur wissen, was es war, was er mir zeigen wollte.

»Da vorn ist es gleich«, sagte Alexander und wies mit seinem knochigen Finger auf einen Ort, der hinter Büschen und Farnen verborgen lag. Oder meinte er die Büsche und Farne? Ich sah nichts Besonderes daran.

»Was ist es?«

Er lachte leise, antwortete aber nicht. Ich musste mich zusammenreißen, nicht einfach schon zu dem Ort vorzulaufen, auf den er gedeutet hatte. Alles, was mich davon abhielt, war die Sorge, dass er sich dann vielleicht schlecht fühlte, weil er so langsam war.

Ich gab mir also große Mühe, die Aufregung auszuhalten und konstant in die Richtung zu starren, auf die er gedeutet hatte, in der Hoffnung, dort etwas zu erkennen.

Als wir um die Ecke bogen – herum um die Büsche und Farne, die die Sicht verschleiert hatten –, wich meine Aufregung allerdings großer Verwirrung.

»Was ist das?«, fragte ich, als wir auf eine Art Schrein zusteuerten. Zumindest wusste ich kein besseres Wort für das, was ich dort sah.

Viele große Steine lagen zu einem Kreis geformt am Boden und waren von buntem Moos überwachsen. Zwischen ihnen war ein kleiner, gepflasterter Platz, der so alt aussah, als stammte er aus einer anderen Welt. Und am anderen Ende des Kreises – uns genau gegenüber – stand aufrecht ein großer, länglicher Stein. Er war mindestens dreimal so hoch wie ich und verschlungene, blau leuchtende Muster zeichneten sich auf ihm ab wie Adern.

Sofort glitt mein Blick zu meinem Arm, der dieselben Muster trug.

»Was ist das für ein Ort?«, wollte ich wissen.

»Ich weiß es nicht. Ich habe ihn auf einem meiner Spaziergänge gefunden, aber …« Er lachte leise. »Ich glaube nicht, dass er schon immer hier war. Irgendwann ist er einfach aufgetaucht.«

War das so? Alles hier sah alt aus. Als befände es sich schon seit Jahrhunderten hier.

»Ich dachte, das wäre vielleicht ein guter Ort, um deinen besonderen Stein aufzubewahren, oder?«

Mein besonderer Stein. Mein Quellfragment.

Wir hatten in den letzten Wochen sehr viel darüber geredet, wie es mit mir weitergehen sollte. Aber ich war noch immer nicht in der Lage gewesen, eine Entscheidung zu treffen, weil mir nichts richtig vorkam.

Sollte ich wirklich gehen? Und wenn ich ging, konnte ich mein Quellfragment wirklich hierlassen? War es sicher?

Aber warum auch nicht? Ich glaubte nicht, dass die Menschen hier es stehlen würden. In den zwei Jahren, die ich bei ihnen verbracht hatte, hatte ich nur mit Alexander darüber gesprochen. Und er hatte kein Interesse daran gezeigt, es zu berühren oder mehr darüber herauszufinden. Nur einmal hatte er gesagt, dass er es schön fand. Das war alles.

Und er hatte recht. Irgendwie passte das Fragment hierher. Obwohl mir die Vorstellung, es zurückzulassen, irgendwie Schmerzen bereitete. Ich befürchtete, dass ich es vermissen würde.

»Denkst du wirklich, dass ich zurück in die nicht veränderten Bereiche gehen sollte?«

»Ich denke, dass dir das guttun würde.«

»Aber ihr geht doch auch nicht.«

Er schmunzelte. »Ach, ich bin alt. Ich hab schon genug gesehen.«

»Und die anderen Kinder?«

»Die wollen ihre Eltern noch nicht verlassen. Aber du hast nichts, was dich hält, oder?«

Es stimmte. Ich fand die Menschen hier okay, aber es war nicht so, als würde ich sie mögen oder als könnte ich nicht auf sie verzichten. Sie waren freundlich zu mir und ich war freundlich zu ihnen. Aber ich empfand eigentlich nichts.

»Du kannst dort zur Schule gehen und lernen. Und Freunde finden.«

Ich glaubte nicht, dass ich Freunde finden konnte. Oder wollte. Aber das sagte ich ihm nicht.

»Aber ich kenne den Weg nicht«, sagte ich.

Er lächelte breit. »Du kennst den Weg. Wenn du hinaus möchtest und den Wäldern vertraust, dann werden sie dich lassen.«

»Aber sie haben mir den Weg auch nicht gezeigt, als ich mich verirrt habe«, sagte ich.

Er wandte sich mir zu und sah mich lange an. »Aber du wolltest gar nicht hinaus, oder? Wie sollen sie dir einen Weg zeigen, den du nicht finden willst?«

Das stimmte vielleicht. Als ich weggelaufen war, hatte ich einfach nur weggewollt.

Nirgendwohin.

Also war ich nirgendwo geblieben.

Vielleicht war es wirklich an der Zeit.

Ich trat einen Schritt nach vorn und zog das Fragment aus meiner Tasche. Heute erkannte man gar nicht mehr, dass es ein Stein war. Es war nur Licht und schien nichts zu wiegen. Wie ein kleiner Stern leuchtete es in meiner Hand.

Unsicher trat ich auf den großen Stein zu und betrachtete das Zentrum direkt auf meiner Augenhöhe, das ähnlich pulsierte wie das Quellfragment.

Nein, nicht ähnlich. Als ich es danebenhielt, erkannte ich, dass es genau im selben Rhythmus pulsierte wie mein Fragment. Als würden sie zusammengehören.

Vorsichtig hielt ich mein Quellfragment näher an den Stein und es war, als würde es davon angezogen werden. Ich ließ es also los … und es fügte sich in den großen Stein ein, als hätte es schon immer dorthin gehört.

Mein Herz zog sich zusammen, als ich einen Schritt zurücktrat. Ich wusste nicht mal warum, immerhin war das Fragment nur ein Ding. Aber ich fühlte mich ihm verbundener als den meisten Menschen. Es hatte mich so lange begleitet.

Meine Finger zitterten, als ich auf sie hinabschaute und versuchte, mich zu beruhigen.

Es war nur ein Ding. Es war kein Teil von mir, auch wenn es sich so anfühlte.

»Ich werde gehen«, flüsterte ich.

Aber wenn es mir nicht gefiel, würde ich zurückkommen.

KAPITEL 40

28.06.2082, DAS MORGENGRAUEN AN TAGEN VOLLER WIRRUNGEN

Die Sonne schien durch die große Balkontür in Kings Zimmer und weckte mich mit ihrer Wärme auf meinem Gesicht. Ich schob die Decke von mir, die King mir gestern Nacht gegeben hatte, und richtete mich aus meiner verspannten Haltung am Boden auf. Mein Nacken schmerzte und jeder meiner Muskeln war angespannt. Aber abgesehen davon fühlte ich mich überraschend frisch.

Wir hatten bis tief in die Nacht geredet und ich fühlte mich gelöst. Dabei hatte sie eigentlich nur über ihre Familie gesprochen und ich hatte ihr etliche Fragen zu ihren Lernmethoden gestellt. Aber das alles war so ohne Streit und Provokation ausgekommen, dass es mich wirklich erleichterte.

Mein Blick glitt über meine Decke und Bob, der noch immer neben mir lag und sich gar nicht davon stören ließ, dass ich bereits wach war. Ich schaute weiter zu King, die noch schlief. Ihre Brille hatte sie auf dem Nachttisch abgelegt und ihre langen Haare fielen ihr ins Gesicht.

Eine Welle der Zuneigung überkam mich, als ich ihr friedliches Gesicht betrachtete. Irgendwie fühlte ich mich geehrt, dass sie mich in diesen Teil ihres Lebens eingeweiht hatte. Dass sie mir all die Dinge anvertraut hatte, über die sie sonst mit niemandem sprach.

Ich hoffte, dass es das für uns in Zukunft leichter machen würde, miteinander zu reden. Auch wenn wir nicht in allen Belangen derselben Meinung waren. Und auch, wenn ich mich noch mit dem Gedanken würde abfinden müssen, dass sie Pro-Cosmic war. Das ging mir trotz allem noch nicht in den Kopf.

Eine ganze Weile sah ich ihr dabei zu, wie sie ruhig atmete. Ich würde sie schlafen lassen. Sie hatte gesagt, dass sie erst zur zweiten Stunde eine Vorlesung hatte. Der Blick auf meine Uhr zeigte mir allerdings, dass meine in zwanzig Minuten beginnen würde. Nicht viel Zeit, um auf mein Zimmer zu gehen, zu duschen und zum Kurs zu rennen.

Als ich mich aufrichtete, fühlte ich mich steif wie eine alte Frau. Mit wenigen, vorsichtigen Bewegungen legte ich die weiche Decke zusammen, dann schob ich mich auf leisen Sohlen auf die Tür zu. Ich hatte nicht einmal meine Schuhe ausgezogen, als ich eingeschlafen war.

»Komm, Bob«, flüsterte ich dem Kater zu, der mich die ganze Zeit beobachtet hatte. Als hätte er mich verstanden, richtete er sich auf, streckte sich genüsslich und trottete auf mich zu. »Du hast natürlich super geschlafen«, sagte ich, als er geduldig zu mir aufschloss und mir hinausfolgte.

Ich warf King einen letzten, langen Blick zu, bevor ich ihre Zimmertür hinter mir schloss.

Die Wand in meinem Rücken war kühl, als ich in einem Seitengang zu unserem Vorlesungssaal stand und mich fühlte wie auf geheimer Mission. Dabei wartete ich nur auf Himari, damit ich hoffentlich mit ihr reden konnte, bevor ich in sie und Fedir hineinlief und das alles zwischen uns sehr unangenehm werden würde.

Ich hoffte, dass die beiden noch nicht darüber gesprochen hatten, was gestern zwischen Fedir und mir im Flur passiert war. Mist, mein Bauch kribbelte noch immer bei der Erinnerung, aber nicht aus Wohlwollen. Ich mochte Fedir und es war schön gewesen, ihn zu küssen; aber das war es vorrangig gewesen, weil ich für einen Moment alles um mich herum hatte vergessen können. Nicht, weil ich ihn auf dieser Ebene mochte.

So sehr war ich in meine Gedanken versunken gewesen, dass Himari schon fast an mir vorbeigegangen war, als ich sie bemerkte. Rasch machte ich einen Schritt nach vorn und berührte sie am Arm.

»Hey«, sagte ich und bedeutete ihr, sich kurz mit mir hinter der Ecke vor dem Rest des Kurses zu verbergen.

Unsicher trat sie an mich heran und schaute sich um, dann erst zu mir. »Cora.« Sie lächelte, aber neben der Überraschung war da etwas Verhaltenes an ihrem Gesichtsausdruck. »Guten Morgen.«

»Morgen«, antwortete ich und sah mich im Gang um, um sicherzugehen, dass Fedir nicht hier war. Er kam meistens ein paar Minuten später als sie.

»Wie geht es dir?«, wollte sie wissen, einen Ausdruck ehrlicher Sorge auf den Zügen. »Deine Kämpfe gestern waren krass. Ich dachte wirklich, King würde dich töten.«

Ich lächelte. »Ja, ich auch. Aber ich hab mit ihr geredet. Alles wieder gut.«

»Das ist schön.« Sie schürzte die Lippen, als überlegte sie, etwas zu sagen. Am Ende lächelte Himari ein nahezu gequältes Lächeln. »Fedir und du habt euch geküsst?«

Das brachte mich aus dem Konzept, weil ich so sehr gehofft hatte, ich wäre diejenige, die ihr das hätte sagen können.

»Er hat es mir erzählt«, sagte sie und nickte langsam. Natürlich.

»Ihr erzählt euch wirklich alles, oder?«

»Ja.« Was für eine knappe Antwort. Wenn sie versuchte, ihre Emotionen zu verbergen, gab sie sich nicht sonderlich viel Mühe. Oder sie war eine wirklich schlechte Schauspielerin.

»Das hatte nichts zu bedeuten«, versicherte ich. »Ich glaube, wir waren beide ziemlich aufgewühlt.«

»Verstehe.« Himari sah sich nun ebenfalls auf dem Flur um. Eher unangenehm berührt als forschend. Als wollte sie weg von hier.

Das schmerzte. Aber es sagte mir auch alles, was ich wissen musste.

»Du stehst auf ihn, oder?«

»Was?« Sie runzelte die Stirn und verschränkte die Arme abwehrend vor der Brust. »Nein, ich … Wir sind Freunde.«

»Klar«, sagte ich ironisch und versuchte, ihren Blick wieder einzufangen.

»Er ist … nicht interessiert an mir. Eher an Leuten wie dir.«

Ich schürzte skeptisch die Lippen, ehrlich verwirrt. Menschen wie ich? Was für Menschen sollten das denn sein? Ich kannte niemanden wie mich. Ich fragte mich manchmal sogar, ob ich überhaupt ein Mensch war.

Kurz überlegte ich, ob ich es ansprechen sollte, weil ich das Gleichgewicht, auf dem die Beziehung der beiden beruhte, nicht zerstören wollte, aber … Ich kannte sie nicht lange, aber ich konnte schon jetzt nicht mehr ertragen, wie sie umeinander herumtänzelten. »Und er sagt, dass du nur an Leuten interessiert seist, die stärker und zielorientierter sind als er.«

»*Was?*« Das war ihr eindeutig lauter über die Lippen gekommen, als sie gewollt hatte, denn sofort schlug sie die Hand vor den Mund. »Hat er das gesagt?«

Ich setzte schon an, mehr zu erklären, als jemand aufgescheucht um die Ecke raste und fast in uns hineinlief.

Es war Béla. »Cora!«, rief er und rieb die Hände aneinander. »Klasse, ich hab dich schon gesucht.«

Er hatte mich gesucht? Himmel, waren meine Testergebnisse inzwischen da?

»Bitte folge mir«, sagte er gehetzt und wandte sich bereits

um, dann schien ihm aber noch etwas einzufallen. »Oh und lass deine Katze besser hier.« Ich schaute mit großen Augen dabei zu, wie er sich von uns entfernte, dann warf ich einen Blick von Bob zu Himari.

»Kannst du auf ihn aufpassen?«

»J-ja, klar«, stammelte sie unsicher.

»Tut mir leid.« Ich entfernte mich bereits einen Schritt von ihr, auch wenn es mir gegen den Strich ging, dass ich dieses Gespräch so abrupt beenden musste. »Wir reden später, ja?«

»Okay«, sagte sie und sah mich ausdruckslos an.

Vor Aufregung schaffte ich es nicht, mir ein Lächeln abzuringen, also nickte ich ihr zu, dann hechtete ich Béla hinterher.

Dieser trat plötzlich in einen dunkleren Seitenflur, blieb stehen und wandte sich zu mir um.

»Du hattest recht«, begann er sofort mit unterdrückter Stimme. »Unsere Ermittlungen haben ergeben, dass Artem unter den Angreifern war.«

Ich riss die Augen auf. Ich hatte fest damit gerechnet, dass es um meine Testergebnisse gehen würde, also dauerte es kurz, bis ich verarbeitet hatte, was Béla gesagt hatte.

Ich hatte recht behalten. Es war Artem gewesen, der Kerl, der mich eingewiesen hatte. Was um alles in der Welt hatte ihn dazu veranlasst, seine eigenen Kommilitonen anzugreifen und sogar zu töten?

Ein kalter Schauer überlief mich, als ich an das eine Gespräch zurückdachte, das ich mit ihm geführt hatte. Dass er zu so etwas in der Lage war, schockierte mich. Viel wichtiger war aber: Warum erzählte Béla mir das?

»Wir haben herausgefunden, dass er sich im alten Tunnelsystem unter Warna verbirgt. Wir müssen ihn gefangen nehmen, um mehr über diesen Angriff herauszufinden.« Eine tiefe Falte bildete sich zwischen seinen Augenbrauen, als ich glaubte, zu wissen, was er gleich sagen würde. »Und dafür brauchen wir deine Hilfe.« Tief atmete ich ein und aus. Ich hatte richtiggelegen. Sofort pochte mein Herz schneller. »Du bist die Einzige, von der wir wissen, die gegen seine Fähigkeit immun ist. Und gegen die der anderen, falls er Unterstützung haben sollte. Die Studienleiterin unterstützt diesen Vorschlag.«

»Ich …«, setzte ich an, unterbrach mich aber selbst, weil ich nicht wusste, ob ich schon bereit war, mich einem weiteren Kampf auszusetzen. Andererseits war es vielleicht ein weiterer Weg, mich zu beweisen. Der Studienleitung zu zeigen, dass ich nicht unnütz war, sondern bereit zu helfen, wo ich konnte.

Béla hob seine Hand zu einer beruhigenden Geste. »Wir werden nur ein sehr kleines Team sein. Du, ich und ein Kommilitone von dir. Du wirst also nicht mehrere Dutzend Leute beschützen müssen, wie letztes Mal.«

Mein Mund wurde trocken und ich fuhr mit meiner Zunge über die Lippen. Seine Worte machten es nicht besser. Die Vorstellung, allein für den Schutz und die Unversehrtheit dieser Menschen verantwortlich zu sein – selbst wenn es nur zwei waren –, überwältigte mich mit einer Angst, die ich kaum benennen konnte. Dabei war mir klar, dass ich mich geehrt fühlen sollte, weil Béla offenbar etwas Besonderes in mir sah. Dass ich mich validiert und wertgeschätzt fühlen sollte.

»O-okay«, murmelte ich und nickte langsam. Ich musste zusagen. Im Grunde blieb mir gar nichts anderes übrig, wenn ich ihm und der Studienleiterin zeigen wollte, dass ich es wert war, mich an der Akademie zu behalten.

»Gut, dann folg mir bitte«, sagte er und setzte sich in Bewegung.

»Jetzt gleich?«, wollte ich laut wissen. Das ging alles viel zu schnell! Meine Finger begannen zu zittern und meine Knie wurden weich.

»Cora!« Béla und ich wandten uns gleichzeitig um, als Kings Stimme durch den Gang schallte. Eilig schloss sie zu uns auf und bedachte erst mich, dann Béla mit einem dringlichen Blick. »Tut mir leid, ich habe zufällig gehört, worüber ihr gerade gesprochen habt.«

Sie hatte gelauscht? Hatte sie die ganze Zeit um die Ecke gestanden? War sie mir gefolgt und … warum hatte sie zugehört?

Béla setzte ein schiefes Lächeln auf und rückte seine Brille zurecht. »Aufmerksam wie immer«, tat er es ab.

Ich wusste nicht, was King wollte, aber sie erwiderte meinen suchenden Blick auch gar nicht, sondern schaute nur Béla an.

Sie erwiderte sein Lächeln, aber es erschien mir irgendwie falsch. »Ja. Ich weiß nicht, wer der andere Student ist, den ihr mitnehmen wollt, aber ich möchte mich als Teil des Teams anbieten.«

Béla schüttelte sofort den Kopf. »Nein, ich denke, es wäre besser, wenn –«

»Béla«, fuhr sie ihm dazwischen und trat einen Schritt auf ihn zu, ohne den Augenkontakt zwischen ihnen abbrechen zu lassen. »Du weißt, dass ich die stärkste Studentin hier bin. Du weißt, wozu ich in der Lage bin.«

»Aber –«

»Bitte gib mir die Chance, mein Versagen beim letzten Mal wieder gutzumachen!« Der Nachdruck in ihrer Stimme klang entschlossen, trug aber auch einen Hauch Verzweiflung in sich. Sie fühlte sich wirklich schlecht deswegen. Obwohl sie wissen musste, dass das nicht ihre Schuld gewesen war.

Die beiden musterten einander eine ganze Weile, dann

atmete Béla schließlich scharf ein und nickte. »Na gut. Dann wirst du das dritte Teammitglied neben Cora und mir bilden.«

Ich atmete erleichtert aus. Und endlich sah King mich an und warf mir ein breites Lächeln zu. Wenn sie mit dabei war, wäre es einfacher. Ich wusste zwar nicht genau, warum, aber wenn sie dabei wäre, würde alles gut werden.

KAPITEL 41

28.06.2082, DIE FRAGILITÄT VON WÄNDEN IN DER DÜSTERNIS

Die Sonne über Warna neigte sich langsam dem Horizont zu, während King, Béla und ich uns so unauffällig wie möglich durch die Außenbereiche der Stadt bewegten. Die Häuser hier waren niedriger und deutlich weniger prunkvoll als die der Innenstadt. Viele von ihnen waren aus Trümmern wieder errichtet worden und wenn sie noch aus den Zeiten vor den Bürgerkriegen stammten, dann sah man ihnen die Anzeichen der Zerstörung zumindest sehr deutlich an.

Die in vielen Farben verkleideten Fassaden waren schmutzig und rissig, Löcher in den Wänden waren mit Metallplatten geflickt worden und die Fenster sahen aus, als würden sie weder Hitze noch Kälte aus den Innenräumen fernhalten können. In den alten Hinterhöfen waren Wäscheleinen gespannt worden. Alles hier erinnerte mich an das Dorf in den Quellbereichen, in dem ich gelebt hatte. Das Leben hier war langsamer und simpler als das in der Innenstadt. Aber es machte auch einen friedlicheren Eindruck.

Wir hatten den ganzen Tag damit verbracht, Karten der Tunnelsysteme durchzugehen und diverse Einsatzstrategien durchzusprechen.

Obwohl ich mich noch immer nicht richtig mit dem Gedanken abfinden konnte, mich in diesen Abgrund hinabzubegeben, half es wirklich, dass King bei mir war. Wir hatten nicht viele Worte miteinander wechseln können, weil Béla die ganze Zeit im Raum gewesen war, aber die aufmunternden Blicke, die sie mir zuwarf, beruhigten mich.

Sie war hier. Und sie war verdammt stark. Zusammen konnten wir das schaffen.

Ich zog die Kapuze, die ich trug, enger um mein Gesicht. King hatte uns Mäntel angefertigt, die unsere Identität hoffentlich verschleierten und trotzdem nicht allzu sehr auffielen, als wir uns auf einen kleinen, verfallenen Hinterhof eines zweistöckigen Wohnhauses zubewegten. Unter einer blechernen Überdachung lag eine Holzplatte auf dem Boden. Béla steuerte rasch auf sie zu und wuchtete sie hoch, um eine steinerne Treppe darunter freizulegen.

Mir wurde etwas mulmig, als ich in die Dunkelheit blickte, in die sie hinabführte.

»Sind eure Headsets und eure Tracker bereit?«, fragte Béla und nahm seine Brille sorgsam von der Nase.

Ich kontrollierte den Stecker in meinem Ohr und hörte ein leises Knacken darin. Ein Blick auf die Uhr an meinem Handgelenk zeigte mir außerdem die bisherige Strecke auf einer kleinen Karte an.

»Ja«, bestätigte ich, ebenso wie King.

Die Tracker waren unerlässlich, sobald wir uns in das Tunnelsystem unter der Stadt begaben. Es gab so viele versteckte Wege, die niemand kartografiert hatte und die in einem solchen Chaos angeordnet waren, dass man sich dort sonst sofort verirrte. Es gab endlos viele Geschichten darüber, wie Menschen während der Bürgerkriege versucht hatten, sich in die Tunnel zu flüchten – und nie wieder gesehen worden waren.

»Gibt es inzwischen schon Informationen darüber, auf was die Angreifer aus waren?«, fragte King, als wir die Treppenstufen in die Dunkelheit hinabstiegen.

Sie sollten ruhig noch ein wenig weiterreden, dann wäre das alles hier vielleicht etwas weniger unheimlich.

»Nein«, sagte Béla ruhig und setzte die Nachtsichtbrille

auf, während das Licht auf der Treppe hinter uns langsam schwand. Ich tat es ihm gleich. »Bisher haben sie noch keinen Kontakt zu irgendwelchen Behörden oder dergleichen aufgenommen. Vielleicht hätten sie es getan, wenn die Entführung des Forschungsteams erfolgreich gewesen wäre.« Er seufzte und schaltete die Nachtsichtbrille ein. »Aber wir werden hoffentlich nicht mehr lange darüber spekulieren müssen.«

Ich setzte das Gerät ebenfalls auf meine Nase und aktivierte es mit einem Knopfdruck. Sofort verwandelte sich die Welt um uns herum zu einer grünlichen, etwas verschwommenen Version von sich selbst. Aber ich konnte die Stufen vor mir deutlicher erkennen.

Als wir die schmalen Tunnel erreichten, die nur grob aus dem Untergrund geschlagen worden waren, bogen wir um eine Ecke und der letzte Schimmer des Tageslichts hinter uns verschwand. King hielt sich überraschend nah an mir, während wir uns voranarbeiteten. Sie warf mir immer wieder Blicke zu, die ich nicht ganz verstand. Ich wollte nicht nachfragen, weil ich nicht wusste, ob es um etwas ging, das sie vor Béla geheim halten wollte. Denn so, wie sie ihn immer wieder anstarrte, war da irgendwas.

Ich verlor die Orientierung schneller, als ich erwartet hatte. Und schon nach einigen Abbiegungen wusste ich, dass ich den Weg zurück zur Oberfläche sicherlich niemals finden würde, hätte ich nicht die Karte auf der Uhr an meinem Handgelenk, auf die ich alle paar Sekunden schaute.

Ich wusste nicht, wie lange wir schon in der absoluten Dunkelheit unterwegs waren, als Béla so abrupt stehen blieb, dass King fast in ihn hineinlief. Langsam wandte er sich um und bedeutete uns mit einem Finger auf den Lippen, dass wir leise sein sollten.

Dann trat er einen Schritt zur Seite und gestikulierte, dass King seinen Platz einnehmen und in den Gang schauen sollte, der vor uns lag. Sie bewegte sich überraschend zögerlich, spannte sich aber an, als sie zu sehen schien, was er sah.

Was war da? Meine Finger kribbelten, aber ich wusste, dass ich mich jetzt konzentrieren musste.

King sah zu Béla, der ihr zunickte, dann trat sie vorsichtig weiter in den Gang und ich konnte aufrücken, um endlich zu erfahren, was dort war.

Eine Wache!

Ich hielt die Luft an, während King sich lautlos auf den Mann zubewegte, der mit dem Rücken zu uns stand.

Er machte einen entspannten Eindruck, aber als King ihm näher kam, schien er sie doch zu hören und wirbelte herum. Seine Hand glitt zu seinem Headset, aber sie machte einen raschen Sprung nach vorn. Ich erkannte durch das Licht der Nachtsichtbrille nur verschwommen, wie sie in der Bewegung die Wand des Tunnels berührte und etwas aus dem Material formte. Ich konnte bei dieser Geschwindigkeit und den unklaren Bildern allerdings nicht genau ausmachen, was es war.

Sie versetzte der Wache damit einen Schlag ins Gesicht, packte seinen Arm, drückte ihn zu Boden und wand seinen anderen Arm ebenfalls auf den Rücken. Der Mann ächzte, als sie ihn festhielt, den Gegenstand in ihrer Hand zu Handschellen verwandelte und sie ihm anlegte. Er versuchte, sich wieder auf die Beine zu stemmen, aber sie berührte den Boden unter sich und zog etwas Kleines daraus hervor, das sie ihm in den Oberarm stach. Noch einige Sekunden wand sich der Mann und versuchte, gegen sie und ihre Fesseln anzukämpfen. Dann sank er nach und nach gegen sie und King legte ihn auf dem Boden ab.

Mir fiel erst jetzt auf, dass ich die Luft angehalten hatte. Unglaublich. Ich konnte nicht fassen, wie schnell es ihr gelungen war, ihn zu besiegen. Und ich konnte es, in diesem

Moment, noch weniger fassen, dass es mir gelungen war, gegen sie anzukommen. Das erschien mir unmöglich.

»Sehr gut«, flüsterte Béla und wir schlossen zu ihr auf.

King beugte sich über den bewusstlosen Mann, nahm ihm Headset, Waffe und Brille ab und wandelte sie in Steine um, die sie auf dem Boden verstreute. Dann begann sie seine Taschen zu durchsuchen.

»War das ein Betäubungsmittel, das du ihm gespritzt hast?«, fragte ich, als Béla sich neben sie hockte, um ihr zu helfen.

»Ja«, sagte sie abwesend. »Das habe ich in letzter Zeit geübt.«

»Wahnsinn«, murmelte ich eher zu mir, aber das milde Lächeln, das sie mir schenkte, bereitete mir eine eigenartige Freude.

»Nichts zu finden«, stellte sie fest. »Keine Logos, keine Informationen über seine Herkunft.«

»Irgendwelche Hinweise darauf, ob er ein Mensch oder Cosmic ist?«, wollte Béla wissen und sie schüttelte den Kopf, als sie dem Fremden die Handschuhe abzog.

»Nein, nichts.«

»Okay. Dann weiter.«

Ich hatte das Zeitgefühl hier unten gänzlich verloren, als die Tunnel um uns herum langsam breiter wurden und wir anhielten, um in eine Höhle zu schauen, die von mehreren weißen Lampen erhellt wurde. Und von einer Art leerem, sterilem Raum aus Glas in der Mitte.

Béla bedeutet uns, uns hinzuhocken und uns einen Schritt zurückzuziehen, damit die Personen in der Höhle uns nicht sehen würden. Auf den ersten Blick hatte ich schätzungsweise zwanzig zählen können, aber ich hatte nicht bis in jeden Winkel schauen können, also waren es wahrscheinlich mehr.

»Was ist das hier?«, fragte King. Ich erkannte Sorge auf ihrem Gesicht. Erst nach einigen Momenten wurde mir klar, dass es hier hell genug war, um die Nachtsichtbrille abzunehmen, also schob ich sie auf meinen Kopf. Die anderen beiden folgten meinem Beispiel.

»Keine Ahnung«, flüsterte Béla. »Alle verhüllt, also können wir unmöglich wissen, ob Artem dabei ist oder nicht.«

»Wie gehen wir vor?«, wollte ich wissen.

»Mit so großem Widerstand haben wir nicht gerechnet«, flüsterte King und sah Béla intensiv an. »Wir müssen zurückgehen und mit Verstärkung wiederkommen.«

»Auf keinen Fall«, erwiderte Béla, was ein tiefes Stirnrunzeln von King hervorrief.

»Wir können nicht all diese Leute auf einmal bekämpfen. Wir wissen nicht, ob Artem unter ihnen ist. Oder der Kerl, der die Fähigkeiten von Cosmics unterdrücken kann.«

»Nachher sind sie verschwunden, wenn wir mit Verstärkung zurückkehren«, erwiderte er.

Ich verstand beide Ansichten, aber ich war auf Kings Seite. »Ich denke nicht, dass King und ich das schaffen«, schaltete ich mich also ein. Béla benutzte seine Fähigkeit ja nicht. »Beim letzten Mal waren wir viel mehr und wir sind nur haarscharf mit dem Leben davongekommen. Dieses Mal sind sie wahrscheinlich auf mich und meine Cosmic Power vorbereitet.« Ich presste die Lippen aufeinander. »Zumindest werden sie sich Gedanken darum gemacht haben, wie sie mich unschädlich machen können.« Der Kerl mit den Schlingen war das letzte Mal schon sehr nah dran gewesen. Gegen ihn hatte ich nicht viel ausrichten können.

King nickte heftig. »Wir wissen jetzt von diesem Versteck. Sie werden sich nicht so schnell ein neues suchen.«

Béla zog die Augenbrauen hoch. »Ich weiß es zu schätzen, dass ihr mitreden wollt, aber *ich* leite diesen Einsatz.

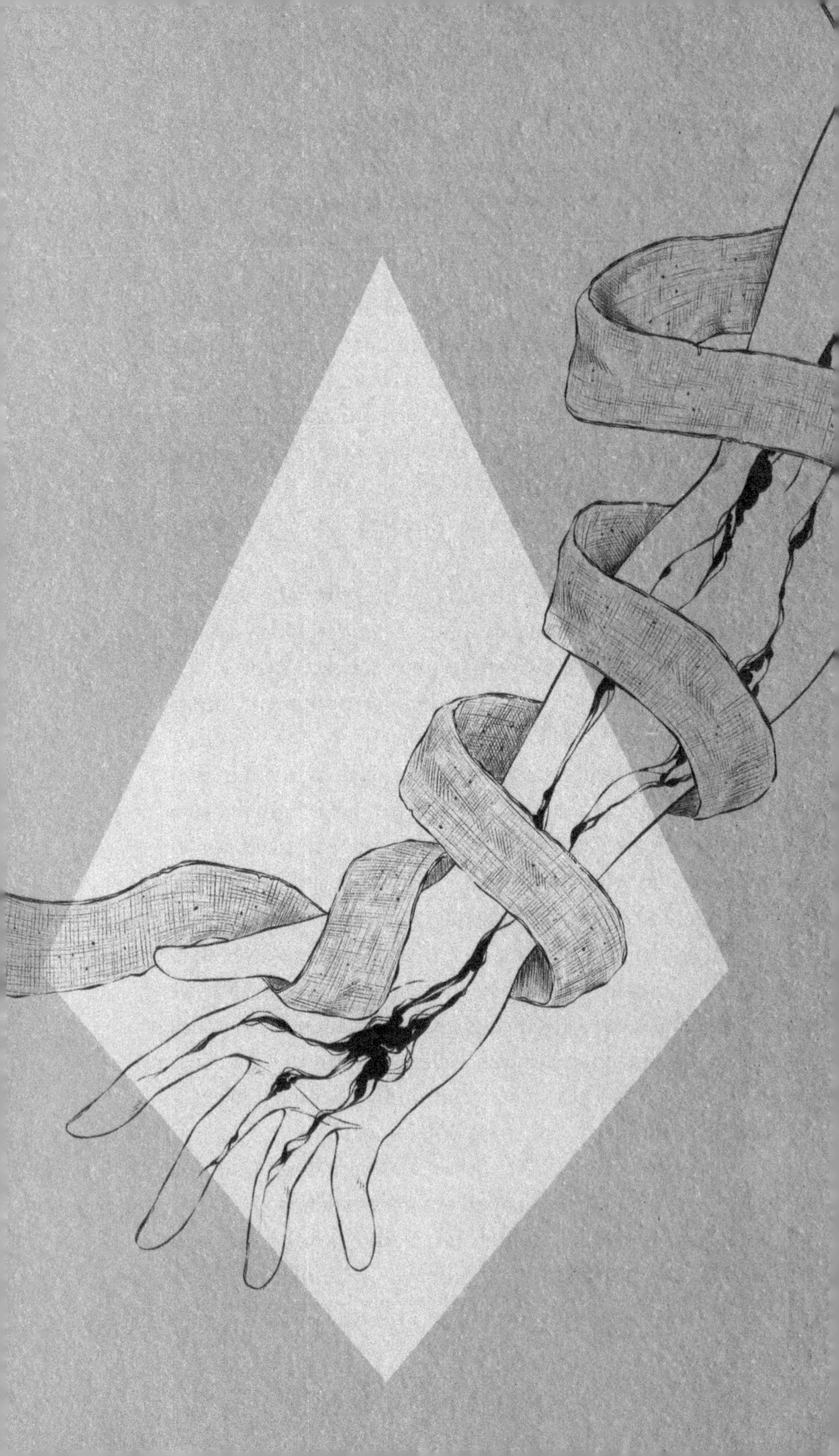

Und ich sage, dass wir dort reingehen, die Gegner unschädlich machen und dann die Universität und das Militär kontaktieren.«

»Wir schaffen das nicht, Béla.«

»Willst du etwa aufgeben?« Der Ton, in dem er das sagte, klang nicht mehr befehlerisch oder professionell. Er klang provokativ.

Was ging da zwischen den beiden vor? Ich schaute zwischen ihnen hin und her, aber ich verstand es nicht.

»Ich weigere mich«, sagte King und warf mir einen kurzen Blick zu. Ich spannte instinktiv meine Muskeln an und sie tat es auch. »Es ist sinnvoller, den anderen erst einmal davon zu berichten, was hier vor sich geht, und dann mit Verstärkung zurückzukommen. Von diesem Standpunkt weiche ich nicht ab.«

Béla holte tief Luft und atmete angestrengt aus. Er verzog den Mund zu einem unzufriedenen Ausdruck, der ganz offensichtlich seine Reue darüber zeigte, dass er King mitgenommen hatte und nicht die andere Person, die er ursprünglich dafür im Sinn hatte.

Schließlich wandte Béla sich an mich: »Und du? Bist du dabei?«

Die Frage erschreckte mich, weil ich nicht damit gerechnet hatte, dass er mich wirklich allein in den Kampf schicken würde. Was sollte ich antworten? Ich wollte nicht, ich war Kings Meinung. Vor allem, wenn ich mich daran erinnerte, wie mein letzter Kampf gegen diese Leute ausgesehen hatte. Aber ich hatte nicht dieselbe Position wie King inne. Sie war die Beste an der Akademie, ein Aushängeschild, und sie hatte eine persönliche Beziehung zu Béla. Ich würde mich seinen Anweisungen nicht so einfach widersetzen können, ohne mit Konsequenzen zu rechnen. Es stand ja nicht einmal fest, ob ich an der Akademie bleiben durfte und wenn ich jetzt Nein sagte, sanken meine Chancen rapide. Ich konnte es mir praktisch nicht erlauben, egal, wie viel Angst ich hatte.

»Sie wird auch nicht kämpfen«, befahl King, bevor ich antworten konnte. »Ich bin ihre Mentorin und ich verbiete es ihr.«

»Ich bin ihr Dozent«, fauchte Béla.

Dieser Machtkampf zwischen den beiden. Ich konnte es nicht ertragen.

Aber King ging noch einen Schritt weiter. »Diese ganze Sache hier kommt mir eh ganz schön komisch vor«, sagte sie und legte den Kopf schief. Aus dem Augenwinkel sah ich, wie Béla sich regte. »Ich verstehe gar nicht, wie es überhaupt zu der Entscheidung kam, einen Dozenten, der seine Cosmic Power nicht einsetzt, und zwei Studierende auf eine Mission diesen Ausmaßes zu schicken.«

»Ich habe das gemeinsam mit der Studienleiterin entschieden«, sagte Béla, aber seine Stimme klang seltsam tonlos. »Wie du weißt, war Cora die Einzige, die gegen diese Gruppe angekommen ist.«

»Sie ist seit nicht mal drei Wochen an der Akademie«, wehrte King ab. Eine tiefe Falte bildete sich zwischen ihren Augenbrauen und sie reckte das Kinn ein Stück vor. »Wer war die Person, die herausgefunden hat, dass Artem sich hier aufhält?«

Was passierte hier? Worauf wollte sie hinaus?

Und Béla … Er sah sie ausdruckslos an und antwortete einfach nicht.

Warum nicht?! Das war doch keine schwierige Frage, oder?

Kings Finger glitten zu ihrem Ohr und sie nahm das Headset ab, ohne den Augenkontakt zu Béla abbrechen zu lassen.

»Was soll das werden?«, wollte er wissen.

Sie spannte sich weiter an und ich sah, wie sie die Hand,

in der sie das Headset hielt, zur Faust ballte. Und Béla, die Lippen zu einer schmalen Linie aufeinandergepresst, zog sich sacht einen der Handschuhe, die er immer trug, von den Fingern. Dann den anderen.

Was um alles in der Welt? Würden die beiden etwa …

Unvermittelt griff Béla mit einer Hand nach King, die ihn mit etwas abwehrte, was sie in ihrer Faust versteckt hatte. Das Headset! Sie hatte es in einen kleinen Dolch verwandelt und ihn in seinen Arm gejagt.

Béla verzog den Mund, aber er stieß keinen Laut aus, als er seinen Arm zurückzog und den Dolch mit seiner anderen Hand berührte. Er zerbarst in einer winzigen Explosion zu Staub.

Zerstörung. Das war seine Fähigkeit! Wenn er versuchte, sie zu berühren, dann wollte er sie wirklich töten?

King hatte inzwischen ihre Hand auf die Wand hinter sich gelegt und eine größere Waffe erschaffen, die sie Béla entgegenhielt. Langsam richtete sie sich auf und wir taten es ihr gleich. Sie schob sich umsichtig zwischen Béla und mich.

»Hey, was soll das?«, wollte ich lauter werdend wissen, bewegte mich aber nicht hinter King hervor.

Béla hatte wirklich versucht, sie zu töten, oder? Und wie sehr er darauf bestanden hatte, dass wir kämpften, obwohl das gar keinen Sinn ergab … Das konnte nicht sein, oder? Hatte er uns verraten? Hatte er uns in eine Falle gelockt?

Abermals machte er eine ruckartige Bewegung nach vorn, aber anstatt nach King zu greifen, erwischte er ihre Waffe und sie zerbarst sofort in tausend Teile. In einer flüssigen Bewegung näherte er sich ihr und versuchte, sie mit seiner anderen Hand zu berühren. Ich folgte meinem ersten Instinkt, packte King am Arm und zog sie mit einem heftigen Ruck nach hinten. Sie keuchte auf, nutzte die Gelegenheit aber, um einen weiteren Dolch zu erschaffen.

»Mit den kleinen Dingern kommst du nicht weit und das weißt du genau«, knurrte Béla. Ich sah Blut an der Hand seines verwundeten Arms herunterrinnen.

»Ich wusste es von Anfang an«, fauchte King. »Du wolltest Cora hierherlocken, oder?«

»Bist du dir da sicher?«

»Und bei diesem Übergriff auf die Wissenschaftler im Wald. Da hättest du eingreifen können. Aber du hast nichts getan.«

»Ich setze meine Fähigkeit nicht ein.«

»Aber jetzt verwendest du sie gegen mich?«

Als wollte er ihr beweisen, dass sie recht damit hatte, griff Béla abermals nach ihr, aber dieses Mal mit seinem verwundeten Arm. Das überraschte sie und King stolperte nach hinten, während er sofort nachsetzte.

Ich riss King mit einem Ruck hinter mich und schlug auf Bélas Arm, um den Winkel zu verändern. Ein Fehler! Mit einem gewaltigen Krachen brach seine Hand in die Felswand neben uns und Millionen winziger Steine explodierten daraus hervor. Ich musste die Augen zukneifen, weil zu schnell Massen an Staub in die Luft gelangt waren. Aber das war nicht das Schlimmste. Das Schlimmste war das dunkle Grollen, das sich daraufhin einstellte.

Schwer hustend bewegte ich mich zurück, bis ich auf King traf, die mein Handgelenk packte und mich wegriss. Weg, in die Richtung, aus der wir gekommen waren. Und obwohl ich meine Augen nicht öffnen konnte und ich keine Ahnung hatte, wie sie es machte, hielt sie nicht an.

Hektisch griff ich nach meiner Nachtsichtbrille und blinzelte einige Male, bis meine Augen sich tränend gereinigt hatten. Dann richtete ich meinen verschwommenen Blick hinter uns, wo der ganze Tunnel mit einem Donner, der bis in mein Inneres drang, in sich einstürzte.

Béla. Es musste ihn erwischt haben! Es gab keine Chance, dass er das überlebt hatte.

»Warum?«, schrie ich gegen den Lärm hinter uns an.

»Folg mir einfach!«, rief sie und beschleunigte ihr Tempo, als immer größere Teile des Gangs hinter uns zusammenbrachen.

»Sollen wir ihm nicht helfen?«

»Er ist längst tot!«, schrie sie.

Mir wurde heiß und kalt gleichzeitig, als ich versuchte, die Situation zu verstehen. Aber ich konnte keinen klaren Gedanken fassen, so sehr musste ich mich darauf konzentrieren, zu rennen. So schnell ich konnte.

Und King ließ mich einfach nicht los.

KAPITEL 42

28.06.2082, DIE WÄRME DES LATERNENLICHTS VOR DROHENDEM UNHEIL

Die bunten Lichter der Stadt, die in der warmen Abendstimmung nach und nach eingeschaltet wurden, verliehen Warna an diesem Abend etwas Romantisches. Etwas Ruhiges, von dem ich wusste, dass es nicht die Realität widerspiegelte. Fußgänger schlenderten gemütlich über die verträumten Straßen und Wege. Angeregte Gespräche, die aus Restaurants drangen, untermalten das Zirpen der Grillen und das entfernte Rauschen des Meeres.

Ich wusste nicht, wie lange wir gerannt waren, aber ich fühlte mich wie damals, als ich in die Quellwälder gelaufen war, bis ich zusammengebrochen war. Genau das wollte ich jetzt auch tun. Mich einfach mitten in der belebten Fußgängerzone unter den Straßenlaternen zusammenkauern und nur noch atmen.

Doch obwohl wir inzwischen unser Tempo gedrosselt hatten, um nicht aufzufallen, hielt King mein Handgelenk noch immer so fest umklammert, dass meine Finger schon ganz taub waren.

Dabei atmete sie genauso schwer wie ich. Und sie hustete immer wieder, genauso wie ich, weil sie sicherlich ebenso viel Staub eingeatmet hatte.

»King«, keuchte ich. Wir waren nicht weit vom Gewürzladen entfernt. Vielleicht würden wir uns dort verstecken und ausruhen können. Um uns überlegen zu können, wie es weiterging.

Aber sie schien andere Pläne zu verfolgen. Grob zerrte sie

mich in eine der Seitengassen und noch bevor ich mich orientieren konnte, drückte sie mich an die steinerne Wand in meinem Rücken und sah mich an.

Unsere Gesichter nur wenige Zentimeter voneinander getrennt, war ich wie eingefroren.

»Sag schon«, flüsterte sie. Ich spürte ihren warmen Atem auf meiner Haut. »Was wollte Béla von dir?«

»Was?«, erwiderte ich und schob sie ein Stück von mir. Sie ließ es zu, rückte aber nicht weiter als nötig von mir ab. »Ich habe nicht die geringste Ahnung«, sagte ich empört.

Es war gelogen. Während wir gerannt waren, hatte ich über nichts anderes nachgedacht als darüber, warum er mich in diesen Kampf hatte verwickeln wollen. Wenn die Kerle im Wald es wirklich darauf angelegt hatten, Fedir zu entführen, dann war es dabei entweder um seine Cosmic Power gegangen – oder darum, dass sein Bruder mit den Quellfragmenten arbeitete.

Wenn das der Grund war, dann wusste ich, was sie von mir wollen könnten. Und gleichzeitig verstand ich nicht, woher sie diese Information hatten. Nur ich, der alte Mann und dieser General von damals wussten, dass ich das Quellfragment besaß. Ich hatte es nie jemand anderem gegenüber auch nur erwähnt. Nicht einmal Boss wusste davon. Und diesen General hatte ich seit Jahren nirgendwo mehr gesehen oder irgendetwas über ihn gelesen, obwohl ich oft nach ihm gesucht hatte. Also gab es eigentlich niemanden, der mich verdächtigen konnte. Oder?

Ich sank an der Mauer hinab, weil es so guttat, das Gewicht von meinen Beinen zu nehmen. »Ich weiß es einfach nicht«, seufzte ich.

Und wenn wirklich Menschen versuchten, an dieses Fragment zu gelangen, konnte ich auch King nicht vertrauen, oder?

Sie sah mich lange an und bedachte mich mit demselben Blick, den sie Béla immer zugeworfen hatte, wenn er sich unbeobachtet gefühlt hatte. Sie glaubte mir nicht.

»Woher wusstest du es«?, fragte ich sie atemlos. Ich war so froh, für den Moment nicht mehr weiterzumüssen.

King wirkte ebenfalls erschöpft, aber es gelang ihr deutlich besser, sich zusammenzureißen. »Dieser Einsatz hat keinen Sinn ergeben«, antwortete sie.

»Das meine ich nicht«, sagte ich. »Schon vorher. Du hast ihn schon die ganze Zeit so skeptisch beäugt.«

Nun wich sie meinem Blick aus, um zur Fußgängerzone hinüberzuschauen. Fast, als schämte sie sich. »Er hat sich eigenartig verhalten in letzter Zeit. Seit dem Tag, an dem du deine Aufnahmeprüfung hattest.«

Tatsächlich? Ich hatte ihn vorher nicht gekannt, also war mir das gar nicht aufgefallen.

»Wie er sich dafür eingesetzt hat, dass du an der Akademie aufgenommen wirst«, fuhr sie fort und sah mich wieder an, dieses Mal mit einem etwas weicheren Ausdruck. »Ich habe ihn vorher noch nie so sehr für etwas kämpfen sehen. Und das erschien mir … eigenartig.« Sie ließ die Schultern sinken und fuhr sich durch die Haare. Ihre Haltung wurde ein wenig lockerer, als würde sie ihre Mauern fallen lassen. »Am Anfang dachte ich, er würde nur ein außergewöhnliches Talent in dir sehen.« Sie wies mit der Hand in eine unbestimmte Richtung. »Aber offenbar wollte er irgendetwas anderes von dir.«

»Offenbar«, wiederholte ich und stemmte mich von der Wand ab. Wenn ich mich noch mehr entspannte, würde ich mich einfach auf dem Boden zusammenrollen. Etwas erregte meine Aufmerksamkeit.

Die Personen in der Fußgängerzone hatten allesamt ihr Tempo beschleunigt. Gerade waren noch Unmengen an

Menschen hier gewesen, die durch den warmen Abend geschlendert waren. Nun sah ich nur noch geduckte Gestalten, die offenbar versuchten, schnell und unauffällig von einem Ort zum anderen zu gelangen. Selbst die angeregten Gespräche waren verstummt.

»Irgendwas ist seltsam, oder?«, fragte ich und richtete mich auf. Ich hatte hier schon zu viele Abende verbracht, um nicht zu bemerken, dass von überallher aufgeregte Schritte erklangen. Ich hatte zu viele Auseinandersetzungen und Aufstände erlebt, um zu wissen, dass es so begann.

»Was denn?«, fragte King.

Ich fasste einen Mann mittleren Alters ins Auge, der mit auf den Boden gesenktem Blick an uns vorüberhetzen wollte, und stellte mich ihm in den Weg.

»Entschuldigen Sie bitte«, sagte ich rasch und er sah mit geweiteten Augen zu mir auf. Aufgeregt musterte er mich von oben bis unten, als versuchte er, mich einzuordnen.

»Was?«, spuckte er aus. Vermutlich war unsere Kleidung nicht wirklich vertrauenerweckend.

»Können Sie mir sagen, was die Aufregung soll?«

Er zog die Augenbrauen zusammen. »Es kam vor wenigen Minuten erst in einer Sondermeldung«, antwortete er grummelnd. »Ein Lockdown wurde über die Stadt verhängt. Die Academy of Cosmic Powers wird angegriffen.«

KAPITEL 43

28.06.2082, DAS LAUERN VON SCHATTEN ZWISCHEN FEUER UND TRÜMMERN

Die Gebäude der Akademie standen in Flammen. Rauch und Asche schwebten in der Luft, zusammen mit Schreien, die aus allen Richtungen drangen. Es fühlte sich an, als hätten King und ich die Hölle betreten. Als wäre diese Welt auf einmal eine so viel düsterere Version von sich selbst geworden.

Dieser Ort, an dem ich mich trotz allem so sicher gefühlt hatte. Dieser Ort, zu dem ich aufgesehen hatte. Er war gefallen.

Eilig bewegten wir uns durch den Innenhof auf einen der Eingänge der Wohnbereiche zu, der noch betretbar schien. Zumindest von außen. Meine Beine zitterten, weil ich so schnell gerannt war wie noch nie in meinem Leben. Erst den ganzen Weg durch die Tunnel, dann durch Warna, dann bis hierher. Dass der Rauch das Atmen für meine sowieso schon brennenden Lungen noch schwerer machte, half nicht. Aber wir mussten da rein. Egal, ob wir am Ende waren. Wir mussten etwas tun. Ich musste Bob finden. Und Fedir und Himari. Wenigstens die drei. Wenigstens sie.

Einzelne verletzte Studierende kamen vorbei und King bemühte sich, Verbandsmaterial zu erschaffen, um ihre Wunden vorläufig zu verbinden oder ihnen Krücken zu geben, damit sie schneller von hier fliehen konnten. Ich wusste, dass ich dabei ziemlich nutzlos war, aber ich strengte mich an, so gut wie möglich zu helfen. Und gleichzeitig fühlte ich mich schlecht, weil ich mich dabei nach Bob und meinen Freunden umsah. Weil ich so dringend weiterwollte, dass jedes

Mal, wenn wir anhielten, etwas in mir schrie, dass ich weiterrennen sollte.

Bevor wir das Gebäude betraten, erschuf King Masken für uns, die wir uns über Mund und Nase zogen, um möglichst keinen Rauch und keine Asche einzuatmen.

»Sicher, dass du da rein willst?«, rief sie, als ich endlich durch den Eingang stürzte und versuchte, mir ein Bild zu machen. Große Teile der Gänge und Zimmer waren eingestürzt und im Inneren des Gebäudes tobten offensichtlich noch Kämpfe. Schüsse waren zu hören.

Wurden wir von Menschen angegriffen?

»Du kannst draußen bleiben und dich um die Verletzten kümmern«, sagte ich und lief in eine der Richtungen, aus denen Kampfgeräusche zu uns drangen. »Ich muss meine Freunde und meinen Kater finden.« Vorher würde ich nicht verschwinden!

»Ich lass dich auf keinen Fall allein«, sagte King. Im Vorbeigehen streifte sie einen der kleinen Tische und erschuf sich ihren Speer daraus. Sie war bereit zu kämpfen.

Und ich war es auch.

Wir eilten durch die Gänge, bogen immer wieder ab, drangen immer tiefer ins Innere des Gebäudes vor. Einige Teile des Gangs stürzten so dicht hinter uns herab, dass ich nicht wusste, ob wir verdammtes Glück hatten oder meine Fähigkeit damit zu tun hatte, dass wir nicht getroffen wurden.

Auf dem Weg befreiten wir einige Studierende aus den Trümmern und King schuf Masken für sie, aber mehr konnten wir nicht tun.

»Kannst du nicht einen Ausgang schaffen?«, fragte ich gegen den Lärm, der um uns herum tobte, an.

»Das würde die strukturelle Integrität des Gebäudes vielleicht noch fragiler machen«, rief sie.

Ich versuchte, die Menschen zu ignorieren, die leblos in

den Gängen lagen, durch die wir hechteten. Die meisten von ihnen waren Angreifer, aber einige Studierende waren auch unter ihnen. Fedir und Himari konnte ich allerdings nicht erkennen.

»Willst du durch jeden beschissenen Gang dieses Hauses laufen, um deine Freunde zu suchen?«, schrie King, packte mich am Arm und wir blieben stehen. Gegen meinen Willen. »Das wird nicht funktionieren.«

Ich wusste, dass es dumm war, aber ich musste es wenigstens versuchen. »Ich *kann* hier nicht ohne sie weg.« Ich konnte nicht. Ich konnte nicht noch jemanden verlieren.

»Vielleicht sind sie schon draußen!«, rief sie heftig gestikulierend. »Wir …«

Sie stockte und wandte sich um, als sich uns eine Wand aus pechschwarzem Rauch näherte und uns in der nächsten Sekunde vollkommen einhüllte. King griff nach meiner Hand, es war so dunkel, dass ich überhaupt nichts mehr sehen konnte.

In den ersten Sekunden hielt ich die Luft an, aber als ich wieder einatmen musste, bemerkte ich, dass es problemlos funktionierte. Das war nur Dunkelheit. Komplette Finsternis.

Kings Griff um meine Hand verstärkte sich.

»Ist das Grants Fähigkeit?«, fragte sie laut, aber ich schüttelte den Kopf.

Bis mir aufging, dass sie mich nicht sehen konnte. »Nein, das sieht anders aus«, sagte ich. Das hatte wabernd ausgesehen, wie eine Rauchwand, die sich auf uns zugeschoben hatte. »Aber es ist ähnlich, glaube ich.«

»Cora, wir müssen hier raus«, rief King.

Ich wusste, dass sie recht hatte, ich wusste es genau. Aber sobald sie es ausgesprochen hatte, schossen mir Tränen in die Augen. »Ich kann Bob nicht hierlassen!«

Sie zerrte mich weiter und ich folgte ihr, aber die Angst überwältigte mich.

Wo waren wir überhaupt? Wie sollten wir den Ausgang finden? Hinter uns waren die Gänge zusammengebrochen. Und ich wollte hier nicht weg. Ich konnte Bob nicht zurücklassen. Er hatte so viel für mich getan, ob bewusst oder unbewusst. Er war immer für mich da gewesen. Ich *konnte* ihn nicht hierlassen.

King stockte, als sie eine Wand vor uns zu spüren schien und tastete sich langsam voran. Und in diesem Moment, als ich das Gefühl hatte, alles würde wieder über mir zusammenbrechen, wie immer in meinem Leben … in diesem Moment kam mir eine Idee.

»Warte!«, rief ich gegen das Chaos an, das uns vereinnahmt hatte. Ich ließ ihre Hand los, aber sie griff sofort wieder nach meinem Handgelenk. »Ich gehe nicht weg!«, versicherte ich ihr und machte mich abermals von ihr los, um eilig die Einsatzjacke von meinen Armen zu streifen und die Bandagen um meinen rechten Arm zu entfernen.

Und sobald die blau schimmernden Linien darunter zum Vorschein kamen, war es, als würden meine Augen wieder lernen zu sehen. Der Schimmer, in dieser absoluten Dunkelheit strahlend und hell, löste den Rauch um uns herum nicht auf, aber es reichte aus, um King zu erkennen. Und die Wände um uns herum. Starr blickte sie von mir zu meinem Arm und wieder zurück.

»Das wirst du mir erklären müssen«, sagte sie ernst, griff allerdings sofort wieder mein Handgelenk und zerrte mich mit sich. Im blauen Licht, das die Finsternis zumindest ein wenig durchbrach, gelang es uns, uns durch die Gänge zu manövrieren. Obwohl uns auf dem Rückweg keine verlorenen Seelen mehr entgegenkamen, drangen nach wie vor von überall Schreie an unsere Ohren.

»Wo müssen wir lang?«, fragte ich, nach wie vor mit den Tränen kämpfend. Ich redete mir ein, dass sie vom Rauch und der Asche herrührten und nicht von der Angst, die sich wie eine physische Kraft in meinem Inneren sammelte.

»Ich weiß es nicht«, keuchte King. In ihren Augen erkannte ich dieselbe Angst.

Dann lichteten sich Rauch und Schatten auf einen Schlag. Und am Ende des Gangs sah ich Grant stehen, der offenbar verzweifelt versuchte, gegen zwei menschliche Gegner anzukommen. Was passierte hier? Das war nicht seine Fähigkeit gewesen, da war ich mir sicher.

Noch ehe ich die Lage überblickt hatte, ging er zu Boden und versuchte stöhnend, den Angriffen mit Schlagstöcken und Schusswaffen auszuweichen.

»Hilfe!«, schrie er verzweifelt, als er uns sah.

King und ich ließen einander los und setzten uns gleichzeitig in Bewegung. Es dauerte nur den Bruchteil einer Sekunde, bis die Angreifer uns ebenfalls bemerkten und das Feuer auf uns eröffneten. Mich trafen sie nicht, aber King fiel zurück und keuchte auf. Nein! Hatten sie sie erwischt?

Ich wandte mich zu ihr um, aber sie schrie mir ein *Renn weiter!* zu und ich folgte ihrer Anweisung ohne zu zögern. Die Angreifer hatten inzwischen ganz von Grant abgelassen, waren aber offenbar irritiert davon, dass sie mich nicht trafen und ihre Waffen streikten, sobald ich ihnen zu nahe kam.

Ich griff einen der kleinen Tische an der Seite, wirbelte ihn herum und schmetterte ihm einem der Männer ins Gesicht. Grant packte ihn, als er zurücktaumelte, und der andere schlug nach mir, aber ich wich ihm aus, sprang nach vorn und warf ihn zu Boden.

»Weg, Cora!«, schrie King hinter mir und ich rollte mich zur Seite, nur um zu sehen, dass sie sich mit dem Speer auf ihn stürzte und ihm die Waffe in die Kehle rammte.

Ich war erstarrt. Sie … sie hatte ihn getötet, ohne mit der Wimper zu zucken. Während ich den Fremden ansah, packte sie mich bereits am Arm und riss mich auf die Beine.

Grant hatte den anderen Angreifer währenddessen zumindest bewusstlos geschlagen. Mit blutigen Knöcheln richtete er sich auf und schaute uns an. »Danke«, keuchte er. Erst jetzt schien er zu realisieren, wer ich war, und ein eigenartig verwirrter Ausdruck trat auf sein Gesicht. Er sagte allerdings nichts weiter und ich hatte kein Interesse daran, unseren Streit fortzuführen.

»Warst du das mit der Dunkelheit?«, wollte ich stattdessen eilig wissen.

»Nein! Meine Fähigkeit ist –«

»Wir müssen hier raus!«, unterbrach ihn King. Erst jetzt sah ich die Wunde, die sie unter ihrem Mantel zu verstecken schien. Ihr Arm musste dringend verarztet werden. Selbst durch den schwarzen Stoff sah ich das Blut daran hinabrinnen.

»Aber mit seiner Fähigkeit können wir weiter vordringen!«, sagte ich hoffnungsvoll.

King nahm sich tatsächlich die Zeit, an mich heranzutreten, mein Gesicht in ihre Hände zu nehmen und mir in die Augen zu sehen. Die Hand ihres verletzten Arms war voller Blut, das sie auf meiner Wange verteilte. »Cora, ich weiß, dass du dir Sorgen machst«, sagte sie langsam. Ich schluckte schwer, weil ich genau wusste, was sie sagen würde. Und weil ich wusste, dass sie recht hatte. »Aber allein können wir nichts ausrichten. Wir müssen uns sammeln und einen Plan schmieden, wenn wir wirklich helfen wollen.«

Sie hatte ja recht. Sie hatte recht, aber ich wollte es nicht hören. Ich wollte durch die Flure und Gänge laufen, bis ich Bob gefunden hatte.

»Sie hat recht«, sagte Grant mit dunkler Stimme.

Verdammt, das wusste ich. Ich wusste, dass King recht hatte. Aber … »Aber ich verlasse das Gelände nicht ohne Bob und meine Freunde«, flüsterte ich schließlich.

»Okay«, sagte sie und griff abermals meine Hand, dann liefen wir los.

Wir schlugen uns bis zum Ausgang durch, durch den wir gekommen waren, und nahmen auf dem Weg einige Studierende mit, die sich offenbar in der Dunkelheit verirrt hatten oder zu desorientiert waren, um hinauszufinden. Als wir auf den Innenhof stolperten, überwältigte mich das Gefühl, versagt zu haben. Mein Blick schweifte über Studierende und Angreifer, die regungslos am Boden lagen.

Das war einfach zu viel. Das erinnerte mich einfach zu sehr an früher. Warum wiederholte sich mein Leben wieder und wieder? Warum konnte ich nicht einfach aus diesem Albtraum aufwachen?

»Cora, reiß dich zusammen«, bellte King und zerrte mich weiter. Sie stützte sich auf einem der Tische ab, die noch intakt waren, und erschuf aus dem Holz unter ihrer Hand eine Bandage, die sie mir hinhielt, damit ich ihren Arm verbinden konnte.

Als sie den Mantel von ihren Schultern gleiten ließ und den weiten Ärmel ihrer Bluse hob, wurde mir schlecht.

»Reiß dich zusammen«, sagte sie erneut. »Das ist nur ein Streifschuss. Wird schon wieder werden.«

So sah es aber nicht aus. Selbst im Licht der Feuer um uns herum erkannte ich, wie blass sie war.

Meine Finger zitterten so sehr, dass ich Schwierigkeiten hatte, das Verbandszeug anzulegen. Ich konnte mich ja kaum auf den Beinen halten, aber … es wäre wohl besser als nichts.

Hinter all dem Chaos und dem Krachen der zusammenbrechenden Gebäude, dem Lodern der Flammen und der Schreie, erkannte ich viel zu spät, dass Helikopter am Himmel über uns kreisten. Und dass sich aus der Ferne viele Wagen näherten. Die beiden anderen bemerkten es ebenfalls erst, als ich meinen Blick zu ihnen wandte.

»Gehören die zu uns?«, schrie Grant.

Ich wünschte, ich hätte eine Antwort für ihn. Aber noch während ich darüber nachdachte, glitt mein Blick über die Überlebenden, die versuchten, sich von der Akademie zu entfernen. Alle bewegten sich auf die nahe gelegenen Bäume zu, die die Gebäude von der Stadt trennten.

Bis auf eine Person, die einfach nur dort stand.

Meine Augen weiteten sich und ich stolperte einige Schritte auf sie zu. Sie stand mit dem Rücken zu mir, aber die Haare … Das war …

Die Person drehte sich leicht und ein Laut der Erleichterung verließ meine Lippen. Himari! Sie hatte Bob auf dem Arm!

Ich stürzte auf sie zu und nahm sie, ohne mein Tempo zu drosseln, in die Arme. »Es geht euch gut!« Jetzt konnte ich die Tränen nicht mehr zurückhalten. Aber ich bemerkte, dass Himaris Wangen ebenfalls feucht waren.

»Bob hat mich irgendwie gerettet«, flüsterte sie, als ich mich wieder von ihr löste. »Ich weiß nicht, wie er es gemacht hat.«

Bob sah entspannt wie immer zu mir auf und ich nahm sein kleines Gesicht in meine Hände, um ihn hinter den Ohren zu kraulen. »Danke«, flüsterte ich ihm zu und wusste nicht, wie ich all die Gefühle zum Ausdruck bringen sollte. »Wo ist Fedir?«, fragte ich deswegen atemlos.

Himaris Schultern bebten. »Sie haben ihn mitgenommen.«

»Was?« Ich lehnte mich nach vorn und versuchte, ihren Blick einzufangen, aber sie schloss die Augen und schüttelte den Kopf.

»Ich weiß nicht, wohin. Ich konnte es nicht verhindern.«

Ich trat einen Schritt zurück und fuhr mir durch die Haare. King und Grant hatten inzwischen zu uns aufgeholt.

»Also hatte es doch einen Grund, dass sie Fedir im Wald mitnehmen wollten!«, rief ich aus.

»Was ist mit ihm?«, wollte King dringlich wissen. »Was macht ihn so besonders?«

»Seine Fähigkeit?«, überlegte Grant laut.

»Du meinst, sie wollen ihn zwingen, jemanden emotional zu manipulieren?«

»Aber vielleicht ist es auch was anderes«, sagte ich. »Sein Bruder arbeitet in der Forschung. Mit den Quellfragmenten.« Das war vielleicht eine Schlussfolgerung, die nur ich ziehen konnte.

»Ja«, bestätigte Himari leise. »Er führt geheime Forschungen durch. Vielleicht denken sie … dass er Informationen besitzt.«

»Oder sie wollen seinen Bruder erpressen, um mehr über die Fragmente herauszufinden«, überlegte King.

Himari nickte, während die Tränen über ihre Wangen rollten.

»Aber was wollen sie mit diesen Informationen anfangen?«, fragte Grant. »Was daran kann so wichtig sein, dass sie einen offenen Großangriff starten?«

»Keine Ahnung«, keuchte ich und fuhr mir mit den Fingern über meine brennenden Wangen. Die Lichter der Wagen näherten sich. »Wir müssen ihm helfen!« Ich wirbelte zu Himari herum. »Wohin haben sie ihn gebracht?«

»Sie … sie haben irgendwas davon gesagt, dass sie sich im Theater treffen.«

Ich stutzte und schaute die anderen beiden an.

»Meinten sie das Opernhaus?«, spekulierte Grant.

»Mitten in Warna?«, mischte King sich ein. »Unmöglich, das würde auffallen.«

Während ich hektisch zwischen den beiden hin und her schaute, dämmerte es mir. »Nein!«, rief ich. »Es gibt ein Theater in den Quellbereichen, einige Kilometer von hier entfernt.«

»Was?«, fragten die beiden wie aus einem Mund.

»Ja, es ist irgendeine Anomalie. Ein Spiegel eines realen Theaters von irgendwo aus der Welt.«

»Du meinst, es ist dort entstanden?«

Ich nickte heftig. »Ich glaube schon. Es ist mitten im Wald, auf einer Lichtung.«

Himaris Blick hellte sich auf. »Wir müssen sofort dahin!«, rief sie.

»Wir müssen erst mal von hier weg«, drängte Grant mit Blick auf die Helikopter und Wagen. »Wenn die uns gefangen nehmen oder uns befragen wollen, werden wir handlungsunfähig.«

»Und wir müssen uns einen Plan zurechtlegen«, fügte King an.

Also waren die beiden dabei, wenn wir versuchen sollten, Fedir zu retten? »Gut«, sagte ich entschlossen und setzte mich in Richtung der Wälder in Bewegung. Die anderen folgten mir, ohne zu protestieren. »Ich frage Boss, ob wir kurzfristig im Gewürzladen unterkommen können. Ich kenne jemanden, der uns vielleicht in die Schleuse bringen kann. Wir können ihn dort treffen.«

»Jemanden, dem wir vertrauen können?«, fragte Grant und stützte Himari.

Konnten wir überhaupt jemandem vertrauen? Ich war mir unsicher, aber ich nickte trotzdem.

»Wen?«, wollte King wissen und holte rasch zu mir auf.

Ich zog mein Handy aus der Hosentasche. Trotz der Turbulenzen der letzten Stunden sah es bis auf den gebrochenen Bildschirm noch okay aus. Ich klickte mit zitternden Fingern auf meine Kontaktliste. »Ich habe zwei Jahre bei den Einsatzteams in den Quellbereichen gearbeitet. Ich habe Punkte für mein Zertifikat gesammelt.« Zu viele Kontakte. Meine Augen waren von der Aufregung noch ganz verschwommen, um wirklich zu erkennen, was ich da tat.

»Ich denke, du bist auf der Akademie, um dein Zertifikat zu bekommen«, sagte Himari aufgeregt.

»Ich wurde von der Zentrale gesperrt.«

»Warum?«, wollte Grant wissen, als ich den Namen, den ich suchte, endlich gefunden hatte.

»Jemand wurde wegen mir lebensgefährlich verletzt«, sagte ich. »Mein Kollege Sam.« Ich klickte den Namen an und hielt mir den Hörer ans Ohr.

»Und wen rufst du jetzt an?«, fragte Himari müde und ich drehte mich zu ihr um, als das Freizeichen ertönte. »Meinen Kollegen Sam«, sagte ich und setzte ein Lächeln auf.

KAPITEL 44

28.06.2082, DIE RUHE EINER OASE UNTER BLECHDÄCHERN

Im Licht der Straßenlaternen von Warna waberte dichter Nebel, der sich von den Bränden in den windlosen Straßen gesammelt haben musste. Wir alle waren in dunkle Mäntel gehüllt, die King uns erschaffen hatte, um unsere Uniformen zu verbergen. Ich trug außerdem noch meine Maske, damit ich nicht so leicht erkannt werden konnte. Sonst brachte ich die anderen mit meiner Anwesenheit womöglich in Gefahr.

Wir schlichen uns durch die leere Ladenstraße auf Boss' Geschäft zu. Sobald wir die Tür erreichten, öffnete er sie auch schon, als hatte er nur in den Schatten dahinter darauf gewartet, dass wir ankamen. Sogar den Surrer hatte er deaktiviert, um kein unnötiges Geräusch in der Stille zu verursachen.

Er warf mir ein Lächeln zu, als ich als Letzte an ihm vorbeitrat und er eilig die Tür hinter uns schloss. Ich wusste nicht genau, warum, aber ich hatte das große Bedürfnis, von ihm in den Arm genommen zu werden. Weil ich so froh war, ihn zu sehen. Und weil ich mich hier so viel sicherer fühlte als an jedem Ort, an dem ich mich in den letzten Wochen aufgehalten hatte.

Und weil ich ihn vermisst hatte. Mir wurde erst in dem Moment, in dem ich die Maske vom Gesicht nahm und den vertrauten Geruch des Ladens einsog, klar, wie sehr.

»Willkommen«, sagte er in seiner vertraut klingenden dunklen Stimme. Er trug sogar eins der einfachen, karierten Hemden, genau wie sonst immer.

Das Licht war ausgeschaltet, sodass der schummrige Schein der Laternen von außen durch die Fenster hereinfiel. Vermutlich war es besser so. Wir sollten keine Aufmerksamkeit auf uns lenken, wenn wir es vermeiden konnten.

»Ihr seid sicher erschöpft und hungrig, Kinder«, sagte Boss ruhig und trat gemächlich in den hinteren Bereich des Ladens. Er hatte die Theke leer geräumt und dafür Platz für mehrere Snacks, belegte Brote, Getränke und eine Kaffeemaschine gemacht. »Bedient euch, ihr müsst euch erst mal stärken.«

Alle stürmten darauf zu und bedankten sich leise bei ihm. Nur mir gelang es nicht, mich zu bewegen. Wie angewurzelt stand ich da und kämpfte mit den Tränen, die sich in meinen Augen sammelten. Er hatte sich richtig auf unsere Ankunft vorbereitet.

»Mein Name ist Boss«, stellte er sich vor, was eine überraschte Reaktion von King hervorrief.

»Ist das dein richtiger Name?«, fragte sie. Irgendwie hatte sie etwas Hoffnungsvolles in der Stimme, das mich zum Lächeln brachte.

Eine Träne rann meine Wange hinab. Ich konnte sie nicht aufhalten. Ich hatte mich noch nie so Zuhause gefühlt wie an diesem Ort, in diesem Moment.

»Nein«, sagte er rau lachend. »Es nennen mich nur alle so.«

»Schade«, sagte sie lächelnd und schob sich an ihm vorbei, nahm einen herzhaften Bissen von ihrem belegten Brot.

Ich hatte solchen Hunger und Durst, aber ich versteckte mich lieber in den Schatten, damit niemand mich so aufgelöst sah.

Ein Plan, der schnell durchkreuzt wurde, als Boss sich an meinen Mitstudierenden vorbeidrückte, um zu mir zu gelangen. »Cora«, sagte er mit warmer Stimme. Ich gab mir

Mühe, meine Tränen von den Wangen zu wischen, aber es brachte nichts.

Es war einfach zu viel.

»Wie geht es dir?«

Sobald die Worte seine Lippen verlassen hatten, konnte ich nicht mehr an mich halten. Ich überwand den letzten Schritt zwischen uns und umarmte ihn, so fest ich konnte. Die Tränen rannen meine Wangen hinab und sammelten sich in seinem Shirt, aber es war mir egal. Alles, was zählte, war, dass er seine Arme genauso eng um mich schloss.

Ich wusste nicht einmal, warum ich so reagierte. Als ich ihn vorhin angerufen hatte, war alles noch normal gewesen. Aber diese letzten Stunden. Ich hatte solche Angst gehabt. Solche Sorge. Und das Gefühl, ihn zu sehen und Bob wieder bei mir zu haben, war so eine Erleichterung, dass es einfach aus mir heraussprudelte.

»Alles ist gut, Cora«, sagte er. Ich hörte die Wärme in seiner Stimme.

Und ich konnte einfach nicht aufhören zu weinen, weil ich mich beschützt fühlte.

»Warum bin ich jemals von hier fortgegangen?«, flüsterte ich und Boss klopfte mir tröstend auf den Rücken.

Als wir auf der Veranda im Hinterhof des Gewürzladens unter einem Blechdach saßen, waren meine Tränen getrocknet. Meine Augen fühlten sich an, als hätten sie das noch nicht ganz begriffen, aber das wäre in Ordnung für mich. Es war in Ordnung, weil alle hier so zufrieden wirkten, wie ich mich fühlte. Als hätten wir eine Oase im Chaos erreicht, das um uns herum tobte.

Boss stand zwischen der Tür und uns, wie ein breitschultriger Bodyguard, während wir im Kreis an einem Tisch saßen, nur eine kleine Lampe zwischen uns, deren Licht sich im

Nebel verstreute. Alle tranken Kaffee oder Saft und aßen ihre Brote. Ich kaute auch auf meinem. Ich glaubte, selten etwas Besseres gegessen zu haben.

Und Sam war angekommen. Ich war noch nie so froh gewesen, ihn zu sehen, und seine lockere Art und die Energie, die er in die Gruppe brachte, gaben mir wieder ein wenig Hoffnung.

Im Hintergrund lief wie immer das kleine Radio neben der Theke. Es war eine Nachrichtenberichterstattung zu hören, aber die Worte verstand ich nicht genau, obwohl niemand etwas sagte. Alle aßen und hingen ihren eigenen Gedanken nach.

»Wie sieht es in der Welt aus?« King war die Erste, die das Wort ergriff. Die anderen regten sich, als bereiteten sie sich darauf vor, ab jetzt wieder funktionieren zu müssen. Ich tat es auch.

»Der Angriff auf die Akademie ist inzwischen groß in den Medien«, sagte Boss. »Das hat wohl extreme Unruhen in allen Ländern der Welt ausgelöst, sowohl bei den Politikern als auch bei den Bürgern.«

Das war nicht verwunderlich. Immerhin nutzten beide Fraktionen gern jeden Vorwand, den sie bekamen, um ihn für ihre politische Agenda zu missbrauchen.

»Die Sache wird weitgehend als ein aggressiver Angriff von Menschen auf Cosmics angesehen«, fuhr Boss fort. »Dabei gibt es noch gar keine Informationen zu den Angreifern.«

»Es waren definitiv Cosmics unter ihnen«, sagte ich.

»Aber auch Menschen«, fügte King an.

»Was wohl darauf schließen lässt, dass ihr Plan nichts mit politischen Idealen zu tun hat«, schlussfolgerte Sam. Er zuckte mit den Schultern, als alle ihn ansahen. »Ich gehe zumindest nicht davon aus, dass es Gemäßigte waren.«

Das stimmte allerdings.

»Gibt es schon eine Stellungnahme der Regierung dazu?«, wollte ich wissen.

Boss schüttelte den Kopf. »Nein, noch kein Wort von den Vertretern der ECRA bisher.«

Wie seltsam. Jax war doch erst vor ein paar Tagen bei uns gewesen. Eigentlich reagierten er und seine Regierung bei so etwas schneller. Zumal die Angriffe in gewissem Grad auch etwas waren, das ihn persönlich betraf.

King runzelte die Stirn, sagte aber nichts weiter dazu. Ich fragte mich, was wohl in ihrem Kopf vor sich ging. Offenbar hatte sie eine besondere Gabe dafür, Menschen und Situationen einzuschätzen. Ich wusste, dass ich ihrer Einschätzung vertrauen konnte, also würde ich sie später dazu befragen, was sie dachte.

Aber jetzt war dafür keine Zeit. Die Wunden waren versorgt und wir waren wieder gestärkt, also durften wir keine Zeit verlieren.

»Also«, sagte ich deswegen. »Wie sieht der Plan aus?«

»Ich bring euch erst mal mit meinem Auto zur Schleuse«, sagte Sam und sah in die Gruppe. »Ihr werdet euch allerdings ein bisschen quetschen müssen.«

»Weiß Hannah, was wir vorhaben?«

Sam schüttelte energisch den Kopf. »Nein, sie würde das nie im Leben zulassen. Wir handeln hier auf eigene Faust.«

Ich zog die Augenbrauen zusammen. »Du weißt, dass du dafür aus dem Team fliegen kannst.«

Sam lächelte und zuckte mit den Schultern. Dann deutete er auf die Schlinge, in der sein Arm lag. »Es steht sowieso nicht fest, ob ich meinen Arm jemals wieder benutzen kann. Was es zu gefährlich machen würde, überhaupt wieder ins Team aufgenommen zu werden.«

Ein schmerzhaftes Schuldgefühl ergriff mich und ich hoffte, dass er aus meinem Blick lesen konnte, wie leid mir das tat.

Er wischte die Sache allerdings schnell vom Tisch. »Boss hat mir aber schon einen Job angeboten, also bin ich abgesichert.«

Boss nickte amüsiert. Ich schaute mit einem irritierten Lächeln zwischen den beiden hin und her. War das ein Scherz, oder meinten sie es tatsächlich ernst? Ich konnte es nicht mit Sicherheit sagen.

»Auf jeden Fall hab ich noch ein paar Zugangscodes für die Schleuse, also sollten wir reinkommen.« Sam sah mahnend in die Runde. »Es wird allerdings schnell auffallen, dass wir die Codes ohne vorherige Freigabe genutzt haben, also müssen wir schnell und effizient sein.«

»Geht klar«, sagte Grant entschlossen. »Und wenn wir erst mal drin sind, bekommen sie uns eh nicht so schnell.«

»Genau«, bestätigte Sam. »Danach können wir einen der Land Rover nehmen, um so nah wie möglich an die verlassene Siedlung heranzukommen. Ich weiß allerdings nicht, wie da die Straßensituation ist, an dem Ort war ich schon lange nicht mehr.«

»Im Notfall gehen wir zu Fuß«, sagte ich nachdenklich. »Ich kann mich gut in den Wäldern orientieren, das sollte also kein Problem sein.«

»Ich glaube eh, dass das eigentliche Problem nicht das Hinkommen sein wird, sondern der Kampf selbst«, sagte Grant. »Ich meine, mit Cora und King haben wir zwei extrem starke Kämpferinnen. Ich kann bei der Orientierung helfen, wenn wir es mit vielen Feinden zu tun haben sollten.« Er seufzte und verzog den Mund. »Aber ich weiß nicht, ob wir gegen so eine Übermacht ankommen können. Ich gehe davon aus, dass der Ort massiv bewacht sein wird, wenn sie Fedir tatsächlich als Druckmittel für irgendetwas benutzen wollen.« Ich schluckte hart, weil ich wusste, dass er recht hatte. Aber was blieb uns anderes übrig? »Es sei denn«, setzte Grant erneut an und schaute zu Himari hinüber, »du entscheidest dich endlich mal, deine Fähigkeit einzusetzen.«

Sie erwiderte seinen Blick ernst. »Du weißt genau, dass ich das nicht kann.«

»Was? Weil dann jemand ums Leben kommt?«

»Ja.«

Sein Gesicht färbte sich rot. »Dir ist aber schon bewusst, dass die uns gnadenlos angegriffen haben, oder?« Er gestikulierte so heftig, dass ich zusammenzuckte. »Dass die ohne mit der Wimper zu zucken Dutzende Studierende getötet haben, einfach weil sie zur falschen Zeit am falschen Ort waren?«

»Aber wir wissen doch nicht mal, was sie wollen!«, erwiderte Himari und presste Bob fester an sich. Seitdem wir die Akademie verlassen hatten, hielt sie sich an ihm fest wie an einem Anker.

»Sie haben unseren besten Freund entführt!«, rief Grant. »Jemanden, den wir beide schon seit dem verschissenen Kindergarten kennen und der *alles* tun würde, wenn du in Gefahr wärst. Und trotzdem kneifst du?«

»Nur, weil es unverzeihbar ist, haben wir keinen Freifahrtschein, einfach Menschen zu töten!«, entgegnete Himari.

Ich überlegte, ob ich dazwischengehen sollte, aber ihrer beider Argumente waren zu gut, um sie zu unterbrechen. Ich wusste selbst nicht, auf welcher Seite ich stand.

»Wir können uns nicht auf ihr Niveau herablassen.«

»Das bedeutet, wir sollen deiner Meinung nach friedlich da reingehen und mit ihnen verhandeln? Denkst du, dass die auch nur eine Sekunde zögern würden, uns auszuschalten?«

Sie senkte den Kopf und erwiderte einen Moment nichts. Dann murmelte sie: »Das ist etwas anderes. Wenn ihr …« Sie schluckte und ich sah abermals eine Träne auf ihren Wangen. »Wenn ihr im Kampf jemanden tötet oder verletzt, dann ist es wenigstens irgendwie fair. Bei mir wäre es nur …« Sie schüttelte den Kopf. »Wenn ich jemanden töte, wäre es nichts als feige und hinterhältig.«

»Aber –«

»Leute!«, ging King nun dazwischen.

Ich hätte gern gehört, was sie noch zu sagen hatten, aber King hatte recht. Wir hatten keine Zeit dafür.

»Ihr könnt eure zutiefst philosophische Diskussion gern fortführen, wenn wir euren Freund gerettet haben, okay?« Grant atmete aus und lehnte sich in seinen Stuhl zurück, während Himari sich nicht regte. King wandte sich direkt an sie: »Aber wenn du nicht kämpfen möchtest, dann solltest du besser mit Sam am Wagen warten, ja?« Himari sah erschrocken auf, aber Kings erhobene Augenbrauen deuteten darauf hin, dass sie keine Widerworte hören wollte. »Wir können da drin nicht noch auf eine weitere Person aufpassen.«

»Okay«, flüsterte Himari.

»Ist schon in Ordnung«, sagte Sam in sanftem Tonfall und klopfte ihr auf die Schulter. »Wir sind auch wichtig.« Der übertrieben sentimentale Ton, in dem er das sagte, brachte mich zum Grinsen. Ich verbarg es hinter meiner Hand.

Grant sah fragend in die Runde. »Also einigen wir uns darauf, dass wir das zu dritt machen?« Er schaute mich und King abwechselnd an. »Auch wenn wir im Grunde keine Chance auf einen Sieg haben?«

»Ja«, sagten wir wie aus einem Mund und tauschten einen langen Blick aus.

Grant seufzte und zuckte mit den Schultern. »Gut. Dann holen wir unseren Freund da raus.« Er erhob sich.

»Wollt ihr Bob hierlassen?«, erkundigte sich Boss.

Himari und ich schüttelten gleichzeitig die Köpfe. »Auf keinen Fall!«, sagte ich entschlossen, was Boss mit einem wissenden Lächeln hinnahm.

Als die anderen sich erhoben und allgemeine Aufbruchstimmung ausbrach, nutzte ich die Gelegenheit, um Boss ein »Danke für alles« zuzuflüstern. Ich wusste nicht, ob ich jemals so viel Dankbarkeit für jemanden empfunden hatte. Fast tat es körperlich weh, wieder von hier wegzumüssen. Viel mehr als beim ersten Mal, als ich mich von ihm verabschiedet hatte.

Noch einmal drückte er mich grob an sich, dann tätschelte er mir den Kopf wie bei einem kleinen Mädchen. »Pass bitte auf dich auf.«

»Mache ich doch immer«, sagte ich grinsend. Dass ich es nicht schaffen würde, war nicht mehr meine Sorge. »Und ich pass auch auf die anderen auf«, fasste ich einen Beschluss.

Das war es, worauf ich mich würde konzentrieren müssen.

KAPITEL 45

29.06.2082, DAS FALLEN VON STERNEN AUF NÄCHTLICHE STRASSEN

Der Rauch der Feuer, die noch über der Akademie loderten, war nicht bis in die Quellbereiche vorgedrungen. Obwohl es mitten in der Nacht war, wurde der Himmel am Horizont bereits heller. Die Sommernächte hier waren kurz.

King und ich hatten den anderen alles erzählt. Alles von Béla, Artem und den Tunneln unter der Stadt. Grant war derjenige, der das bedrückende Schweigen, das daraufhin eingesetzt hatte, brach: »Sicher, dass ich das nicht übernehmen soll?«, fragte er und lehnte sich zu Sam. Wir saßen in einem der Wagen, die wir immer in den Quellbereichen genutzt hatten.

»Nein, alles gut«, sagte Sam zum gefühlt hundertsten Mal. »Ihr seid alle noch nie gefahren.« Er lachte. »Ich fahre mit einem Arm besser als jeder von euch mit zwei.«

Ich hatte keine Ahnung, wie düster die Stimmung in der Gruppe wäre, wenn er nicht dabei wäre. Zumal wir ohne ihn nicht mal bis hierher gekommen wären.

Weil unsere Zugangscodes aktuell gewesen waren, hatte in der Schleuse niemand unsere Anwesenheit infrage gestellt. Vor allem nicht, weil Sam offenbar auf Kommando so viel quatschen konnte, dass er die anwesenden Wachleute praktisch überflutet hatte, während wir so schnell wie möglich in die Einsatzkleidung geschlüpft waren.

Der Wagen hüpfte auf der unebenen Straße auf und ab. Im Licht der Scheinwerfer war vor uns überraschend wenig zu sehen.

»Kannst du nicht ein bisschen schneller fahren?«, wollte Grant wissen.

»Nein. Die Straßen verändern sich. Jedes Mal, wenn wir hier sind, sind sie ein Stück verschoben.« Sam reckte seinen Hals, um eine bessere Sicht auf die Straße zu haben. »Kann jederzeit 'ne Kurve kommen, die ich nicht vorhersehe. Vor allem, weil's immer dunkler wird, je tiefer wir kommen.«

»Verstehe«, murmelte Grant. »Wenn ich Licht machen soll, sag Bescheid.«

»Ich komm vielleicht drauf zurück.«

»Kannst du Licht machen?«, wollte ich von ihm wissen.

Grant wiegte den Kopf hin und her. »Na ja, ich kann Schatten so verzerren, dass es heller erscheint. Ist kompliziert, aber es geht.« Er zuckte mit den Schultern. »Ich übe das noch.«

Ich sah ihn an, aber er erwiderte meinen Blick nicht. Das war das erste normale Gespräch, das wir geführt hatten. Ob er sich irgendwann bei mir entschuldigen würde? Rasch wendete ich meinen Blick ab und schalt mich selbst für den blöden Gedanken.

»Was genau ist denn deine Fähigkeit?«, wollte Sam von vorn wissen und Grant lehnte sich wieder zu ihm, um mehr darüber zu erzählen. Ich versuchte, zuzuhören, obwohl ich schon alles darüber wusste. Aber das würde mich eventuell ein wenig von der Angst ablenken, die in meinem Bauch kribbelte.

King berührte mich vorsichtig am Oberschenkel, also wandte ich ihr meine Aufmerksamkeit zu.

»Willst du drüber reden, was mit deinem Arm los ist?«, flüsterte sie so leise, dass sogar ich sie kaum verstehen konnte. Himari lauschte Grant und Sam. Sie achtete gar nicht auf uns.

Ich warf einen Blick auf meine rechte Hand, in der das blaue Licht leuchtete, seitdem das Quellfragment meine

Wunden verschlossen hatte. Ich hatte die Bandagen nicht mehr angelegt, seit wir die Akademie verlassen hatten. Die anderen hatten gar nicht weiter danach gefragt, aber ich hatte bereits befürchtet, dass King nicht lockerlassen würde.

»Ich war lange in den Quellbereichen«, versuchte ich mich herauszureden. Das war zumindest keine Lüge, auch wenn es nicht die ganze Wahrheit war. »Es hat sich dort im Laufe der Zeit geformt.«

Vorsichtig griff King nach meiner Hand, um sie genauer anzuschauen. Ich ließ es zu. Wenn das alles hier vorbei wäre, würde ich es ihr vielleicht erklären.

»Das sieht schön aus«, sagte sie. Es kitzelte, wie sie mit der Fingerkuppe das Licht berührte, aber ich zog meine Hand nicht weg. »Denkst du, dass du damit die Fähigkeiten von anderen neutralisieren kannst?« Ich legte den Kopf schief und wartete, bis sie sich weiter erklärte. »Ich meine, es ist gegen diesen Rauch in der Akademie angekommen.«

»Darüber hab ich bisher noch gar nicht …« Ich stockte und wandte mich um, weil ich glaubte, etwas hinter uns gesehen zu haben.

Nein! Nein, das konnte nicht sein. Da tauchten bereits Scheinwerfer hinter uns auf. Von mindestens drei Wagen. Das mussten die Wachen aus der Schleuse sein. Noch bevor ich etwas sagen konnte, knackte das Funkgerät und eine weibliche Stimme erklang.

»Wagen FR398, bitte halten Sie an. Es gibt Probleme mit den Zugangscodes, die Sie verwendet haben. Wir haben keine Autorisierung von Ihrer Vorgesetzten erhalten.«

»Scheiße«, keuchte ich und sofort überschlugen sich meine Gedanken.

»Was machen wir jetzt?« Grant spannte sich an und alle richteten ihre Blicke aus dem Rückfenster.

»Einfach weiterfahren!«, forderte King Sam auf, der daraufhin aufs Gas drückte. »Wir müssen sie irgendwie aufhalten!«

»Wir dürfen sie nicht angreifen!«, rief Sam. »Dann sperren sie uns sofort ein!«

»Wenn sie uns erwischen aber auch!«

»Vielleicht verstehen sie, was wir vorhaben, wenn wir es ihnen erklären«, sagte Himari, fing sich aber sofort böse Blicke von Grant und King ein.

»Klar. Reden wir einfach in Ruhe, dann lassen sie uns gehen«, spottete Grant und schüttelte den Kopf. »Du hast echt zu viel Vertrauen.«

»Und du musst immer sofort mit dem Schädel durch die Wand!«, rief Himari. »Eine andere Option als Kämpfen kommt dir doch gar nicht in den Sinn!«

»Ich mache wenigstens was und warte nicht nur darauf, dass alle anderen mich retten!«

»Erzähl keinen Scheiß«, fuhr sie ihn an. »Du bist doch schon seit dem Kindergarten –«

»Haltet alle mal die Klappe!«, unterbrach ich die beiden und sah sie abwechselnd an. Überraschenderweise hörten sie auf mich. »Wir haben eine gute Chance, sie daran zu hindern, uns zu verfolgen, wenn wir kurz drüber nachdenken, ja?«

»Was schwebt dir vor?«, fragte King dringlich. Die Wagen hinter uns schlossen weiter auf.

»*Wagen FR398*«, wiederholte sich der Funkspruch. »*Bitte halten Sie an. Es gibt Probleme mit den Zugangscodes, die Sie verwendet haben. Wir haben keine Autorisierung von Ihrer Vorgesetzten erhalten.*«

»Sam«, sagte ich ihm. »Können wir beim Fahren die hinteren Türen öffnen?«

»Ja«, antwortete er. »Aber ganz vorsichtig, sonst fallt ihr raus.«

»Schon klar.«

»*Sam*«, war die Stimme der Frau durch das Funkgerät zu hören. »*Bitte melde dich. Wir haben mit Hannah gesprochen, du solltest überhaupt nicht hier sein. Wir müssen und werden euch angreifen, wenn ihr nicht anhaltet.*«

»Mach das aus«, bat ich ihn und er tat wie geheißen. Dann wandte ich mich an King: »Kannst du etwas erschaffen, das die Reifen der Fahrzeuge platzen lässt? Wir müssten es hinten rauswerfen können.«

»Stimmt!«, sagte Grant. »Vielleicht so was wie Wurfsterne. Nur eben in … dreidimensional.« Er machte eine Bewegung mit der Hand und King schien sofort zu wissen, was er meinte.

»Krähenfüße!«, sagte sie. »Das müssen aber viele sein.« Ich zog die Augenbrauen in die Höhe, bis sie nickte. »Aber klar, gute Idee. Kann ich machen.«

»Grant.« Ich wandte mich zu ihm. »Kannst du den Fahrern die Sicht nehmen, sodass sie nicht sehen, dass wir die Dinger platzieren?«

Er schürzte überlegend die Lippen. »Wir bewegen uns so schnell, das könnte schwer werden.«

Die Wagen rückten immer näher, aber ich wollte Sam nicht drängen, noch schneller zu fahren. Die Straßen hier waren unvorhersehbar und uneben. Wenn wir einen Unfall bauten, wäre keinem damit geholfen.

»Ich versuche es«, sagte Grant.

Rasch warf ich einen Blick zu King, die damit begonnen hatte, runde Gegenstände mit etlichen messerscharfen Spitzen zu erschaffen. Sie nutzte dafür alle überflüssige Ausrüstung aus dem Wagen.

»Ich weiß nicht, ob das Material reicht«, murmelte sie konzentriert.

»Kannst du das Zeug nicht aus Luft erschaffen?«, drängte Grant sie.

»Willst du ersticken?« Sie warf ihm einen bösen Blick zu, dann fuhr sie mit ihrer Arbeit fort.

»Musst du das Material, das du veränderst, berühren?«, wollte Himari wissen und lehnte sich zu King herüber.

»Nein«, antwortete sie knapp und schob die Brille auf ihrer Nase hoch. »Aber das Material zu berühren, das ich verändern will, ist deutlich einfacher. Und jetzt lasst mich in Ruhe, ich muss mich konzentrieren.«

»Leute, da vorn kommt eine Kurve!«, rief Sam. »Wenn ihr euren Plan durchziehen wollt, dann jetzt!«

»Scheiße«, rief Grant aus und setzte sich aufrecht hin. »Zum Glück ist es hier schon so scheiße dunkel. Aber die Scheinwerfer werden schwer.«

»Mach schon!«, rief Himari ihm zu.

Grant spannte sich an und atmete einige Male ein und aus. Dann breitete er seine Hände aus und führte sie langsam wieder zusammen. Gemeinsam mit ihnen, als wären sie miteinander verbunden, näherten sich tiefe Schatten rechts und links von uns der Straße. Eine Gänsehaut breitete sich auf meinen Armen aus, als ich beobachtete, wie die Dunkelheit aus den Wäldern sich den Scheinwerfern der Wagen näherte.

»Fuck!«, keuchte Grant und ließ die Hände sinken. Sofort lösten sich die Schatten auf und er schüttelte resigniert den Kopf. »Wir sind zu schnell. Ich kann die Geschwindigkeit nicht richtig kontrollieren.«

»Versuch es noch mal«, forderten Himari und ich ihn gleichzeitig auf. Wir tauschten einen ernsten Blick mit ihm, dann nickte Grant.

»Kurve kommt gleich«, sagte Sam dringlich.

Grant ächzte, aber er versuchte es ein weiteres Mal. Breitete erneut seine Arme aus, um sie dann, gemeinsam mit den Schatten um uns herum, zusammenzuführen. Er spannte sich dabei so an, dass es aussah, als würde er tatsächlich seine Muskeln dafür nutzen. Dieses Mal ging es deutlich schneller. Und auch die Schatten waren tiefer.

»Das sieht gut aus!«, feuerte ich ihn an.

Die Dunkelheit näherte sich den Wagen hinter uns wie eine Wand und zog sich über ihnen zusammen. Es dauerte einige endlos lange Sekunden, bis das Licht ihrer Scheinwerfer nicht mehr zu uns durchdrang, aber es war genau der richtige Moment. Sam lenkte in die Kurve.

»Grant, ich sehe kaum noch was!«, rief Sam von vorn.

Mist! Waren die Schatten so dicht, dass es sich auch auf uns auswirkte?

»Wenn sie klug sind, haben sie bereits angehalten!«, sagte Himari.

»Ich kann die Schatten bei dem Tempo nicht lange halten«, schrie Grant. »Macht schon!«

Ich riss mich sofort los, sprang an King vorbei und öffnete die hintere Doppeltür. »Her damit«, rief ich. Es ruckelte und der Wagen hüpfte über die holprige Straße, aber ich durfte keine Zeit darauf verschwenden, vorsichtig zu sein.

»Hier!« King reichte mir den Beutel mit den Gegenständen, die sie angefertigt hatte.

Ich wuchtete das Laken zu mir. Es war überraschend schwer, aber sobald ich es über die Wagenkante geschoben hatte, ließ ich eine Seite los und die Kugeln fielen klirrend auf die Straße. Es war so dunkel, dass ich nichts erkennen konnte.

»Grant, ich sehe nichts!«

»Ich muss es auflösen!«

»Mach«, forderte ich ihn auf und mit einem Stöhnen entspannte er seine Arme.

Ich dachte, die Schatten würden sich dieses Mal langsamer zurückziehen. Erst nach einigen Augenblicken wurde mir klar, dass sie bereits weg waren. Am Ende der Kurve waren die Lichter der Autoscheinwerfer zu sehen.

»Wir haben es geschafft«, ächzte ich. Ein weiteres Ruckeln ging durch unseren Wagen, dieses Mal heftiger als sonst. Als ich nach vorn fiel, packte Grant mich grob am Arm, um zu verhindern, dass ich aus dem Wagen fiel.

»Haben wir es geschafft?«, rief Sam. Erst als Grant mich in den Wagen wuchtete und die Türen schloss, wurde mir klar, wie viel dunkler es auch hier drin gewesen war. Nur langsam gewöhnten meine Augen sich an die Helligkeit.

»Ja«, antwortete ich ihm schwer atmend. »Wir haben es geschafft.«

KAPITEL 46

29.06.2082, DAS LEUCHTEN DER ORNAMENTE EINES THEATERS

King

Als das Geräusch des Motors erstarb, erdrückte mich die Stille fast.

»Sicher, dass wir hier richtig sind?«, fragte Sam, während wir uns vom Wagen entfernten.

»Ja. Das Theater ist in der Nähe«, erwiderte Cora und schaute sich um. Ich folgte ihr blind. Wenn jemand von uns eine Ahnung hatte, was zu tun war, dann sie.

»Wo genau müssen wir lang?«, drängte Grant.

Cora versuchte, sich zu orientieren, als Bob ein Miauen ausstieß und sich aus Himaris Arm befreite. Sie ließ es geschehen und er landete geschickt auf seinen Pfoten und lief einige Schritte auf den Wald zu. Dann drehte er sich zu uns um, miaute erneut und trottete weiter.

Grant deutete mit dem Finger auf Bob, der zwischen den Bäumen verschwand. »Hat der Kater gerade gesagt, dass er uns den Weg zeigen wird?«

Ich zog die Augenbrauen hoch und lächelte unvermittelt. Diese Katze war wohl doch zu mehr zu gebrauchen, als ich bisher angenommen hatte.

»Ich glaube schon«, sagte Cora, rieb sich die Hände und folgte ihm.

»Ich akzeptiere das jetzt einfach mal«, murmelte Grant und wir setzten uns in Bewegung. »Aber ich habe eine Million Fragen.«

Ich wünschte, ich könnte ebenso locker sein, wie die beiden sich gaben. Aber als wir Bob durchs Gras und Moos zwischen den Bäumen folgten, beschleunigte sich mein Herzschlag mit jedem einzelnen Schritt, den ich tat. Ich wusste, dass die Quellbereiche etwas Beruhigendes in Cora auslösten, aber auf mich hatten sie nach wie vor die gegenteilige Wirkung. Alles hier erinnerte mich an den Kampf, den wir in den Wäldern ausgefochten hatten. Und an damals, als ich noch ein Kind gewesen war …

»Woher hast du ihn?«, fragte Grant. Ich schloss zu den beiden auf, um mich von ihrem Gespräch ablenken zu lassen.

Es irritierte mich, dass dieser Kerl Interesse an Cora zeigte, nachdem er ihr schon einige Male eins hatte auswischen wollen. Schweißte der Kampf die beiden zusammen?

»Ich hab ihn in den Wäldern gefunden, als ich noch Kleinaufträge erledigt habe«, erklärte sie. »Die Besitzerin wollte ihn nicht zurück, da hab ich ihn behalten.«

Sam hob seinen verbundenen Arm leicht in die Höhe und lachte. »Ja, wir haben beide einen hohen Preis für ihn bezahlen müssen.«

»Er hat uns aber auch das Leben gerettet«, sagte Cora und Sam zwinkerte ihr zu.

»Dann sind wir wohl quitt.«

Obwohl es nicht die richtige Zeit dafür war, wünschte ich mir, ich wüsste mehr über diese Geschichte. Dann könnte ich vielleicht auch in Erinnerungen schwelgend lächeln, statt mich mit der immer weiter aufkeimenden Panik zu beschäftigen.

Was, wenn wir es nicht schafften? Was, wenn sie mich genauso schnell besiegten wie das letzte Mal? Wenn ich wieder nur jemand war, der auch gerettet werden musste?

Das durfte ich nicht zulassen. Auf keinen Fall.

»Denkt ihr, die folgen uns noch?«, fragte Himari.

Ich sah mich um. »So schnell werden sie nicht aufgeben«, grummelte ich.

»Ja«, stimmte Sam zu. »Aber wir sind einige Male abgebogen und Ortung funktioniert hier drin nicht. Also sollte es eine ganze Weile dauern, bis sie uns aufspüren.«

Cora atmete tief durch. »Wenn wir im Theater sind, könnt ihr beide euch ja schon mal Gedanken machen, wie wir hier wieder rauskommen«, sagte sie zu Sam und Himari.

Sam murmelte etwas Zustimmendes, aber es hörte sich nicht sehr zuversichtlich an.

»Da vorn ist es«, unterbrach ich sie, als ich zwischen den Bäumen vor uns bereits die Lichtung und das leuchtende Gebäude erkannte. Am Himmel funkelten einige Sterne. Es waren unsere, nicht die aus den tieferen Bereichen.

»Wahnsinn«, hörte ich Grant neben mir flüstern, als wir langsam auf die Lichtung traten. Niemand war zu sehen. Keine Wachen, keine Wagen. Nichts.

Nur das Theater, von dem niemand wusste, woher es stammte. Ob es schon immer hier gewesen war, oder ob es eine der Anomalien der Quellbereiche war. Es wäre nicht das erste Gebäude, das aus dem Nichts aufgetaucht wäre. Ich hatte ganze Bücher zu diesem Phänomen gelesen.

Die Fassaden waren verziert mit Stuck und filigranen Ornamenten. Und die Ornamente waren verziert mit leuchtenden Blumen, die sich teils meterweit an ihnen und den Fenstern hinabrankten. Und auch aus dem Inneren drang bläuliches Licht. Es war unmöglich, zu erkennen, ob es von künstlichen Lichtquellen oder Pflanzen herrührte.

»Unglaublich«, flüsterte ich, während die anderen nur starrten. Ich hatte schon Bilder von solchen Gebäuden gesehen, aber keins von ihnen könnte je die Aura ausstrahlen, die von diesem Mauerwerk ausging. Es wirkte so irdisch und gleichzeitig fremder als alles, was Menschen erschaffen konnten. Ich konnte nicht einmal genau festmachen, woher dieses außerweltliche Gefühl rührte.

»Gehen wir einfach durch die Vordertür rein?«, wollte Grant tonlos wissen.

»Klar, super Idee«, erwiderte ich sarkastisch. »Klopfen wir einfach an und fragen, ob wir unseren Freund wiederhaben dürfen.« Coras Freund. Ich kannte den Kerl ja gar nicht.

»Niemand von uns kennt sich da drin aus, oder?«, fragte Cora, ohne uns anzusehen. »Aber es muss Seiteneingänge geben, die vielleicht weniger bewacht sind als die Eingangshalle.«

»Gut, dann machen wir uns mal auf die Suche«, beschloss Grant. Er konnte es offenbar kaum erwarten, Fedir zu retten, dabei wirkte er noch erschöpft von unserem Kampf im Auto. Voller Tatendrang stapfte er los und wir folgten ihm weiter auf die Lichtung und das riesige Gebäude zu.

»Diese Leute werden kein Interesse daran haben, mit uns zu reden«, überlegte ich laut. »Wenn wir auf Gegner treffen, müssen wir sie betäuben und so schnell weiterziehen wie möglich.«

»Sehe ich auch so«, bestätigte Cora. In den letzten Stunden hatte sie eine ganz andere Seite von sich gezeigt. So entschlossen und mutig. Wie an dem Tag, an dem sie die Wissenschaftler gerettet hatte.

Warum machte es mir solche Sorgen, dass sie sich so verhielt? Dass ihr alles weniger auszumachen schien als allen anderen hier, sprach nur dafür, wie viel sie in ihrem Leben schon hatte durchmachen müssen. Im Vergleich zu dem, was sie bereits erlebt hatte, erschien mir mein verzweifeltes Streben nach Bestätigung inzwischen lächerlich.

»Dann viel Erfolg, Leute«, sagte Sam und blieb einige Meter vor dem Gebäude stehen.

Wir wandten uns zu ihm und Himari um und Cora sah die beiden lange an. »Passt auf euch auf, ja?«, sagte sie leise. »Und wenn es gefährlich wird, dann flieht.«

»Und wie wollt ihr hier rauskommen, ohne Fluchtfahrzeug?«, fragte Sam grinsend.

»Ich bekomme uns im Notfall schon raus«, erwiderte Cora. »Ich meine es ernst.«

Ich wollte mich anschließen, aber mir war klar, dass sie bessere Chancen hatte als wir alle.

Cora warf Bob einen Blick zu, dann nickte sie Himari zu. »Pass auf ihn auf.«

Sie lächelte mild. »Er wird wohl eher auf mich aufpassen.« Trotz der Dunkelheit sah ich, wie Tränen sich in ihren Augen sammelten. »Und holt Fedir bitte sicher raus, okay?«

»Machen wir«, antwortete ich emotionslos, bevor Cora etwas sagen konnte. Sie nickte, dann wandten Cora, Grant und ich uns um. Nur wenige Schritte trennten uns von unseren Feinden.

KAPITEL 47

29.06.2082, DAS FEUERN VON KUGELN IN STAUB UND SONNEN

»Das muss eine Falle sein«, flüsterte King.

Ich war ihrer Meinung. Es war zu ruhig. In dem Seitengang, durch den wir uns in das Gebäude hineingeschlichen hatten, war nicht eine einzige Wache zu sehen gewesen. Auf den dunklen Fluren war es absolut totenstill.

»Vielleicht hat Himari sich auch geirrt und sie haben gar nicht von einem Theater gesprochen«, flüsterte Grant. »Oder wir sind doch am falschen Ort.«

Wenn sie nicht hier wären, bedeutete es, dass wir alles umsonst auf uns genommen hatten. Dass wir von vorn beginnen mussten. »Möglich«, wisperte ich. »Aber wir dürfen nicht aufgeben.«

»Kannst du nicht ein Ortungsgerät oder so was erschaffen, damit wir schauen können, ob sich hier Personen befinden, Superhirn?«, wollte Grant von King wissen.

Ich verdrehte die Augen, aber King blieb ganz ruhig. »Das kann ich noch nicht. Diese Geräte sind sehr komplex.«

Dazu schwieg er. Vermutlich war der Kerl überrascht davon, dass so etwas in der Theorie überhaupt möglich war. Ebenso wie ich.

»Da vorn muss die Eingangshalle sein«, sagte King und wir bewegten uns langsam vorwärts. Durch die offen stehende Tür warf ich einen vorsichtigen Blick in die große Halle. Eine breite Marmortreppe führte auf eine ausladende Galerie. An der Decke hing ein gewaltiger, kristallener Kronleuchter, der ein hellblaues Licht aussendete.

Wie in einem echten Theater. Alles sah prunkvoll und sauber aus. Marmor, Stein und glitzerndes Gold nahmen das ganze Blickfeld ein. Ein roter Teppich lag auf dem Boden, so ebenmäßig und rein, als hätte ihn noch nie jemand betreten.

Nur die leuchtenden Pflanzen, die in allen Ecken und Winkeln wuchsen, verliehen diesem Ort etwas Außerweltliches.

»Niemand zu sehen«, stellte King fest.

Das eigenartige Gefühl, das sich in mir ausgebreitet hatte, verstärkte sich. Wenn das der Ort war, an dem sie Fedir gefangen hielten, sollte hier doch deutlich mehr Wachpersonal sein. Selbst wenn sie davon ausgingen, dass ihnen niemand gefolgt war.

»Wir sollten einfach weitergehen«, schlug Grant vor. »Wenn's 'ne Falle ist, rechnen sie sicher eh schon damit, dass wir hier sind.«

»Und wer weiß, welche Cosmic Powers sie besitzen«, sagte ich. »Vielleicht können sie uns sogar lokalisieren und warten auf uns.«

Grant nickte energisch. »Und wenn es hier ausgestorben ist, müssen wir das schnell herausfinden, damit wir den richtigen Ort finden können.«

»Ihr Hitzköpfe«, stöhnte King. »Aber ihr habt recht.« Sie ruckte mit dem Kopf in Richtung der Halle. »Dann gehen wir da jetzt einfach raus?«

»Ja«, sagten wir wie aus einem Mund. Es blieb uns nichts anderes übrig.

»Dann los«, forderte ich die beiden auf und trat als Erste hinaus. Die Chance, dass ein eventueller Angriff an mir abprallte, war bei mir höher. Mein Herz schlug schnell, wie das einer Maus, und das bekannte Gefühl, nicht mehr ganz Herrin meines Körpers zu sein, stellte sich ein. Das Zittern der Knie, das Schwitzen der Hände.

Aber nichts war zu sehen, als ich weiter in den Raum hineintrat, mich vor die Treppe stellte und an der Galerie entlangblickte.

»Hier ist keiner«, stellte ich fest. Die anderen beiden waren ebenfalls aus der Deckung getreten und schlossen vorsichtig zu mir auf. Grant hielt in seiner Hand eine schwarze Flamme bereit, aber es wirkte nicht so, als würde er sie einsetzen müssen. Es gab kein Zeichen auf irgendeine Bewegung oder irgendeine Überwachungstechnologie.

Ich wusste nicht einmal, ob ich Angst oder Enttäuschung verspüren sollte, als wir uns umsahen und wohl alle einzeln versuchten zu entscheiden, wie es weitergehen sollte. In meinem Inneren vermischten sich beide Emotionen.

»JETZT!«

Der Schrei von der Galerie ließ uns alle zusammenzucken und aus dem hinteren Bereich stürmten auf einen Schlag Dutzende Menschen hervor, die sich über die Balustrade lehnten und ihre Waffen auf uns richteten.

Nein! Scheiße, das durfte nicht wahr sein.

King bückte sich sofort, um steinerne Wände aus dem Boden zu ziehen, sodass die ersten Schüsse an dem massiven Stein abprallten. Aus dem Augenwinkel sah ich, dass sich aus den Seitengängen neben uns ebenfalls Angreifer näherten. Sie alle trugen Masken, die ihre Gesichter komplett verdeckten, und dieselbe schwarze Einsatzkleidung wie die Personen im Wald und an der Akademie.

Wir waren doch richtig!

»Grant!«, rief ich und er reagierte sofort und zog die Schatten aus der Flamme in seiner Hand und aus den dunklen Winkeln der Halle, um unsere Angreifer komplett einzuhüllen. Es ging so schnell. Hier fiel es ihm leichter als noch im Wagen.

»Cosmics!«, schrie ein Mann und das Gewehrfeuer erstarb, sobald Grant sie in Finsternis gehüllt hatte.

Also wussten sie gar nicht, wer wir waren. Das war ein Vorteil, dann hatten sie nämlich auch keine Ahnung von unseren Fähigkeiten.

Sobald der ganze Raum in Dunkelheit getaucht war, schuf Grant eine Blase um uns herum, sodass wir einander im Licht meines Mals sehen konnten. Innerhalb der wenigen Sekunden hatte King eine Schusswaffe und ihren charakteristischen Speer erschaffen.

Wie selbstverständlich hielt sie ihn mir hin. »Damit konntest du doch das letzte Mal ganz gut umgehen, oder?«, wollte sie wissen.

Das Gewicht des glatten Materials in meinen Händen fühlte sich gut an und ich nickte rasch. »Grant. Kannst du den Bereich vor uns enthüllen?«, wollte ich von ihm wissen.

»Von dort aus werden sie sich nähern«, wandte King ein.

»Ja, aber wir müssen in die Offensive gehen, sobald sie uns umzingelt haben.«

»Du gehst nach vorn«, sagte Grant.

Ich tat wie geheißen. Das war keine schlechte Idee. Dann würden sie zuerst auf mich zu feuern versuchen, was vielleicht einige ihrer Waffen unbrauchbar machen würde.

»Sobald Grant den Bereich vor uns freigibt, lässt du die Mauern dort runter«, wies ich King an. Ich musste jetzt darauf vertrauen, dass dieser Plan irgendwie funktionierte. Und sie mussten mir vertrauen. »Die Mauern an den Seiten bleiben aufrecht.«

»Geht klar«, sagte sie, ohne zu zögern.

Mir blieb keine Zeit, mich zu wappnen. Mit jeder Sekunde rückten sie näher.

»Jetzt!«, rief ich und Grant ließ den Schatten vor uns in derselben Sekunde verschwinden, in dem King ihre Mauer mit nur einer Berührung in Sand verwandelte.

Die Menschen vor uns begannen sofort, auf mich zu schießen. Ich ignorierte es und rannte mit dem Speer auf sie zu. Die Irritation, die sie empfanden, als sie mich nicht trafen, weil ihre Waffen verzogen, verhakten oder in ihren Händen zersprangen, kam mir gelegen. Bevor ich den Ersten erreichte, der noch damit beschäftigt war, auf sein Gewehr zu klopfen, hatte King begonnen, auf die Männer und Frauen zu schießen. Sie verfielen in Chaos.

Einer von ihnen ließ seine Waffe fallen und schlug nach mir. Ich wich in der letzten Sekunde aus und King traf ihn am Arm.

»Nach hinten«, bellte ein Mann und sofort verschwanden die Angreifer in die Schatten und King und ich stürzten zurück in unsere Deckung, bevor King ihre Mauer wieder hochzog.

»Ich kann es nicht mehr lange halten«, keuchte Grant angestrengt. »Ich …« Der Schatten schwand. Er stöhnte auf und taumelte nach vorn. Sofort setzte das Feuer um uns herum wieder ein und ich fuhr zusammen.

Da waren so viele Menschen auf der Galerie, die auf uns zuströmten. Es wurden immer mehr. Woher kamen die bloß alle?

»Mist«, keuchte Grant und verdichtete die Schatten wieder. »Der Raum ist zu groß.«

»Sollen wir zurück in den Seitengang?«, fragte King, aber ich schüttelte heftig den Kopf.

»Von dort sind sie auch gekommen.«

»Gut, dann die nächste Welle! Genauso wie gerade, das lief doch gut.«

Sie war eindeutig zuversichtlicher als ich. Wir hatten einen von ihnen verletzt und ein paar Waffen unschädlich gemacht, aber diese Leute standen noch und konnten kämpfen.

»Jetzt!«, rief ich trotzdem und Grant lichtete den Bereich

vor uns und King ließ erneut die Mauer fallen. Ich wollte bereits nach vorn stürzen, als ich in das Kaliber einer deutlich größeren Waffe blickte.

Scheiße! Ich stürzte zurück, um mich auf Grant zu werfen und ihn zu Boden zu reißen, bevor King eine Mauer hochzog, die irgendwie anders aussah als die davor. Ich erkannte es nur aus dem Augenwinkel, aber sie schien gerade noch rechtzeitig gehandelt zu haben. Eine gewaltige Explosion erschütterte den ganzen Raum. Die Feuersbrunst breitete sich mit einem Donnern über uns aus und ich spürte die brennende Hitze auf meiner Haut, noch immer halb über Grant liegend. Das Gebäude ächzte und die Angreifer schrien.

Die Wand … Ich sah erst jetzt, dass sie eine besondere, nach außen gestülpte Form hatte und dieses Mal aus einem besonderen, bläulichen Metall zu bestehen schien. Sie schien die Explosion in alle Richtungen umgelenkt zu haben.

King wirbelte zu uns herum, als ein riesiger Teil der Galerie und des oberen Stockwerks hinabbrachen und tiefe Löcher in den Boden rissen. Etliche der Angreifer stürzten in die Tiefe. Ich sprang auf und riss Grant zur Seite, als genau dort, wo er gerade noch gelegen hatte, ein Brocken einschlug und fast auf ihn niederstürzte.

Die Schatten waren vollends verschwunden und der junge Mann neben mir keuchte schwer. Er taumelte zurück. Ich musste ihn festhalten, damit er nicht in den Abgrund hinter sich fiel.

King kam zu uns, zog uns einige Schritte fort und murmelte »Es tut mir so leid«, immer und immer wieder. Der Schock stand ihr ins Gesicht geschrieben. »Es hätte … eine andere Form sein müssen. Ein anderes Material. Das wollte ich nicht.«

»Das war *nicht* deine schuld!«, rief ich, aber sie wollte es offenbar nicht hören.

»Es tut mir leid«, sagte sie und blinzelte heftig, den Blick auf ihre Hände gesenkt.

Ich schaute mich um, um einen Überblick darüber zu bekommen, wie viele Gegner sich noch im Raum befanden. Das größte Chaos schien überstanden zu sein, aber in einigen Wellen fielen kleine und große Steine aus dem oberen Stockwerk auf uns herab und Wasserläufe bildeten sich aus offenen Leitungen.

Es waren nur etwa fünfzehn Menschen übrig und das Geschoss, was auch immer es gewesen war, schien zerstört zu sein. Die Explosion hatte es vernichtet.

Die Menschen formierten sich wieder auf den Resten der Galerie. Dieses Mal war es King, die einen Satz nach vorn machte und uns zurief: »Bleibt zurück!«

Jetzt musste ich ihr vertrauen, auch wenn alles in mir danach schrie, zu ihr zu stürzen, um an ihrer Seite zu kämpfen. Aber ich wusste gleichzeitig, dass Grant nichts geschehen würde, wenn er dicht bei mir blieb, also entschied ich mich, zu warten, meine Finger fest in seinen Mantel gekrallt, meine Augen starr auf King gerichtet.

Sie ließ die Mauer vor sich einstürzen und erschuf noch im Gehen eine helle Brücke über die Abgründe vor sich, schimmernd wie Diamant. Ich hielt den Atem an, als sie ihre Pistole in die Tiefe fallen ließ und alle übrigen Angreifer sich halbkreisförmig um sie anordneten und sofort das Feuer eröffneten.

Ich sah alles wie in Zeitlupe. Jede ihrer Bewegungen, jede Regung ihres hellen Haars, ihres dunklen Mantels. Die Kugeln flogen auf King zu, aber bevor sie sie trafen, wurden sie zu Staub. Die Angreifer schossen, aber nichts drang bis zu ihr durch.

»Mein Gott«, sprach Grant aus, was ich dachte.

King streckte eine Hand nach vorn und ich sah, wie sich

die kleine Sonne formte, die sie bereits gegen mich eingesetzt hatte. Die Kugeln die auf King abgefeuert wurden, wurden aus ihren Bahnen gelenkt und von der Sonne angezogen. Die Trümmer vom Boden hoben sich und flogen auf sie zu, zerbarsten in der Luft und wurden Teil des Leuchtens in ihren Händen.

Tat sie das wirklich? Hier drin? Das Gebäude war schon so instabil, wenn sie es zu weit trieb, würde es komplett über uns zusammenbrechen.

Wie beim letzten Mal wurde die Kugel kleiner und dunkler und Kings Schritte immer langsamer, als würde das Ding, das knapp über ihrer Handfläche schwebte, Dutzende Kilo wiegen.

Und als immer mehr Trümmer darauf zuflogen und von seiner Gravitation zerstört und eingesogen wurden, brach der Rest der beschädigten Galerie zusammen und begrub etliche der Angreifer unter sich. Die anderen ließen endlich ihre Waffen fallen, die sofort von dem Ding in Kings Hand angezogen und zerstört wurden. Die Menschen begannen zu rennen, so schnell sie konnten. In alle Richtungen. Grant und mich ignorierten sie komplett.

Dann sah ich King taumeln und riss mich aus meiner panischen und gleichzeitig bewundernden Starre. »Komm«, rief ich Grant zu, als King auf ihrer Brücke in die Knie ging. Sie ballte die Hand zu einer Faust und mit einem gewaltigen Luftstoß, der uns mehrere Meter zurückwarf, verschwand die Energie, die sie gesammelt hatte. Die Brücke begann hinter uns einzubrechen, also riss ich Grant abermals auf die Beine und wir stürzten über das leuchtende Material hinweg zu ihr.

Gemeinsam packten wir King unter den Armen und zogen sie auf das obere Ende der Treppe, bevor die Brücke ganz einstürzte.

»Das war dermaßen krass, Alter«, keuchte Grant und zog King auf die Beine. Sie war unglaublich blass und ich befürchtete, dass sie sich gleich übergeben würde.

»King!«, sagte ich eindrücklich und versuchte, ihren Blick einzufangen. Sie griff sich an den verletzten Arm. Das war zu viel für sie. Sie musste hier raus!

Ich wollte ihr sagen, wie unglaublich das gerade gewesen war, aber das war jetzt unwichtig. »Du bist schwer verletzt! Du und Grant müsst sofort raus.«

Ein weiteres Krachen erschütterte das Gebäude.

»Was? Nein!«, rief Grant.

»Deine Cosmic Power beschützt dich nicht gegen die Trümmer.«

Er sah zwischen uns hin und her, dann verzog er resigniert den Mund. Er wusste, dass ich recht hatte.

»Ich schaffe das!«, versicherte ich King.

»Ich komme mit!«, beharrte sie, obwohl sie immer blasser wurde. Vermutlich würde sie gleich ohnmächtig werden.

»Ich hab auch Angst, okay?!«, rief ich, packte sie an den Armen und versuchte nicht einmal, die Tränen zurückzuhalten. »Aber du musst dich und Grant hier rausbringen, okay?! Ihr schafft das nur zusammen. Und ich gehe weiter!« Ich sah, wie Tränen sich auch in ihren Augen sammelten. Eine rann ihr über die staubige Wange. »Du musst deinen Stolz jetzt mal vergessen und Grant hier rausbekommen, ja? Ohne dich schafft er es nicht zurück.« Ich ignorierte seinen Protest. »Hier bricht gleich alles zusammen. Aber ich schaffe es!«

Das Gebäude ächzte wieder, als versuchte es noch, den drohenden Zusammenbruch zu verhindern.

King schloss die Augen und atmete einige Male schwer, dann sah sie mich an. Ihre Schultern bebten, so sehr hielt sie das Weinen zurück. »Wenn du draufgehst, werde ich nicht traurig sein, okay?«, wimmerte sie. »Weil ich weiß, dass es

deine eigene beschissene Schuld gewesen ist.« Dann lehnte King sich nach vorn und küsste mich.

Ich hielt den Atem an und für eine Sekunde blieb die Welt um mich herum stehen, als ich die salzigen Tränen auf ihren Lippen schmeckte. Sie schloss ihre Hände um mein Gesicht, um mich enger an sich zu ziehen, und ich konnte nicht anders, als die Augen zu schließen und mich in diese Berührung fallen zu lassen. Obwohl alles um uns herum zusammenbrach. Nichts anderes war jetzt wichtiger.

Aber dann löste sie sich wieder von mir und nickte nachdrücklich. »Du schaffst das, ja?«

»Ja«, bestätigte ich ihr atemlos.

Erneut drückte sie ihre Lippen auf meine und legte mir ihren Speer in die Hand. Dann schnappte sie sich Grant und zog ihn zu einer Seite der zerstörten Treppe, wo sie einige neue Stufen schuf, über die sie nach unten gelangten.

Ich sah den beiden hinterher und eine Vielzahl von Gefühlen durchströmten mich, sodass ich keinen klaren Gedanken fassen konnte. Ich musste Fedir retten. Die beiden mussten sicher hier rauskommen. Wir mussten hier raus, bevor die Sicherheitsleute eintrafen.

Und ich musste King verdammt noch mal fragen, was das gerade zu bedeuten gehabt hatte. Ob es für sie dasselbe bedeutete wie für mich.

Als die beiden nicht mehr zu sehen waren, gelang es mir endlich, mich loszureißen. Ich drehte mich um, stieß mit beiden Händen die Tür hinter mir auf und rannte los.

KAPITEL 48

29.06.2082, DAS LEUCHTEN VON SPEEREN ZWISCHEN KNOCHEN UND FLEISCH

Das Theater war riesig und so endlos verwinkelt, dass ich das Zeitgefühl verlor, während ich Treppe um Treppe hinaufstieg, Raum um Raum durchsuchte und alles um mich herum zusammenbrach. Die Explosion, die King abgewehrt hatte, musste die Grundstruktur des Baus so beschädigt haben, dass nach und nach alles einstürzte.

Sofern dieses Gebäude überhaupt eine Grundstruktur besaß. Die Art, auf die es um mich herum zerbrach, hatte passenderweise etwas Theatralisches an sich. Als ließe es sich Zeit, alles in den brennenden Abgrund zu reißen, der in den stockwerktiefen Löchern im Boden loderte.

Es war ein wenig wie die Quellbereiche selbst, die auf einigen Strecken viel größer waren als erwartet und auf anderen kleiner. Als krümmte sich der Raum in ihnen. Dieses Theater war von innen viel größer, als es von außen den Anschein machte.

Die Feuer griffen über und setzten alles um mich herum in Flammen, während ich eine weitere Treppe hinauflief. Es musste die Zwanzigste sein. Allein meine Sorge um Fedir trieb mich weiter, ließ mich das Brennen in meinen Oberschenkeln ignorieren.

Und als ich die nächste Tür aufstieß, sah ich ihn endlich vor mir. Auf der Bühne eines halb zusammengefallenen Vorstellungsraums, vor weißen, dicken Vorhängen, hinter Bergen aus Trümmern.

Er war gefesselt, mit den Händen hinter dem Rücken und

auf dem Boden kniend, aber bei Bewusstsein. Er schaute mit großen Augen auf, als ich die Stufen in der Mitte zur Bühne hinabging. Die sieben Personen, die offenbar gerade damit beschäftigt waren, ihn wegzuschaffen, ließen von ihm ab und wandten sich mir zu. Artem war der Einzige, der keine Maske trug.

Ich erkannte ihn sofort, obwohl ich ihn an der Akademie erst einmal gesehen hatte. Seine freundlichen Gesichtszüge waren zu einer überheblichen Grimasse verzogen. Dann war er also nicht in der zusammengestürzten Höhle gewesen.

»Da bist du ja, Miss Unbesiegbar«, rief er mir über den Krach entgegen.

Ich schwieg, während ich mich ihm und den anderen näherte. Zwei von ihnen trugen die üblichen Masken, vier steckten in der Uniform der Menschen, gegen die wir gerade gekämpft hatten, und richteten ihre Waffen auf mich. Offenbar waren die keine Cosmics.

Wer waren die anderen beiden? Und was waren ihre Fähigkeiten?

»Macht euch nicht die Mühe, auf sie zu schießen«, wies Artem sie an.

War er der Anführer? War er derjenige, der hinter all dem steckte?

»Eure Kugeln würden sie nicht treffen.« Die Menschen gehorchten ihm, hielten ihre Waffen aber nach wie vor auf mich gerichtet. Ich ließ mich davon nicht einschüchtern. »Denkst du wirklich, dass du mich aufhalten kannst, Kleine?«

Seine Stimme machte mich endlos wütend. Wegen ihm hatten so viele ihr Leben gelassen. Ich konnte die Bilder nicht vergessen. Ich hatte das große Bedürfnis, einfach loszurennen und ihm ins Gesicht zu schlagen, bis er sich nicht mehr bewegte. Aber bevor ich nicht wusste, was die anderen beiden konnten, musste ich mich zurückhalten.

»Was wollt ihr von ihm?«, wollte ich von Artem wissen. Fedir sah stirnrunzelnd zwischen uns hin und her. Wahrscheinlich blockierte Artem Fedirs Gehör.

Als ich näher kam, erkannte ich die blauen Flecken und Schürfwunden in seinem Gesicht und verstärkte wütend den Griff um meine Waffe. Das würden sie bereuen.

»Vielleicht verrate ich es dir, wenn du es schaffst, meine Freunde zu besiegen«, lachte Artem und die beiden Fremden neben ihm stürmten los.

Sofort breitete sich schwarzer Rauch im Raum aus und mir sank das Herz. Scheiße, die Person mit dieser Cosmic Power war von der Akademie hierhergekommen? Sie musste die Zeit genutzt haben, die wir gebraucht hatten, um uns zu sammeln.

Ich warf meinen Mantel ab, um meinen leuchtenden Arm freizulegen, als ich zwischen die Zuschauerränge flüchtete und sich komplette Finsternis ausbreitete.

»Rechts von dir!«, hörte ich eine Frau rufen. Ich sprang über mehrere Sitzreihen nach vorn, obwohl ich kaum etwas erkennen konnte. Ich musste aufpassen, nicht versehentlich in einen Abgrund zu stürzen.

Wenn ich mich weiter vorarbeitete, konnte ich die Person, die den Rauch beherrschte, vielleicht kampfunfähig machen, um wieder etwas sehen zu können.

»Drei Reihen vor dir!«, hörte ich sie und sprang über eine weitere Sitzreihe. »Jetzt vier!«

Was? Woher wusste sie so genau, wo ich mich befand? Konnte sie mich sehen? Oder spürte sie durch die Finsternis, wo ich mich befand? Ich schlug eine andere Richtung ein und versuchte, zu den Seiten zu gelangen, als ich etwas an meinem Fuß spürte.

Ich zog ihn weg und wirbelte herum.

Nein. Nein, das war mein persönlicher Albtraum. Es war

der Kerl mit den Schlingen. Der Einzige, gegen den ich in den Quellbereichen nicht angekommen war!

Er erwischte mich nicht, aber seine Freundin rief ihm sofort die Richtung zu, in die ich lief.

»Weiter hinten. Sie rennt auf die Treppe zu.«

Da war also eine Treppe, über die ich schneller herunterkommen würde. Danke für die Info!

Ich hechtete darauf zu, auch wenn ich nicht halb so schnell war, wie ich gern wäre. Nicht nur, weil jeder Muskel meines Körpers brannte und das Atmen mir schwerfiel, sondern auch, weil ich weniger als einen Meter weit sehen konnte.

Dass seine Kollegin ihm meine Position zurufen musste, bedeutete zumindest, dass der Schlingen-Kerl genauso wenig sah wie ich, was es ihm deutlich erschwerte, seine Fähigkeit gegen mich einzusetzen.

»Weiter rechts«, rief sie, als sie die Treppenstufen vor mir erahnte und hinabrannte. Ein gewisses Gefühl der Euphorie ergriff mich, als mir klar wurde, dass sie das hier vorher geplant haben mussten und ihr Plan offenbar fehlschlug.

Eine der Schlingen streifte meinen Arm und ich sprang zur Seite. Mist, es wurde immer knapper und die Kommunikation zwischen den beiden immer besser.

Aber ich kam endlich am unteren Ende der Zuschauerränge an und lief die wenigen Stufen zur Bühne hinauf. Wo genau befand sich die Person mit der Finsternis-Fähigkeit? Würde die Finsternis verschwinden, wenn ich sie nur aus ihrer Konzentration riss, wie bei Grant, oder brauchte es etwas anderes?

Ich war so darauf konzentriert, in der Dunkelheit nach ihr zu suchen, dass ich den leuchtenden Faden zu meinen Füßen zu spät erkannte und hineinstolperte. Eine Explosion riss mich von den Füßen, aber noch bevor ich auf dem Boden aufkam, fühlte ich, wie kühles Metall sich um meinen Oberkörper schlang und meine Hände auf den Rücken drückte.

Der Speer fiel mir aus den Fingern, die Finsternis verschwand und ich krachte mit den Knien auf den morschen Holzboden.

»Hab sie!«, rief der Kerl freudig aus und ich presste die Zähne zusammen, während ich gegen die Fesseln ankämpfte. Keine Chance.

Wütend schaute ich auf und da war er. Ihr Ass im Ärmel. Der große Kerl mit der silbernen Maske und seinen verdammten Lichtexplosionen.

»Ihr habt eure Hausaufgaben ja gemacht«, presste ich zwischen meinen Zähnen hervor.

»Es *ist* also möglich, dich einzufangen«, sagte Artem und trat näher. »Selbst wenn es nicht möglich ist, dich zu verletzen.«

Shit. Würden sie mich jetzt zusammen mit Fedir wegbringen? »Was wollt ihr von mir?«, spuckte ich aus.

»Das weißt du ganz genau. Das dritte Quellfragment.«

»Ich weiß nicht, wovon du redest!« Ich musste ihn hinhalten, um mir Zeit zu verschaffen und mir einen Plan zu überlegen. Jetzt!

King hatte recht gehabt, am Tag meiner Prüfung. Ich durfte nicht nur abwarten und darauf hoffen, dass mich jemand rettete, also versuchte ich, jedes Detail dieser Situation in mich aufzunehmen.

Der Explosions-Typ trat an mich heran, als ich verzweifelt versuchte, meine Arme zu befreien. Aber sie waren so fest auf meinen Rücken gebunden, dass mein ganzer Oberkörper praktisch unbeweglich war und mir das Blut in den Fingern bereits kribbelnd abgeschnürt wurde.

Er hob seine Hände und eine hauchdünne Linie bildete sich kreisförmig um mich herum.

»Ich an deiner Stelle würde lieber nicht mehr herumhampeln«, sagte er und ich hielt sofort inne. Verdammt, sie hatten mich wirklich. Wenn Béla mit ihnen zusammengearbeitet hatte, hatte er ihnen vielleicht von meiner Prüfung erzählt. Davon, wo meine Schwächen lagen und was bei mir nicht funktionierte. Sie waren wirklich gut vorbereitet. Aber noch machten sie sich nicht die Mühe, mich zu betäuben oder von hier wegzubringen.

»Wir wissen, dass du weißt, wo das beschissene Quellfragment ist«, sagte Artem und trat näher an mich heran. »Oder dass du weißt, wer es hat. Also sag schon.«

Ich schaute von einem zum andern. Was sollte ich machen? Die mit dem Rauch war stark, aber zumindest gegen ihre Cosmic Power konnte ich irgendwie ankommen.

»Und ich sagte, dass ich keine Ahnung hab, was du von mir willst«, wiederholte ich langsam.

Artems Fähigkeit hatte keine Wirkung auf mich, aber ich wusste nicht, ob er noch ein Ass im Ärmel hätte, immerhin schien er genau zu wissen, wie er mich einzuschätzen hatte. Wenn Béla ihm die Ergebnisse meiner Prüfung mitgeteilt hatte, musste ich mit allem rechnen.

»Bullshit!«

Der Kerl mit den Schlingen war stark, aber nicht unbesiegbar. Im Wald war es uns gelungen, die Schlingen zu lösen, wenn wir ihn abgelenkt oder unvermittelt angegriffen hatten. Ja, das war seine Schwachstelle. Er wandte seinen Blick nicht eine Sekunde von mir ab. Es sah aus, als müsste er all seine Konzentration dafür aufwenden, die Schlingen fest um mich zu halten. Fedirs Fesseln hingegen schienen nicht von ihm zu stammen. Das war es. Das war meine Chance.

Ich sah sie alle an, als ich mich vorsichtig aus meiner knienden Position auf den Hintern setzte, um meine Beine bewegen zu können.

»Wenn du dich bewegst, fliegst du in tausend Stücke«, sagte der Kerl. Ich hörte das Lächeln trotz Maske heraus.

War das wirklich so? Bisher hatten seine Angriffe mich immer nur zurückgeschleudert, aber sie waren weder heiß gewesen noch mit irgendwelchen Materialien versetzt, die jemanden verletzen konnten. Ihre Wucht war heftig, aber die größte Gefahr bestand darin, beim Fall nach hinten gegen etwas geschleudert zu werden.

Was mir nicht passieren konnte, wenn das Ding sich um mich herum befand. Ich musste es versuchen.

Mit einem Ruck streckte ich mein Bein nach vorn und löste damit seine Falle aus. Die Explosion schmerzte in meinen Ohren und war so hell, dass ich für einige Sekunden komplett das Gefühl in meinen Gliedern verlor und nichts sehen konnte. Aber die Fesseln! Sobald ich wieder etwas spürte, wurde mir klar, dass sie sich gelöst hatten, weil der Cosmic höchstwahrscheinlich auch getroffen worden war.

Die Explosion hatte eine Kettenreaktion ausgelöst, mit der ich nicht gerechnet hatte, weil sich vermutlich noch mehr Fallen im Umkreis befunden hatten, die der Kerl nicht entschärft hatte. Der Bühnenboden unter mir brach zusammen.

Ich stürzte auf den Speer zu, richtete mich auf und erwischte den Typen mit den Schlingen, noch während er versuchte sich aufzurichten, am Bauch. Er keuchte und selbst schockiert davon, was ich gerade getan hatte, riss ich die Waffe heraus und versetzte ihm einen Tritt, worauf er in den Abgrund hinter sich stürzte.

Verdammt, mir wurde übel. Ich hatte noch immer ein Pfeifen auf den Ohren und hatte meine Sicht noch nicht ganz wiedererlangt – und ich hatte gerade jemanden getötet.

Aber ich … ich durfte mich davon nicht ablenken lassen, weiterzumachen.

Der Kerl mit den Explosionen war früher wieder auf den

Beinen als die anderen, aber offenbar schwer getroffen. Er trug eine tiefe Platzwunde an der Stirn. Das Blut rann ihm ins Auge. »Dachtest du wirklich, dass du mir damit drohen kannst?«, fragte ich außer Atem. Ich durfte mir jetzt nicht anmerken lassen, wie schwer ich getroffen worden war. Je bedrohlicher ich auf diese Cosmics wirkte, umso eher würden sie vor mir fliehen. Wie beim ersten Mal.

Er hatte keine Zeit, zu antworten, denn einer der Menschen, die die Explosion überlebt hatten, schoss auf mich. Ich zuckte nicht zusammen, aber der Cosmic mir gegenüber schon. Ich nutzte den Moment, in dem er kurz das Gleichgewicht verlor, stürmte auf ihn zu und stieß ihn ebenfalls den Abhang hinab. Er schrie, aber unter dem Donnern und Grollen des zusammenfallenden Gebäudes war nicht zu hören, wo und ob er unten aufkam.

Den blutigen Speer in der Hand wandte ich mich zu dem Mann um, der auf mich geschossen hatte. Sofort ließ er das Gewehr fallen und lief los. Sein Kollege schloss sich ihm an.

Jetzt blieb nur noch …

Artem hatte sich hinter Fedir gestellt, ihn an den Haaren hochgezogen und hielt ihm ein Messer an die Kehle. Aber er … stand irgendwie seltsam da. Hatte ihn einer der herabfallenden Steine erwischt? Seine Hose war zerrissen und ich glaubte, Blut zu sehen, aber genau erkannte ich es nicht, weil so viel Staub in der Luft lag.

»Fühlst du dich jetzt immer noch so cool?«, rief er mir zu und drückte das Messer enger an Fedirs Hals. Mir wurde ganz anders, aber ich musste mich zusammenreißen!

»Weg von ihm!«, schrie ich und machte einige Schritte auf ihn zu.

»Du kannst nicht verhindern, dass ich ihn töte.« Er lachte. »Ich habe gelernt, seitdem wir das letzte Mal gegen dich gekämpft haben, Miss Unbesiegbar. Dich kann ich vielleicht nicht umbringen oder gefangen nehmen, aber deinen kleinen Freund schon!«

»Cora!«, schrie Fedir. »Sie haben mich gefangen genommen, weil mein Bruder –« Artem warf ihm einen Blick zu und sofort begann Fedir zu schreien. Scheiße, wie konnte ich ihn daran hindern, seine verdammte Cosmic Power einzusetzen?

Ein Knacken und Knirschen an der Decke über uns ließ Artem zusammenzucken und er sah für einen Moment nach oben, ließ seine Deckung aber nicht fallen.

Der Kerl hatte Angst. Er hatte offenbar deutlich mehr Angst als ich. Das musste ich gegen ihn verwenden können.

»Und wenn du ihn tötest?«, fragte ich. Blut tropfte von meinem Speer. »Dann hast du kein Druckmittel mehr.«

»Es reicht mir schon, dir eins auszuwischen!«

Ich lachte und versuchte, mich entspannter zu geben, als ich war. »Denkst du echt, dass ich dich entkommen lasse?«, fragte ich ihn.

Er wollte es sich nicht anmerken lassen, aber die Angst spiegelte sich in seinen Augen. Ich erkannte es genau. Je mehr Zeit verging, umso höher würde sein Paniklevel. Und umso mehr Fehler würde er machen.

»Sag schon!«, schrie er hysterisch. »Wo ist das Quellfragment?«

Es fiel mir so schwer, ruhig zu bleiben und nicht den Verstand zu verlieren. Ob ich es wagen konnte, den Speer zu werfen? Aber so gut konnte ich nicht zielen …

Irgendwas musste ich doch tun können!

Aber es war Fedir, der trotz der akuten Bedrohung seine Chance ergriff. Er hob ein Bein und trat mit voller Wucht gegen Artems verletztes.

Dieser schrie und ging zu Boden. Noch während Fedir sich bewegt hatte, war ich nach vorn gesprungen, hatte meinen Speer mit beiden Händen gepackt und auf Artem gezielt. Als er in die Knie ging, traf ich ihn bereits in die Brust.

Es tat weh, als er keuchte und Blut hustete. Mir wurde schlecht, obwohl ich wusste, dass es das Richtige war. Ich hatte das alles hier gar nicht gewollt! Das war nicht meine Entscheidung gewesen.

Mit einem Schrei riss ich den Speer aus ihm heraus. Der Ärmel meines Umhangs fiel ein Stück zurück, als ich abermals ausholte. Ich sah die Male auf meiner Haut hell und weiß pulsieren.

Als ich Artem den finalen Schlag verpasste, liefen Tränen meine Wangen hinab. Ich schloss die Augen, als er nach hinten umfiel und ich den Speer aus seinem leblosen Körper entfernte. Dann wand ich ihm das Messer aus den regungslosen Fingern und eilte auf Fedir zu, um ihn rasch von seinen Fesseln zu befreien.

»Cora«, sagte er. Blut rann aus seinen Ohren und sein Gesicht war voller Schürfwunden und Staub.

Sobald die Fesseln zu Boden fielen, nahm ich ihn in den Arm und drückte ihn lang und fest. Es war mir egal, dass alles um uns herum zusammenbrach. Das war ich gewohnt. Aber ich war es nicht gewohnt, jemanden zu retten. Das war so viel wichtiger.

Mit Tränen auf meinen staubigen Wangen löste ich mich wieder von ihm, um sein Gesicht fest in meine Hände zu nehmen und ihn anzusehen. »Wie geht es dir?«, fragte ich ihn leise.

»Jetzt geht's mir gut«, krächzte er. Er war verletzt und trotzdem konnte er verschmitzt lächeln. Woher nahm er nur die Kraft dazu?

»Ich lass dich nie wieder allein«, sagte ich und riss ihn abermals in meine Arme. Er legte seine um mich. Vor diesem verfluchten Tag hätte ich mir niemals vorstellen können, dass es sich so gut anfühlen konnte, jemanden zu umarmen. Und nun hatte ich das Gefühl schon zum zweiten Mal.

Ich hatte ihn gerettet. Ich wusste, dass ihm nichts passieren konnte, wenn er bei mir blieb. Zum ersten Mal in meinem Leben war ich mir bei etwas sicher.

KAPITEL 49

29.06.2082, DIE WÄRME VON UMARMUNGEN VOR FALLENDEN GEBÄUDEN

Ein großer Teil des Gebäudes stürzte hinter Fedir und mir ein, als wir, er schwach an mich gelehnt, aus der riesigen Vordertür des Gebäudes taumelten und die Treppen hinunterstolperten. Er war so viel größer als ich, dass ich ihn kaum halten konnte, aber das zählte jetzt nicht mehr.

Was zählte, war, dass wir dort raus waren. Und dass Fedir lebte und bei mir war. Und dass King, Himari, Sam und Grant auf uns zustürzten und es ihnen offenbar gut ging.

Ich redete mir ein, dass meine Augen nur wegen des Rauchs zu tränen begannen. Und ich wusste, dass ich eigentlich keine Erleichterung spüren sollte, sondern blanke Panik, als ich die Wagen und die Sicherheitskräfte sah, die sich auf der Lichtung versammelt hatten. Aber ich konnte nicht anders.

Ich fühlte mich unbesiegbar. Erschöpft, aber unbesiegbar.

Als wir auf der letzten Treppenstufe angelangt waren, fiel mir die Studienleiterin, Miss Yaneva, zwischen den Sicherheitsleuten auf. Ich hoffte, dass das ein gutes Zeichen war. Ebenso, dass sie die anderen offenbar nicht gefangen genommen hatten.

Als Himari sich auf Fedir stürzte, hielt sie niemand auf. Ich trat einen Schritt zur Seite, weil sie ihr Tempo nicht bremste. Als die beiden praktisch zusammenprallten, küsste sie ihn ohne Umschweife. Er erwiderte den Kuss und ich taumelte ein weiteres Stück von den beiden fort, zog die Augenbrauen hinauf und konnte mir ein Lächeln nicht verkneifen.

Na endlich.

King und Grant kamen ebenfalls auf uns zu, wenn auch etwas langsamer. King warf Fedir und Himari einen Blick zu, dann schaute sie irritiert zu mir.

»Du hast es geschafft«, sagte sie und klopfte mir auf den Oberarm. Ich wünschte mir, dass mich auch jemand umarmte, weil ich befürchtete, nicht mehr lange stehen zu können. Aber Grant wollte diese Aufgabe verständlicherweise nicht übernehmen und murmelte nur ein »Gut gemacht«, zusammen mit dem breitesten Lächeln, das er jemals an mich gerichtet hatte.

»Cora«, keuchte Himari, ihr Gesicht inzwischen in Fedirs schmutzigem Shirt vergraben, sich immer noch fest an ihn klammernd. Sie breitete eine Hand aus, um mich aufzufordern, zu ihr zu kommen.

Ich lächelte und ging bereitwillig auf die beiden zu, um mich von ihnen beiden umarmen zu lassen. Es tat so gut, mich an sie zu lehnen und für einen Moment die Augen zu schließen.

»Hey, ich will auch«, rief Grant und breitete seine Arme um die beiden aus.

Nur King blieb neben uns stehen und wartete mit verschränkten Armen darauf, dass wir uns wieder voneinander lösten. Aber ich wollte nicht.

Ich wollte nie wieder. Ich wollte das Glücksgefühl, das Fedirs Rettung in mir ausgelöst hatte, noch nicht aufgeben.

»Ich will euch nicht stören«, sagte King. »Aber ich glaube, hier will euch jemand sprechen.

Und schon war der Moment vorbei.

Ich ließ die anderen langsam los und wandte mich um. Die Studienleiterin. Sie hatte sich neben King gestellt.

»Miss Jenkins«, sagte sie und trat auf mich zu. »Die anderen haben uns bereits alles mitgeteilt.« Ihre Frisur und ihre

Kleidung wirkten deutlich unordentlicher als gewöhnlich. Das raubte ihr allerdings nicht die autoritäre Ausstrahlung, die sie stets umgab. »Wie konnten Sie sich bloß allein auf den Weg hierher machen? Das war viel zu –«

»Das habe ich Ihnen doch schon gesagt«, unterbrach King sie in lockerem Tonfall. »Wir haben niemanden gesehen, der uns hätte helfen können.«

»Und wir wussten nicht, wem wir vertrauen konnten«, ergänzte ich.

Die Studienleiterin drückte die Lippen zu einer schmalen Linie aufeinander und nickte bedrückt. »Ja, das von Doktor Gedeon wurde mir bereits zugetragen. Ich stehe in Verbindung mit Militär und Polizei, um die Tunnel untersuchen zu lassen.«

Sie schaute sich um und ich folgte ihrem Blick. Sanitäter kamen auf Fedir zugelaufen, um ihn zu untersuchen, obwohl er schwächlich versuchte, sie abzuwehren. Auch uns näherte sich eine Gruppe.

»Wir sollten aber das Schlimmste überstanden haben.« Die Studienleiterin wandte sich erneut mir zu und deutete mit einem Rucken ihres Kopfes auf das Gebäude hinter mir. »Auf wen sind Sie gestoßen?«

»Auf Artem, den Typ mit den Schlingen und den mit den Lichtexplosionen.«

»Und sind sie …?«

Ein kühler Schauer fuhr durch meine Glieder, als ich nickte. »Ja«, flüsterte ich. »Sie sind tot.«

King trat näher und legte eine Hand beruhigend auf meine Schulter. Die Berührung tat gut. Sie erdete mich.

Ich schaute zu Fedir hinüber, der sich widerwillig auf den Boden gesetzt hatte, um sich untersuchen zu lassen. »Sie sagten, dass sie ihn wegen seiner Verbindung zu den Quellfragmenten gefangen genommen haben.« Mit ernstem Blick sah ich die Studienleiterin an. »Wegen seines Bruders. Es war in den Nachrichten, dass das Team in Berlin auch angegriffen wurde.«

Nun warf sie ebenfalls einen Blick zu Fedir und sprach etwas leiser. »Meines Wissensstandes nach wird bereits ermittelt. Man wird ihnen helfen.« Ich atmete erleichtert auf, während Miss Yaneva uns alle der Reihe nach ernst ansah. »Ich bitte Sie, nicht auch noch dorthin aufzubrechen und sich in Gefahr zu begeben.«

Ich lachte mild, nickte aber. »Haben wir nicht vor.« Selbst wenn wir wollen würden, wären wie nie im Leben schnell genug in Berlin. Es dauerte ewig, Transporte durch die Quellbereiche über eine so lange Distanz zu finden. Und überfliegen konnte man sie nur sehr schwerlich.

»Wie sieht es an der Akademie aus?«, wollte ich wissen.

»Keine Feinde mehr dort«, sagte die Studienleiterin. Ihr Blick verdunkelte sich, als sie die Arme verschränkte. »Aber es wird eine Weile dauern, bis wir alles wieder hergerichtet haben.«

»Ich kann dabei helfen«, bot King sofort an und wir alle nickten. Obwohl mir klar war, dass ich nicht ganz so gut würde helfen können wie sie.

»Danke«, sagte Miss Yaneva und trat einen Schritt von uns fort. »Ich werde Kontakt zu Ihnen und Ihren Familien aufnehmen.«

»Danke«, sagten alle, dann ging sie wieder.

»Wenn ihr einen Schlafplatz braucht, können wir zu mir gehen«, schlug Fedir vor, der nach wie vor von den Sanitätern bearbeitet wurde.

»Ist es sicher bei dir?«, wollte King wissen. Kurz sahen ihn alle an, auch ich. Zweifel waren auf seinem Gesicht zu sehen, aber am Ende zuckte er mit den Schultern. »Ich denke, es ist sicherer als alles andere, wenn wir zusammenbleiben.«

Ein Lächeln nahm meine Lippen ein. Da hatte er recht. Zusammen konnten wir offenbar alles schaffen. »Bin dabei«, sagte ich also.

Die anderen schlossen sich an.

»Darf ich auch mitkommen?«, fragte Sam und sah in die Runde.

Fedir nickte lachend. »Klar«, sagte er. »Meine Mutter wird vor Sorge um Wanja sicher umkommen. Wir lenken sie ein bisschen ab, ja?«

»Klingt gut«, sagte sogar King leise.

Damit war es wohl beschlossen.

KAPITEL 50

29.06.2082, DAS VERSORGEN VON WUNDEN IM KÜHLEN MONDLICHT

»Es freut mich so, dass es dir gut geht, Kleines.« Die Stimme von Boss am Telefon beruhigte mich mehr, als es die Worte von anderen jemals könnten.

»Ist bei dir denn auch alles gut?«

Sam war Fedirs Anweisungen gefolgt und hatte uns zu seinem Zuhause gebracht. Ein kleines Haus an den Rändern der Stadt, simpel, aber schön. In der Innenstadt war Chaos zwischen den Bürgern verschiedener Fraktionen ausgebrochen. Man hörte den Krach und die Schreie teils bis hierher.

Aber hier war alles in Ordnung.

»Ja«, sagte er ruhig. »Ich bin in meiner Wohnung. Draußen ist ziemlich was los, aber es geht schon.«

»Morgen öffnest du nicht, oder?«, wollte ich besorgt wissen. Ich hielt mich einige Schritte hinter den anderen, die bereits herzlich von Fedirs Mutter empfangen wurden. Das warme Licht aus dem Inneren des Hauses erschien mir so heimelig. Ich wollte nur schlafen.

Boss lachte amüsiert. »Ich werde nicht öffnen, du musst dir keine Sorge machen. Aber ich bleibe auf Abruf, falls meine Stammkundschaft mich braucht.«

»Du denkst, dass deine Kunden und Kundinnen in Krisenzeiten Gewürze brauchen?«

Sam schien mich gehört zu haben und drehte sich lachend zu mir um, bevor er das Haus betrat. Ich folgte ihm langsam.

»Du kannst dir gar nicht vorstellen, was die Leute in diesen Zeiten alles so brauchen«, witzelte Boss und ich lächelte am Ende doch. Er würde schon wissen, was er tat.

»Okay«, sagte ich. »Aber wenn was ist oder du Hilfe brauchst, dann ruf mich bitte sofort an, ja?«

»Natürlich.«

»Ich meine *sofort*.«

»Ja, Liebes. Aber jetzt leg dich erst mal schlafen. Du hattest einen schweren Tag. Das hast du dir mehr als verdient.«

»Okay«, sagte ich etwas leiser. Ich wollte noch nicht auflegen, aber er wollte sicherlich auch schlafen. Es war immerhin mitten in der Nacht. »Gute Nacht.«

»Gute Nacht.«

Mit einem Seufzen legte ich auf und trat endlich die drei Treppenstufen zur Veranda hinauf und schloss mich den anderen an, die sich vor Fedirs Mutter versammelten und sich tausendfach bedankten.

Ich legte den Kopf schief, um einen besseren Blick auf sie zu werfen. Eine schlanke Frau mit überraschend jugendlichem Aussehen und moderner Kleidung. Vielleicht arbeitete sie in einem Büro. Fedirs kleiner Bruder war auch da. Er hatte sein Alter nie erwähnt, aber er konnte höchstens sechs sein.

»Willkommen«, sagte Fedirs Mutter, als ich eintrat und ich ergriff ihre kühle Hand.

»Tausend Dank, dass wir bei Ihnen übernachten dürfen«, schloss ich mich den Danksagungen der anderen an. »Das ist wirklich sehr freundlich.« Mir war bewusst, dass ich in meine eigene Wohnung hätte gehen können, aber hier bei den anderen fühlte ich mich viel sicherer.

»Gern, Schätzchen«, sagte sie und ich lächelte. Sie hatte einen Akzent, den ich nicht ganz einordnen konnte.

»Ich bin Cora«, sagte ich.

»Du kannst mich Milena nennen«, bot sie mit einem offenen Lächeln an und ich nickte. Als sie die Tür hinter mir schloss, bückte ich mich zu Fedirs Bruder hinab.

»Und wer bist du?«, wollte ich wissen. Er sah ziemlich eingeschüchtert aus. Das wäre ich in dem Alter wohl auch gewesen, wenn so viele Fremde in mein Haus gekommen wären.

»Georgi«, sagte er leise und sah den Boden an.

»Klingt wie der Name von einem echten Star«, sagte ich, worauf er lächelte. Ich wollte ihn nicht länger bedrängen, also folgte ich den anderen vom Flur in ein kleines Wohnzimmer, an das sowohl der Flur, eine Treppe und eine offene Küche grenzten. Alles war sehr gemütlich eingerichtet.

Ich konnte mir richtig vorstellen, wie Fedir und seine Familie am großen Esstisch die Sonntage verbrachten.

»Habt ihr schon etwas von Wanja gehört?«, wollte Milena wissen. Ich hielt mich in der Nähe von King auf, die alles überaus angespannt beäugte. Im Gegensatz zu allen anderen schien es ihr nicht zu gelingen, sich zu entspannen.

»Die Studienleiterin sagt, dass bereits Teams in Berlin dabei sind, das Forschungsteam zu retten«, berichtete Fedir, eine Hand vorsichtig auf den Oberarm seiner Mutter gelegt. Man sah ihr an, dass sie viel geweint haben musste, aber sie gab sich wirklich Mühe, tapfer auszusehen.

»Gut«, flüsterte sie. »Bitte, fühlt euch wie zu Hause«, wandte sie sich dann an uns. »Ich habe leider nichts vorbereitet, aber das Essen im Kühlschrank und in den Schränken … bedient euch bitte, ja?« Sie wies auf eine Karaffe mit Wasser auf dem Tisch. »Und trinkt bitte viel.«

»Vielen Dank«, sagte ich und die anderen schlossen sich an.

»Wir haben zwei Badezimmer, also könnt ihr euch gern duschen und euch frische Kleidung von den Jungs aussuchen.« Ihr Blick fiel vor allem auf Himari und mich. »Die sind sicher zu groß, aber besser als nichts.«

»Danke«, flüsterte ich abermals, weil ich nicht wusste, wie ich meine Gefühle sonst zusammenfassen sollte. Was für eine freundliche Frau. Aber sie wirkte so erschöpft, dass ich mich doch schlecht fühlte, in ihr Haus eingedrungen zu sein. Sie hatte gewiss andere Sorgen.

Kurz standen wir alle ein wenig verloren im Raum, dann nahm Fedir Himari an die Hand und zusammen gingen sie in die Küche.

Milena zog beim Anblick der beiden die Augenbrauen hoch und schaute fragend zu mir hinüber. Ich nickte bedeutungsschwer und sie sah aus, als wäre ein lang ersehnter Traum in Erfüllung gegangen. Das brachte mich tatsächlich zum Lächeln.

»Ich geh mal duschen«, sagte Grant und steuerte auf eine der Türen zu, hinter der wohl das Bad lag. Er kannte sich hier also aus. Sam ließ sich auf der Couch nieder und zog sein Handy hervor.

»Brauchst du ärztliche Hilfe?«, meldete Milena sich wieder zu Wort, dieses Mal direkt an King gewandt. Ich schaute ebenfalls zu ihr. Von uns allen sah sie am ramponiertesten aus. Aber ich hatte zumindest gesehen, wie die Rettungskräfte die Wunde an ihrem Arm genäht hatten, bevor wir zur Schleuse aufgebrochen waren.

»Das geht schon«, sagte sie und ich musterte sie mit einem Stirnrunzeln. »Sind nur ein paar Kratzer.«

»Ich habe Wundverschlusstreifen im oberen Bad«, sagte Milena und deutete auf die Treppe. King betrachtete sie kurz, dann nickte sie schließlich.

»Das sollte ausreichen«, murmelte sie und schaute mich an. »Kannst du mir helfen?« Sie stellte diese Frage trocken, aber mein Herz sprang trotzdem etwas höher. Würde sie über das reden wollen, was vorhin passiert war?

Ich nickte und sie ging voran.

»Ich lege euch einige Sachen von den Jungs vor die Tür«, rief Milena uns nach.

»Bitte, machen Sie sich keine Umstände«, sagte ich. Mein schlechtes Gewissen wuchs ins Unermessliche. »Wir wollen keine Belastung sein.«

»Ihr habt meinen Jungen gerettet«, sagte sie mit aufeinandergepressten Lippen. »Außerdem … brauche ich etwas, um mich abzulenken.«

»Okay«, flüsterte ich, dann folgte ich King hinauf.

Das obere Badezimmer war groß, aber mit den pinken und türkisfarbenen Fliesen, in denen alles gehalten war, trotzdem irgendwie süß. Wir hatten uns auf die Badunterlage auf dem Boden gesetzt und King hatte ihren Mantel und ihr Oberteil ausgezogen, damit ich die kleinen Kratzer reinigen, desinfizieren und versorgen konnte, um die sich die Rettungskräfte in der Eile und der Dunkelheit nicht hatten kümmern können.

King schwieg und ich auch, was sich meditativ anfühlte. Sie war hier, ich war hier, Bob und Fedir und alle waren sicher. Das war alles, was zählte.

Ihre hellen Haare leuchteten im Licht des Mondes, das durch das kleine Fenster hereinfiel. Unter ihren hellen Augen zeichneten sich dunkle Ringe ab.

Und ihr Gesicht war ausdruckslos. Absolut regungslos starrte sie auf den Boden vor sich, zuckte nicht einmal zusammen, wenn ich ihre Wunden desinfizierte. Was dachte sie? Wir hatten schon einiges an Zeit miteinander verbracht, aber ich konnte sie immer noch nicht durchschauen.

Nach einiger Zeit holte sie Luft und ich spannte mich innerlich an.

»Das mit dem Kuss tut mir leid«, flüsterte sie schließlich.

Ich senkte den Blick und wusste nicht, was ich sagen sollte, weil ich dasselbe nicht von mir behaupten konnte. Ich sprach es jedoch nicht aus, damit sie sich nicht unwohl fühlte.

»Ich war so verzweifelt in diesem Moment.« Ihre Unterlippe zitterte und ich hielt in meinen Bewegungen inne, um ihr beruhigend die Hand auf den Rücken zu legen.

King lehnte sich ein Stück nach vorn, vergrub ihr Gesicht in den Händen und begann, leise zu weinen. »Es tut mir so leid«, sagte sie. »Ich hätte uns alle fast umgebracht.«

»Was?« Mir war klar gewesen, dass ihr diese Sache mehr zusetzte, als sie den anderen zeigen wollte. Aber mir war nicht klar gewesen, wie sehr. Es tat weh, den Schmerz in ihrer Stimme zu hören. »Ohne dich hätten wir die Soldaten niemals schlagen können!«, sagte ich eindringlich.

»Aber ich hab einen dummen Fehler gemacht, der uns alle in Gefahr gebracht hat.«

»King«, sagte ich leise und legte meine Hand auf ihre, um sie dazu zu bewegen, sie vom Gesicht zu nehmen. Mit geröteten Augen sah sie mich an. Wie konnte sie trotz allem – trotz des Schmutzes auf ihrem Gesicht und der Tränen auf den Wangen – noch immer so schön aussehen? Einem Impuls folgend schloss ich sie in den Arm.

Es fühlte sich richtig an und sie wehrte sich nicht. Sacht schloss sie ihre Arme um mich und legte ihre Stirn auf meiner Schulter ab.

»Du musst nicht perfekt sein«, flüsterte ich. »Was du im Theater und in der Akademie getan hast, war unglaublich. Du hast so vielen Menschen geholfen.« Ich löste mich sanft aus der Umarmung, nahm ihr Gesicht in meine Hände und sah sie an. »Du rufst jetzt erst mal deine Eltern an, ja? Und sagst ihnen, dass es dir gut geht.«

Ihre Augen waren wässrig. »Ich weiß nicht, ob sie von mir hören wollen«, erwiderte sie leise.

Ich legte den Kopf zur Seite, um den Augenkontakt nicht zu verlieren. »Es ist deine Familie! Natürlich wollen sie!« Sie schluckte schwer und löste sich von mir. »Vermisst du sie?«, fragte ich. Ich wollte sie nicht von mir stoßen, nicht zu aufdringlich sein, aber irgendwas in mir sagte mir, dass sie darüber reden wollte, aber es einfach nicht über die Lippen brachte.

King verzog den Mund und wandte den Blick ab. »Ja«, murmelte sie. »Mehr als alles andere.«

Das verstand ich. Es ging mir oft genauso, obwohl ich mich an meine kaum erinnern konnte.

»Wie bist du ein Cosmic geworden?«, kam die Frage über meine Lippen, ohne dass ich darüber nachgedacht hatte. Ich wusste, dass es eine Frage war, die nur wenige Cosmics gern beantworteten. Aber ich hatte ihr von meinem Leben erzählt und wusste viel zu wenig über ihres. Jetzt, wo wir vielleicht enger zusammenarbeiten mussten, wollte ich mehr erfahren. Mehr darüber, wer sie war. Wie sie funktionierte. Immer, wenn ich glaubte, einen Blick auf ihr Inneres werfen zu können, verschloss sie es sofort wieder.

Und die Geschichte der meisten Cosmics an der Akademie begann bei der Familie. Kinder wurden nicht einfach so der Strahlung ausgesetzt.

»Ich war zwölf«, sagte sie zu meiner Überraschung. Ohne zu zögern. Ihr Blick war noch immer abgewandt. Sie schaute den Mond an. »Es war dumm. Ich wollte weglaufen.«

»Wohin denn?«

»Einfach weg.« King schüttelte den Kopf, wie über sich selbst. »Es war mir manchmal zu viel, zu Hause. Meine Eltern haben uns alle geliebt, aber es war mir oft zu laut. Ich war schlecht in der Schule und meine Schwestern und Brüder haben so oft geweint. Ich hatte kein eigenes Zimmer.« Sie senkte den Blick auf ihre Hände. »Ich hatte einen riesigen Streit mit meiner Mutter. Sie hat es nicht verstanden. Sie dachte, weil ich meine Ruhe haben wollte, würde ich die anderen nicht lieben, aber das war nicht wahr. Trotzdem habe ich gesagt, dass ich sie hasse.« Sie blinzelte einige Male.

Ich wagte es nicht, sie zu unterbrechen aus Angst, sie würde nicht weitersprechen. Ich wollte wissen, was sie zu erzählen hatte.

»Sie hat mich angeschrien. Also bin ich in der Nacht weggelaufen. Ich hab nicht einmal darauf geachtet, wohin.« Sie schluckte. »Als ich den Quellbereich betrat, hatte ich Angst, aber es war, als hätte der Wald mich schon verschlungen. Und ich hab nicht wieder hinausgefunden. Ich hatte überhaupt kein Gefühl mehr für Zeit. Alles hat sich endlos lang angefühlt. Bis ich dachte, ich würde nie wieder nach Hause kommen.« Es bildeten sich wieder Tränen in ihren Augen. »Meine Großeltern kamen mich suchen, weil zu der Zeit keine Einsatzteams in den Quellbereichen um Berlin gearbeitet haben. Es hatte zu viele Zwischenfälle mit gefährlichen Tieren gegeben. Also sind sie allein in die Wälder gegangen.«

»Wie lange warst du dort?«, fragte ich vorsichtig, als sie nicht weitersprach.

»Es waren nur ein paar Stunden. Dabei war ich mir so sicher, es wären Tage gewesen. Und ich war so froh, sie zu sehen. Ich war noch nie froher gewesen. Aber …« Sie verzog den Mund und legte die Stirn in Falten. »Aber mein Großvater war kein Cosmic. Wir kamen aus der Schleuse heraus und mir ging es gut. Aber er ist einige Tage später wegen der Quellstrahlung gestorben.« Sie legte die Fingerkuppen sacht auf die Augenlider und atmete ruhig. »Meine Eltern haben immer gesagt, dass es nicht meine Schuld sei. Dass mein Opa selbst hineingegangen ist und sich des Risikos bewusst war. Aber ich glaube …« Sie atmete viele Male ein und aus, als sammelte sie Energie dafür, das Folgende auszusprechen: »Ich glaube, in Wahrheit haben sie mir nie vergeben.«

Ich hatte keine Ahnung, was ich sagen sollte, also schaute ich sie lange an, bis ich endlich etwas über meine Lippen brachte. »Danke, dass du mir das anvertraut hast.«

»Ich darf sie auf keinen Fall enttäuschen, Cora«, flüsterte King. »Sie sind zu nette Menschen. Sie haben es nicht verdient, dass ihnen noch mehr Leid zugefügt wird, weil ich nicht stark genug bin, es zu verhindern.« Eine Träne rann ihre Wange hinab. »Und sie haben es nicht verdient, eine Tochter wie mich zu haben.«

»King«, flüsterte ich und legte meine Hand auf ihren Unterarm. Sie tat nichts, um das zu verhindern.

Deswegen war sie also so getrieben. Ich hatte immer den Eindruck gehabt, dass ihr Verhalten von ihren hohen Zielen herrührte. Aber in Wahrheit war es wegen eines schlechten Gewissens?

»Du warst noch ein Kind«, sagte ich leise. »Denkst du wirklich, dass sie dir das nachtragen?«

»Hm«, machte sie, als wollte sie nicht weiter darüber diskutieren. Das machte ihre Antwort mehr als klar.

Es tat weh, das zu hören. Dass sie sich so von den Menschen unter Druck gesetzt fühlte, die sie trotz ihrer Fehler bedingungslos liebten. Oder das zumindest tun sollten.

Ich wünschte, es gäbe etwas, das ich hätte sagen können, aber alles, was mir einfiel, war ihr sicherlich bereits bewusst.

»Ruf sie einfach an, okay?« Nun schaute sie endlich auf. »Vertrau mir«, sagte ich. Vielleicht versuchte ich nur, ihre Beziehung zu ihren Eltern zu reparieren, weil ich das bei meinen nicht mehr tun konnte, aber das war mir im Moment egal. Aus allem, was sie bisher über ihre Eltern und ihre Geschwister erzählt hatte, sprach die Liebe, die sie für sie empfand. Es war das Richtige.

»Na gut«, wisperte sie. »Aber du bleibst hier?«

Eine unbekannte Empfindung breitete sich in mir aus. Ich hatte noch nie das Gefühl gehabt, wirklich gebraucht zu werden oder dass … meine Anwesenheit eine Erleichterung für andere war. »Klar«, murmelte ich. »Ich bleibe bei dir.«

KAPITEL 51

29.06.2082, DIE FÄHIGKEIT BEDEUTUNG ZU VERLEIHEN

Das Shirt und die Sweatjacke von Fedir waren deutlich zu groß für mich, aber gemütlich. Ich zog sie enger um mich, als wir uns alle wieder im Wohnzimmer trafen, um uns vor dem Fernseher zu versammeln. Fedirs Mutter und sein kleiner Bruder schauten in seinem Schlafzimmer einen Film. Vermutlich würde in dieser Nacht niemand schlafen können.

»Mach schon«, forderte Grant und ließ sich in dem großen Sessel nieder.

»Klappe«, seufzte Fedir und klickte die Kanäle durch, um den Sender zu finden, auf dem Jax' Rede übertragen werden würde. Vor wenigen Minuten war angekündigt worden, dass die ECRA sich zu den Vorfällen äußern wollte.

Endlich.

»... schockiert und ratlos wegen der Angriffe auf die East European Academy of Cosmic Powers und ein Forschungsteam in Berlin ...«

»Da ist es!«, rief Grant.

Fedir schaltete den Ton lauter und setzte sich neben Himari und Sam auf die Couch. King und ich blieben dahinter stehen.

»Laut unserer aktuellen Informationen handelt es sich bei den Angreifern um Menschen«, sagte Jax und sah sich mit ernstem Ausdruck um. Er wirkte heute gepflegter als bei seiner großen Rede vor einigen Wochen. Ich verstand nicht ganz, warum, immerhin war das hier eine Krisensituation. *»Sie verfolgen bisher unbekannte Ziele, aber wir arbeiten mit allen verfügbaren Mitteln daran, sie aufzuhalten.«*

»Dafür hätte er sich echt nicht die Mühe machen müssen, sich vor die Kamera zu stellen«, stöhnte Grant, aber Himari brachte ihn sofort mit einem zischenden Laut zum Schweigen.

»Ich bin persönlich betroffen von dem Verlust vieler vielversprechender Studierender und der Lehrkräfte an der Akademie in Warna«, fuhr er fort. *»Und ich verurteile die Handlungen der Menschen, die diesen Angriff durchgeführt haben, zutiefst.«*

Ich runzelte die Stirn. »Aber es waren doch auch Cosmics«, murmelte ich und die anderen nickten.

»Ich verspreche der Bevölkerung der erweiterten chinesisch-russischen Allianz hiermit, dass wir diese Taten nicht ungestraft lassen werden. In diesen Sekunden arbeitet ein Sondereinsatzteam unerbittlich daran, die schuldigen Menschen zu finden und sie ihrer gerechten Strafe zuzuführen.«

Seine Wortwahl war so eigenartig. So übermäßig aggressiv für ihn. Was war da los?

»Warum betont er die ganze Zeit, dass es Menschen gewesen sein sollen?«, fragte King und verschränkte die Arme vor der Brust.

»Derweil bitten wir die Bevölkerung, Ruhe zu bewahren. Und wir empfehlen den Cosmics, sich in den nächsten Tagen bedeckt zu halten und nur wenn nötig die eigene Wohnung zu verlassen. Zur Sicherheit und um künftige Provokationen zu vermeiden.« Ich schüttelte ungläubig den Kopf. *»Vielen Dank«*, sagte Jax und verschwand eilig vom Rednerpult. Der Sender machte sofort dem Bild einer Nachrichtensprecherin Platz, hinter der etliche Bilder von Aufständen, brennenden Gebäuden und kämpfenden Personen zu sehen waren.

Warum? Warum geriet das so außer Kontrolle? Es war genauso wie damals in Peking. Es hatte genauso begonnen wie jetzt.

Und diese Rede hatte sicherlich nicht dazu beigetragen, die Gemüter zu beruhigen. »Das war eigenartig«, sagte ich, den Blick starr auf den Fernseher geheftet.

»Was denn?«, fragte Grant und lehnte sich zurück. »Ist doch gut, wenn sie durchgreifen und diesen Leuten Feuer unterm Hintern machen.«

»Aber er hat es so dargestellt, als wäre das Problem nicht eine isolierte Gruppe«, wandte King ein. Zum Glück sprach sie aus, was ich dachte. »Sondern als seien die Angriffe etwas, das von Menschen generell geleitet und unterstützt wurde.«

»Gibt sicher genug Arschlöcher da draußen, die das genauso sehen«, sagte Grant mit einer wegwerfenden Handbewegung.

»Diese Rede wird die Leute nur noch mehr aufwiegeln«, seufzte ich und fuhr mir durch die Haare. »Das passt überhaupt nicht zu Jax.«

»Gemeinsam mit dem Militär arbeitet die Regierung auf Hochtouren daran, die Krise schnell zu bewältigen«, sagte die Nachrichtensprecherin gerade und einige Bilder eines großen Krisenzentrums mit Hunderten von Mitarbeitern wurde gezeigt. Ich wollte gerade wegschauen, weil ich damit rechnete, keine neuen Informationen zu bekommen, als jemand meine Aufmerksamkeit erregte. Ein alter Mann in Uniform, der in einer kurzen Aufnahme gezeigt wurde, bevor das Bild wieder wechselte. Mein Körper reagierte auf sein Gesicht, bevor ich ihn zuordnen konnte. Eine Gänsehaut überlief mich von oben bis unten.

Dann wurde es mir klar.

Das war er gewesen. Der General von damals, der mich damit beauftragt hatte, das Quellfragment zu stehlen. Auf einen Schlag wurde mir so schlecht, dass ich mir an den Bauch griff und mich gegen die Couch lehnte.

Ich hatte nicht gewusst, dass der Typ noch lebte!

»Alles in Ordnung?«, fragte King und legte mir eine Hand auf den Oberarm.

»J-ja«, stammelte ich. Das hatte sicher nichts zu bedeuten. Dieser Kerl war ein hoch angesehener Militärangehöriger, es war nicht abwegig, dass er Teil von Jax' Krisenstab war. Oder Teil seiner Regierung. »Es ist nichts.« Ich versuchte, mich zu beruhigen. »Ich … hab gerade nur jemanden von früher gesehen.«

»Von früher?«

Ich würde ihr erzählen, was geschehen war. Aber nicht jetzt. Nicht vor allen anderen. Ich warf ihr einen Blick zu, der ihr hoffentlich genau das vermittelte. »Schon gut«, flüsterte ich.

Fedir schaltete den Fernseher aus, erhob sich und begann damit, nervös auf und ab zu gehen. »Sie werden ihn retten«, sagte er und gestikulierte heftig. »Die ECRA ist so mächtig, sie werden es auf jeden Fall schaffen, Wanja zu befreien.« Er raufte sich die sowieso schon unordentlichen Haare. Auf seinem Gesicht war vollkommene Verzweiflung zu erkennen, auch wenn er sich noch so sehr anstrengte, das zu überspielen. Dieses Mal gelang es ihm nicht. »Aber ich … ich weiß nicht, ob ich es aushalte, einfach nur hier herumzusitzen und zu warten.«

»Was sollen wir denn deiner Meinung nach machen?«, wollte ich wissen, nach wie vor auf meine Atmung konzentriert.

Ich schlug einen milden Tonfall an, damit es nicht wie eine Provokation klang.

»Keine Ahnung«, stöhnte er, ging zur Couch hinüber, ließ sich fallen und fuhr sich erneut mit den Händen durch die Haare. »Ich hab einfach nicht das Gefühl, dass das schon alles war. Dafür wirkte die ganze Sache zu groß.«

»Du denkst, sie bereiten sich auf einen weiteren Schlag vor?«, fragte Sam. Ausnahmsweise war er vollkommen ernst.

»Ich bezweifle auch, dass die so leicht aufgeben werden«, sagte King. »Sie haben sich sogar die Mühe gemacht, die Akademie zu unterwandern. Béla unterrichtet dort schon seit Jahren. Entweder er war von Anfang an Teil der Sache oder er wurde umgedreht.«

»Beides ist nicht gut«, sagte Grant. Er rieb seine Hände aneinander. »Wer weiß, ob er der Einzige aus der Lehrerschaft war, der da mit drinsteckte.«

»Ja«, flüsterte Himari. Sie hielt Bob noch immer fest. Er miaute leise, als wollte er ebenfalls zustimmen.

»Wir müssen in Erfahrung bringen, was diese Leute mit den Quellfragmenten vorhaben«, sagte King schließlich. »Was auch immer es ist, es kann nichts Gutes sein.« Sie sah Fedir an. »Hat dein Bruder jemals irgendetwas erwähnt? Eine neue Fähigkeit, die in Zusammenhang mit den Fragmenten entdeckt wurde?«

Er zuckte mit den Schultern und schüttelte den Kopf. »Nein, nichts. Nur das Übliche. Dass, wenn sie nicht genügend abgeschirmt werden, sie so viel Strahlung absetzen, dass die Cosmic Balance Gates nicht gegen sie ankommen.«

»Dann könnte man sie zum Angriff auf die Städte einsetzen«, überlegte Grant laut.

»Aber warum gerade jetzt?«, fragte Himari und sah uns alle nacheinander an.

Sie hatte recht. Ich glaubte auch, dass wir irgendetwas übersahen. Irgendetwas, das …

Es fiel mir wie Schuppen von den Augen und mir wurde von einem Moment auf den anderen so übel, dass ich mich auf einen der Küchenstühle setzen musste, um nicht zusammenzubrechen.

Natürlich.

Wie hatte ich das die ganze Zeit nicht sehen können? Es war so klar gewesen.

Das Bild des Generals im Fernsehen war das letzte Puzzleteil gewesen.

»Cora«, sagte King und die anderen standen auf, um sich um mich zu scharen.

»Es ist, weil ich mich an der Akademie eingeschrieben habe«, sagte ich und schüttelte den Kopf. Das war der Grund, warum sie jetzt angriffen. Warum sie jetzt ihren Plan durchziehen wollten.

Ich war der Grund.

»Das wirst du näher erläutern müssen, Sommersprosse«, sagte Grant. Und ich konnte einfach nicht mehr an mich halten. Ich musste es sagen.

»Ich weiß, wo sich das dritte Quellfragment befindet.«

»*Was?*«, keuchte King und bückte sich zu mir hinab.

»Verarsch uns nicht!«, knurrte Grant.

»Ich hab es vom Militär gestohlen, als ich zehn war«, offenbarte ich, worauf Fedir seine Hände hob und wild den Kopf schüttelte.

»Was? Du hast dem Militär ein Quellfragment gestohlen, als du *zehn* warst?«

»Ja, ich … ich sollte es einer feindlichen Armee stehlen, aber ich habe Angst bekommen und bin in die Wälder geflüchtet.« Doch das war gar nicht das, was ich erklären wollte. Ich schaute voller Angst und Dringlichkeit zu den anderen auf. »Nur eine Person wusste, dass ich diejenige war, die das Fragment hatte. Er kannte meinen Namen nicht, nur meine Fähigkeit.«

King sog zischend die Luft zwischen den Zähnen ein. »Und als du dich eingetragen hast, hat Béla die Fähigkeit erkannt und dafür gesorgt, dass du an der Akademie bleiben kannst«, sagte sie. »Um dich im Auge zu behalten.«

»Und kurz darauf gab es den ersten Angriff in den Wäldern«, sagte Himari hektisch.

Fedir schlug seine Hände vors Gesicht. »Und Béla war derjenige, der uns beide für das Einsatzteam ausgewählt hat. Das ergibt alles Sinn.«

»Ja«, sagte ich hektisch. »Aber der Mann … Der Einzige, der davon wusste, war der General, der mich damals aus dem Heim geholt hat, um den Auftrag auszuführen. Ich habe jahrelang immer wieder im Internet gesucht, um herauszufinden, was er gerade treibt, weil ich ständig Angst hatte, dass er mich eines Tages aufspürt.« Ich deutete auf den Fernseher. »Und gerade habe ich ihn zum ersten Mal wieder gesehen. Bei der Aufnahme aus dem Krisenzentrum der ECRA.«

»Was?«, keuchte King. »Du denkst, die Regierung *steht* hinter den Angriffen?«

»A-aber das könnte doch purer Zufall sein, oder?«, fragte Himari unsicher. »Ich meine, vielleicht ist er Teil des Krisenzentrums und gleichzeitig auch Teil dieser … Gruppe. Was auch immer sie sind.«

»Aber …« Ich schüttelte den Kopf, um meine Gedanken zu ordnen. »Die Rede von Jax war so eigenartig. Sie hatte einen ganz anderen Ton als seine sonstigen Ansprachen. Er hat so deutlich Stellung bezogen wie noch nie.«

»Was meinst du?«, fragte Grant drängend.

»Das Hauptkriterium seiner Regierung ist das Gemäßigte. Wir haben selbst gesehen, dass viele Cosmics unter den Angreifern waren, und das wird jeder Augenzeuge bestätigen können. Aber er war so bemüht darum, die Menschen in ein schlechtes Licht zu rücken.« Ich rieb meine schwitzenden Handflächen an meiner Hose ab. »Selbst *wenn* es sich um Menschen gehandelt hätte, hätte es besser zu ihm gepasst, diese Angriffe als einen isolierten Vorfall darzustellen. Nicht, die Fronten noch weiter gegeneinander aufzuwiegeln.«

Alle sahen mich an. Es war Grant, der das Wort erhob und sehr deutlich aussprach, was wohl alle dachten: »Du denkst also, dass Jax Gastrell dahintersteckt?«

Ich fuhr mir mit der Zunge über die Lippen und dachte über die Frage nach. Aber am Ende konnte ich nur ein »Ich bin nicht sicher« über die Lippen bringen.

»Ist vor einigen Wochen nicht auch sein bester Freund ermordet worden?«, wollte Fedir wissen.

»Meinst du, das könnte was damit zu tun haben?«

»Keine Ahnung«, antwortete er sofort tonlos.

»Wo befindet sich das Quellfragment?«, wollte Grant wissen.

»Irgendwo in Russland.«

»Irgendwo in Russland«, wiederholte er.

»Ich würde es sicher finden, wenn ich es darauf anlege.«

King sah mich einfach an und dachte offensichtlich nach.

Ich öffnete meine Handfläche, auf der die leuchtenden Linien zu sehen waren. »Vielleicht sollten wir nach Berlin reisen«, sagte ich schließlich. »Wenn die Regierung dahintersteckt, dann können wir nicht sicher sein, ob sie den Wissenschaftlern wirklich helfen – oder sie eigentlich gefangen halten.«

»Scheiße«, flüsterte Fedir und begann wieder, auf und ab zu gehen. »Aber wie sollen wir wissen, ob das etwas bringt?«

»Und wie sollen wir ohne geeignetes Equipment durch die Quellbereiche bis nach Berlin kommen?«, fuhr Grant dazwischen. »Ist das nicht scheiße kompliziert?«

Bob in Himaris Armen miaute und schaute uns alle aufmerksam an.

Grant drehte sich zu mir um und wies mit dem Daumen auf ihn. »Hat dein Kater gerade gesagt, dass er uns hinführen wird?«

Ich konnte ein Lächeln nicht verhindern, fuhr mir aber

sofort über das Gesicht, um es wegzuwischen. »Wahrscheinlich kann er das.«

»Also gehen wir nach Berlin?«

»Spinnt ihr eigentlich?!«, mischte Himari sich ein und schaute uns alle frustriert an. »Was denkt ihr denn, was *wir* ausrichten können?«

»Bisher haben wir krass viel ausgerichtet«, schoss Grant sofort zurück. »Mehr als alle Dozierenden und Sicherheitskräfte zusammen, als es darum ging, Fedir zu retten.«

Da hatte er recht. Wir waren deutlich schneller und offenbar deutlich effizienter gewesen.

»Das ist eine komplette Überreaktion«, sagte sie. »Wir wissen doch nicht mal, ob diese ganzen Theorien Hand und Fuß haben.«

»Und je nachdem, wer da mit drinsteckt, haben wir auch keine Möglichkeit, das herauszufinden!« Grant wurde immer lauter, aber Himari auch.

Sie hatten beide recht. Aber ich wusste, auf wessen Seite ich stand. »Es brechen jetzt erneute Unruhen aus«, sagte ich. »Egal, ob Jax und die ECRA da mit drinstecken oder nicht, Menschen und Cosmics beginnen wieder gegeneinander zu kämpfen. Aufgrund dessen, was hier vorgefallen ist. Aufgrund dessen, was er gesagt hat.« Ich richtete mich auf, obwohl meine Knie weich waren. »Und ich kann nicht zulassen, dass sich das wiederholt, was meine Heimat zerstört hat. Was meine Eltern umgebracht hat. Und jeden Menschen, den ich jemals gemocht oder geliebt habe.« Ich sah Grant an. »Wenn die geringste Chance besteht, dass ich etwas tun kann, um das aufzuhalten, bin ich dabei.«

»Ich auch«, schloss Sam sich an. Er hob den verletzten Arm. »Ich bin der Fahrer.«

Bob miaute und Grant schaute ihn an. »Der Kater ist der Koordinator.«

»Ich bin auch dabei«, sagte King.

»Ich auch«, sagte Fedir. Himari warf ihm einen entsetzten Blick zu, dann stöhnte sie und schüttelte den Kopf.

»Wenn ihr Idioten geht, gehe ich auch«, entschied sie schließlich. »Aber nur, weil ihr geht. Nicht, weil ich will.«

Ich sah in die Runde und konnte nicht fassen, was hier gerade geschah.

Grant stemmte die Hände in die Hüften. »Also retten wir die verdammte Welt, oder was?«

»Erst mal gehen wir schlafen«, sagte King. Sie sah noch immer blass aus. Am liebsten würde ich sie drei Tage durchschlafen lassen. »Wir brauchen alle Erholung und einen klaren Kopf.«

Ich war so voller Aufregung, dass ich bezweifelte, schlafen zu können, aber gleichzeitig so erschöpft, dass ich sicher war, sofort einzuschlafen, sobald mein Kopf ein Kissen berührte. Noch einmal sah ich alle nacheinander an.

»Ich danke euch«, flüsterte ich.

Ich hatte das ausgelöst. Wegen mir war dieses ganze Debakel erst entstanden und dass diese Menschen, die ich alle erst seit wenigen Wochen kannte, mir so sehr vertrauten, dass sie bereit waren, ihre Leben für mich aufs Spiel zu setzen. Ich konnte das noch nicht ganz glauben.

Himari war die Erste, die sich bewegte. Sie setzte Bob auf der Rücklehne der Couch ab, kam auf mich zu und schloss mich fest in den Arm. Ich versuchte, die Tränen zu unterdrücken.

Ich konnte nicht schon wieder weinen. Das hatte ich jetzt schon viel zu oft getan in den letzten Tagen. Aber als King sich anschloss, dann Fedir, dann Grant und am Ende sogar Sam mit seinem einen Arm, konnte ich nicht mehr an mich halten.

Ich war sieben Jahre alt, als ich die Dimensionen miteinander kämpfen sah. Ich war zehn Jahre alt, als ich das erste Mal vom Militär beauftragt wurde und das erste Mal in den Krieg zog. Und als ich zum ersten Mal den fremden Sternenhimmel sah. Und ich war siebzehn Jahre alt, als ich zum ersten Mal Freunde fand.

Waren das die Momente, an die ich mich erinnern würde, wenn ich bei dieser Aktion starb? Wären es andere als die Liebe, die Trauer, die Angst, die Freude und der Hass?

Ich hatte mich mein Leben lang so klein und bedeutungslos gefühlt. Aber ich erkannte, dass dieses Kleinsein nicht nur Angst und Ungewissheit hervorbrachte. Vielleicht barg es auch eine Macht, derer ich mir bisher nicht bewusst war.

Die Macht, Bedeutung zu verleihen.

Ereignissen. Menschen. Tieren. Gegenständen. Dingen von universeller Bedeutungslosigkeit. Ihnen für mein Leben eine Bedeutung zu geben, war wohl die mächtigste Fähigkeit, über die ich verfügte.

WEITER GEHT'S IN SPRING STORM 2!

DANKSAGUNG

Dieses Buch zu schreiben war mal wieder eine spannende Reise. Nicht nur, dass SPRING STORM mein erstes Jugendbuch ist – und mein erstes Projekt mit dem wundervollen Planet!-Verlag –, es ist auch eine ganz neue Welt, die ich erschaffen und bevölkern durfte. Das hat riesigen Spaß gemacht.

Ich danke zuallererst meinem wunderbaren Agenten Klaus Gröner, der dieses Projekt, wie so viele andere, überhaupt erst möglich gemacht hat. Ein gewaltiger Dank geht auch an meine wunderbare Lektorin Larissa Rupp, die dieses Projekt nicht nur von Anfang an unterstützt hat, sondern mir auch geholfen hat, das Beste aus der Geschichte herauszuholen.

Wie so oft geht an dieser Stelle auch ein gewaltiger Dank an Alexander Kopainski, der das Cover für Spring Storm zaubern durfte. Es fängt die Geschichte einfach perfekt ein und ich liebe es seit der ersten Sekunde!

Ein Dank geht an meine Familie: Mama, Papa, Lisa, Laura, ihr habt mich wie immer unterstützt und mir Energie gegeben, wenn ich mal nicht weiterwusste. Zu Hause bei euch zu sein ist immer wie Urlaub für mich.

Danke auch an meine Freunde Laura Kneidl, Ava Reed, Tami Fischer, Bianca Iosivoni, Klaudia Szabo, Nina Bilinski, Nicole Böhm, Anabelle Stehl und Anne Lück. Egal, ob es Plotting-Sessions sind, Überlegungen zu Konzepten, Co-Working, Freizeit oder Austausch über Verlage und Bücher: Ohne euch würde ich vermutlich durchdrehen. Danke, dass ihr immer an meiner Seite seid.

An dieser Stelle auch ein riesiger Dank an alle, die mich bei Patreon unterstützen! Durch euch habe ich deutlich mehr Zeit zum Schreiben in meinem Leben und kann Projekte wie dieses Buch verwirklichen. Und für die besonders großzügige Unterstützung danke ich der Crazy-Neon-Gang: DARaabe, Linchen. Josephine Stöbe, Dominique Maier, Agnes, Sarah Wirth, Rike, Lia-Zoé Uphoff, SkixXx, Tina Krabkrantham, Isabelle Hänni, Hendrik, Xenia, Jessica, Ered Lithui, Barbara Mathis, Kerstin Barz, Ann-Kristin, Sarah Martensen, bookish.sue, Sara Ruesch, Marlo Mae, Monika Rickert, Saskia, Barbara J., Iris Utzinger, Trudi Langer, Moorhuhn, Sandra, Ásdís Adams und Chantal. DANKE! Ihr seid der Hammer.

Zu guter Letzt ein gewaltiges DANKE an all meine Leser und Leserinnen. Ich freue mich so sehr über jede Geschichte, die das Licht der Welt erblicken kann, und ohne euch wäre das gar nicht möglich. Danke, dass ihr hier seid und mich auf dieser Reise begleitet.

Eure Marie

Graßhoff, Marie
Spring Storm
Blühender Verrat
ISBN 978 3 522 50717 2

Umschlaggestaltung: Alexander Kopainski unter Verwendung von Bildern von Shutterstock.com (Phattanit, Roman Sigaev, kaisorn, lenaer, Swisty242, Andrey_Kuzmin)
Ganzseitige Illustrationen im Innenteil: Josephine Pauluth
Satz und Innentypografie: Kadja Gericke
Reproduktion: DIGIZWO Kessler + Kienzle GbR, Stuttgart
Druck und Bindung: GGP Media GmbH, Pößneck

FSC www.fsc.org
MIX
Papier aus verantwortungsvollen Quellen
FSC® C014496